LA RÉCOLTE

Titre original :
The Yield
Éditeur original :
Hamish Hamilton/Penguin Random House, Melbourne
publié avec l'accord de Penguin Random House Australia Pty Ltd, par l'intermédiaire de l'agence littéraire Lora Fountain

ISBN 978-2-84720-986-0

Tara June Winch

La Récolte

•••

roman traduit de l'anglais (Australie)
par Jessica Shapiro

Gaïa

À ma famille.

« Les royaumes sans la justice ne sont que des entreprises de brigandage. »

Saint Augustin

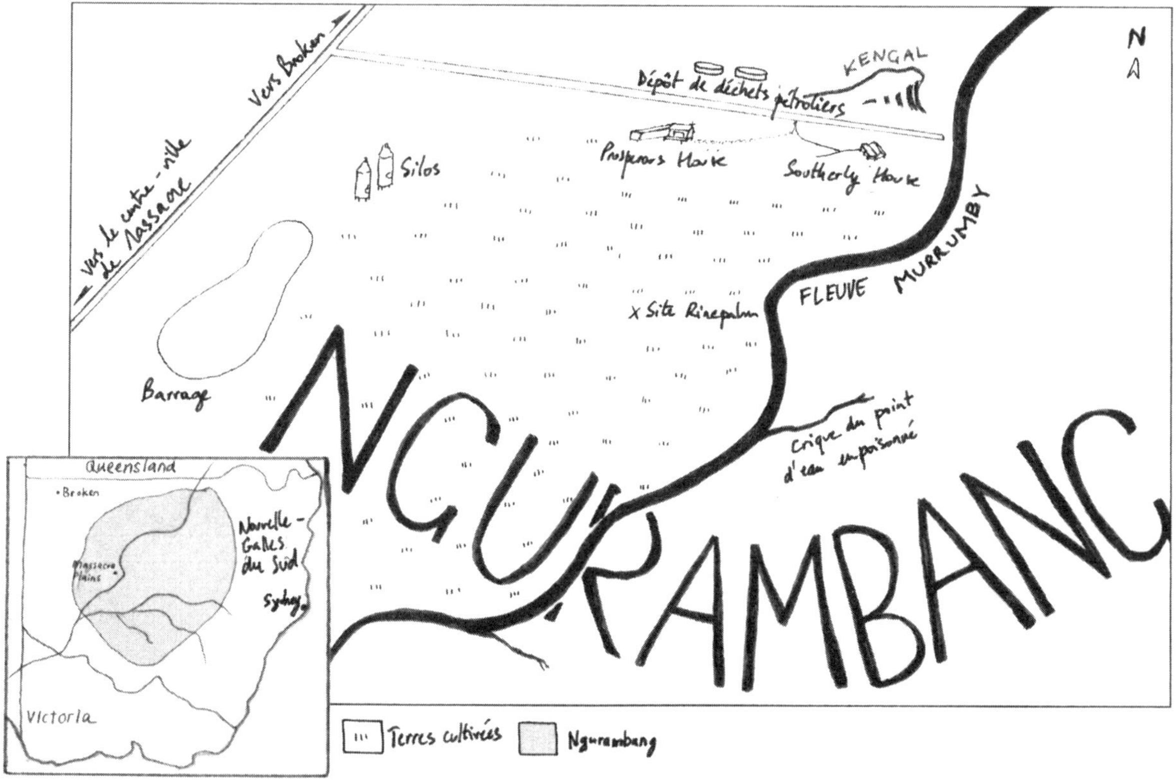
N
Vers Broken
Vers le centre-ville de Massacre
Dépôt de déchets pétroliers
KENGAL
Prosperous House
Southerly House
Silos
X Site Rinepalm
FLEUVE MURRUMBY
Barrage
Crique du point d'eau empoisonné
NGURAMBANG
Queensland
Broken
Massacre Plains
Nouvelle-Galles du Sud
Sydney
Victoria
Terres cultivées
Ngurambang

UN

Je suis né au *Ngurambang* – vous entendez ça ? – *Ngu-rambang*. Si vous le prononcez comme il faut, ça cogne contre le fond de votre bouche et vos mots doivent avoir le goût du sang. Tout le monde devrait apprendre le mot « pays » dans la langue ancienne, la première langue – parce que c'est le chemin qui mène à toutes les époques, aux voyages dans le temps ! Celui qui permet de retourner tout au début.

Papa s'appelait Buddy Gondiwindi et il est mort jeune, emporté par une maladie d'autrefois. Ma mère s'appelait Augustine et elle est morte dans sa vieillesse, vaincue par… eh bien, c'était aussi une maladie du vieux monde.

Rien ne meurt jamais vraiment, ça finit plutôt sous vos pieds, ça reste auprès de vous, ça fait partie de vous. Regardez là-bas : de l'herbe au bord de la route, un arbre qui plie sous le vent, des poissons dans la rivière, des poissons dans votre assiette, des poissons qui vous nourrissent. Rien ne disparaît jamais vraiment. Bientôt, une fois que j'aurai changé, je ne serai pas mort. J'ai toujours gardé en mémoire Jean, XI, 26 : *Quiconque vit et croit en moi ne mourra jamais*, et pourtant la vie a filé en moi et loin de moi comme elle le fait pour tous.

Avant que je ne commence à croire à tout ce qu'on m'enseignait, je pensais que ceux qui mouraient partaient pour de bon, et le jeune homme que j'étais a donc essayé de trouver sa place dans cette courte vie. Je voulais choisir comment j'allais la vivre, mais c'était beaucoup en demander à un pays qui avait d'autres projets pour moi, des projets tracés dans mes veines avant même ma naissance.

Je pensais au moins pouvoir être maître de mon esprit. Apprendre à lire correctement me semblait la chose la plus sensée. Dans un pays où on n'avait pas vraiment le droit d'être, j'ai donc décidé d'*être*. De décrocher la lune, vous voyez ?

Après, j'ai rencontré ma femme – ma très belle femme, même si elle était moins belle qu'elle n'était forte et courageuse –, et elle m'a appris beaucoup de choses. Ce qu'elle m'a enseigné de mieux, de plus important, c'était d'écrire aussi les mots ; elle m'a montré que je n'étais pas qu'un homme de seconde zone élevé à la farine blanche et au christianisme. C'est ma femme, Elsie, qui m'a acheté mon premier dictionnaire. Elle savait sans doute qu'en faisant ça, elle plantait une graine, qu'elle faisait germer quelque chose en moi. Quel bon compagnon, le dictionnaire – il y a dans ce livre des histoires à vous couper le souffle. Il reste mon bien le plus précieux et je ne l'échangerais pas pour tout l'or du monde.

C'est à cause du dictionnaire d'Elsie que j'écris ça – il m'a appris qu'on pouvait enregistrer, il est écrit exactement de la même façon que le révérend écrivait les naissances et les baptêmes à la Mission, que le gérant écrivait les rations, à la Station*, et exactement comme les maîtres et les maîtresses écrivaient la bonne conduite au Foyer pour Garçons –, une liste de mots dont n'importe quel imbécile peut trouver le sens. Un dictionnaire, même si cette langue n'appartient pas qu'à moi, même si on s'y adapte et qu'on s'en éloigne quand on a vécu assez

* Grande ferme d'élevage. *(Toutes les notes sont de la traductrice.)*

longtemps. J'écris parce que les esprits me poussent à me souvenir, et parce que les habitants ont besoin de savoir que je me souviens, ils en ont besoin aujourd'hui plus que jamais.

Au début (mais il y a beaucoup de débuts chez nous, les Gondiwindi), c'est avec la même magie douteuse qu'on nous a accordé ce don et cette malédiction : un sempiternel « Il était une fois ». On raconte que c'est l'Église qui nous a apporté le temps, et, si on la laisse faire, l'Église nous l'enlèvera. Mais moi, je parle de l'autre temps, du temps profond. Ça, c'est une grande, grande histoire. Les grandes choses durent éternellement, le temps serpente et s'enroule, il n'est jamais droit, voilà sa véritable histoire.

Le problème auquel mon propre « Il était une fois » fait face aujourd'hui, c'est que le Dr Shah, du cabinet de High Street, vient de me trouver une belle saleté – un cancer du pancréas –, ce qui fait de moi une affaire classée.

Donc, parce qu'ils disent que c'est urgent, parce que le temps de l'Église joue contre moi, je prends la plume pour transmettre tout ce qui n'a jamais été mémorisé.

Tous les mots que j'ai trouvés dans le vent.

DEUX

C'est près de la rivière qu'enfant, le visage émerveillé, la peau nue, Albert Gondiwindi était arrivé à Prosperous, de l'abri de toile de Tent Town jusqu'à l'étain de la Mission, accompagné de sa mère et de sa petite sœur dans le ventre. Albert se souviendrait du voyage, ou plutôt de la marche forcée ; des policiers à cheval les avaient guidés pour traverser la rivière rouge, colorée par les arbres à thé et d'autres choses encore. Bien des années plus tard, le jour de sa mort, Albert se demanda à quoi avait bien pu ressembler la vie des anciens au bord du Murrumby, quand celui-ci coulait encore – à l'époque où l'air était aussi propre qu'avant l'invention des mots « propre » et « sale ». Le fleuve aurait été transparent sur six mètres de profondeur et la terre aurait fredonné son humble mélodie, jour après jour, jusqu'à ce qu'un jour. *Comme les choses changent vite*, pensa-t-il. Au cours de ses dernières heures, Albert resta assis à regarder au loin, tout comme regarderaient au loin les derniers Gondiwindi bientôt réunis. Devant lui, sur la table pliante, se trouvait le dictionnaire presque terminé, et au-delà de la table, le monde entier. Sentant tout à coup souffler une grande bourrasque provenant du Murrumby, il posa instinctivement sa main sur la pile pour protéger les mots. Il aurait juré avoir vu un vol de grues brolgas au loin, une nuée de sauterelles à l'horizon, le ciel changer de couleur ; tout cela pendant que les papiers clapotaient contre son gré. Il ferma les yeux, se demandant s'il était sur le point de partir, puis, comme encouragé par le vent, poussé par les ancêtres, il retira sa main et renversa la tête vers les cieux pour voir les pages tournoyer, s'envoler et disparaître dans les airs.

Elle raccrocha le téléphone. Poppy Albert était mort. Si loin de l'endroit où les garçons apprenaient à tuer les lapins et les filles à vivre avec le chagrin. Loin, là où les gens naissaient coupables mais étaient incapables de l'admettre. Où des années entières de sa vie s'étaient volatilisées. Des jours passés à faire des boulots ingrats ou, terrée sous une couverture, à éluder des saisons entières. La décennie écoulée l'avait vieillie comme une pièce de monnaie dont tout le brillant avait disparu. Dans ce lieu à l'autre bout du monde, elle se réveilla avant que le téléphone sonne. Elle se prépara un café et un verre d'aspirine. Il n'y avait pas que le matin qu'August se retrouvait coincée entre deux états – le sommeil et l'éveil –, mais plus encore ce matin-là, sur le point de vieillir et de rajeunir à la fois. Elle s'apprêtait à quitter la route infinie de la vingtaine sans avoir rien accompli.

En répondant au téléphone et en apprenant la nouvelle, elle sentit une chose sombre, en trois dimensions, quitter son corps, quelque chose d'aussi solide qu'un fragment d'identité. Elle était soudain devenue *moins*. Elle se souvenait avoir déjà éprouvé exactement la même chose, mais elle ne sentit pas les larmes monter, lui brûler le visage et lui brouiller la vue. Cette fois-ci son visage était froid au toucher, son rythme cardiaque ralenti, ses yeux secs, et ses bras, parcourus de frissons et fins comme des brindilles, allumèrent machinalement le feu. Elle prit le journal dans la corbeille à courrier, s'empara du cageot de bois et s'agenouilla dans un coin de la cuisine commune. Elle étala le journal, lissant les pages avec son poing serré, la hachette dans une main et le bois de cyprès dans l'autre. Dans le journal figurait une petite photographie d'un rhinocéros. Au-dessus de la photo était imprimé en lettres capitales : DISPARU À JAMAIS – EXTINCTION DU RHINOCÉROS NOIR. Un animal, *zip ! Disparu !*

Il y avait dans sa bouche le goût de la peau de rhino tel qu'elle l'imaginait, une épaisseur rêche et chaude, de muscle et de poussière. Elle n'avait jamais raconté à personne tout ce qu'elle ne pouvait se résoudre à se remémorer, ni les choses qu'elle goûtait et sentait à la place, des choses qu'on ne devrait pas pouvoir goûter et sentir.

Une de ses amies, qui prenait des cours du soir pour devenir assistante sociale, avait remarqué qu'August avait toujours faim ; une pile de manuels sur les genoux, elle l'avait un jour interrogée sur son école, ignorant ce que ça faisait de porter un aussi lourd héritage. August s'était prêtée au jeu, elle lui avait raconté qu'elle ne s'apercevait qu'elle était pauvre qu'à l'heure du déjeuner. Elle avait expliqué que lorsqu'elle vivait avec ses grands-parents, la nourriture était toujours bonne, qu'il y avait toujours les restes de la veille au soir. Elle était la seule élève à utiliser le micro-ondes de la salle des profs. *Et avant ça ?* Avant ça… Plutôt que de lui dire que les repas que sa mère lui préparait étaient humiliants, elle avait affirmé qu'ils étaient saugrenus. *Saugrenus ?* August avait alors décrit un moulinet près de son oreille. Son amie avait hoché la tête d'un air entendu et avait fermé les yeux comme elle avait appris à le faire en cours – une façon posée d'indiquer qu'elle pouvait poursuivre. August avait elle aussi fermé les yeux et s'était brièvement laissée aller à ses souvenirs.

Un jour, un sandwich à la confiture, sans la croûte, le lendemain un truc dont les enfants allaient se moquer – une boîte de pain d'épices de Noël en plein mois de juillet. Des brioches de Pâques en octobre. Parfois un petit pain tartiné de quelque chose d'incomplet, comme du ketchup. Et je me souviens avoir ouvert la gamelle à plusieurs reprises pour n'y trouver que de la nourriture factice, une petite côte d'agneau en plastique, une pomme en plastique sans queue. C'était le sens de l'humour de ma mère.

August n'avait pas trouvé ça drôle à l'époque, mais en racontant l'histoire, si. Toutes deux avaient ri, jusqu'à ce que quelque chose se brise en August et qu'elle se mette à pleurer – mais elle avait fait croire à des larmes de rire. Ensuite, elles étaient sorties au pub. August ne lui avait rien raconté d'autre, ni la fois où elle avait été baptisée sous le soleil, ni que même en partant loin, très loin de son pays, de sa maison, elle n'arrivait toujours pas à effacer de l'hémisphère gris de son esprit l'odeur et le goût de terre, de gasoil, de chair et d'eau boueuse. Que la pire chose qui puisse jamais se produire s'était déjà produite. Point final.

Le rhinocéros de la photo lui rappela qu'elle n'était jamais allée au zoo, qu'elle n'avait jamais vu de rhino en vrai – ç'aurait tout aussi bien pu être un dinosaure. Le journal énumérait d'autres espèces récemment disparues. Et tout à coup, elle pensa *zip ! Disparu !* Poppy : Albert Gondiwindi avait disparu. Il n'y avait plus d'Albert Gondiwindi sur terre, ni de rhinocéros noir. Les bras chargés de brindilles, elle alimenta le poêle en fonte, assez près pour que les premières flammes impatientes lui rougissent le visage. Poppy Albert disait que les sols avaient besoin de brûler davantage, un incendie sauvage et maîtrisé, une contradiction de la nature. Mais il parlait d'un autre pays, pas de celui qu'August connaissait depuis plus de dix ans – celui des prairies toujours humides, des lointaines forêts d'ormes, de frênes, de sycomores, de noisetiers et celui des saules blancs qui frôlaient les canaux silencieux. Celui où se rassemblaient de petits oiseaux aux couleurs secondaires et qui n'était jamais léché par les flammes. Où le ciel se reflétait entièrement dans un puits en pierre rempli d'eau de pluie. Où les nuages bas du matin faisaient des tours de passe-passe et où le jour n'arrivait jamais vraiment avant la nuit.

Elle savait qu'elle avait connu autrefois la terre bien-aimée où le soleil frappait sans relâche le sol aride, et elle savait aussi qu'elle y retournerait pour les funérailles. Rentrer pleine de honte d'être partie, lire la déception sur leur bouche pincée, rentrer pour chercher tout ce qu'elle n'avait pu trouver à des milliers de kilomètres de là.

August trouva quelqu'un pour la remplacer à la plonge, mit ses affaires dans le seul sac qu'elle possédait et, avant d'embarquer, éteignit son téléphone pour toujours. Pendant le vol, elle regarda le GPS sur l'écran de l'appuie-tête, les chiffres monter et se stabiliser, l'avion glisser au-dessus d'un océan de dessin animé. Au moment d'arriver, ayant atteint une certaine altitude, traversé les fuseaux horaires, atterri sous de nouvelles latitudes, elle caressa l'espoir que cela suffirait à effacer le voyage. Effacer la réalité, effacer les litanies funéraires qu'il faudrait réciter, effacer tout ce qu'elle avait effacé d'eux et de la famille disloquée qu'ils avaient formée autrefois. Celle qu'ils formaient depuis un siècle : sans dieu mais logés par l'État, et éparpillés aux quatre coins du pays ; puis August se demanda s'il y avait suffisamment de souvenirs à effacer. Pendant le vol, elle rêva de Poppy Albert. Il n'avait pas de visage mais elle savait que c'était lui. Ils étaient en plein milieu d'une conversation, elle ignorait comment ils s'étaient retrouvés là – dans un champ –, il lui disait qu'il était important de se rappeler le passé, d'engranger des récits, de connaître son histoire, son enfance, mais qu'il était aussi important d'oublier. Au début du rêve, mais comme à la fin d'une longue conversation, il lui avait pris la main et dit : *Il existe une certaine torture de la mémoire, si tu la laisses s'approcher, si tu invites le passé à se blottir contre toi, réconfortant comme une sangsue.* Il avait poursuivi, expliquant les milliers de répercussions d'une empreinte dans l'histoire, les milliers de batailles qui se livrent chaque jour parce que les gens n'arrivent pas à oublier un événement qui a eu lieu avant leur naissance. *Peu de choses sont pires que la mémoire, mais peu de choses sont meilleures*, avait-il dit. *Sois prudente.*

TROIS

yarran, arbre à sagaie, ou acacia caryer – *yarrany* Le dictionnaire, ce n'est pas que des mots – les pages sont aussi remplies de petites histoires. Après des années passées sur le deuxième plus grand livre, j'ai trouvé le meilleur moyen de le lire. La première fois, je l'ai lu comme la Bible, du début à la fin. D'abord les mots en Aa – là, on trouve *Aaron*, celui du livre de l'Exode, le frère de Moïse et fondateur de la prêtrise juive. *Aardvark* – l'oryctérope, cet animal au nez en forme de tube qui mange les fourmis d'Afrique. Il y a aussi des abréviations, comme *AA, Alcooliques anonymes* – où les gens vont pour se soigner du goulot. Ça, ça m'a foutu un coup. Maman disait : « L'Aborigène est pitoyable, mon fils. » Elle disait que, quoi qu'elle fasse, tout le monde se sentait offensé, alors elle se permettait de faire les choses les plus offensantes qu'elle puisse imaginer – accepter le poison qu'ils apportaient et mettre le paquet.

Vous pouvez continuer à lire le dictionnaire de cette façon – du début à la fin, en ligne droite – ou vous pouvez passer directement d'*aardvark* à *Afrique*, puis à *continent*, puis à *nation*, à *colonialisme*, à *empire*, et de là retourner à *apartheid* dans les A – c'est arrivé en Afrique du Sud. Encore une autre histoire.

Quand j'en étais à la lettre W dans l'*Oxford English Dictionary*, *wiray* aurait dû se trouver dans cette rubrique : ça veut dire « non ». *Wiray* n'y était pas, mais j'ai pensé que c'était là que je le mettrais. Le mot blé, *wheat*, y était, mais quand j'ai cherché plus loin notre blé – *yura* –, rien. Alors je me suis dit que je ferais ma propre liste de mots. On n'a pas de mot en Z dans notre alphabet, il me semble, alors je me suis dit que je commencerais à l'envers, un clin d'œil au monde arriéré de *Whitefellas* dans lequel j'ai grandi, que je commencerais par Y – *yarrany*. Alors le voilà, votre « Il était une fois ». Dites-le – *yarrany*, c'est notre mot pour l'acacia à sagaie : et un jour, du bois de cet arbre, j'ai fabriqué une sagaie pour tuer un homme.

QUATRE

L'avion s'arrêta sur la piste et August se heurta au mur de chaleur, trente-sept degrés – la température du bain. Elle était née dans cette chaleur, mais avait perdu l'habitude. Ici, se souvenait-elle, l'été n'était pas une saison, mais une éternité. Dans l'aérogare, elle vida son compte pour louer une berline et parcourut l'ouest de la côte sept heures durant, le long de City Highway, d'Hinterland Highway et enfin de Broken Highway, avant d'arriver en périphérie de Massacre Plains. Broken Highway coupait à travers les champs de céréales aux bourgeons de sable, les océans de moutons fraîchement tondus et les chênes arbustifs qui avaient commencé à pousser à foison dans la terre plus sèche. La différence majeure entre avant et maintenant était non seulement le bétail plus las et les champs plus assoiffés, la chaleur inouïe qui avait pris pied à l'intérieur des terres, mais surtout que le point d'équilibre entre température et désespoir était en train de basculer.

Des panneaux *Chaussée accidentée* annoncèrent à August son arrivée dans les plaines. Elle aperçut les premières ondes de chaleur qui irradiaient du bitume fendu et de la végétation clairsemée et menaçante au-delà de la route. Aussi loin dans les terres, tout était plus brun, plus aride.

La ville de Massacre Plains comptait environ deux mille locaux, avec leurs enfants et petits-enfants. Une ville où les épouses tenaient les comptoirs et où les maris criblés de dettes agricoles étaient suicidaires, tandis que la plupart des fils et des filles, séduits par des salaires décents, s'engageaient comme élèves officiers. Tous supportaient l'ennui jusqu'aux journées annuelles de course. Certains se débrouillaient avec les allocations chômage, d'autres avaient des boulots, mais peu embrassaient de véritables carrières.

Le fleuve Murrumby divisait les habitants. Ils avaient été affublés de sobriquets inspirés des rayonnages de supermarché : les Chocolat au Lait étaient les Gondiwindi de la vieille Mission au nord de la ville, les *Blackfellas* vivaient dans des logements sociaux au sud, à Vegemite Valley – comme la pâte à tartiner salée, noire comme de la mélasse. Les gens de la classe moyenne résidaient au centre-ville, d'après leur propre recensement, et étaient surnommés les Minties, comme les bonbons blancs et collants vendus en emballages individuels. Les maisons des Minties étaient dotées de sonnettes et de portails sécurisés. Il n'y avait qu'à Vegemite Valley qu'on laissait grandes ouvertes les portes des maisons. L'amour et les querelles circulaient librement entre l'intérieur et la rue. D'impitoyables prêtres diocésains se présentaient à certaines de ces portes, ces entrées qui menaient à des foyers brisés, où des mères célibataires pleines de honte élevaient des garçons silencieux qui en grandissant devenaient hargneux.

August n'avait ni conscience ni souvenir de tout ce qu'enduraient les habitants de Vegemite Valley. Elle avait su enterrer les pensées déplaisantes, mais avait réprimé certaines pensées agréables par la même occasion.

À la vieille Mission de Prosperous, un bosquet d'eucalyptus conservait la mémoire des deux siècles passés. August ignorait ce qu'avaient vu les arbres. Elle ne se souvenait pas des willy-willies qui faisaient valser la poussière dans les enclos, ces petites tornades inoffensives qui se manifestaient presque en permanence quand elle était enfant. La plupart des fermes de Massacre Plains étaient rattachées au réseau électrique et bourdonnaient continuellement ; d'autres, plus éloignées, comme Southerly et Prosperous, prenaient vie au premier crachotement du générateur. Elle se souvenait du halètement inébranlable de l'électricité. Et elle se souvenait – ou voulait se souvenir – de la fraîcheur du Murrumby. Poppy appelait le Murrumby *la Grande Eau*, un fleuve qui traversait autrefois tout le pays, d'un État à l'autre, du sud au nord. August ne se rappelait que vaguement du fleuve, puisque l'eau avait cessé de couler quand elle n'était encore qu'une enfant, pas seulement à cause du Barrage Érigé mais aussi de la Pluie Disparue. Certains racontaient que le Murrumby s'était senti inutile, tant les gens pleuraient dans la région.

August s'arrêta pour faire des provisions avant de prendre la sortie, elle voulait éviter d'acheter des cigarettes mais savait qu'elle le ferait quand même. L'extérieur de la supérette était enveloppé dans un maillage vert, comme une installation artistique. Sur le trottoir, des filets de même couleur étaient en vente ; d'énormes cylindres penchés les uns contre les autres comme des rouleaux de tissu ou, s'imaginait-elle, des passagers à tribord sur un bateau qui coule. À côté des filets se trouvaient des caisses de câbles en plastique qu'elle se rappelait avoir vus portés par des policiers les samedis soir.

Elle repoussa laborieusement le maillage suspendu au-dessus de la porte de sortie et se retrouva nez à nez avec un autre client, qui entrait dans le magasin, ses clés à la main. C'était un vieil homme, qui eut un mouvement de recul au moment où August écarta le rideau.

« Pardon », dit-elle, tendant le bras vers lui. Il retrouva son équilibre sans son aide et la dévisagea furtivement.

« Dites donc, vous devez être une Gondiwindi », remarqua-t-il d'un ton mielleux.

August hocha légèrement la tête, son sac de courses serré contre sa poitrine, le menton frôlant le magma de denrées alimentaires.

« Je reconnaîtrais un visage Gondiwindi les yeux fermés. » Il esquissa un petit sourire comme s'il s'agissait d'un compliment. « Transmettez nos condoléances de la part de l'église.

— Bien sûr. Merci... » – ne sachant pas quelle marque de respect employer envers un inconnu, elle se contenta de : « ... monsieur, merci monsieur. »

August s'apprêtait à s'éloigner quand il agita les mains comme pour rattraper une pensée qui lui échappait. « Dieu vous bénisse », ajouta-t-il. August ressentit distinctement une impression horrible de fourmillement et discerna l'odeur d'acétone de sa peau. Elle s'en alla sans un mot. Les locaux qui ne lui prêtaient pas attention portaient des rouleaux pour leurs propres devantures de magasin. Près des pompes à essence, quelques hommes étaient accroupis au pied de leur pick-up, occupés à fixer des morceaux de filet au ventilateur du moteur. August remarqua le ciel bleu et dégagé – les sauterelles ne tarderaient pas à arriver.

De l'intérieur de la voiture de location, elle distinguait le centre-ville blotti à l'horizon. Là, beaucoup de choses s'étaient passées depuis son départ. August avait manqué les naissances, les décès et les mariages de pratiquement tout le monde. Suffisamment de temps s'était écoulé pour qu'elle oublie presque la ville, bien qu'elle eût conservé un vif intérêt pour l'endroit qui avait englouti sa sœur. Elle avait appelé mamie et Poppy environ une fois par mois, consulté le fichier des personnes disparues et envoyé des lettres à sa mère – sans réponse. Elle avait lu les communiqués municipaux en ligne, promettant des avancées qui ne se réalisaient jamais – la ligne de train à grande vitesse dont on se passait, l'université rurale qui était pratiquement construite, l'extension retardée de la bibliothèque. August avait tourné le dos à la ville, mais elle voulait encore lui appartenir. Au bout d'un moment, les gens avaient paru s'accoutumer à l'absence des sœurs, et August avait attendu des nouvelles du retour de Jedda tout aussi ardemment qu'elle avait espéré un appel renouvelé à son propre retour. Ni l'un ni l'autre n'arrivèrent.

Après avoir quitté la supérette, elle parcourut les deux kilomètres qui descendaient la crête jusqu'à la dernière sortie, puis les deux suivants jusqu'à Prosperous Farm. La berline de location s'arrêta près des boîtes aux lettres en fer-blanc, perturbant une volée de galahs rose et gris. Elle remarqua que seuls les gommiers jaunes étaient devenus plus grands et plus larges le long du bas-côté où la bibliothèque mobile envoyait autrefois valser les graviers. Leur rue se trouvait trop loin de la ville pour recevoir les visites du camion de glaces, mais le bibliobus passait deux fois par mois, avec ses étagères penchées du sol au plafond, ses porte-revues fixés à l'aide de longues bandes élastiques. August jeta un coup d'œil entre les branches des saules pleureurs puis roula au pas, dépassant les massifs de roses à l'embranchement de la propriété – d'un côté, un petit chemin de terre menait vingt mètres plus loin à Prosperous House, et de l'autre, cent mètres de côte bétonnée montaient à Southerly House. Cette dernière était, comme toujours, fraîchement repeinte et flanquée d'un petit verger. Au-delà de l'entrée et des maisons, un vaste champ, deux cents hectares de blé mûr, s'étendait jusqu'au pied de ces arbres à la mémoire éternelle, ces eucalyptus regroupés au bord du fleuve.

Les Gondiwindi avaient toujours vécu à différents endroits le long du Murrumby ; et, depuis un siècle et demi, ils résidaient à Prosperous, dix kilomètres au nord de la ville, sous le rocher de Kengal et ses trois cents mètres de hauteur. Où qu'ils se trouvaient dans le champ de blé, chaque fois que les Gondiwindi levaient la tête de leur labeur, ils apercevaient le granite cendreux de Kengal, inchangé dans le ciel changeant.

À droite, l'église reconvertie de Prosperous était désormais en ruine. Seule une petite congrégation aurait pu se rassembler là où trente bancs tout au plus se dressaient jadis au rez-de-chaussée. Ses extensions de plain-pied avaient été construites comme les jambes écartées d'une marionnette en bois à partir du corps de Prosperous. Autrefois éparpillées dans la propriété, la douzaine de huttes où les enfants dormaient s'étaient effondrées ; il n'en restait que des monceaux de petit bois.

Les goupillons rouges et orange des rince-bouteilles pendaient, insoumis, dans l'air immobile et chaud de l'après-midi. Des fleurs de banksia alourdissaient leurs branches, laissant couler leur sève dans le jardin potager au pied de la terrasse couverte. Les rangées de légumes, autrefois parfaitement entretenues, étaient retournées à l'état sauvage. Les tomates séchaient au soleil avant même d'être cueillies. Des hochequeues affolaient leurs plumes entre le jasmin fatigué et le lilly-pilly. Le bardage en pin de la maison s'était déformé et fissuré sous l'effet de la chaleur et la peinture s'était écaillée avec le temps. De la poussière recouvrait les fenêtres, des tuiles avaient glissé de leur place. Tout était jaune-vert, exhalant un parfum écœurant et chaud. Il lui était difficile de voir où Prosperous House commençait et où le jardin broussailleux finissait. August déambula dans la propriété, ne s'arrêtant que pour écouter plus attentivement la bande-son qui lui était familière, celle qui englobait le monde, la stridulation des cigales et la flûterie des oiseaux.

Elle balaya du regard le cabanon en tôle, perché derrière les tracteurs au beau milieu du champ, à deux hectares de là ; le toit de la bergerie, les chapes métalliques des silos d'une tonne, les bras des arbres restants qui créaient un chemin naturel où se balader. Elle savait qu'un simple coup d'œil ou que le regard d'un inconnu ne saurait deviner tout ce qu'il y avait à cet endroit. Pas de la manière dont elle et sa sœur connaissaient les lieux, autrefois, les cachettes secrètes et les coins où trouver des choses désirables ou comestibles, si on savait où fureter. Les ossements de tout ce qu'elle voyait encore. Elle chercha Jedda des yeux. Jedda disparue à jamais.

Après avoir fait le tour de Prosperous, à l'affût des serpents, des créatures de l'ombre qui apparaissent en plein jour, après avoir passé les lieux au peigne fin, elle monta les marches de la terrasse et appela. Un kelpie roulé en boule sur l'une des deux chaises en rotin leva la tête et jappa brièvement en guise de réponse, puis reposa son museau sur ses pattes comme si l'effort lui avait coûté. Elle se baissa pour donner au chien une petite tape rassurante entre les oreilles. Elle alla prendre son sac dans la voiture et, de retour sur la terrasse, laissa claquer la porte moustiquaire derrière elle pour la première fois depuis plus de dix ans. La moustiquaire heurta le chambranle, et rebondissait encore quand elle déposa les clés sur le buffet poussiéreux en bois grossier, qui avait besoin d'une bonne lasure. Elle poussa la porte de la grande pièce, pleine de boîtes en cartons et de caisses en bois, inspecta les pièces du bas et la salle de bains. Dehors, suivie de près par le kelpie, elle vérifia l'annexe des ouvriers agricoles, qui était déserte. Elle jeta un œil dans le petit abri de jardin et, quand enfin elle appela doucement sa grand-mère, une voix s'écria : « Jedda ?

— C'est moi, mamie, c'est August. » Elle l'avait vue apparaître derrière les citrus, un panier de pinces à linge sous le bras. « Je suis désolée pour Poppy. »

August remarqua la grimace de sa grand-mère et regretta de lui avoir offert cette formule banale de commisération. Leurs deux esprits s'apaisèrent quand Elsie attira instinctivement August vers elle par les bras, de même qu'elle moulinerait un poisson hors de l'eau, et lui planta un baiser sur l'oreille. Elle posa sa main sur la joue de sa petite-fille et la dévisagea, comme pour s'assurer qu'il ne s'agissait pas de la sœur disparue, puis fit courir ses doigts arthritiques au creux de sa clavicule et rapidement le long de ses bras, avant qu'August ne s'écarte, réticente à être ainsi mesurée. Elsie aussi, comme Prosperous, comme August, paraissait changée, plus âgée, décatie.

August se remémora la façon dont sa famille s'était repliée sur elle-même quand Jedda avait disparu trop longtemps, leur tristesse pareille à une nature morte. Mais elle avait compris que c'était parce qu'elle-même était encore jeune et que sa grand-mère et son grand-père avaient donc une raison de ne pas sombrer dans le désespoir. Mais à présent, sans enfants dans les parages, il n'y avait plus à craindre la douleur immense qui s'empare des gens. Pourtant Elsie n'avait pas atteint le fond du désespoir, l'onde de choc provoquée par la mort de son mari ne l'avait pas encore fait complètement ployer.

Les premiers jours qui avaient suivi la mort d'Albert, Elsie avait au contraire eu l'impression qu'il était toujours là, qu'il faisait la sieste dans une autre pièce, qu'il travaillait au jardin ou était parti faire du vélo pour retarder le vieillissement de ses genoux. Les pensées d'Elsie se concentrèrent sur sa petite-fille – il y avait si longtemps qu'elle ne l'avait pas vue. Il lui était à la fois pénible de la regarder et de ne pas la regarder, parce qu'elle voyait à quel point celle-ci s'était rendue malade, que tout ce temps, elle avait entretenu un corps de petit garçon.

Elsie lui fit signe de la suivre dans Prosperous. August prit sa main tendue et franchit le seuil à sa suite. Une fois à l'intérieur, sa mamie posa son panier sur la table de la salle à manger et s'assit sur le divan ; vue de plus près, elle avait l'air perdu mais elle était lucide.

« Une tasse de thé, mamie ? »

Elsie hocha la tête et se leva tant bien que mal, puis elle guida August en la tenant par la hanche, essuyant ses yeux embués. August ignorait s'il s'agissait de larmes de déception ou de chagrin, et Elsie n'en était pas sûre non plus.

« Du lait et du sucre ? »

Ensemble, elles préparèrent le dîner. Elsie se déplaçait avec aisance dans la cuisine, ses douleurs se concentraient au-dessous du poignet, et non ailleurs. Elle prit une casserole qu'elle déposa sur le comptoir ; avec un soupçon d'inquiétude, August la vit en scruter le fond pendant une seconde ou deux. « Je peux t'aider, mamie ?

— Oui, tu peux. » Après un instant d'indécision, pendant lequel elle avait réfléchi à une viande accompagnée de légumes pour le repas, Elsie ajouta : « Passe-moi les haricots dans le frigo, et prépare les pommes de terre. »

August lui donna les haricots ainsi qu'un couteau d'office, et trouva les pommes de terre dans le placard sous l'évier, là où on les rangeait toujours. Elsie alla chercher une chaise, s'y assit puis coupa les bouts des haricots verts, cherchant à soutenir le regard d'August en silence, les lèvres pincées à la vue de ce qu'elle était devenue, attendant qu'elle parle. Et pourquoi Elsie devrait-elle prendre la parole ? Après tout, elle était restée là à attendre, toutes ces années où August avait été trop jeune pour fuguer et ensuite toutes ces années où elle avait grandi et aurait très bien pu lui rendre visite mais ne l'avait pas fait. Elsie songea de nouveau que le manque d'appétit d'August avait ravagé sa beauté d'autrefois, et August, se sentant examinée sous toutes les coutures, se détourna de sa grand-mère et regarda par la porte de derrière le chien endormi.

« Comment s'appelle le kelpie ?

— Spike. Ton Poppy me l'a achetée le mois dernier. C'est une brave petite. »

August avait hâte de poser des questions, mais elle ne voulait pas la déranger tout de suite. Au bout d'un moment, elle n'y tint plus.

« Est-ce que maman va venir ?

— Elle croit qu'elle aura une autorisation de sortie, mais n'y compte pas trop.

— Elle va bien ?

— Pas depuis un bail, ma petite.

— Tout le monde va venir ici ? Pour l'enterrement, et tout ça ?

— Oui, ma puce. Sors le beurre. »

August ouvrit le frigo. Elle posa le beurre près de l'évier et se remit à éplucher les pommes de terre.

Elsie poussa un profond soupir. « Des gens de la ville vont prendre la maison, Augie.

— Comment ça ? demanda August, qui doutait d'avoir bien entendu.

— Le conseil municipal estime qu'on ne peut rien y faire. On a refusé, mais à l'assemblée générale il y a quelques mois, ils ont dit qu'on n'avait pas le choix. » Contrariée, elle se leva de sa chaise et retourna s'asseoir sur le divan, épuisée par toute cette tristesse qui refaisait surface. « Ils disent que le terrain ne nous appartient pas, ni même cette petite maison. C'est à la Couronne, ou quelque chose dans le genre. Prends la sauge du jardin, ma chérie. »

August revint à la cuisine avec une poignée de feuilles. « Comment c'est possible ?

— Je ne sais pas, August. Ils nous ont juste dit d'attendre… » Elsie se reprit : « Enfin, c'est ce qu'ils m'ont dit à moi.

— Je reste avec toi, si tu veux ? Qu'est-ce que tu en penses, mamie ?

— Ne pose pas de questions idiotes », fit-elle en fermant les yeux, coupant court à la conversation.

August monta son sac et ses courses dans la chambre du grenier. Transformée en bureau. Les papiers et les livres d'Albert étaient éparpillés sur le plateau en verre d'un secrétaire en osier. À côté de son échiquier en désordre était posé un plat rempli des pièces en bois. August se remémora ses leçons, ses réprimandes lorsqu'elle touchait une pièce mais se ravisait. *Non non ! Tu l'as touchée, tu dois la bouger.* Au-dessus du bureau, il manquait une partie du vitrail, un pétale de la rose de Luther. C'était une petite fenêtre, pas plus longue qu'un bras. L'espace d'un instant, August se demanda ce que Dieu penserait d'elle aujourd'hui. Que penserait Poppy d'elle, là-haut ou en bas avec Dieu ? Elle sut immédiatement que ces questions resteraient sans réponse, des routes ne menant nulle part. Cela faisait longtemps que la religion les avait quittées, cette maison et elle. August songea que bientôt, des gens envahiraient les lieux, que tous ceux qu'elle fréquentait autrefois seraient là. Elle examina la pièce. Je connais cet endroit, se dit-elle, mais il y avait des lits superposés ; à l'époque, c'était *nous*. Dans son esprit, Jedda, dix ans, apparaissant à contre-jour, quittait la chambre du grenier au pas de course, dévalait les escaliers, sautait de la terrasse et filait à travers les blés avant qu'ils soient fauchés. Les tracteurs abordaient le mois de novembre comme si l'année était une chanson, et la moisson le refrain. Plus tard, les sœurs traverseraient de nouveau le champ, les souches fines du blé coupé, la soie de sanglier du champ de leur enfance.

CINQ

Cacatoès funèbre – *bilirr Bil-irr* se termine par un *r* roulé, la partie la plus musicale de n'importe quel mot est le *rr* – je ne vois aucun mot comme celui-là en Australie, mais si j'étais en Écosse, alors oui, ils ne parlent pas avec la langue aplatie, là-bas. *Bilirr* – c'est un son trillé, avec la langue qui vibre près des dents. Le *bilirr* est un oiseau magnifique, fort, qui sait se jouer des aigles. Noir comme le charbon, les plumes jaunes de sa queue visibles en plein vol. J'ai vu des *bilirr* toute ma vie. Tous les Gondiwindi aimaient les *bilirr*. Avant Prosperous Farm, maman habitait à Tent Town, six kilomètres en aval, où elle m'a donné naissance, là sur le sable chaud et plat, sous les croassements des *bilirr*.

Après que Tent Town a été rasée, que la Mission est devenue la Station, et que les autres enfants et moi on a été éloignés, je me souviens avoir marché jusqu'au palier du Foyer pour Garçons, m'être tenu sous le panneau suspendu dehors – *Pensez Blanc. Agissez Blanc. Soyez Blanc.* Je scrutais le ciel bleu puis l'horizon. Quand j'ai regardé en bas, dans la vallée, j'ai vu une femme se diriger vers moi, et elle est passée au travers de la clôture à bestiaux qui entourait le foyer.

Je l'ai rejointe sur l'herbe et j'ai dit : « Bonjour. »

La femme-esprit avait les mains vides, elle m'a montré ses mains, elle ressemblait un peu à maman, et elle a dit, « *Wanga-dyung.*

— Qu'est-ce que ça veut dire ?

— Ça veut dire perdu, mais pas perdu pour toujours. »

J'ai dit d'accord, et elle m'a demandé de m'entraîner à le prononcer. Je l'ai enregistré dans ma tête comme mon tout premier voyage dans le temps, parce que quand je me suis retourné pour entrer au foyer à moins de dix pas de là, le ciel était gris et bas. La femme avait disparu, il ne restait plus qu'un *bilirr* perché sur la clôture. Je savais que les nuages n'avaient pas pu apparaître en quelques secondes, et c'est à ce moment-là que j'ai compris que c'était moi qui étais parti, et non pas le monde.

pourtant, si, puis, quand, à l'époque – ***yandu*** La première fois que j'ai entendu *yandu*, c'était au milieu d'un méli-mélo, c'était comme repérer la viande dans une soupe de mots et la sortir pour l'inspecter de plus près. À présent, mes ancêtres se rendaient tous les jours au Foyer pour Garçons. Une foule d'entre eux, des jeunes, des moins jeunes, et aussi des petits enfants débarquaient près des toilettes extérieures, ou n'importe où ailleurs – près de mon oreiller à l'heure de dormir ou même le matin, quand il fallait faire son lit. Ils me regardaient et me faisaient signe, m'invitaient à me rendre au fleuve. Le fleuve apparaissait partout où on se trouvait. Ensuite on se promenait et on discutait de tout et de rien ; ces ancêtres me parlaient aussi en anglais, ils pouvaient donc tout traduire. La nuit, on faisait un feu, parfois un *corroboree*, et un gros morceau de queue de kangourou cuisait sur les braises chaudes, ou alors des anguilles du fleuve, aussi sur les braises chaudes. C'est donc autour du feu de camp que j'ai appris le mot *yandu* – tout le monde racontait des histoires sur cet animal-ci et cet animal-là et ce type-là et cette femme-là, ça plaisantait fort et ça riait beaucoup. Mon arrière-arrière-arrière-grand-père était là, et c'était surtout lui qui parlait. J'ai commencé à entendre la musique des phrases, les pauses, les sons *d* qui s'entrechoquaient dans sa bouche. La plupart du temps, autour du feu avec les autres, je n'arrivais pas à placer un mot, mais quand j'y suis enfin arrivé, quand j'ai pu trouver ce mot *yandu*, j'ai attendu la première pause dans son récit, et quand elle est venue, j'ai dit « *Yandu* », et il a dit « Quand quoi ? » J'ai répété : « *Yandu* », je voulais qu'il m'explique ce que ça voulait dire – et il a simplement passé son bras autour de moi en riant, et m'a tapoté la tête. Il a dit : « *Yandu*, mon petit, c'est le ciment de tes histoires. » Je me souviens de ça.

récolter, fléchir les pieds, fouler, dans le sens de marcher, et aussi long, grand – *baayanha* En soi, récolte est un drôle de mot – la moisson, les choses que l'homme peut prendre à la terre, ce qu'il a attendu et à quoi il peut prétendre. Une récolte de blé. Dans ma langue, ce sont les choses auxquelles on donne, le mouvement, l'espace entre les choses. C'est aussi l'action faite par Baiame parce que le chagrin, la vieillesse et la douleur fléchissent et cèdent. Quand les morts étaient enterrés, chacune de leurs articulations était pliée, même s'il fallait briser les os. Je crois qu'il s'agissait d'un fléchissement d'humiliation, tout comme nous fléchissons les genoux et courbons l'échine. Fléchir, céder – *baayanha*.

sœur cadette – *minhi* J'étais parti rassembler les troupeaux à l'époque où la sécheresse a frappé encore et encore, quand la chondrille effilée a gâché deux années de récolte et qu'aucune station n'avait de travail pour nous. J'aimais rassembler, être là-haut sur la selle, coiffé d'un grand Stetson, dépendant de mon Stock Horse pour mener boire le troupeau. C'étaient de belles années et pour la première fois de ma vie, je me suis fait des amis. Il y avait tellement de choses dont je voulais discuter avec les gens. J'ai questionné un vagabond du coin sur sa famille, sur ses liens de parenté avec la mienne. Lassé de mon bavardage, il s'est détourné d'un coup d'étrier contre les flancs de son cheval. J'avais appris que beaucoup d'hommes à la ferme et dans le bush aimaient fixer leur regard sur un animal ou une machine pour cacher leur visage avant de dire leur vérité. Il a répondu : « Les arbres généalogiques des gens comme nous ne sont plus que des arbustes, maintenant, non ? Quelqu'un les a drôlement bien taillés. » Je n'oublierais jamais ces mots parce qu'ils me faisaient penser à des poèmes tristes. Et je pense que c'est vrai, parce qu'au cours de toutes les années que j'ai vécues, j'ai perdu tellement de gens qui me composent. Maman, papa, mes cousins, et ma sœur cadette, ma *minhi*. Quand j'étais petit, au Foyer pour Garçons, je n'ai jamais oublié notre peuple du bord du fleuve. Il me semblait que toutes les nuits, la lune venait à la fenêtre du dortoir pour me rappeler ma famille. Je pensais à ma *minhi* dans le Foyer pour Filles à l'autre bout du pays, et mon urine se mettait à couler comme du vif-argent sur les lits de camp en jute, sur le sol en pierre, réveillant mes camarades de classe. Après tout, je n'avais que trois ans. Je ne l'ai jamais oubliée. Mary n'était qu'un bébé quand on nous a enlevés, tous les deux ; c'est une histoire triste avec une fin heureuse parce qu'on s'est retrouvés. Elle est différente de moi, on ne se serre pas dans les bras et on ne se montre pas aussi affectueux que je l'aimerais. Mais on a pu redevenir frère et sœur, ce qui est précieux. J'ai pu redevenir le grand frère, et elle a pu redevenir ma *minhi*.

SIX

August et Elsie ne purent finalement se résoudre à manger, et Elsie, afin d'éviter encore une nuit le lit conjugal, s'était endormie sur le canapé. August se rendit au champ, d'où elle remarqua l'obscurité aux fenêtres de l'annexe des travailleurs. Elle pensa au samedi où se tiendrait la commémoration, imagina les lumières allumées de nouveau. Après la disparition de Jedda, plus aucun travailleur n'y avait mis les pieds, et depuis, les portes de l'annexe étaient restées closes, les lumières éteintes. Elsie et Albert avaient également laissé le silence tomber sur la salle de prêche et de karaté à l'avant de la maison. Toutes les photos de Jedda avaient été décrochées, enveloppées dans de la mousseline et rangées. Et d'un coup, la maison était devenue une simple maison, ils ne reparlèrent jamais vraiment de Jedda Gondiwindi. Au début, les gens avaient secoué la tête dans la rue, les mères avaient pleuré, et à l'heure du thé, les quelques personnes qui passaient s'étaient demandé tout haut comment quelque chose d'aussi terrible avait pu se produire. Comme c'était étrange – qu'elle puisse disparaître sans laisser de trace. Il y avait eu des murmures et des larmes, mais personne n'avait de réponse. Après ça, l'enfance avait perdu son insouciance, elle était devenue risquée. On récupérait les enfants à l'école, des parents bénévoles cochaient des noms sur des listes et surveillaient les arrêts de bus, rares étaient ceux qui avaient le droit de rentrer seuls chez eux, et jouer dans la rue était globalement interdit. Au printemps, personne n'avait vendu de bouquets pourpres de vipérine aux touristes, sur le bord de la route. La particularité des petites villes dans un endroit comme Massacre Plains, c'est que les habitants aiment les leurs. Ou du moins, s'ils ne les aiment pas, ils leur restent fidèles ; ils les défendent face au monde extérieur des fauteurs de troubles venus d'ailleurs, des touristes, des gros sous. Mais les Gondiwindi n'étaient pas des leurs. Ils ne s'inquiétaient pas s'ils voyaient un Gondiwindi rentrer seul chez lui. La présentatrice télé avait prononcé le nom de Jedda et montré la photo de classe à l'écran deux fois seulement au cours de cette semaine sous haute pression, et Jedda, comme les autres enfants perdus, les enfants à la peau brune comme elle, était devenue un mystère destiné à être oublié.

Les Gondiwindi, eux (pas plus que les Coe, les Gibson, les Grant et toutes ces familles-là), ne pouvaient pas oublier. Les femmes de la famille avaient vu leurs cheveux virer progressivement à l'argenté, et en un an, les tantes d'August, sans exception, paraissaient vieilles et grisonnaient sur le dessus du crâne. La religion et les festivités d'une maison familiale avaient laissé place à des pièces muettes, emplies peu à peu de bruit blanc. Le bruit de l'esprit où toutes les questions sont remises en scène et les soupçons, un à un ressassés. Chaque possibilité cliquetait dans leur tête, au-dessus de la vallée autrefois comateuse de la ville. August, neuf ans à peine – dont le cœur s'était étiré comme un fil de chewing-gum jusqu'à casser net. Et était resté brisé.

Une fois qu'August s'était enfuie de Massacre Plains et avait construit un semblant de vie, quand on lui demandait si elle était fille unique, elle répondait qu'elle avait une sœur, mais sans jamais préciser qu'elle avait disparu. August inventait un lieu dans l'univers où elle l'imaginait se trouver ; à vingt ans, Jedda était loin de là, à l'université, à trente ans elle attendait son premier enfant à Sydney. Ou parfois, elle disait simplement qu'elle était morte. La vie et la mort ont une finalité, les limbes, non ; personne ne veut entendre parler de ceux qu'on a perdus. Ceux qui se sont purement et simplement évanouis dans la nature.

À présent, dans le champ, sa peau se mit à picoter, ce grand organe se remémora tout ce qui s'était passé auparavant. Elle repensa à ce qu'avait dit sa mamie – la perte de la maison, les Gondiwindi qui quitteraient les lieux pour toujours, et même si les mauvais souvenirs commençaient à s'insinuer de nouveau sous sa peau, elle trouvait injuste que les occupants soient expulsés. Pas s'ils remontaient aux berges du fleuve et plus loin encore, comme son Poppy disait toujours. L'air changea, une brise tira sur les arbres et August leva les yeux du champ obscur où se cachaient des étoiles. L'éventualité de la pluie n'était qu'une simple odeur, une bonne saveur. Elle enleva ses chaussures et en quelques secondes, la terre qui s'étendait autour d'elle fut couverte de cicatrices provoquées par la trombe de pluie soudaine. Il n'y eut qu'une seule bourrasque. Une ascendance thermique, mais pas assez forte pour fendre la dureté de la couche arable. Cette remarque de son grand-père revint à l'esprit d'August : la pluie après la sécheresse est la condition idéale pour une bonne récolte de blé, et aussi la condition idéale pour une invasion de sauterelles. *Pour faire simple*, disait-il, *parfois il n'y a pas de bon côté des choses.*

Entre les quatre murs de son ancienne chambre à coucher, elle fuma par les persiennes en verre, triturant le paquet de cigarettes. Sa bouche se languissait d'autre chose, convoitait quelque baume inconnu, pas un baiser, ni un repas, ni une boisson, mais une chose dont elle était privée depuis longtemps. Dès son enfance, cette soif s'était frayé en elle un chemin plus profond encore, à coups de griffes, cherchant la chose parfaite qui se poserait sur sa langue, dans sa gorge. Ce sentiment que rien n'était jamais dit convenablement, qu'elle avait existé dans son propre pays étranger. Qu'elle voyait son chez-elle à travers les yeux de tout le monde sauf les siens. Ce sentiment avait commencé avant que Jedda disparaisse.

Elle écrasa la cigarette, jeta un coup d'œil au bloc télé réaménagé dans un coin de la pièce. Sur cette même télé, autrefois installée en bas, la présentatrice avait d'abord encouragé les gens à fouiller leur propriété, leurs barrages, silos et puits abandonnés. Certains avaient eu recours à des chiens de recherche. Les premières semaines sans Jedda, August était descendue aux marécages près de Poisoned Waterhole Creek*, où elle avait mangé des racines et des tubercules. Elle avait coupé des tranches d'eucalyptus et avait laissé le papier fondre sur sa langue. Elle avait sucé les tiges des joncs. Elle avait ressenti le besoin de manger la terre, de s'immuniser pour que ça ne la rende pas malade, de dévorer l'endroit où Jedda avait disparu. *À jamais ?* Si elle pouvait manger toute la terre, se fondre en elle, August pensait qu'elle-même ne disparaîtrait pas de la sorte. Un mois plus tard, alors que Jedda n'était toujours pas revenue, Albert avait baptisé August dans le champ sous le soleil brûlant et craquelé

* La Crique du Point d'eau empoisonné.

tandis qu'elle pleurait. Tout le monde était réuni et parlait de la *sainteté de l'enfance*, *les enfants*, disaient-ils sans cesse, et puis Poppy lui avait versé de l'eau sur la tête et avait récité l'absolution des morts :

« Laissez venir à moi les petits enfants ; car le Royaume des Cieux est à ceux qui leur ressemblent. Car à Vous appartiennent le règne, la puissance et la gloire, à Vous, Père, et Fils, et Saint-Esprit, maintenant et toujours, et dans les siècles des siècles. Ainsi soit-il. »

Il avait expliqué à August que c'était pour la protéger, et August, sentant entre ses mains tout le poids du sang qui lui montait à la tête, avait vu le monde comme il lui était toujours apparu – retourné, sens dessus dessous.

SEPT

guerre – nadhadirrambanhi Il y en a eu une grande ici, c'est de là que la ville a tiré son nom, au bout du compte. La guerre a duré cent ans. Tout le monde y a participé, même les chameliers ghans et les poseurs de rails étaient là et se battaient aux côtés des Gondiwindi. Tout a commencé quand les Gondiwindi en ont eu assez que les colons prennent leurs terres, arrachent leurs tubercules, ruinent leurs pâturages de toujours. Vous comprenez, les Gondiwindi étaient des fermiers et des pêcheurs, et ils cultivaient cette terre depuis très longtemps, ils étaient même restés pendant les rares hivers. Ils se réchauffaient en retournant leurs capes en peau d'opossum et en se frottant le corps de graisse de pélican.

Donc quand les Gondiwindi en ont eu assez et qu'ils ont eu faim parce que les kangourous ne venaient plus sur leur terrain de chasse, et parce que la coutume voulait qu'ils appartiennent à la terre, même en cas de changement ; qu'ils puissent utiliser la terre selon leurs besoins – alors ils s'en sont pris au bétail. Ils l'ont rassemblé avec leurs chiens et leurs dingos et ont pourchassé les génisses jusqu'à ce qu'elles se fatiguent, jusqu'à ce que ça devienne une partie de chasse et qu'ils les transpercent de leur lance. Elles ont dû avoir peur, ces vaches, alors heureusement qu'ils n'ont pas mangé la viande – elle aurait été dure comme les côtelettes du Foyer pour Garçons. Ils ont mangé le gras, le foie et la moelle. Les colons ont été sacrément fâchés que ces sauvages de Gondiwindi n'aient pas respecté leurs nouvelles clôtures. C'est là que les représailles ont commencé. Il y a eu des milliers de morts, même des bébés Gondiwindi. Eh bien, le fleuve était rouge de sang et la terre a définitivement viré du jaune au rose. Massacre Plains était née et les Gondiwindi, sur qui pesait la menace, avaient peur.

eau – ***galing, guugu, ngadyang*** Dans son journal de bord, le révérend l'avait écrit *culleen* – ce type-là, il écoutait, il écoutait aussi attentivement que possible. J'ai passé ma vie auprès de l'eau, et nous autres, on vient de l'eau aussi. D'abord, on est nés du cristal de roche – ça, c'est de l'eau dure ; ensuite, on est de la même espèce que l'ornithorynque, ça, c'est l'animal de l'eau ; et enfin, ma femme Elsie et moi, on a eu Missy, Jolene et Nicki, qui sont nées sur les berges de l'eau, la Grande Eau – le Murrumby.

un grand point d'eau, un cours d'eau en aval – ***nguluman*** Il y en a un près de la propriété, juste là, au coin du champ de blé, à quelques pas du Murrumby. Le point d'eau ne se remplit plus jusqu'en haut. Si le fleuve coule, il ne coule que très peu et l'eau n'est jamais assez profonde pour remplir le marécage et s'infiltrer dans le trou. Celui-là, ils l'appellent Poisoned Waterhole Creek.

fleur d'acacia, acacia – ***yulumbang*** Les ancêtres m'ont parlé de toutes les plantes et de tous les arbres et de la façon de les utiliser. Ils m'ont dit que les plantes étaient pleines de graines, que les plantes étaient nos mères et que je ne devais donc les utiliser que pour les Gondiwindi : pas pour les vendre, juste pour vivre. Rappelez-vous ça la prochaine fois que vous toucherez des arbres et des plantes, où que vous soyez, rappelez-vous qu'ils sont sacrés. Le *yulumbang* est une plante qui a beaucoup d'utilités, les graines vertes peuvent être rôties sur le feu dans leur gousse, avant d'être mangées comme on mange les petits pois. Si, une fois rôties, vous en faites une pâte, on dirait du beurre de cacahuète. La gomme de couleur claire provenant du *yulumbang* peut être sucée comme une sucette, mais pas la gomme foncée – celle-là est trop amère. La gomme s'appelle *mawa*.

faible, affamé, déprimé – ***ngarran*** Il ne faut jamais prononcer ce mot trop fort parce qu'il vous fauchera violemment. Parfois, quand on dit quelque chose, on devient cette chose. Quand August est venue vivre chez nous, elle hurlait, pleurait et criait : « J'ai faim », mais elle était *ngarran*, elle était toutes ces choses. Je savais que c'était cette vie et le passé, aussi, qui la rendaient *ngarran*. On lui disait : « Fais taire la voix, ce qu'elle te raconte est faux. » Tout le monde peut l'affirmer : Je ne suis pas *ngarran*, parce que je maîtrise la situation – je peux la rapetisser et la placer dans la paume de ma main. Je ne crois pas que ça marche à tous les coups, mais ça laisse à l'esprit l'occasion de se reposer. Finalement, *ngarran* fait partie de la vie – on ne peut pas le chasser, il ne disparaît pas du jour au lendemain, mais entre-temps, on peut lui dire de se taire.

bien, guérir, réparer – ***maranirra*** S'il faut tout un village pour élever un enfant, il faut tout un village pour le faire tomber. Des erreurs ont été commises et maintenant, je veux faire *maranirra*. On devrait tous faire *maranirra*.

blé – *yura* Ma vie entière a tourné autour de *galing* et de *yura*. Même au Foyer pour Garçons, on devait bénir nos repas, dont la plupart étaient servis avec des Johnny cakes ou du pain dense. On récitait « Seigneur, bénissez ce repas, et procurez du pain à ceux qui n'en ont pas. » J'aimais bien le dire tout haut. Beaucoup travaillent le blé, et pas que dans ce pays. Tout le monde connaît le pain, d'une façon ou d'une autre. Les Gondiwindi avaient leurs propres farines, et celles-ci étaient spécialement destinées au corps des Gondiwindi. Et puis, on a toujours travaillé dans les champs de blé ; mon papa, et son papa avant lui, et si jamais le monde s'arrêtait de tourner, je parie que ça serait la dernière céréale sur terre. Dans l'ensemble, les hectares de Prosperous étaient fertiles et même si nous autres vivions sur une terre riche, nous ne sommes jamais devenus riches.

où se trouve ton pays ? – *dhaganhu ngurambang* La question ne porte pas vraiment sur un endroit du globe. Quand les gens de chez nous demandent *Où se trouve ton pays*, la question est plus profonde. *Qui est ta famille ? Avec qui as-tu des liens de parenté ? Est-ce que nous avons des liens de parenté ?* J'ai lu une histoire au sujet de quelqu'un qui voulait construire une carte à l'échelle 1:1 pour que la carte couvre tous les océans, toutes les montagnes et toutes les terres, grandeur nature. Ça a fait rire les filles, quand je leur ai raconté – vous imaginez un peu, marcher en tenant ce truc au-dessus de votre tête, dans le noir ? C'est un peu ce que font les cartes, elles éteignent la lumière et vous ne voyez plus rien. Il ne s'agit pas de la carte, mais de ce pays fait de distances impossibles, de lieux qu'on ne peut atteindre qu'en voyageant dans le temps. En parlant notre langue, en chantant pour donner vie aux montagnes.

abri en bois, récipient ou plat en écorce – ***guluman*** Elsie et moi, on a fêté notre anniversaire de mariage quand les petits-enfants étaient jeunes, Mary les avait gardés. On a pris le bus Greyhound, comme dans les chansons de blues américaines. On est allés jusqu'à Alice Springs et ensuite à Uluru – en plein centre du pays. On a rencontré de vrais *Blackfellas*, là-bas, et il y avait aussi des femmes qui fabriquaient leur propre *guluman* ; on en a acheté un pour chez nous. Ça m'a donné envie d'en faire un à Prosperous. Le *guluman* qu'on a ramené m'a fait penser à ce que les ancêtres m'avaient montré et dit, que notre famille s'en servait pour transporter les poissons aux points d'eau. Notre peuple élevait aussi des poissons ! Après ce voyage, le *guluman* m'évoquait une histoire de notre peuple plus vaste encore – celle du chemin que nous avons parcouru avant de nous redécouvrir et de redevenir fiers de notre culture.

monde, dans le monde entier, partout – ***bangal-ngaara-ngaara*** Un jour, les fantômes sont venus alors que j'étais censé faire mes corvées, et on est partis guincher. Je n'étais jamais allé danser, je devais avoir dans les treize ans. Toute ma famille était au *corroboree* et là, ils m'ont montré la danse du corbeau. Pendant qu'on dansait, on s'est envolés dans les airs et on a fait des choses que les humains ne peuvent pas faire. On est allés *bangal-ngaara-ngaara* et l'ancêtre, mon arrière-arrière-arrière-grand-mère était là. Elle m'a parlé de la mort. On volait, quand elle a déclaré : « Personne ne meurt jamais.

— Je suis sûr que si, parce que mon père est mort. »

Alors elle a arraché une plume de mon aile du bout de sa griffe, et elle m'a dit : « Ce n'est pas toi. Si je t'arrache toutes les plumes, ce n'est pas toi.

— Qu'est-ce qui est moi ?

— Tu n'es que de l'électricité, et l'électricité ne meurt pas. Tu vas ailleurs, mais ta plume n'est pas toi. »

Notre danse nous a menés à mille et un endroits, et elle m'a montré que la poussière qui retourne à la terre, ce n'est que le lieu où l'on repose – que ce soit sous le sol, dans l'eau ou réduit en cendres et éparpillé : « Maintenant ils sont terre, maintenant ils sont eau, maintenant ils sont foudre. » Après ça, on est retournés autour du feu de camp. Mes ancêtres ont dansé toute la nuit, et on a mangé du quandong près des flammes. C'était sucré, et je suis resté éveillé longtemps après le dessert. Mais il a fallu que j'aille me coucher, alors ils m'ont ramené au Foyer pour Garçons. Allongé dans mon lit cette nuit-là, j'ai eu très peur de mourir, j'ai pensé que ce n'était pas pour rien qu'ils m'avaient montré la mort. Mais je ne suis pas mort, je crois qu'ils voulaient juste me dire des choses, mais pas forcément comme je l'imaginais. J'ai compris que j'étais en train d'apprendre, et que je n'avais pas besoin de le faire dans un ordre particulier ; ils m'enseignaient tout simplement ce dont j'avais besoin pour tous les jours, et pas juste pour celui que je redoutais.

HUIT

La compulsion alimentaire d'August était apparue avant qu'elle parte vivre chez son grand-père et sa grand-mère. Chez ses parents, il n'y avait pas grand-chose de comestible pour les enfants, seulement des saucisses si elles avaient de la chance, des miches de pain blanc qui partaient trop vite, des fruits trop mûrs destinés à être jetés, et des denrées de la banque alimentaire qu'il fallait transformer en autre chose. Au goûter, Jedda et August avaient l'habitude de tremper le bout de spaghettis crus dans le paquet de sucre. Elles en faisaient une pâte, à force de mâcher. Parfois, pourtant, tous les trois ou quatre mois, du fromage faisait son apparition. Un grand bloc de cheddar enveloppé dans du carton bleu souple et une fine feuille d'aluminium. August attendait patiemment que ses parents s'installent devant la télévision, puis elle rampait jusqu'au frigo. Elle débranchait d'abord la prise du mur, faisait sans bruit le tour de la porte, et écartait doucement le joint sans crainte que la lumière ne s'allume. Ensuite, elle croquait gros morceau après gros morceau de fromage jusqu'à ce qu'il n'en reste plus rien et que l'extase de l'acte l'amène au bord des larmes.

Quand les parents d'August découvraient le frigo vide, ils se mettaient à crier, à cogner des choses, à claquer les portes. Son père, qui avait un visage sévère, retirait sa ceinture de cuir, la pliait en deux, formait une bouche de poisson avec un poing à chaque extrémité, puis *clac !* ramenait les bandes de cuir l'une contre l'autre. Mais il ne la frappait jamais. Il se contentait de faire peur aux filles. Ses parents lui rinçaient la bouche au savon noir et à l'eau et s'écriaient : « D'où tu sors, bordel ! T'es née dans le ruisseau, ou quoi ? » Elle savait que non, mais était consciente qu'ils ne lui posaient pas vraiment la question. Elle savait où elle était née, le certificat de naissance était protégé par une pochette en plastique, sous la couchette inférieure de leurs lits superposés. Elle savait qu'August Gondiwindi était née le Jour du Poisson d'Avril à la Maternité de Massacre (les pieds devant, lui raconta un jour mamie). Parents : Jolene Gondiwindi, sans emploi. Mark Shawn, sans emploi. Sœur : Jedda, douze mois.

Les premières années, la famille avait quitté Massacre Plains pour Sunshine, à cinq heures de route de là, et ses longues rangées de maisons en fibrociment où vivaient des proches de son père. Ils recevaient sans cesse des visiteurs. August se souvenait qu'elle cherchait toujours à écouter les conversations. Tout à la maison paraissait étrange à Jedda et August, pas seulement la nourriture et le désordre des jours – elles avaient l'impression que la vie était assourdie par quelque lourd secret. Elles l'acceptaient et s'en accommodaient, tendant les mains aux visiteurs pour leur demander vingt cents ou un morceau de chewing-gum s'ils voulaient vraiment qu'elles s'en aillent. Elles rassemblaient leur butin et filaient dans le petit jardin ; fabriquaient des tentes avec des torchons ; jouaient au cours de danse, Jedda le professeur, August la débutante. À l'intérieur de la maison, quand August tirait la langue, elle pouvait goûter la fumée de cigarette et l'insecticide qui flottaient dans les pièces. Elle voulait tout goûter, même à ce moment-là, même l'air âcre.

Leur départ de Sunshine et leur retour à Prosperous House avaient été la confluence de tous les désastres de leur enfance.

L'instituteur leur avait déjà rappelé un million de fois que leurs parents devaient les déposer à l'heure à l'école, ou qu'ils devaient signer ceci ou cela, ou venir les chercher parce que la surveillante ne pouvait pas passer l'après-midi à attendre pour rien devant le portail. Dans l'ensemble, leurs parents étaient plutôt comme des camarades de jeu, surtout leur mère. Jolene leur faisait des câlins quand elle planait et jouait avec elles quand elle avait bu, elle courait dans toute la maison sous les murs humides qui leur donnaient de l'asthme et les moisissures qui poussaient comme d'infâmes taches de naissance dans les plis du papier peint et sur les plafonds.

Quand les sœurs jouaient de la sorte, tout était parfait.

Tôt ou tard, leur mère quittait la pièce. Alors elles n'entendaient plus que les Rolling Stones, après quoi elles allaient réveiller Jolene qui avait oublié de leur servir le dîner. Ensuite ça prenait du temps, parce que chaque fois que leur maman était dans cet état, elle voulait toujours cuisiner maison et s'y prenait à la dernière minute, mais en plein milieu, elle oubliait et s'endormait. Alors, Jedda et August finissaient de préparer le repas pendant qu'elle sommeillait, elles faisaient leur plat préféré de toasts aux haricots, et à son réveil, les filles avaient lavé leurs assiettes, s'étaient brossé les dents et mises au lit, Jedda ayant bordé August avant de se border elle-même. Bien des heures plus tard, Jolene venait leur embrasser le front, dégager les cheveux de leur visage. August faisait semblant de dormir. C'était à ce moment exact qu'elle l'aimait le plus au monde. Ses parents n'étaient ni méchants ni mauvais, mais simplement distraits, trop jeunes et trop niais, des bleus, se disait-elle.

Et puis, un hiver, un brouillard froid inhabituel avait englouti la ville, et il avait neigé pour la première fois depuis plusieurs dizaines d'années. Tous les toits de tuiles étaient blanchis par le gel, sauf le leur. Des policiers s'en aperçurent en patrouillant ce matin-là. À l'intérieur de la maison, ils trouvèrent quatre-vingt-quinze plants de marijuana sous une trappe, chauffés par de longs tubes au néon. Quand les policiers arrivèrent à la porte, ils frappèrent si fort que les filles se mirent à trembler. Leurs parents furent menottés et placés en détention puis en prison, tout ça avant le petit-déjeuner. Le lendemain, le journal publiait une photo de la maison et l'assistante sociale les conduisit dans le foyer d'accueil d'urgence. Là, elles tremblèrent des jours durant, jusqu'à ce que leur mamie et leur Poppy viennent les rejoindre et les prendre en charge. En l'absence d'Elsie et Albert, des toiles d'araignée se déployèrent dans les coins, des serpents explorèrent l'intérieur de leur maison déserte, et le willy-willy souffla pour éloigner les enfants. Mais le duo parti de Prosperous revint en quatuor, chantant « Les roues de l'autobus » et jouant aux devinettes sur tout le chemin du retour. Alors âgées de huit et neuf ans, August et Jedda vécurent donc avec leurs grands-parents, Albert et Elsie, à Prosperous House – l'ancienne église de la Mission transformée en hébergement pour les ouvriers agricoles, peinte longtemps auparavant en jaune citron et agrandie pour les tondeurs. Deux cents hectares incapables de s'affranchir du passé ; où tout n'avait cessé de mal tourner. On les avait ramenées là où elles étaient nées et il semblait que leurs vies avaient pris le tour le plus favorable.

August pensait que les choses ne changeraient jamais autant qu'à l'époque de ses huit ans.

Elle avait tort.

NEUF

prier, se prosterner – *dulbi-nya* J'imagine que c'est parce qu'ils avaient particulièrement besoin de Lui que les Aborigènes aimaient tant le Seigneur que leur avait apporté le Révérend. Je pense qu'on s'est toujours dit qu'il devait forcément y avoir quelque chose de mieux. Prier nous venait facilement, alors l'histoire de ce Jésus venu du désert de l'autre côté de la planète et qui donnait toutes les consignes pour monter au ciel, eh bien ça nous allait très bien. Sauf qu'ils ne laissèrent pas les Aborigènes chevaucher le monde qui leur était connu – fini, le langage, la chasse, les cérémonies. Fini, nos coutumes, seule leur loi était appliquée. On devait être sauvés mais on était encore esclaves. Pourtant, on priait, on se prosternait, *dulbi-nya*. On l'avait déjà fait devant l'abeille prodigue, l'opossum généreux, le soleil aimant, les eaux abondantes – nos vies étaient pleines de *dulbi-nya*, longtemps auparavant.

sous la terre – *ngunhadar-guwur* Qu'est-ce qu'il y a, là-dessous ? Pourquoi ces types des compagnies minières veulent tout déterrer, et pourquoi ça leur appartient, après ? Je pense que ces trucs brillants *ngunhadar-guwur* ne devraient appartenir à personne, juste à notre mère. Je pense que cet argent devrait revenir, servir à panser la plaie. C'est étrange, non ?

Ce mot, *fortune*. Je crois que ce mot n'existe pas du tout chez nous.

comprendre – ***gulbarra*** On passe nos vies entières à ça, à chercher à comprendre et à être compris. Mais c'est quand on se trouve entre la jeunesse et la vieillesse qu'il faut réfléchir sérieusement. Le monde n'a pas commencé quand je suis né, c'est ce que j'ai fini par comprendre. On se rend compte de ça à un certain moment de l'existence – quand on s'aperçoit que des divisions ont été faites alors qu'on n'était que la laitance d'un poisson dans l'enchaînement de la vie et de la mort. Je vais bientôt quitter un monde compliqué, un monde révolté, et je vois trop d'affrontements. *Aime ton prochain*, ça, c'est un des commandements de la Bible, *bilingalgirridyu ngaghigu madhugu* – ça, c'est notre commandement, qui se traduit par : *J'apprécierai mon ennemi*. Tous deux veulent dire *gulbarra*.

instituteur – ***yalmambildhaany*** C'est au Foyer pour Garçons que j'ai reçu mon éducation, ou plutôt ce qu'ils appelaient « éducation ». J'ai appris à lire et à écrire là-bas, mais pas comme maintenant – l'anglais standard, je l'ai appris plus tard. À l'époque, on écrivait seulement des petites maximes en lettres cursives sur notre ardoise : *J'aime m'asseoir au soleil. Dieu a fait le soleil.* Notre *yalmambildhaany* s'appelait Mme Sally-Anna Mathews, et elle avait un tempérament qui allait de pair avec son si joli nom. Mme Mathews gardait dans son sac à main l'iode et les bonbons pour nous soigner de toutes les punitions infligées par le directeur, qui disait qu'il n'y aurait ni rosée ni pluie, sauf à travers lui. Elle nous serrait même dans ses bras ! Quel bonheur d'être câliné, nous qui étions loin de nos parents. Je crois que ma sœur, Mary, n'a jamais reçu de câlin au Foyer pour

Filles, parce qu'elle se pétrifiait dès qu'on la prenait dans les bras. Je suis désolé que ma sœur n'ait pas eu de petit espoir comme Mme Mathews – une gentille *yalmambildhaany*, bien que mal instruite.

temps, il y a longtemps – ***nguwanda*** Remonter au tout début n'est pas toujours une bonne chose. *Nguwanda* était une période de paix, d'après ce qu'on m'a raconté. Dans les histoires des autres peuples aussi, *nguwanda* était paisible, d'après ce qu'on leur a dit. Les choses changent pour de bon à bien des égards, alors il est important de se rappeler *nguwanda* – mais juste pour comprendre, pas pour s'arrêter d'avancer, pas pour revenir tout à fait en arrière.

revenir – ***birrabuwuwanha*** Je n'étais pas un très bon père. J'étais distrait ou alors j'étais dehors, à travailler au champ. Quand la Station a fini par fermer et que la propriété a été allouée à Homestead Farm Lease, Bernard Falstaff, un brave homme, a laissé les Gondiwindi rester dans les cabanons pour travailler aux champs et s'occuper du bétail, en échange de quoi ils deviendraient en quelque sorte propriétaires de Prosperous. J'ai appris qu'ils cherchaient quelqu'un pour diriger les travailleurs saisonniers. Je me suis rendu à Prosperous pour la première fois depuis qu'on m'avait retiré à ma famille. Les ancêtres m'ont accompagné et m'ont parlé tout au long du chemin. Ils disaient que j'allais *birrabuwuwanha*, et certains étaient inquiets, d'autres, heureux. J'ai parlé au vieux Falstaff, un homme de sciences qui par la suite m'a appris à jouer aux échecs et qui n'aimait pas l'agriculture. Il m'a demandé si j'étais déjà marié, je lui ai répondu que non mais que j'espérais l'être un jour. Il m'a embauché pour superviser les travailleurs et m'occuper de la vieille église. J'ai rencontré Elsie moins de cinq ans plus tard, et on s'est installés dans notre coin. Même si je n'étais pas un papa attentif, je crois que les filles ont eu une belle vie, chez nous. M. Falstaff m'a laissé planter des arbres et considérer ce coin comme s'il nous appartenait vraiment. C'est donc comme ça qu'on a pu rentrer chez nous, rester au pays, grâce à M. Falstaff on a tous pu *birrabuwuwanha*. Comme les ancêtres aimaient cet endroit, eux aussi ! On n'avait même plus besoin de se retrouver dans le bush secret, on pouvait rester sur place et ils me montraient tout ce que je devais chercher.

arroche – *bulaguy, miranggul* Il y a l'arroche vieil-homme, l'arroche cotonneuse, l'arroche grimpante, l'arroche épineuse et l'arroche rubis. C'est de la bonne nourriture du bush : les feuilles du vieil-homme peuvent être utilisées pour parfumer la viande, les tiges et les feuilles du rubis peuvent être bouillies et mangées comme des légumes ; les baies sont grosses, rouges et sucrées. Les ancêtres utilisaient toutes les arroches de plusieurs façons. La plante soutire également le sel de la terre, elle peut guérir le sol tout en poussant. Ça n'est pas rien.

sève des arbres – *dhalbu* La *dhalbu* du campêche a sauvé la vie de certains Gondiwindi. Quand on nous a rassemblés et qu'on nous a envoyés apprendre la Bible et les métiers de laboureur et de domestique, les aïeules ont pris peur et se sont enfuies. Elles ont essayé de cacher leurs bébés à la peau claire dans le bush. Certaines y sont arrivées et on ne les a jamais revues. Mais d'autres n'ont pas pu partir à temps et ont fait passer leurs bébés pour des *pure-souche* en les badigeonnant de *dhalbu* noire. Certains d'entre eux ont été capturés par la suite. Ils errent près du fleuve qui apparaît quand je voyage avec les ancêtres, trempés de sang et de sève, sans plus chercher à se cacher mais toujours effrayés.

dire, parler, raconter – *yarra* J'ai demandé au Dr Shah de *yarra* – de me dire toutes les mauvaises nouvelles. Il s'est exécuté. Quand il m'a proposé la place à l'hospice de Broken, j'ai répondu : « Ne vous en faites pas, je vais quitter ce monde comme j'y suis entré – au bord de la rivière. » Il n'a pas vraiment cherché à me dissuader, quelques minutes seulement, probablement par obligation, mais ce type me connaît depuis longtemps, alors on a réglé l'affaire comme des hommes, d'une poignée de main, et il m'a laissé partir. Elsie pleure depuis qu'on est rentrés à Prosperous, alors j'ai pris son beau visage doucement dans mes mains, et je lui ai dit : « Tu n'es pas contente d'avoir rencontré un bon gars comme moi ? » Elle a hoché la tête, même si mon culot la faisait pleurer et rire. « Je serais mort heureux, le jour où je t'ai rencontrée, Elsie, et maintenant il nous reste tout cet autre temps à passer ensemble. Quelle chance, non ? » Et puis on s'est embrassés et étreints et embrassés et étreints jusqu'à ce qu'elle réalise qu'on était encore en vie et toujours dans les bras l'un de l'autre. Une fois qu'elle a eu retrouvé son calme, je suis sorti terminer mon travail.

écailler un poisson – *ginhirmarra* Les ancêtres m'ont appris toutes les choses qu'on ne m'enseignait pas au Foyer pour Garçons : ils m'ont appris ce qui concerne les hommes ; où trouver de la nourriture, les noms et l'utilité de toutes les plantes et de tous les animaux. Ce que je préférais, c'était manger les anguilles d'eau douce et le cabillaud du Murrumby. Vous pouvez poser l'anguille ou le poisson – *guya* – entiers, tels quels, sur les braises chaudes et couper la peau une fois cuits. Vous pouvez les cuire avec leurs écailles ou vous pouvez les écailler et les vider d'abord à l'aide d'un couteau aiguisé. Avec le dos du couteau, vous grattez les écailles en remontant vers la tête, puis vous nettoyez le poisson et laissez la tête. Ensuite il faut l'ouvrir du dessous de la queue au haut de l'estomac puis enlever les entrailles avant de le nettoyer de nouveau. La peau s'enlèvera quand il sera cuit. Si vous mangez un poisson, il est important de savoir comment le traiter après qu'il est mort pour vous.

cicatrices ou marques, petits trous laissés par la variole – ***gulgang-gulgang*** Un grand nombre d'ancêtres qui m'ont rendu visite en avaient sur leur corps ; pas tous, mais beaucoup. J'ai demandé : « Qu'est-ce que c'est ? » parce que j'étais petit et n'avais pas encore appris qu'il ne fallait pas interroger les gens sur leurs différences physiques. L'une de mes grands-tantes a dit qu'il s'agissait de *gulgang-gulgang*. Puis elle a fait un dessin avec un bout de bois pris dans le feu. Elle l'a tracé dans le ciel au-dessus de sa tête pendant qu'elle parlait, et toutes les étoiles redevables l'ont aidée à illustrer son histoire. Elle m'a dit que la maladie arrivait par le vent, les bergers et la laine de leurs moutons, et qu'il faisait froid, à l'époque. « Chaque jour et chaque nuit étaient glacés, même quand il y avait du soleil. Tout le monde était pris de frissons. Ils ne pouvaient pas en parler, parce qu'ils avaient des cloques plein la bouche même sans rien avoir mangé de brûlant tout droit sorti du feu. Certains d'entre eux ne voyaient rien parce que les cloques étaient aussi apparues dans leurs yeux. La variole couvrait les pieds, les mains, le visage, mais le reste du corps restait presque intact – il était donc difficile de marcher, de toucher, ou de manger. Impossible de voir. » La grand-tante a poursuivi : « Eh bien tout le monde est tombé malade, et beaucoup sont morts.

— Pour toujours ?

— Jamais pour toujours, mais ce n'était quand même pas le bon moment de partir, pour beaucoup de bébés, de mamies et de poppys, pour les plus faibles. Pour les vieux, les vieux à la bouche encore pleine de choses à enseigner.

— C'est triste.

— Dis-leur ce que je t'ai raconté, et jamais ils ne referont une chose pareille.

— À qui faut-il que j'en parle ?

— Tu n'auras qu'à dire la vérité et quelqu'un finira par t'entendre. »

Je suppose que c'est enfin ce que je suis en train de faire.

DIX

À l'attention du Dr George Cross
Société britannique d'ethnographie

De la part du révérend Ferdinand Greenleaf, 2 août 1915

I

J'ai ressenti un immense désir de vous écrire, à une heure si tardive et – comme il est soudain indéniable – à une heure avancée de ma vie. Notre dernière conversation remonte à plusieurs années, dans la salle de réception du mirage de l'Exposition universelle, dans cette ville captivante qu'est Chicago. Cette soirée me revient à l'esprit, enveloppée d'une chaleur mordorée, bien que je fusse encore un homme d'Église et un homme de l'Empire désorienté. Nous parlâmes de votre épouse, à qui je présente mes meilleurs vœux ainsi qu'à votre famille, en ces temps tourmentés. Je me sens dans l'obligation de vous expliquer pourquoi je refusai de fournir les mensurations de mes résidents à l'exposition de la Nouvelle-Galles du Sud, de cataloguer les menus détails de la vie de mes frères au vu et au su de tous, là, devant les flots du lac Michigan. Avec le recul, ce sont effectivement mes frères – nous sommes liés par ce que nous avons vécu ensemble pendant toutes ces années. Je ne vous en ai rien dit à l'époque, bien sûr, mais dans des circonstances pareilles, aucun homme n'en aurait parlé. Oui – aucun homme *ne révélerait toutes les choses que j'ai découvertes. Tout raconter serait sans doute le meilleur moyen de détruire le travail formidable que nous avons accompli ici. Mais, docteur Cross, nous vivons une époque différente. J'admets avoir raturé des pages de mon journal, et n'avoir pas toujours retranscrit tous les événements – des sottises anodines, de toute façon, n'est-ce pas ? Je me souviens pourtant de tous les événements de façon plus palpable que tout ce qui s'est passé avant ou après. Aujourd'hui même, j'y ai repensé et je me suis brièvement demandé s'il fallait le consigner avant d'abandonner mon enveloppe mortelle. Peut-être.*

Alors que je m'apprête à quitter ce monde, j'espère que cela a servi à quelque chose, au salut du moins, et que le travail qui reste à faire et défaire continuera à prospérer et à sauver d'eux-mêmes ces malheureux, même si mes doutes l'emportent sur mes espoirs.

Vous êtes peut-être ma dernière chance, docteur Cross, il semble que je sois poussé à vous expliquer le passé en détail. Hélas, la situation actuelle éveille à notre esprit des vérités longtemps niées. Après de nombreuses années, je me suis aperçu qu'en cas de détresse, soit les langues se tiennent, soient elles se délient ; étant sujet à une crise de déliement, j'espère que vous pourrez me pardonner cet assouvissement si sacrilège. Sans doute ai-je atteint un niveau de lucidité tel qu'il me semble devoir tout risquer afin d'être entendu. Je n'ai donc d'autre choix que de révéler par écrit les choses dont j'ai été témoin et celles qui se sont passées dans ces plaines sombres depuis mon arrivée. Docteur Cross, j'espère que ces mots parviendront à des oreilles influentes qui sauront rectifier la situation. Le désastre a frappé la congrégation de Massacre Plains, et qui plus est, les braves indigènes parmi lesquels j'ai vécu. Vous êtes mon dernier recours.

Avant mon arrestation, je tentai de rassembler mes effets personnels. Ce faisant, je découvris les anciennes annales de la Mission ainsi que ma toute première bible, la seule chose qui m'accompagnait – à part mon père et ma mère – quand j'arrivai en Australie sur Le Skjold, *le dernier navire pour la Colonie.* Le Skjold *naviguait sur des mers impitoyables. Se trouvaient également à bord M. Huber, le maître charpentier, et M. Schmitt, le maître meunier. Je me souviens d'eux bien plus clairement que de mes parents ou de moi-même – sans doute parce que tant avaient péri lors du voyage vers la Nouvelle Terre, et que c'étaient toujours M. Huber et M. Schmitt qui fabriquaient les cercueils et qui confiaient ce mobilier terrestre à la mer. À bien y réfléchir, je suppose que ces boîtes étaient les objets les moins magistraux qu'ils eussent jamais fabriqués. Dissimulée à l'intérieur de ma bible d'enfant, se trouvait une coupure de journal – découpée dans* La Gazette *le jour de mon treizième anniversaire, en 1851, elle avait survécu aux nombreuses années passées dans le désert de l'arrière-pays. L'article expliquait en termes simples que le physicien Jean Bernard Léon Foucault avait lâché son pendule du toit du Panthéon à Paris – prouvant ainsi que la Terre tournait. Je dois repenser à mes toutes premières aspirations pour comprendre pourquoi, de toutes celles découpées pour moi par mon père lors de mes anniversaires, j'ai gardé cette coupure en particulier, mais j'en connais la raison : j'ai moi aussi toujours eu quelque chose à prouver. Prouver que les cieux tournaient, qu'ils pouvaient tourner et éclairer tous les hommes. Même ici.*

Près des flots ininterrompus du fleuve Murrumby, j'ai passé presque trente-quatre ans à améliorer les conditions de vie des tribus indigènes. Ici, *un endroit étrange : des journées brûlantes, des nuits fraîches, des pâturages et du bétail à perte de vue, un lieu foisonnant de flore et de faune que seule l'imagination pourrait classifier. D'autres curiosités, aussi, bien qu'inimaginables, y compris des actes trop noirs pour être évoqués. Tout ceci se rapporte au passé proche, puisque la Mission de Prosperous a été saisie par le gouvernement. J'ai fait de mon mieux, fidèlement à la Bible – tous les actes finiront par faire face seuls au jugement.*

Le mois dernier, l'unique bonne nouvelle me parvint de mon évêque, par le biais du ministre des Postes – une montre gousset en reconnaissance de mes services. Elle était argentée et lourde, avant qu'on me la confisquât ; qu'importe, elle ne m'aurait pas apporté de fierté après tout ce qui s'est passé. Je regrette d'avoir bâti la Mission de Prosperous – où j'avais espéré travailler longtemps à dispenser les bienfaits du glorieux Évangile de notre bienheureux Seigneur à ceux à qui nous devons tant mais pour qui nous avons fait si peu. Quel nom ironique, sachant que les ambitions que je nourrissais pour la prospérité de la Mission mèneraient finalement à toutes mes erreurs.

Aussi répréhensible que soit cette opinion, et pour des raisons que je ne comprends pas tout à fait, je ne voudrais me trouver nulle part ailleurs. La nuit qui précéda mon expulsion, je rêvai que j'essayais de construire quelque chose, mais que mes doigts rétifs n'obéissaient pas, malgré mes suppliques. La tâche semblait ne jamais devoir finir. Le rêve cessa enfin quand je m'éveillai au son des habitants réunis de nouveau devant ma maison. Il me semble qu'ils firent courir des armes le long des murs extérieurs. Puis ils s'en allèrent, mais je craignis de me pendre moi-même au poivrier sauvage à cause de qui j'étais et de ce que j'avais fait là-bas – et je crains désormais de me retrouver pendu, entouré de fil de fer. En raison du poids du temps qui pèse sur moi, j'ai décidé qu'on ne m'enverrait pas au gibet du bush secret ou derrière les clôtures d'un centre de détention sans avoir dit toutes *les choses que j'ai à dire. Sans avoir raconté comment les injustices furent acceptées comme bien fondées. Qu'importe ma perte, voici donc ma promesse : je dirai cette triste vérité, quitte à ce que ce soient mes dernières paroles. Les circonstances actuelles l'exigent.*

ONZE

Les premières semaines de leur arrivée à Prosperous, August et Jedda furent d'abord distraites par les allées et venues chaotiques qui agitaient la maison : les lundis et les mardis, groupe de soutien aux mamans ; les mercredis après-midi, cours de karaté ; les jeudis, couture ; les vendredis, catéchisme ; les samedis, travaux des champs et jardinage ; et les dimanches, journée libre. L'église le matin pour Elsie, Albert et les filles, ensuite Elsie préparait le goûter avant le déjeuner, au cas où quelqu'un passerait, ce qui était presque toujours le cas. Parfois des inconnus, des personnes âgées qu'Albert emmenait en longues promenades autour de la propriété. Elsie faisait un grand gâteau renversé à l'ananas, des lamingtons avec de la noix de coco râpée à la main, ou des scones accompagnés d'une crème qu'elle battait dans un bol en métal préalablement réfrigéré, avant que ses doigts ne deviennent raides pour de bon. Elsie était le capitaine de la maison et Albert le conteur, mais c'était la nourriture qui les obsédait, la nourriture qu'ils partageaient avec chaque personne qui séjournait ou travaillait chez eux ou dans les alentours – la nourriture était le centre de tout.

Elsie avait tenté d'encourager August à manger normalement, mais un instinct animal s'emparait de celle-ci, même si elle savait en son for intérieur que sa sœur et elle seraient nourries *à chaque repas*. Elsie apprit donc à Jedda et August à cuisiner à sa façon, à cuisiner autre chose que de simples toasts, pâtes et pommes de terre. Sur le buffet, en parfait état ou presque, elle conservait les vingt-sept volumes de *Cuisiner le monde*. Le soir et le week-end, elle faisait grimper les filles sur des tabourets près de l'évier de la cuisine, comme pour les confesser. Les manches relevées bien haut, pas besoin de tablier, disait leur mamie, parce qu'« On sera précises, vous voyez ? » Pourtant rien n'était jamais mesuré, juste une pincée, une poignée, une pluie, une cuillérée approximatives ; pas besoin de minuteur non plus. Ensuite elles râpaient ceci et cela, puis émincaient en rentrant le pouce. August se souvint que les meilleures tâches consistaient à écraser avec du beurre ou à mélanger avec du cacao parce qu'on pouvait lécher le bol. Les volumes Un à Cinq s'intitulaient *La Cuisine familiale*, et c'étaient ceux que sa mamie consultait le plus souvent, mais August avait l'impression qu'il s'agissait plutôt d'un pêle-mêle de recettes venues d'ailleurs : *shepherd's pie*, fettuccini, vol-au-vent à la crème d'asperge, brochettes de poulet au saté, samoussas feta-épinards et – l'un de leurs plats préférés –, curry de saucisses au riz. Le curry de saucisses au riz leur faisait tourner la tête. Enfin, jusqu'au jour où Jedda et August s'étaient faufilées dans la bergerie à l'autre bout de Southerly et avaient vu des dizaines d'agneaux se faire castrer, leurs sabots minuscules accrochés aux poutres, le sang qui coulait le long de leurs pattes, appelant leur maman de leurs minuscules bêlements. Après cela, les filles furent les premières de la famille à ne plus jamais manger de viande. Les volumes Six à Dix traitaient de cuisine italienne et espagnole, les volumes Onze à Seize de cuisine française et sud-américaine, les volumes Dix-Sept à Vingt-Deux de cuisine africaine et asiatique, et les volumes Vingt-Trois à Vingt-Sept s'intitulaient

Desserts du monde. Si elles se montraient studieuses, serviables et polies, Jedda et August avaient le droit de prendre deux boules de glace à la vanille dans la barquette. Servies avec des pêches au sirop et du coulis de framboise, exactement comme sur la photo du volume Vingt-Six, page 15.

Elsie leur apprit également à accueillir les visiteurs à l'entrée de Prosperous et à les escorter dans la grande salle pour surligner des passages de la Bible du roi Jacques. Dans cette même pièce, tante Missy venait enseigner le karaté, un cours auquel Jedda et August pouvaient assister. Elles n'étaient pas de très bonnes élèves – August avait tendance à rêvasser et Jedda balançait trop lâchement bras et jambes, ce qui finissait par une danse avant qu'elle prenne la porte. Se trémoussant dans le couloir au rythme d'une chanson dans sa tête. Elle ne tenait jamais en place, elle dansait toujours comme bon lui semblait, bougeant sur une musique qu'elle seule entendait.

Chez leur mamie et Poppy, on leur lavait souvent les cheveux et leurs grands-parents leur parlaient et les aidaient avec leurs devoirs. Mais ils ne pouvaient quand même pas les protéger de tout – pas des fourmis bouledogue, ni des pythons, ni du soleil sans crème solaire, ni d'une rage de dents si elles oubliaient de se les brosser deux fois par jour. Tout comme ils ne pouvaient pas les protéger de Mrs Maine, l'institutrice qui donnait à August des coups derrière la tête chaque fois qu'elle ne répondait pas aux questions, ou d'Ashlie, une fille dans la classe de Jedda qui était méchante et odieuse et qui crachait sur ses chaussures sans aucune raison. Ni de ce qu'elles avaient ressenti en apprenant que leurs parents ne reviendraient jamais. Quand on les avait fait asseoir pour leur raconter ces salades, comme quoi leur papa était attendu au paradis et que leur maman se soignait mais qu'elle ne pouvait pas encore sortir du « lieu fermé ».

C'est vrai, tout avait changé pour August l'année de ses huit ans.

Mais les choses avaient changé encore plus l'année de ses neuf ans.

À neuf ans, le monde entier avait été mis sens dessus dessous.

À partir de neuf ans, elle avait commencé à voir tous les os des choses, leur négatif photo, toutes les racines des plantes, l'intérieur du ciel et tous les trous noirs et les étoiles incandescentes. À partir de neuf ans, elle avait commencé à voir les petites poulies et les petits rouages à l'intérieur du cerveau des gens, leurs squelettes et leurs veines, leur sang et leur cœur et tout l'air de la ville qui courait dans leurs poumons. Il était trop tard pour en parler à qui que ce soit. Pour dire qu'elle avait peur de partir, et encore plus peur de rester. À cause des choses qu'elle voyait, ces choses qui avaient changé sa langue. Ces choses qui étaient mortes et enterrées.

August se réveilla tard dans la matinée avec un goût de mercure dans la bouche. Les yeux toujours fermés, elle sentit les odeurs flotter par la fenêtre ouverte – le grand réchauffement matinal des premières Choses Comestibles, dehors. L'huile des eucalyptus, les fruits tièdes du *kurrajong* en train de se fendre, la chair chaude dévoilant les graines, les fleurs de banksia alourdies de sucre – le sirop qui suintait des étamines, des stigmates et des ovaires collés. La branche avait atteint un point critique, tout comme la ville, semblait-il. Les journées devenaient plus chaudes. D'autres effluves venaient de l'intérieur de la maison – Dettol et vapeur chaude dans l'escalier –, savon, pin et ricin. Le Dettol avait toujours été l'allié des week-ends perdus à faire le ménage. Les yeux embrumés par le sommeil, August vit la chambre. La chambre et toutes les années bruyantes d'une enfance qui avait glissé entre ses doigts. Une fois hors du lit, elle entreprit de s'habiller, le parquet gémissant sous ses pas. *Tout se détache de ses jointures*, pensa-t-elle, *les fenêtres, les murs, les sols.* Elle imagina la maison dans l'ancien temps, les éléments grossièrement assemblés avec de la colle et de la toile de jute, puis du mastic et du placo, pendant que les Gondiwindi étaient à l'intérieur.

Elle se vit passer les doigts au creux des profondes rainures des lattes humides, grimper les escaliers à quatre pattes comme quand elles étaient enfants. Même si elle se sentait chez elle depuis son retour, deux jours plus tôt, elle comprenait qu'après tout ce temps, elle était devenue une invitée. Il existait tout un monde qu'elle n'avait connu qu'*avant*. Elle aurait voulu être transportée avant ses neuf ans, avant qu'elle ne se réveille un matin et ne remarque les étranges bagages qu'elle transportait sur sa peau. Avant qu'elle ne connaisse son corps et toute la douleur et la joie et la soif et la faim et la fatigue et la sueur et le sang et la merde et les choses que son corps pouvait goûter.

La main sur la rampe, elle descendit les marches fraîchement lessivées et foula les sols propres jusqu'à la cuisine pour faire du café. Sur la pointe des pieds, elle passa devant Elsie, de nouveau endormie sur le canapé, et arriva dans le jardin. Elle remarqua le ciel, bleu et limpide après le déluge-éclair de la nuit précédente, comme si les nuages avaient fui, honteux d'avoir tiré les agriculteurs du lit en pleine nuit pour rejoindre l'étendue impatiente, les doigts croisés dans l'espoir qu'il pleuve plus.

Sa mamie dormait toujours, même après que le soleil s'était levé, vif et rapide, et avait chauffé la maison. August emporta un autre café dehors, où elle aperçut Eddie qui descendait la colline de Southerly House, boitillant au milieu des bruyères, les épaules glissantes de sueur, des épaules qui s'étaient développées, se dit August, et formaient à elles seules une dimension entière.

Sa poitrine se serra, et lorsqu'il fut assez près, Eddie lança : « Étrangère. »

August gloussa, sans savoir quoi répondre. Il n'y avait rien à dire, il n'y avait plus d'enfance, plus de Jedda, plus de Poppy Albert, rien que les tourments du passé. Eddie dévisagea August de ses yeux bleus et se pencha pour la serrer dans ses bras.

August n'étant pas habituée à lui, l'accolade à laquelle elle s'était préparée fut plus maladroite que molle. Cela faisait tellement longtemps qu'on ne l'avait pas étreinte si facilement, avec une telle familiarité, qu'elle sourit malgré l'impression d'avoir des hameçons dans le ventre et l'odeur de sang soudaine.

« August Gondiwindi, fit-il, les yeux dans ceux d'August. Ça alors.

— En personne, répondit-elle, évitant son regard. Quoiqu'un peu fatiguée par le voyage. »

Eddie Falstaff, l'héritier de Southerly House, son vieil ami, son premier *vrai* baiser. À Massacre, Eddie dénotait encore plus qu'un Gondiwindi. Il avait toujours été grand et protégé par sa carrure. Il était né à une époque prospère, quoique brève, où les enfants de Massacre avaient pu profiter d'une période de pluie providentielle et d'abondance. Pendant deux très bonnes années, les gens cueillirent des prunes bien noires sur les branches, se tachèrent les dents à l'ombre des mûriers, engouffrèrent d'énormes morceaux de nourriture dans des bouches grandes ouvertes. Des jambes pleines de piqûres de moustiques coururent sous les étoiles tout au long de l'année, fouettées par le blé et l'orge et le colza luxuriants. August se souvint que, lorsqu'il faisait plus sec et qu'Eddie Falstaff avait dix ans, presque onze, il avait raconté à ses camarades de classe qu'il y avait chez lui, dans son sous-sol, un canon d'or. *Grand comme ça !* – s'était-il écrié, plaçant trois de ses amis côte à côte, bras tendus. Son mensonge lui sortit de l'esprit jusqu'à son onzième anniversaire ; après le gâteau et la course en sac, les garçons importunèrent sa mère en chœur : « Quand est-ce qu'on pourra voir le canon doré ? » La mère d'Eddie avait penché la tête vers son fils et avait silencieusement articulé les mots « *Canon doré ?* » avant de retourner à l'intérieur, le laissant s'expliquer avec ses amis. Eddie avait raconté toute l'histoire à August après coup, mais elle était déjà au courant puisqu'elle s'était cachée dans les fourrés pour espionner. August n'avait pas été invitée à la fête d'anniversaire parce que cela aurait mis les autres mal à l'aise. Voilà ce que la mère d'Eddie avait dit à son fils, qui en avait ensuite informé August. Puisque Louise Hong, du restaurant chinois Hong, n'avait pas le droit d'y aller, August non plus. Sa mère devait trouver que les filles, c'était dégoûtant, pensait Eddie. Mais August savait qu'il s'agissait d'autre chose.

Eddie Falstaff n'avait pas besoin de mentir sur ce qu'il y avait chez lui ; même avec la sécheresse, c'était l'un des gamins les plus riches de tout Massacre Plains, juste après les enfants Gadden, dont la famille tenait le garage du coin. Les Gadden, qui travaillaient sur les meilleures voitures de course Holden et Ford à chaque Grand Prix, quand cent mille étrangers vêtus de bombers débarquaient à Massacre. En garnison dans les gradins. C'était toujours l'événement phare de l'année, qui permettait d'entretenir la machine péniblement huilée de la région en période de vaches maigres. La famille d'Eddie détenait les champs de céréales de Prosperous Farm, mille têtes de bétail, et aussi le drugstore de la ville, avant qu'il ne brûle.

« Comment vont tes parents ? demanda August, adossée à un pilier du perron.

— Bah, qu'est-ce que tu veux, ils vieillissent… Maman est à l'hôpital de Broken.

— Rien de grave ?

— C'est un cancer. »

August, les yeux levés vers Southerly, revit Mme Falstaff en plein milieu de son sempiternel ménage de printemps, tenant le balai au-dessus de sa tête pour enlever les toiles d'araignées des gouttières. « Je suis désolée.

— Et désolé pour ton grand-père, hein.

— Merci, Eddie.

— Il faudrait que je te rende les bouquins qu'il m'a prêtés et tout ça…

— Des livres ? »

Eddie contempla le champ de blé. « Faut croire que ton vieux Poppy a déteint sur moi. »

Surprise, August haussa les sourcils.

« Il écrivait son livre, là, non ? fit Eddie en désignant les chaises pliantes jamais pliées.

— Un livre ? »

Eddie écarta les mains : « Un gros truc.

— De quoi ça parle ?

— J'en sais rien. Il écrivait pendant qu'ils faisaient leur levé.

— Qui ça, "ils" ?

— Rinepalm – les mines à ciel ouvert. »

Il se frotta les doigts pour symboliser l'argent.

« Mamie et Poppy ne m'en ont jamais parlé.

— Probablement parce qu'on peut rien y faire. C'est une entreprise d'extraction d'étain, le top du top – ils ont cherché partout, mais c'est ici qu'ils se sont installés. Toute la ville leur a déroulé le tapis rouge. Tu vois, là-bas ? »

Il désigna le champ, où August n'aperçut que le sommet tacheté de rouille des blés.

« Je vois rien.

— Suis mon doigt. Là. » Il l'attira vers lui de sa main libre. C'est alors qu'elle les aperçut, à environ cinq cents mètres de là – trois dômes métalliques qui lui firent penser à des têtes d'épingles.

« Qu'est-ce que c'est ?

— Des sites de forage – pour mesurer, ou je sais pas quoi. Ils pensent… » Eddie laissa tomber son bras avec un sursaut. « Ils seront bientôt là, tu pourras leur demander. T'as vu ceux de Kengal, aussi ?

— Qui ça ?

— Les manifestants, fit-il, le sourire aux lèvres et les yeux écarquillés. Ça fait des mois qu'ils essayent de venir ici ! »

Une voiture emprunta l'allée de graviers de Prosperous. August ne put discerner qui se trouvait à l'avant. Elle se tourna ver Eddie, mais il était déjà descendu du perron.

« À plus tard, Augie, lança-t-il en remontant la côte vers Southerly dans la lumière toujours naissante.

— Oui, je passerai te voir bientôt », répondit-elle, et il leva la main en signe d'assentiment.

De la voiture sortit la lourde charpente de grand-tante Mary. August remarqua immédiatement que son visage s'était empreint de tristesse, année après année, les lèvres affaissées comme la gueule d'une morue du Murrumby. Tante Missy était avec elle. August la trouva moins alerte et encore plus grisonnante qu'avant. Elle était toujours grande, comme les autres – tous avaient conservé leur grande taille.

« AUG-UST ! » glapirent-elles d'une seule voix.

Grand-tante Mary avait toujours mis August mal à l'aise, non seulement parce qu'elle était tellement franche que ses propos pouvaient blesser, non seulement parce qu'un regard d'elle pouvait faire chavirer un bateau, mais aussi parce qu'elle ne voyait pas le mal en son propre fils, et qu'August se sentait obligée d'être triste pour elle, qu'elle l'ait perdu.

Grand-tante Mary et tante Missy s'empressèrent de rejoindre la maison en silence, tête baissée, comme si le *clac clac* irrévocable des portières refermées leur avait tout juste fait prendre conscience de la mort de Poppy Albert, l'unique raison du retour d'August.

« Comment ça va, chérie ? » demanda Mary.

Sous l'auvent, sa grand-tante passa ses bras autour du cou d'August, qui la tint timidement par la taille comme pour danser un slow.

« Ma nièce », fit tante Missy, avant de danser un slow avec elle à son tour. August se laissa étreindre. « Tu es toute riquiqui dans mes bras ! » Elle s'écarta, interrompant leur chorégraphie, et, tenant August par les coudes, elle la secoua un peu comme une boule à neige, comme pour permettre à son corps de reprendre sa forme initiale.

« Els est réveillée ? demanda Mary sur le pas de la porte.

— Elle dort sur le canapé.

— Bon voyage ? » s'enquit Missy. Elle avait lâché August et la toisait maintenant de haut en bas.

« Je suis encore fatiguée, mais ça va. »

Missy la fixa de ses yeux ronds.

« Ça t'a pris combien d'heures ?

— J'ai arrêté de compter. » August sourit, et Missy la taquina malicieusement du doigt.

Elles entrèrent, l'une derrière l'autre. Elsie était encore endormie sur le canapé, le drap enroulé à ses pieds. Dans la cuisine, tante Mary brandit des tasses à café et adressa un signe de tête interrogateur à August.

« Noir, sans sucre – merci », chuchota August, puis elle emprunta doucement les escaliers vers la chambre du grenier pour y prendre des cigarettes. Et aussi, pensa-t-elle, pour trouver *ce livre*.

Le livre, se répéta August, inspectant la chambre du regard. *Un gros truc*, avait précisé Eddie. Mais où ? Elle fouilla dans les papiers sur le bureau. Ce qu'elle cherchait, exactement, dans ce livre, elle n'en était pas sûre. Mais elle sentait que Poppy savait quelque chose, qu'il avait quelque chose à lui dire. Seul Poppy semblait avoir compris pourquoi elle s'était enfuie sans un mot, même si lui ne serait jamais parti sans dire au revoir. Même s'ils n'en avaient jamais parlé, August sentait que seul Poppy savait pourquoi elle n'avait pas pu rester.

Petite, les livres passaient juste après la nourriture, et par la suite, ils avaient pris la tête. Mais ses livres à elle étaient différents de ceux de Poppy. Dans la bibliothèque mobile, on trouvait des romances jaunies au format poche, des policiers écornés, et des livres pour enfants usés par tant d'affection. Les employés lui trouvaient toujours le livre qu'il fallait – pour commencer, toutes ces possibilités, toutes ces histoires qui finissaient bien ; ensuite, l'ordre parfait des séries, la suite de mondes, pendant un moment, jusqu'à ce qu'elle ait besoin de plus, ou qu'elle soit devenue trop grande pour certaines choses. Ils lui recommandèrent les collections « Chair de poule », « Le Club des Baby-Sitters », puis Roald Dahl, Judy Blume, C. S. Lewis, Tolkien, Austen, Dickens, Faulkner. Mais jamais, dans aucun livre du bibliobus, elle ne parvenait à se trouver ni à trouver sa sœur. Jamais de filles comme August et Jedda Gondiwindi, jamais. Elle avait lu des livres du XIXe, avec des personnages distinctement bons ou méchants, des livres où le temps se déroulait de manière uniforme dans une vie, et puis des livres où les personnages pouvaient être les deux à la fois et où le temps changeait. Elle trouvait parfois quelques pages sur des personnages qui faisaient aussi partie de son enfance, de la ville où la vie des gens va, virevolte et s'achève. Elle aimait ses livres, elle aimait les pages remplies de compagnons quand elle était toute seule, ces quelques objets mobiles souvent perdus, détrempés ou jamais rendus mais qui trouvaient pourtant le moyen de se remplacer. Elle était la petite-fille de son grand-père, se dit August, contemplant les piles réconfortantes de couvertures cartonnées éparpillées dans la chambre.

Le bureau d'Albert était ostensiblement jonché d'affaires – factures d'eau, d'électricité, livres sur les oiseaux, sur l'apiculture, encyclopédies sur le développement de l'enfant, brochures de l'office national des céréales, affiches provenant des hangars à grains voisins, plan des pulvérisations aériennes, bibles, dictionnaires. Mais il y avait un ordre dans ce chaos – des Post-it sur tout, d'illisibles pattes de mouche, malgré son écriture soignée, l'écriture de son Poppy. Sur l'un d'eux, on devinait *Art. 116 de la Constitution – autorisation de détruire*, souligné plusieurs fois – mais il était posé à côté d'une pile d'ouvrages, sans indication de celui auquel il se rapportait. Prise d'un vertige soudain, August posa les mains sur le plateau en verre et effectua de lentes rotations du cou. Le bureau vacilla sans peine sous son faible poids. Elle examina de plus près les autres meubles :

le lit simple qui ne pesait pas très lourd, le placard en aggloméré, et réfléchit à ceux qui se trouvaient aussi en bas ; tout le mobilier pouvait être déplacé en le poussant un peu, rien dans cette Maison Évacuable et Oubliable n'était ancré au sol.

« C'est prêt ! »

La tasse de café attendait, seule. Les taties étaient installées sur le perron avec Elsie, enfin réveillée. August prit une chaise en plastique dans la cuisine et se joignit à elles.

« Tu te sens mieux, mamie ? demanda-t-elle en s'approchant.

— Mmhmm, fit Elsie avec un sourire et un hochement de tête.

— Alors qu'est-ce que tu fais de beau sous le *soleil* d'Angleterre ? lança tante Mary d'un petit air satisfait, reposant sa tasse de café.

— Le plus souvent, je lave la vaisselle.

— Est-ce qu'il fait jamais beau, là-bas ? » interrogea tante Missy, qui chassa une sauterelle posée sur son crâne.

August contempla le fond de sa tasse et secoua la tête. Bien sûr, le soleil brillait là-bas aussi, mais à ses yeux, cela avait ressemblé à un long hiver. Chaque année passée en Angleterre, les locaux parlaient de l'arrivée de l'hiver comme d'une chose déconcertante, mais elle était toujours préparée au soulagement du froid, comme si elle guettait le givre sur le toit depuis toujours. August ne se souvenait vraiment pas du soleil en Angleterre ; par contre, elle se souvenait de choses qu'elle ne voyait pas à Massacre, comme les nuages bas de fin de matinée jusqu'en début de soirée. Les arbres qui se dénudaient, la glace sur les vitres. Les ruelles étroites, les bâtiments de pierre et les vieilles choses chics qu'il n'y avait pas chez elle.

« Joey sera là samedi, annonça tante Missy, les yeux baissés sur son téléphone, ramenant ainsi August dans l'univers qui lui était familier.

— Il va bien ?

— Oui, super. » Tante Missy rapprocha sa chaise de celle d'August et cala son téléphone pour qu'August puisse le voir, tandis que tante Mary descendait les marches vers le potager. « Il a créé une appli, l'idée lui est venue en prison pour mineurs. Il avait le droit d'étudier les ordinateurs et tout ça. J'te jure. » Elle fit glisser ses doigts sur l'écran avec grâce, à la recherche de l'invention du cousin d'August. « C'est trop bien, ça s'appelle *Chope-Les*. C'est un jeu où tu luttes contre les colonisateurs – tu peux choisir tes armes et le pays pour lequel tu te bats et tout. » August regardait entre les mains de sa tante, quand soudain, les couleurs disparurent de l'écran et le téléphone devint une pierre lisse au creux de sa paume. « Merde – la batterie est morte », dit-elle, jetant le téléphone dans la gueule de son sac à main, les yeux dans le vague. Puis tante Missy poussa un grand soupir, comme si son corps venait soudain de se rappeler comment respirer. « Papa a eu une vie heureuse, souffla-t-elle, croisant les bras et se tapotant les coudes. Et une vie difficile aussi. »

Tante Mary était en train d'arracher les minces tiges du carré de légumes en bordure du jardin. August imagina Jedda, *crut* un moment voir Jedda et elle à cet endroit précis, enterrant des pommes pour faire pousser des pommes de terre, comme parfois, avant que leur enfance soit compromise. Et puis *pouf !* Jedda et elle disparurent.

La tête et les épaules penchées sur sa tâche, tante Mary héla les trois femmes sur le perron : « Tout ça doit partir, Els. Il faut tout déterrer et mettre en cageot avant…

— Avant quoi ? » interrompit August, à sa propre surprise.

Tante Mary jeta une tige derrière elle et redressa le dos, les mains sur les hanches. « Avant le déménagement, chérie.

— Alors c'est officiel ? Mamie doit quitter la maison ?

— Oui.

— Je ne comprends pas pourquoi. C'est à cause de la compagnie minière ? Mais ils seront juste dans le champ, non ? » August indiqua de la tête l'endroit qu'Eddie lui avait montré.

« Tu sais ce qu'ils extraient, Aug ? » Tante Mary avait les yeux écarquillés et le menton collé à la poitrine comme si elle tenait un scoop. « De l'É-T-A-I-N, de l'étain. Tu sais à quoi ça ressemble ? » Elle éclata de rire et secoua la tête. « Tout ça…, poursuivit-elle, les bras tendus, les doigts écartés, avant de tourner sur elle-même, traînant les pieds, tout ça va disparaître.

— Ça sera grand comment ?

— Deux kilomètres.

— Ils ne peuvent pas faire ça.

— Si, ils peuvent.

— Et Southerly ?

— Rasée.

— Le terrain leur appartient, non ?

— Nan.

— Pourquoi ?

— Concession de la Couronne, ça fait quatre-vingt-dix-neuf ans.

— Quand ?

— Quand le grand-père d'Eddie est rentré de la guerre, je crois.

— Quelle guerre ?

— La première.

— Et le blé ?

— Combien tu crois que vaut une tonne ?

— J'en sais rien.

— Que dalle.

— À quoi ça ressemble, une mine d'étain ?
— À un grand trou.
— Ça craint ?
— Tu te souviens du *Magicien d'Oz* ?
— Oui.
— Tu te souviens de l'Homme de Fer-Blanc ?
— Oui.
— Eh bien, c'est pas pour rien qu'il a pas de cœur, chérie.
— Qu'est-ce que tu veux dire ?
— Que l'étain, ça aime rien ni personne. »

August avala une gorgée de café et dévisagea Elsie qui les écoutait. Elle eut l'impression que sa mamie était jeune et vieille à la fois, mais que par-dessus tout, elle était pleine à ras bord du genre de tristesse qui donne aux gens un air surnaturel, comme s'ils revenaient du Styx. Elsie, le regard fixé sur August, suffoqua un instant et porta la main à sa bouche, clignant ses yeux secs. Elle ravala ses larmes avec succès. Tante Missy posa sa main sur le genou de sa mère et adressa un clin d'œil à August. « On verra déjà s'ils arrivent à nous faire partir, fit-elle avec un sourire effronté à l'intention de sa nièce.

— Tu sais où tu vas aller, mamie ? demanda August.
— Pas encore, ma puce. »

August chercha les mots justes, mais tous lui semblaient maladroits. Elle aurait voulu prendre la main de sa grand-mère dans la sienne et l'embrasser, lui dire qu'elle ne la laisserait pas perdre la maison, qu'elle allait tout arranger. Mais c'était faux. August ne pouvait rien dire d'important, elle savait qu'elle n'en était pas digne ; elle n'avait pas eu à endurer toutes ces années dans la maison, ni sursauté dans la rue, persuadée d'avoir vu Jedda, ni vécu dans une ville où le moindre sourire dissimulait des sous-entendus. August avait complètement ignoré le chagrin qui était censé les unir, tous autant qu'ils étaient. Le sentiment de culpabilité lui laissa dans la bouche un goût qui venait de sa gorge, épais, humide, noir et sale comme du gasoil, remontant autour de la langue. Elle chercha dans les parages la source du goût et de l'odeur, mais il n'y avait aucun moteur qui tournait en vue.

« Il faut que je m'achète une brosse à dents et d'autres trucs, déclara August en se levant. Tu as besoin de quelque chose, pendant que je suis en ville ?

— Non merci, Augie », assura Elsie.

August souleva sa chaise d'un bras, et de l'autre étreignit doucement tante Missy, puis fit signe à tante Mary. « À samedi », dit-elle, et ses tantes rétorquèrent « Oui-chérie » à l'unisson et la laissèrent partir, se penchant toutes deux – l'une vers le sol, l'autre vers son sac à main – tandis qu'August leur tournait le dos.

DOUZE

Lettre du révérend Ferdinand Greenleaf au Dr George Cross
2 août 1915, suite

II

Je fus autrefois un simple homme d'Église, et j'ouvris en 1880 la Mission luthérienne de Prosperous pour les habitants indigènes de cette ville d'éleveurs de bétail et ses environs.

Officiellement, notre Mission passera désormais aux mains du comité de protection des Aborigènes, où je pense qu'elle sera dirigée comme une station, sans doute de sorte à conférer une utilité au fils de Dieu, en remplaçant l'enseignement de la Bible, des mathématiques et de l'anglais par des considérations pratiques et économiques, comme c'est le cas dans les stations et les réserves dont j'ai connaissance dans la région. J'aurais pu quitter la Mission au moment où j'ai appris ce changement imminent, n'ayant guère contribué à soulager les indigènes pour lesquels je me suis pris d'une très grande affection. J'aurais pu me retirer dans une petite maison et vivre le restant de mes jours sur un lopin paisible, bien qu'avec peu de tranquillité d'esprit. Hélas, il semble que le passé ne soit pas mort et que je pâtisse de cette guerre que la Grande-Bretagne a déclarée à mon lieu de naissance – une situation au sujet de laquelle je n'ai pas eu mon mot à dire. Pourtant, ce ne sont pas mes compatriotes d'origine allemande et prussienne qui souffrent le plus de cette guerre à distance.

Ce sont, comme je le détaillerai dans cette lettre, les indigènes – de simples enfants ! – *qui ont été réduits en esclavage parce que le gouvernement souhaite qu'ils comblent le gouffre de la main-d'œuvre industrielle. Je vous mets au défi d'examiner ce que je vais décrire ci-dessous et de ne pas vous rendre à l'évidence.*

Comme mentionné précédemment, ma famille est arrivée de Saxe prussienne en octobre 1841, à bord du Skjold. *Mon père devait rejoindre les vignerons grâce à sa vaste connaissance du labourage des terres et de la fabrication du vin de table. Ma mère l'accompagnait, dans le rôle de femme au foyer et, avec son courage d'immigrante, une autre paire de bras pour travailler. Notre première traversée de l'arrière-pays en direction du sud se fit en char à bœuf, ma mère et mon père me menant vers notre destin. Au cours de ce voyage, je vis d'une façon saisissante – avec les yeux de la jeunesse, sans doute – les indigènes dans un état de nature, au cœur de la verdure et des terres abondantes. Cela frappa étrangement mon esprit. Lorsque nous atteignîmes enfin notre destination, il y avait déjà une communauté bien établie de bonnes gens qui parlaient notre langue. La ville était peuplée de ceux qui avaient fui les persécutions religieuses en Prusse et en Allemagne et étaient disposés et aptes à commencer une nouvelle vie dans ce grand pays, un pays qui promettait aubaines et quiétude aux déshérités.*

Dans notre patrie d'adoption, on nous attribua vingt hectares et Père retira les pierres du sol, coupa les arbres et déracina les souches jusqu'à ce que le terrain soit plat et facile à cultiver. Ne possédant pas de cheval de trait, ce fut un travail laborieux, mais malgré tout, il restait persuadé que notre petite famille s'agrandirait et que ce pays serait sa dernière et bien-aimée demeure. Mère menait ses propres affaires en ville tous les mercredis, jour où les femmes venaient vendre leur beurre, fromage et miel en rayon. La semaine était ainsi rythmée deux fois par la nourriture, de la messe du dimanche matin au marché fermier, et moi j'étais toujours occupé à étudier la Bible.

Nous nous accoutumâmes très bien à la vie en ville. Mes premières années consistèrent à apprendre l'anglais à l'école et à le parler à la maison avec mes parents ; ce n'était que lors des grandes occasions, lorsque les vignerons et leur famille se rassemblaient autour d'un repas ou d'une prière, que nous employions la langue de ma terre natale, ou que nous discutions de la politique d'un pays que tous s'accordaient à laisser dans le passé. Nous connaissions peut-être quinze bonnes familles, toutes parlant très bien l'anglais, et leur volonté permanente était de se trouver affranchies dans ce beau pays où nous avions choisi de nous installer – où nous avions prêté allégeance de tout cœur à l'autorité de la reine Victoria, sous le drapeau britannique. En guise de marque de respect supplémentaire, mes parents firent le nécessaire pour angliciser notre nom – celui que nous portions jusqu'alors et qui avait été inscrit à notre arrivée dans le registre du navire était Grünblatt ; le 1er juin 1844, nous devînmes dorénavant officiellement la famille Greenleaf. Je vous donne toutes ces informations parce qu'il s'agit de la vérité et parce qu'il est important de le rappeler, au vu des circonstances actuelles.

Une fois adulte, prêt à suivre l'Évangile et à affronter le reste du monde, j'étais devenu un homme d'Église. Étant donné l'immensité de l'Australie, et comme c'est le cas chez la plupart des jeunes apprentis de Dieu, je voyageais de station en station, dans les contrées sauvages de l'arrière-pays. Je parcourais seul des milliers de kilomètres, semant les graines incorruptibles de l'Évangile parmi les colons blancs, lorsque je rencontrai, contre toute attente, les Noirs de Massacre Plains. Je les trouvai dans un état des plus choquants. Je visitai leurs camps et entrai dans leurs misérables gunyahs d'écorce et de branches, où ils dormaient à l'étroit et de façon tout à fait indécente. J'allai d'une habitation à l'autre, une étendue chaotique de plus *d'un kilomètre carré, et à chaque fois, je trouvai la même misère et le même malheur. Dans certains camps, lors de ma première visite, les enfants s'enfuyaient en me voyant, terrifiés par ma présence, pendant que leurs mères – dont certaines n'étaient hélas elles-mêmes que des enfants – se tapissaient dans leur petite tanière comme autant de bêtes sauvages, sans doute effrayées par mon teint spectral. Tant d'impuissance, de malheur, causés par des chrétiens blancs ! Pourtant, j'allais bientôt apprendre de source sûre et par mes propres observations qu'une telle réaction n'était que l'index d'un lourd volume d'iniquité présent dans tout l'arrière-pays. Je pense que c'est alors, témoin de l'abîme de ces existences désespérées, que je ressentis sincèrement le besoin d'aider les Aborigènes des camps. Cela me parut aussi indubitable que le Saint-Esprit, saint Jude lui-même ayant guidé là ma vocation.*

Les camps dont je parle étaient installés en périphérie de la ville, où rien n'aurait pu paraître moins attrayant aux yeux d'un étranger que la province de Massacre Plains. Une ville aux collines basses couvertes de rochers volcaniques gris, à la végétation dépouillée, si ce n'était les immenses arbres blancs protégés du pâturage par des clôtures, et dont la puissance se discernait à des kilomètres à la ronde. Comparée aux colonies méridionales humides, j'eus l'impression d'une contrée de squatters abrupte et oppressante. Quelle grande différence avec les villes animées du Sud ; là-bas, les collines et les montagnes étaient luxuriantes et nombreuses, et les champs acceptaient le soleil et la pluie fréquente en sachant que le beau temps persisterait. Mais à Massacre Plains, seul un petit nombre de maisons avaient été construites ; deux hôtels et trois magasins, tous baignés par la chaleur sèche et un ciel éternellement dégagé. Suivant des conseils avisés, je me dirigeai vers le plus aristocratique des deux hôtels, où le sergent de police local m'avait réservé une chambre qui ne manquait de rien du point de vue propreté et confort.

Je me présentai ensuite à l'évêque de l'Église unifiée, que je considérai vite être un vrai gentilhomme, au sens propre du terme. Ma première tâche était en rapport avec mes fonctions d'homme d'Église : on m'appela pour rendre visite à un jeune mourant. Après quoi, accompagné d'un policier indigène, je parcourus quatre kilomètres en aval du fleuve Murrumby jusqu'à une station où je devais célébrer l'office. De retour à mon hôtel, je racontai à la maîtresse de maison ce que j'avais vu et entendu au cours de la journée. « Révérend Greenleaf, me dit-elle, j'ai souvent pensé que c'était un tel péché que les pasteurs chrétiens de passage n'adressent jamais la parole aux pauvres Noirs. Je peux vous assurer que de tous les hommes d'Église qui sont venus ici, vous êtes le premier qui semble s'intéresser à eux un tant soit peu. Si un pasteur honnête et bon voulait bien se pencher sur la question, cela pourrait encourager le gouvernement à améliorer leurs conditions de vie. »

S'ensuivit une longue conversation, au cours de laquelle cette dame, résidente de Massacre Plains depuis vingt ans, me peignit un tableau des plus tristes à contempler. Je rejoignis ma chambre, submergé par l'infortune et les besoins de ces malheureux.

Je me jetai à genoux et, en larmes, j'implorai Dieu : « Seigneur, montre-moi Ta Voie, enseigne-moi Ton Chemin, dis-moi quoi faire pour ces Aborigènes en péril. » La réponse ne vint pas ouvertement, mais je savais que si je suivais le bon et juste chemin, je serais éclairé. Je me levai, calmement résigné à la volonté divine ; pourtant, je n'imaginai pas un instant que ce fût mon devoir de devenir un missionnaire. Si j'avais su alors quel immense fardeau m'incomberait, puis m'épuiserait, je crois que je ne me serais jamais agenouillé, cette nuit-là. Si j'avais eu connaissance des mauvaises actions, et si j'avais écouté les paroles de Jean l'Apôtre lorsqu'il dit : « Les hommes ont préféré les ténèbres à la lumière parce que leurs œuvres étaient mauvaises. » Et si je m'étais rendu compte que, malgré le soleil vertical de l'arrière-pays, malgré toute sa lumière éblouissante, le Grand Soleil de la Vertu ne brillait pas ; à la place, dans cette lumière aveuglante, se cachaient des croyances contraires aux principes de la justice. Ici, les œuvres les plus noires jamais commises par l'homme sur son prochain sont monnaie courante, et « condamnent des myriades innombrables à gémir ». Cette vile inhumanité pratiquée par les chrétiens à peau blanche sur leurs frères à peau noire dans le but d'obtenir terre et résidence, par une « acquisition pacifique » – comprenez : par la capture, les chaînes, les longues marches, les coups de fouet, la mort au bord de la route, ou, au cas où ils survivraient à tout ceci, un destin bien plus terrible : être vendus comme des bestiaux au plus offrant, pour travailler aux champs sans rémunération.

Comment est-il possible que l'Australie, cette soi-disant nouvelle terre de liberté et de lumière, soit devenue le théâtre de l'oppression et de la cruauté ? Un pays non seulement béni par le Dieu Immense, avec ses cieux sans nuages, mais offrant aussi une prospérité et un bonheur généralisés à ceux qui ont le privilège de le faire leur. Qui plus est, qu'un pays qui prétend refléter les nobles institutions de la Grande-Bretagne, ces structures pieuses et philanthropes qui font, outre la gloire et la fierté de l'Angleterre, l'envie de tout le reste du monde – qu'un tel pays soit enveloppé de mauvaises actions ? Qu'un pays si bien loti et béni par la Divine Providence soit devenu la mère nourricière de l'injustice ? Que des actes d'infamie soient encouragés ? Ce que j'ai vu constitue la plus ignoble tache souillant l'écusson de la renommée de l'Australie. Si j'avais su cela, je ne me serais pas agenouillé, ce soir-là. Je n'aurais pas crié : Seigneur !

TREIZE

éparpiller dans la confusion la plus totale – *dandan* Les ancêtres ne viennent jamais quand les willy-willies sont là. Certaines personnes appellent les willy-willies des « diables de poussière » parce qu'ils éparpillent tout dans la confusion la plus totale. Nous les appelons *dandan* – ce sont de mauvais esprits, qui creusent des tunnels à travers le monde, font jaillir de la poussière de charbon, du sable, de la terre, de l'eau et de la neige. Je les ai vus deux fois dans ma vie. La première fois, j'étais enfant : on s'est rendus en train à la grande ville pour jouer dans les cent cinquantièmes Floralies devant toutes les foules présentes. Notre spectacle s'intitulait « Le développement de l'Australie », et je jouais le Garçon Mulâtre Numéro Deux tandis que les autres tenaient le rôle de Garçon Pur-Sang Un et Deux, Quarteron Un et Deux, Octavon Un et Deux, et que les grands jouaient le Prêtre et l'Instituteur, et même le Gouverneur. On devait imiter la bourgeoisie, surtout les octavons, mais les pur-sang pas du tout. On a fini par remporter le deuxième prix. Le premier a été attribué à la reconstitution de l'accostage du navire *Endeavour*. À la fin de la journée, un grand willy-willy a traversé l'arrière de la scène et les comédiens kooris ont dû être poussés sur les planches par leurs tuteurs, c'est dire à quel point ils étaient effrayés. Même les adultes. J'ai demandé à Tommy – Octavon Numéro Un – pourquoi tout le monde avait si peur et il n'en avait aucune idée, alors je n'ai pas manqué de poser la question à mes ancêtres. Ils m'ont dit : « C'est un mauvais esprit, et si tu t'approches, il t'attrapera. Ne viens jamais nous rendre visite si tu vois l'homme-willy-willy dans les parages et qu'il fait *dandan.* » Bien des années se sont écoulées avant que je ne revoie un autre willy-willy. Pourtant, j'ai ressenti ce chaos ma vie entière. Je crois que c'est notre cas à tous. Bien plus tard, le *dandan* est arrivé à Prosperous où il est resté très, très longtemps et après ça, je n'ai plus voyagé dans le temps.

chercher, regarder autour de soi – ***ngaa-bun-gaa-nha*** Quand j'ai eu quinze ans, j'ai passé l'âge de vivre au Foyer pour Garçons. Je suis resté un pupille de la nation et je bossais dans les propriétés du coin. À dix-neuf ans, on m'a délivré une plaque d'identité. Avec, je pouvais parcourir une certaine distance pour travailler aux champs en échange de viande et de sel, ou à rassembler les troupeaux. J'ai voyagé partout à la recherche de travail, mais ce que je cherchais par-dessus tout, *ngaa-bun-gaa-nha*, c'était mon chez-moi.

mer – ***murriyan*** On n'allait jamais à la mer. Toute ma vie d'adulte, j'ai eu l'impression que seules les familles blanches partaient en vacances à la mer. Même avec mes ancêtres, on n'allait pas à la plage ; on a bien volé au-dessus de l'eau, mais je n'ai jamais senti les vagues s'écraser sur mes jambes comme à la télévision. Je vais quitter ce monde sans être jamais allé à la mer, et ça me va. Il y a beaucoup de choses que je n'ai pas faites, et ma vie n'a pas été pire pour autant. Je n'ai jamais pris l'avion, je ne suis jamais allé dans un autre pays, comme August. Je ne me suis jamais couché sous la maison, je n'ai jamais grimpé sur le toit de Prosperous, ni vu un opéra en vrai ni appris à jouer d'un instrument de musique. Je ne peux pas me plaindre de cette vie – après tout, je suis un voyageur du temps. Par contre, si j'avais pu changer des choses, je l'aurais fait. J'aurais été un garçon avec une sœur et une maman et peut-être même un papa, et on serait allés à la *murriyan*. Au cours de mes voyages dans le temps, je n'ai jamais rencontré ma maman et mon papa.

ombre, maléfique – ***nguru*** On ne peut pas vraiment dire du mal de la famille – les gens s'inquiètent et se sentent menacés quand on se retourne contre le groupe. Je suppose que c'est parce que le groupe ne peut pas se permettre de perdre encore quelqu'un après tout ce qui s'est passé. Alors je n'ai jamais dit à Mary ce qu'on pensait de Jimmy. Elsie n'a pas écouté son intuition, et on a donc recueilli ma sœur Mary, toujours accompagnée du petit Jimmy. J'ai été aveuglé par la volonté de placer la famille au-dessus du bien. Qu'est-ce qui ne tournait pas rond chez Jimmy, je ne sais pas exactement. Il ne piquait pas de crises et ne jetait rien à travers les pièces, mais il avait des secrets et affectait un grand dédain pour tous les gens qu'il rencontrait. En grandissant, il est tout de même devenu plutôt malin, toujours le mot juste, toujours la bonne tournure de phrase. J'ignore d'où lui venaient ces choses-là, parce que ma sœur avait toujours été bonne et dure à la tâche. Il y avait de l'honneur dans sa façon de vivre et de travailler ; nourrir sa famille est parfois le seul acte d'amour dont certains sont capables, mais ça n'en reste pas moins de l'amour. Eh bien, on ne le savait pas, mais son fils avait un willy-willy en lui depuis le début, *nguru* et *ngarran*, qui plus est.

chanter – ***babirra*** C'est simple et agréable, disaient-ils, tu n'as qu'à ouvrir la bouche et ton corps suivra. Enfin, ce n'est pas si agréable, n'est-ce pas ? pas pour les oreilles de ceux qui traînent par là. Ce qu'il y a de bien quand on habite au pied d'un champ, c'est qu'on peut s'éloigner assez pour être sûr que personne ne va nous entendre. À chaque fois que j'ai pleuré dans ma vie, c'était quand je commençais à chanter. J'ai toujours chanté comme une casserole mais ce n'est pas pour cette raison qu'on essaye, ce n'est pas pour la perfection. La perfection, c'est juste l'avis de quelqu'un au bout du compte, et de toute façon, l'homme ne fait pas grand-chose de parfait. J'ai entendu un proverbe qui dit que *les blessures ne peuvent être guéries que par celui qui les inflige*. Je parie que le premier à avoir dit ça ne chantait pas bien. Chanter est un baume pour le chanteur, et si le chanteur chante juste, alors c'est aussi un baume pour celui qui l'écoute. N'importe quelle chanson fera l'affaire, le champ s'en fiche. Parfois, j'entonne des prières quand je suis perdu, quelques paroles me passent par la tête : « Oh Jésus, montre-moi la voie… nous irons prier à la rivière… » Je chante tout bas ou tout haut et je frappe le sol du pied, et les larmes viennent quand elles sont prêtes à couler. Parfois, j'entends un refrain à la radio qui restera coincé des semaines dans ma tête, alors je l'emmène au champ. Les fantômes, les ancêtres eux aussi m'ont appris des chansons, et ça ne ressemble à rien de ce que vous avez déjà entendu, des notes graves qui commencent à vos pieds et les aiguës qui montent dans la poitrine et qui font trembler mon cœur. Il est bon de *babirra*, c'est de la nourriture invisible mais qui vous rassasie quand même.

sol, terre, terreau – *manhang* Dans le potager, on cultivait des légumes robustes – pommes de terre, carottes, manioc, dont les boutures nous étaient apportées par le marchand chinois, lorsqu'il venait à Massacre et prenait les commandes, principalement des gens du coin. Depuis que Prosperous existait, notre peuple avait dû renoncer à beaucoup de choses, mais pas quand Elsie et moi y vivions – on mettait tout ce qu'il fallait dans la terre, du bon fumier, on la bêchait et la désherbait chaque jour pour y faire pousser notre nourriture. À l'époque où je suis né, après la guerre, les hommes étaient moins nombreux, donc les femmes travaillaient tout aussi dur. On cultivait le maïs pendant les averses estivales, de hautes tiges avec des spathes de la couleur du beurre. Mais la pluie d'été s'est arrêtée. Je crois que la ville s'est alors tournée vers Jésus, quand il a dit, dans Jean, VII, 37 : *Si quelqu'un a soif, qu'il vienne à moi et qu'il boive.* S'ils croyaient, s'ils avaient foi en la fin de la sécheresse, alors *De son cœur couleraient des fleuves d'eau vive.* Mais l'eau n'est pas revenue.

C'est dans les livres de sciences de la bibliothèque, en ville, que j'ai fini par m'informer sur les sols. Des plantes terribles poussent aussi dans les environs, des mauvaises herbes venues d'ailleurs. Les pires avaient été cultivées à l'origine par une dame, Mrs Paterson, sous le barrage de Hume. Dans son innocent petit jardin à l'anglaise, elle avait planté une jolie fleur violette qui allait bientôt se répandre comme une mort certaine pour les animaux de pâturage, à travers tout le continent. La plante malfaisante s'appelle la vipérine pourpre, et on n'échappe pas à cette saleté. Il y en a eu d'autres, il en existe toujours – le pissenlit du Cap, la chondrille effilée, le radis sauvage, le navet sauvage, l'ivraie et la folle-avoine, qui pompent l'eau et les bonnes choses d'un sol déjà sec. De nos jours, on rencontre toujours des obstacles. À l'époque aussi, quand le sol était devenu acide et qu'il a fallu faire venir de la chaux et l'envoyer par-delà les montagnes pour redonner vie à cet endroit. Encore et encore, ce cycle n'en finissait jamais – retirer le bon dans la terre et chercher à le remettre grâce à des produits chimiques. J'ai lu qu'il y a autant de microbes dans le sol que d'étoiles dans l'univers, et qu'en cultivant la terre, on retire les nutriments et avec, la possibilité qu'il pleuve. Eh bien ça, ça m'a coupé le souffle – on ne trouve pas toujours la réponse à ce qu'on ignore. Mais moi, je l'ai trouvée. Une fois qu'on trouve un morceau de ce qu'on sait, on découvre de plus en plus de pièces du puzzle, où qu'on aille. Une chose arrive et puis le monde vous dit de guetter toutes les autres informations manquantes. *Manhang* – c'est là que le corps finit un jour, et tout, du *manhang* aux étoiles, est éternellement animé par notre esprit.

QUATORZE

Par l'autoroute, le trajet jusqu'en ville prenait dix minutes. August ralentit un instant au niveau de l'unique aire de repos ; celle-ci était vide, mais ses yeux s'y posèrent par habitude. *On y avait cherché Jedda – une chaussure, un lambeau de robe, une touffe de cheveux.* Rien n'avait été trouvé, ni les méduses que Jedda portait aux pieds ce jour-là, ni son uniforme scolaire. Son attention fut attirée vers le bas-côté, par les animaux écrasés et les morceaux de pneu éparpillés là, par la boule au creux de ses tripes. Dans un mouvement de panique, elle voulut tout à coup s'arrêter pour inspecter les os de wallaby et les bouts de caoutchouc noir. Elle s'imagina en train de fouiller du pied les ordures et d'y trouver le bassin d'une fille simplement passé inaperçu. Pourtant, elle ne s'arrêta pas. *Je ne suis pas folle. C'est le genre de choses que font les fous*. Qu'est-ce que ça pouvait bien changer, de toute façon, de trouver Jedda, ses os, des os depuis longtemps délaissés par les corbeaux ? Cela ne lui apporterait aucun réconfort quant à tout ce qu'ils avaient perdu.

Elle sentit dans sa bouche le goût soufré du monde mourant de l'autre côté de la vitre, et ses pensées se tournèrent vers les livres qu'elle avait laissés en Angleterre – ceux qu'elle aimait, qui la calmaient quand elle était dans cet état : Khayyam, Yeats, Plath, Borges, Rumi. Elle avait souligné les mots du poète Tagore, qui écrivait : *Chaque enfant qui vient au monde nous* *apprend que Dieu n'a pas désespéré de l'homme**. « Mais qu'est-ce que ça signifie, quand un enfant disparaît ? » lança-t-elle à voix haute. Elle savait que l'homme était responsable. Elle savait qu'elle l'était, elle aussi. Son esprit ne parvenait pas à s'apaiser. « Des pensées agréables », clama-t-elle, au lieu de quoi tous les mauvais souvenirs s'entremêlèrent dans le plus grand désordre. *Pense à des choses agréables*, se motiva-t-elle comme pour faire jaillir une lueur vive d'un navire sombre.

Des sauterelles s'écrasèrent contre le pare-brise. Elle les vit, tels des animaux mythiques, aux appendices de crevette radiographiés, aux ailes de libellules, comestibles pour les humains et les crapauds.

Des sauterelles ? Avant, elles ne s'aventuraient pas si loin au sud, n'est-ce pas ? Après le barrage, si. *Oui, elles étaient arrivées à ce moment-là.* Le barrage ne pouvait pas arrêter tout à fait le fleuve, il ne faisait que le contrôler. Rien ne pouvait arrêter tout à fait le fleuve. Le fleuve courbe le temps, ce qui s'est passé au fleuve nous poursuit éternellement. *Éternellement ?*

August et Jedda s'amusaient à suivre le parcours des sauterelles de leurs doigts d'enfant sur le verre épais de l'écran de télévision, à l'est du pays, descendant vers Massacre. Elles dessinaient au crayon des crapauds buffles poursuivant les sauterelles. Les crapauds, plus lents, n'arrivaient jamais vraiment à les rattraper. Les sauterelles apparaissaient, mangeaient puis repartaient, et les crapauds arrivaient ensuite. Ils regardaient autour d'eux, perplexes, avec l'estomac qui gargouillait, et se contentaient à défaut d'engloutir les souris indigènes et les lézards à langue bleue. August se souvenait de cela. Elle se rappelait

---

* Rabindranath Tagore, *Souvenirs d'enfance.* © Éditions Gallimard, 1964. Traduit du bengali par Christine Bossenec et Rajeshswari Datta.

qu'il fallait exhorter les chiens à rentrer, les chiens de travail qui n'aimaient rien tant que d'attraper des crapauds, quitte à empoisonner par inadvertance leur propre estomac gargouillant. Après tout, le pays était une expérience de survie des plus forts, des égarés. Darwin avait même donné son nom à une ville du Nord. *Pense à des choses agréables.*

Elle parcourut High Street, bordée d'arbres de feu aux feuilles changeantes, agitées par le vent chaud, et s'aventura dans Vegemite Valley, où pas un enfant ne jouait dans la rue. August passa devant la maison de tante Mary, où son fils avait grandi et dont la porte restait toujours ouverte au prêtre. Roulant au pas, elle scruta les plaies ouvertes des maisons de ses cousins, petits-cousins et anciens camarades de classe réfractaires. Il n'y avait personne. Elle passa devant une maison décorée de carillons et de plantes suspendues ; calé contre le rideau tiré de la fenêtre en façade, un panneau indiquait FERMEZ LE PORTAIL. August s'arrêta au bord du trottoir pour lire l'inscription en petits caractères au bas du panneau : RINEPALM CASSE-TOI. Elle eut le sentiment troublant d'être observée ; en effet, la silhouette d'une personne qu'elle reconnut vaguement de son école se détachait, debout à la fenêtre de la maison voisine. L'homme affichait un air glacial. Soudain un autre homme le rejoignit, et August les observa qui l'observaient.

Elle n'était plus l'adolescente en colère qui avait fugué, celle que les gens remarquaient, mais une triste coquille de femme, à travers laquelle on regardait. Comme sa mère. Elle verrouilla la portière et fit demi-tour, intimidée sans être effrayée, et retourna à High Street, où seules se rassemblaient des personnes qu'elle ne connaissait pas du tout. Elle voulait continuer à conduire et voir le nouveau café dont les tables, abritées sous d'énormes parasols, débordaient sur le trottoir, les bébés en poussettes et les petits enfants avec leurs parents, les boutiques qui occupaient les espaces vides d'avant. Elle voulait voir le grand magasin et ses longues vitrines qui s'étalaient sur tout un pâté de maisons. Ni le café, ni le grand magasin n'étaient recouverts de filets verts. August passa devant les bâtiments de grès crème construits à l'origine et qui portaient encore de vieux slogans, peints au-dessus du nouveau drugstore. À côté de celui-ci se trouvait l'agence immobilière, un panneau À VENDRE accroché en vitrine. Au-dessus de l'agence, une publicité fantôme était peinte dans une police de caractères d'une autre ère : MATÉRIEL POUR FERMES & STATIONS. EN STOCK : FER. CHAUX. CIMENT. BARBELÉS. CLÔTURES. PORTAIL FER FORGÉ. ETC. Nouvelles et anciennes boutiques se côtoyaient, comme si espoir et désespoir jouaient à la même table une partie perdue d'avance.

Elle voulut poursuivre sa route, mais s'en trouva incapable. Incapable de voir sa mère en détention perpétuelle. Elle retourna les questions dans sa tête. *Et si jamais elle ne se souvient pas de moi, si elle est heureuse sans moi, si elle me déçoit, si elle n'est pas devenue meilleure, mais pire qu'avant ?* Arrivée en face du terre-plein herbeux qui marquait la séparation est-ouest de la rue principale, August coupa le moteur. Le terre-plein avait toujours été là, ça n'avait pas changé, mais elle n'avait jamais remarqué l'unique statue de Massacre qui se dressait au centre. Un soldat en tenue métallique, drapé de munitions et coiffé d'un chapeau mou, s'appuyait sur son fusil. La crosse était enfouie dans une touffe d'herbe humide d'un vert éclatant, rien à voir avec le vert pâle qui s'étendait dans le reste de la ville. Au même instant, un jardinier de la mairie baissa son sécateur vers la base du fusil pour tailler cérémonieusement le pourtour de bronze.

Il y avait quelque chose de gracieux chez l'employé municipal, dans son attitude respectueuse envers la statue – c'était sa similitude avec le soldat, jeune et musculeux, qui avait attiré l'attention d'August. La statue de bronze bombait le torse, fixant avec aplomb l'horizon au nord. August savait que pour certains jeunes, le moindre espoir méritait qu'on s'y accroche.

Voyant qu'on s'apprêtait à baisser le rideau métallique du drugstore, elle se précipita hors de sa voiture pour s'y rendre avant qu'il ne ferme pour le déjeuner. Elle prit la brosse à dents la moins chère et examina le plafond à la recherche de traces d'incendie. Il n'y avait pas la moindre traînée de fumée noire ; le plafond était entièrement recouvert de dalles claires, les murs fraîchement peints et les étagères pleines de médicaments et d'en-cas. La dernière fois, Eddie et Joey étaient là, eux aussi, mais seul Joey s'était retrouvé pris au piège des flammes. August chassa cette pensée de son esprit tandis qu'elle payait et emportait le sac de courses dans son poing serré.

Au coin de la rue, elle chercha la maison au bardage noir, rouge et jaune. Elle s'y trouvait toujours. En dehors de Prosperous, August avait passé la plus grande partie de son enfance au centre médical aborigène et au cabinet du conseil territorial – où elle et d'autres enfants venaient peindre dans le garage après l'école, se faisaient soigner les caries ou arracher les dents ou remettre une dispense du médecin parce qu'ils étaient trop tristes pour aller en cours. Tous se retrouvaient là pour jaser, tous les habitants aborigènes des Plaines, les Gibson, les Coe, les Grant de la Vallée. Chaque famille venait se réfugier autour du barbecue, posant des saucisses presque brûlées en travers de tranches de pain blanc recouvert de sauce. Ils jouaient au foot australien, et tout le monde sautait pour arrêter la balle, la passait au pied, applaudissait, shootait, tombait. August se demanda si quelqu'un là-bas était au courant de l'exploitation minière à la ferme, ou de ce qui arrivait aux Gondi, à la vieille

Mission. Peut-être quelqu'un lui parlerait-il de son grand-père et de sa bonté ; « Quel homme respectable et honorable », disait-on de lui. Elle regarda par les fenêtres sombres. Vide. Tous les meubles étaient partis, jusqu'au dernier, la pièce avait été vidée du sol au plafond. Un lieu évacuable. Tandis que ses yeux s'habituaient à la pénombre, elle aperçut son reflet dans la rue, mais son reflet d'enfant – comme si la petite August entrevoyait la personne qu'elle deviendrait un jour. La fillette avait l'air déçu parce que, semblait-il, il était trop tard, elle était déjà devenue cette autre. *Pense à des choses agréables.*

« August ? »

Dans le reflet de la vitre, elle devina la crinière bouclée d'Alena Dimitri. Ni une ancienne amie, ni une ennemie, mais une simple camarade de collège. Alena se précipita vers August d'une démarche de canard, lui colla sa main baguée sous le nez et déclara qu'elle venait tout juste d'épouser James, le fils Gadden. « Le week-end dernier ! s'exclama-t-elle, rayonnante. Ça fait des lustres que je t'ai pas vue ! »

C'était vrai, elles ne s'étaient pas revues depuis qu'August avait lâché l'école entre deux cours, en plein milieu du trimestre. Après coup, Alena et la plupart des autres quatrièmes avaient échangé des rumeurs sur ce qui était arrivé à August Gondiwindi. Le scénario le moins vraisemblable avait plus ou moins été accepté comme étant la vérité : August, un vrai phénomène de foire, avait tout plaqué pour faire partie d'un cirque. Alena la dévisagea avec un reste de pitié et une certaine anxiété, comme si la tragédie des Gondiwindi pouvait être contagieuse.

« Comment ça va ? » demanda August, saisissant la main tendue avant de la relâcher. Lorsqu'elle regarda le ventre énorme qui les séparait, elle imagina le bébé, la colonne vertébrale incurvée, une radiographie flottant innocemment dans le liquide.

Alena caressa son ventre arrondi, qu'elle enveloppa de ses bras comme une pastèque. « Je tiens bon. Et toi, tu es rentrée ?

— Je suis de passage.

— Tant mieux ! C'est un trou à rats, cette ville.

— Plus qu'avant ?

— En tout cas, ils l'ont effacée des guides touristiques, c'est sûr.

— Alors tu es madame Gadden, hein ? Ils font toujours dans les voitures de course tape-à-l'œil ? plaisanta August avec un regard insistant en direction de sa bague.

— Tu sais ce qui rapporte, dans cette ville, maintenant ? Rien, sauf quand on exporte des moutons, une fois par an. C'est tout. Les courses, ça rapporte rien. Tout le monde attend la mine.

— Tu es au courant pour la mine ?

— Je sais qu'elle sera vers chez vous, c'est bien ça ?

— Oui, à la ferme.

— Un truc de dingue, tu veux savoir un truc de dingue ? Je pensais justement à toi, hier !

— C'est vrai ?

— Tu as le temps de prendre un verre ? fit Alena en montrant du pouce le grand café.

— Non, désolée. Je me remets du décalage horaire. » Elle ajouta, avec un reste de bonnes manières : « Qu'est-ce que tu deviens ?

— J'enseigne, jusqu'à mon congé mat'. Je suis auxiliaire à l'école publique – pour les enfants de six ans, surtout, les CP. » Elle lissa de nouveau le tissu de sa robe sur sa pastèque. « C'est là que j'ai pensé à toi hier, à l'école.

— Ah bon ?

— Ouais, on nous a envoyé des kits d'activités différents en fonction des classes. Ils viennent de la compagnie minière.

— Qu'est-ce qu'il y a, dedans ?

— Oh rien, juste des trucs pour les mômes. Mais tu sais, j'ai vu le projet d'aménagement. Mon homme est content parce que ça veut dire du boulot de contractuel… mais ouais, des tas d'écolos sont en train de piquer une crise.

— Quel est le rapport avec l'école ?

— J'en sais rien, c'est de la propagande d'école primaire. Les enfants peuvent construire des petits trucs en carton et faire semblant de les planter dans le sol, et puis il y a aussi des QCM : Quel avantage y a-t-il à avoir une mine ? A. Du boulot. B. Du boulot. C. Du boulot ? »

Elle éclata de rire, la tête renversée en arrière, écartant sa cascade de boucles de la conversation.

« Tu veux voir les kits ? Je peux te les déposer… Tu restes chez tes grands-parents ?

— Oui. Enfin, mon grand-père est mort.

— Je sais, dit Alena, le visage crispé en une grimace de dégoût. Je suis désolée. » Elle soupira, comme à leur intention à toutes les deux.

August se sentait réellement écrasée par le décalage horaire. « Il faut que j'y aille, je dois aider mamie. » Elle souleva son sac de courses en guise de preuve.

« Elle va bien ?

— Ça va.

— Je te dépose les kits lundi ?

— Pas de problème. »

Elle étreignit brièvement August par les épaules et lui embrassa la joue.

Avant de rejoindre la voiture de location, August jeta un nouveau coup d'œil par les fenêtres nues du centre médical aborigène ; elle respira contre la vitre, un souffle chaud qui ne provoqua pas de buée dans l'air sec. Alors qu'elle descendait sur la chaussée, un pick-up double cabine passa trop près d'elle, trop lentement. Sous les vitres teintées, les mots RINEPALM EXTRACTION s'étiraient discrètement en lettres argentées le long de la carrosserie blanc brillant qui se dirigeait vers l'autre bout de la ville.

Sur le chemin du retour, August imagina ne pas rentrer à Londres la semaine suivante, ne pas prendre le train jusqu'à Guildford, le taxi jusqu'au White Horse à Shere, ne pas porter son sac à dos dans les escaliers métalliques à l'arrière du pub et dormir, se réveiller, encore et encore. Ne pas caresser les livres écornés de poètes lointains avant son prochain service, ne pas noyer ses mains dans de l'eau savonneuse brûlante et gratter des assiettes pour enlever la sauce et le Yorkshire pudding qui y étaient collés. Ne pas retrouver l'odeur de bière éventée et de tabliers amidonnés. Voilà ce qu'elle imaginait ne pas faire.

Lorsqu'elle arriva à Prosperous, elle remarqua les trois sites de forage qu'on lui avait montrés dans le champ, et le toit des gros pick-up Rinepalm garés à côté. Le bruit d'objets que l'on déplaçait lui parvint de l'ancienne salle de prêche. August se dirigea vers la porte et trouva Elsie qui retirait le couvercle d'un coffret à thé.

« Je suis rentrée, mamie. »

Sa grand-mère, vêtue d'une robe de coton noire à manches longues qui effleurait ses chevilles nues, avait l'air agité. Elle leva les yeux vers August. « Ed est passé, il te cherchait.

— Je le verrai tout à l'heure. Je peux t'aider ?

— Mmhmm. »

Elsie s'agenouilla sur la moquette et August l'imita, des carrés de tissu découpé empilés entre elles. Elsie prit une photo encadrée d'Albert qu'elle posa au centre du tissu, puis l'enveloppa comme on emmaillote un bébé. Ils n'avaient jamais eu de cadres ovales, comme ces portraits antiques d'ancêtres qu'elle avait vus en Angleterre. Des années plus tôt, Elsie avait organisé des groupes de soutien aux mamans dans cette même pièce, où les filles bavardaient et s'entraînaient à plier et épingler des langes. Des filles qui venaient pour les plats surgelés gratuits et dont les réticences n'étaient attisées qu'à la vue des idoles accrochées aux murs. Ensuite Elsie et son public de jeunes mamans – dont les poussettes délavées se bousculaient sur le perron – se rendaient à la cuisine, où Elsie leur montrait comment faire mijoter des pommes sans sucre ou écraser des légumes sans sel pour leur bébé. *Les petits choux n'ont besoin ni de sel, ni de sucre, d'accord, les filles*, disait mamie. *Le sel et le sucre sont mauvais pour les petits choux.*

Elsie se pencha sur le coffret à thé et y plaça la photo enveloppée de son mari. August prit une autre photo, qui représentait un groupe de personnes devant un bus, vêtues de bermudas et de chemises dont les manches leur arrivaient au coude. Mamie et Poppy étaient tous deux sur la photo, mais se tenaient à l'écart du groupe. August savait qu'il s'agissait du Freedom Ride*. La grande photo encadrée avait toujours été posée contre le mur du salon, entourée de bibelots, comme la pièce maîtresse de la maison.

« J'emballe aussi celle-là ?

— Oui, s'il te plaît.

— C'était comment ? »

---

* En 1965, des étudiants de l'université de Sydney sillonnèrent la Nouvelle-Galles du Sud en autobus afin de manifester et faire prendre conscience aux habitants de la ségrégation raciale subie par les Aborigènes.

Elsie contempla momentanément la photo que tenait August, avant de reporter son attention sur ce qu'elle faisait. « Cahoteux.

— Non, sérieusement… »

Elsie plissa les yeux, soit pour se souvenir soit pour oublier. « Nous espérions que les gens seraient heureux, dit-elle enfin.

— Qu'est-ce que tu veux dire ?

— Nous étions jeunes et pleins d'espoir, je suppose.

— Et maintenant ? »

Elsie regarda la photo qu'elle était en train d'emballer et pinça les lèvres. « Je crois que les gens ont besoin de faire d'autres choses qui les rendent heureux.

— C'est là que tu as rencontré Poppy ?

— Ce jour-là, oui. » Elsie sourit, submergée par le souvenir. « Et c'est aussi ce jour-là que je suis partie.

— Quand est-ce que vous vous êtes retrouvés ?

— J'étais censée voyager dans tout le pays, c'était ce qu'on avait prévu. Mais j'ai rencontré Alb, et l'amour a déjoué mon projet.

— Tu as déjà regretté ? De quitter la ville pour venir ici, à la ferme ?

— Jamais, surtout que les enfants sont arrivés très vite. »

August hocha la tête tandis qu'Elsie se levait pour se rendre au salon, d'où elle revint avec un grand *coolamon*. Elle saisit un nouveau carré de tissu.

« Je l'ai toujours aimé, celui-là, observa August. C'est Poppy qui l'a fabriqué ou c'est ancien ?

— Ça ? Non, Poppy ne l'a pas fabriqué, celui-là.

— Il vient d'où ?

— Ton Poppy et moi on est partis, on a voyagé en bus Greyhound pour notre anniversaire de mariage, quand vous étiez petites. On est allés pile au centre de l'Australie – ce sont les femmes du coin qui les fabriquaient. » Elsie tendit le récipient vers August et sourit. « Quel bel objet – toute cette terre rouge et toutes ces fleurs. On y tenait vraiment. Quand on est rentrés à la maison, il a fabriqué ses propres *coolamons* – il les appelait *gulumans*. »

August toucha le bord du *coolamon*, le fin morceau de bois rouge rugueux, incurvé pour former un long bol aux motifs complexes peints en ocre foncée et blanc qui s'imbriquaient le long de la base. Elsie le recouvrit complètement de tissu.

« Tu l'emballes déjà ? demanda August.

— Je crois que je vais bientôt devoir emballer tout ce qu'il y a dans la maison. Ces choses n'ont plus d'importance. C'était l'histoire de ton Poppy – ça l'accompagne, maintenant.

— Est-ce qu'il y a des artefacts ? Qui appartenaient aux Gondiwindi ?

— Je ne crois pas. Il y a eu une guerre contre les locaux, ici. Dans cette guerre, la plus grande victime a été la culture, tu vois ? Tous ces objets… dit-elle en levant le *coolamon* enveloppé de tissu, eh bien, la culture n'a pas d'armée, n'est-ce pas ? »

August se mordit l'intérieur de la joue et entreprit d'emballer le cadre suivant.

Elsie caressa l'oreille d'August : « Ne sois pas triste pour lui, August. Il a eu une vie très heureuse. Nous ne sommes plus les victimes, dans cette histoire – tu comprends ? »

Elles poursuivirent leur tâche en silence. C'était Poppy, le conteur, pas mamie.

Quand la minuterie sonna dans la cuisine, Elsie replaça le couvercle sur le coffret à thé. Elle se leva et, appuyée contre le chambranle, se retourna vers August.

« Ne sois pas une victime, Augie, je t'en prie. C'est facile de prendre cette voie-là. Je n'ai jamais laissé Alb le faire. Maintenant ce sont les terres, la terre, qui sont les victimes – qui ont besoin d'une armée, selon moi. C'est la terre qui court un vrai danger.

— Mamie ? appela August, lui emboîtant le pas vers la cuisine. Pourquoi tu ne peux pas arrêter la mine ? Pourquoi on ne peut pas protester ? Ce n'est pas ce que tu veux ? C'était ça, dont tu parlais, quand tu disais avoir de l'espoir, avant ?

— Je ne crois pas, Aug. Ils sont trop nombreux à vouloir que ça arrive ; à la réunion municipale tout le monde était favorable à la mine. Tout le monde, ma chérie, même Ed.

— Eddie de Southerly ?

— C'est ça, le progrès, n'est-ce pas ? » fit Elsie, hochant la tête.

Elle se lava les mains dans l'évier puis fit couler de l'eau froide dans un bol.

« On l'a fait, poursuivit-elle. On a manifesté dans la rue pour nos droits et contre les guerres à l'étranger. On a manifesté avec des fleurs, on a manifesté pour empêcher le barrage sur le fleuve, des manifestations pacifiques. » Elle regarda par la fenêtre. « On a déposé des fleurs dans la rue. Après, on les a jetées sur le bas-côté quand elles ont fané avec la chaleur. » Elle sortit un bac à glaçons du congélateur et le plia au-dessus du bol pour y faire tomber les cubes de glace.

« Je crois que c'est trop tard, Aug. On n'est qu'une poignée de petites gens, de toute façon. » Elle tira d'une casserole des œufs encore fumants qu'elle plaça dans l'eau glacée.

August la rejoignit auprès de l'évier. « Je ne crois pas que ce soit une bonne idée. Je pense qu'il faut faire quelque chose. Ça n'a aucun sens. »

Elsie toucha les œufs du bout des doigts, déchiffrant la température comme une planche ouija. « Tu ne peux pas demander à des affamés de faire une grève de la faim, ma puce. Mais… » Elsie effleura un œuf avant d'y enfoncer son pouce, brisant la coquille.

« Parce que la ville a besoin de travail, c'est ça ?

— Ça aussi. N'y pense plus, Augie, l'affaire est déjà conclue. »

Elle posa le premier œuf décortiqué sur une serviette en papier.

« Tu as dit mais ? Mais quoi ?

— Mais ? répéta Elsie. Eh bien, poursuivit-elle vaguement, la nourriture, ce n'est pas juste les choses que l'on peut manger. Voilà tout. Tu devrais aller te promener. Est-ce que tu es descendue au fleuve depuis que tu es rentrée ?

— Tu as raison, je vais aller me promener. »

August écrasa distraitement les coquilles vides sur le buffet. Elle attrapa sa grand-mère par le coude et la serra fort dans ses bras ; elle se sentait essoufflée, comme si elle venait de changer de peau. Comme si elle avait eu besoin de dire quelque chose, enfin, mais n'avait pas pu trouver les mots.

Les mains dans l'eau, Elsie fredonna le début d'une mélodie.

« Je vais aller voir Eddie », déclara August. Sa grand-mère écalait les œufs dans le bol d'eau glacée avec une grande aisance. Elle ne leva pas les yeux.

QUINZE

Lettre du révérend Ferdinand Greenleaf au Dr George Cross
2 août 1915, suite

III

Il m'était devenu évident, dans ce grenier de notre patrie, que les premiers compatriotes avaient sans doute semé du blé mais qu'ils avaient récolté des épines. À bien des égards, j'étais encore un bébé à notre arrivée en Australie. Un petit enfant naïf. Au fil du temps, nombreux furent les braves habitants de notre ville – notre ville qui se développait grâce aux vignes et à un vin blanc de moins en moins aigre d'année en année – à me révéler notre héritage et les raisons pour lesquelles nous nous étions retrouvés de l'autre côté du monde. Eux-mêmes avaient été persécutés et exilés, et avaient cherché refuge dans ce pays à cause des préjugés à notre encontre ; souffrir ces fortes brimades parce que nous venions tous de cet endroit m'amène aujourd'hui à m'interroger sans cesse sur la raison humaine. Je dois vous dire ceci, et en appeler à votre sensibilité : je suis solidaire de mes concitoyens sous le drapeau britannique et ne représente aucune menace envers l'État. Pourtant, ce qui est arrivé à des gens que je sais également solidaires de la Grande-Bretagne, des gens simples et aimables qui vivent ici, est des plus déplorable et doit être révélé.

Par la suite, après de nombreuses visites au cœur des prairies de Massacre Plains, je décidai d'écrire au Secrétaire colonial. La lettre fut envoyée en mai 1879 et, au bout de deux mois d'attente, je reçus une réponse aimable me signifiant l'intérêt du Secrétaire pour ma proposition de création d'un foyer de charité, et me demandant certaines informations – que je lui fournis, si ma mémoire est bonne. Six mois après cet échange – passés à chercher un site qui conviendrait à la Mission –, je découvris un tronçon du fleuve, là où les rapides forment un coude au pied d'un gros piton rocheux, assez gros pour embrasser la totalité des deux cents hectares de la propriété. Le bail du terrain venait récemment d'être résilié et j'avais espéré échapper ainsi aux désagréments causés par les squatters qui y résidaient, mais lorsque la nouvelle se répandit dans la région que j'allais y fonder une Mission, l'idée fut mal accueillie. J'en fis les frais lors de mon séjour à l'autre hôtel de Massacre Plains, le moins aristocratique, celui où j'avais l'habitude de rester étant fermé à mon arrivée.

À l'arrière du bâtiment, plusieurs individus à l'air bourru s'étaient regroupés. Je descendis de cheval pour demander le directeur. Ces hommes avaient un comportement étrange, et je m'aperçus rapidement qu'ils étaient plus ou moins sous l'influence de l'alcool lorsqu'ils se hâtèrent de débarrasser la table des bouteilles et des timbales qui la jonchaient. J'avais, de toute évidence, interrompu leur moment de détente, mais ils semblèrent reprendre leurs esprits quand je leur dis : « Eh bien, messieurs, je vois bien ce que vous étiez en train de faire. Soyez honnêtes et faites amende honorable. » Je leur expliquai ensuite qui j'étais et ce que je voulais. Ils m'indiquèrent l'entrée de l'hôtel et le directeur me reçut avec bienveillance, tout en s'excusant pour le désordre des affaires intérieures. Lorsque je manifestai mon désir de passer la nuit, il me conseilla plutôt de dormir à la lainerie, à cinq kilomètres de là. Mais m'étant plaint de la fatigue, il accepta que je reste, ajoutant que chaque client devait amener sa propre couverture. Je lui assurai que c'était le cas ; on s'occupa de mon cheval tandis que je rejoignais ma chambre.

À ma grande surprise, trois des jeunes hommes rencontrés plus tôt vinrent me voir dans la soirée pour me dire qu'ils s'étaient récemment ridiculisés et me demander de leur faire prêter serment d'abstinence. J'en serais ravi, répondis-je. Ils furent finalement six à faire abstinence, certains pendant un an, d'autres pendant un semestre. Je leur avais expliqué que le serment ne commencerait qu'à minuit, cette nuit-là, afin qu'ils puissent terminer les réserves qu'ils avaient déjà sous la main. Je m'installai aussi confortablement que possible, malgré le bruit des festivités venant de la chambre voisine, car à peine eussé-je terminé mon discours, qu'ils se précipitèrent dehors afin de vider leurs bouteilles, avec grand succès, je pense. Le lendemain matin, au moment de partir, comme je ne m'étais pas plaint du bruit, le directeur me dit qu'il avait entendu d'autres habitants de la région affirmer que j'étais un pasteur imbu de sa personne et qu'il était heureux de constater le contraire. J'étais alors loin de me douter que ces mêmes hommes qui venaient de prêter serment d'abstinence allaient bouleverser au plus haut point nos vies à la Mission.

Ce jour-là, en route vers le nord, je passai devant le poste de police local et vis plusieurs malheureux indigènes enchaînés les uns aux autres comme des chiens, par le cou. Ils n'avaient même pas la place de tourner leurs épaules, tant ils étaient proches les uns des autres. Seuls quelques maillons d'acier les séparaient de chaque verrou relié à la chaîne principale, elle-même solidement attachée à un arbre. Comme si cela ne suffisait pas à les empêcher de s'enfuir, quelques-uns de ces pauvres hères étaient menottés aux chevilles, et assis dans une telle insalubrité que cela faisait sans aucun doute des heures, voire des jours qu'ils se trouvaient là. Ils attendaient l'arrivée du magistrat de police, suivie de leur procès, selon les dires du jeune agent. Lorsque je lui demandai pourquoi ces hommes et ces femmes n'étaient pas entièrement vêtus, mais ne portaient qu'un bout de tissu pour protéger leur pudeur, pourquoi ils baignaient dans leurs propres besoins, et enchaînés, qui plus est ! il me répondit tout simplement que c'était « nécessaire ». Puisque je n'avais rien à faire là et aucun droit d'intervenir, je poursuivis vers le nord encore une fois, le long d'une piste carrossable, les seuls éléments susceptibles d'attirer mon attention étant le chant des oiseaux et l'apparition occasionnelle de quelques kangourous las. Je rencontrai parfois un attelage de lainiers auquel une jeune fille ou une femme indigène se trouvait inéluctablement attachée. Ayant eu l'occasion d'échanger un peu avec plusieurs conducteurs, je leur demandai pourquoi ils étaient accompagnés de ces femmes. Certains répondirent en fanfaronnant qu'ils préféraient leur docilité à celle des travailleurs masculins, tandis que d'autres ne rougirent même pas d'admettre qu'ils les gardaient pour des raisons immorales.

Les terres que je convoitais s'étendaient le long de la partie la plus luxuriante du fleuve Murrumby, où des centaines d'acacias robustes poussaient près des berges, parfaits pour servir de matériel de construction. La seule exigence du gouvernement quant à mon entreprise était que la Mission se trouve suffisamment loin de la ville afin de minimiser tout contact avec la population blanche. Je me pliai à cette exigence, et pris au fil des ans davantage de mesures pour nous séparer autant que possible de la commune. À terme, ceci devait permettre d'améliorer le bien-être de mes résidents. Il n'y avait que lors de la commémoration annuelle de l'anniversaire de la reine Victoria que j'encourageais tous les résidents à se rendre en ville pour la distribution de couvertures. Je leur conseillais de rentrer immédiatement, sans prendre part aux débats politiques des corroborees. *Il est bien connu que les indigènes des alentours aiment se rassembler au cours des dons de couvertures, chaque mois de mai, pour se convaincre les uns les autres de demander leur autonomie. Je sais pourtant que ceux de leur race sont de moins en moins nombreux à se retrouver là, et que tous les ans, des comptes rendus nous indiquent que la mort n'a pas chômé. Sous peu, cette pitoyable distribution aux anciens seigneurs de la terre ne sera semble-t-il plus nécessaire. Il paraît qu'au vu du déclin de leur nombre, les indigènes disparaîtront bientôt tout à fait de la surface de la terre. Le journal local annonce que les Aborigènes seront à court terme aussi rares sur les berges du Murrumby que dans les rues de Sydney. J'avais alors, au contraire, vu de nombreux Noirs à priori libres, hommes et femmes, apporter des pierres dans le lit du fleuve – j'appris plus tard qu'ils construisaient des pièges à poissons. Les Noirs de la région qui semblaient encore en rapport avec la nature étaient sans doute les plus élégants que j'eusse jamais vus, très grands, élancés et agiles.*

Mon ami, le pasteur Otto Baumann, qui possédait sa propre Mission d'une centaine d'âmes, installée à trois cents kilomètres au sud et à six cent cinquante kilomètres à l'intérieur des terres, près d'un lac artificiel, s'était mis à ma disposition. Il partageait mon ambition de voir la Mission de Prosperous achevée avant la fin de la saison. À la grâce de Dieu, avec mes maigres économies de pasteur itinérant, nous pûmes nous mettre sérieusement au travail, coupant les arbres et préparant le bois de charpente. En un mois environ, deux huttes – j'avais espéré que la première serait habitée par un couple de Noirs mariés, et la seconde par moi-même – étaient presque terminées, et le temps était donc venu de chercher nos occupants.

Baumann et moi découvrîmes un petit camp de femmes et d'enfants, au sud du fleuve, et les persuadâmes de nous suivre. Les femmes me traitèrent avec une grande méfiance, et j'en conclus qu'elles avaient déjà eu de mauvaises expériences avec des hommes blancs. Elles semblèrent ne rien comprendre à ma langue ; quant à moi, bien sûr, je ne compris rien à la leur. Ceci fut pour moi une source de grande frustration, et bien que Baumann essayât quelques-uns des mots qu'il avait appris dans sa région, personne ne chercha à lui répondre dans la même langue, et nous repartîmes sans avoir pris sous notre aile ces femmes et ces enfants. Baumann me suggéra d'apprendre un peu la langue des Noirs de Massacre Plains. De l'intégrer à mes sermons si je voulais réellement les convertir à la Bible. C'est ce que j'ai tenté de faire, au fil des ans. Au cours de ces premiers jours, Baumann et moi nous consacrâmes de nouveau à la construction des huttes de la Mission et érigeâmes une école destinée aux leçons proposées. Après seulement deux mois, Baumann dut retourner à sa propre mission, et il n'incomba plus qu'à moi de semer le grain que j'avais acheté pour une somme modique.

On m'avait souligné l'importance de maintenir une source continue d'approvisionnement à la Mission ; par conséquent, sur les deux cents hectares à ma disposition, j'en réservai vingt près de la berge, pour tenter de les cultiver. Je plantai un potager, dont la terre se creusait comme des cendres. Des orchidées, des lis et du lichen prospéraient parmi les céréales étranges qui poussaient çà et là par grappes, près du fleuve. Plus tard, lorsque je les interrogeai à ce sujet, les indigènes appelèrent cette herbe gulaa *et indiquèrent leur bouche comme pour m'expliquer qu'elle était comestible. Je battis l'épi de cette céréale autochtone et enterrai les graines au fond de trous, accompagnées de tout ce qui pouvait pourrir et servir d'engrais. J'ajoutai l'herbe au mélange et, après avoir brûlé entièrement le bois mort, j'y mêlai également les cendres. Puis je sarclai la terre, ne dépassant jamais sept ou huit toises par jour. J'avais juste gratté le sol, mais je l'avais fait convenablement. Ce qui, me semble-t-il, revient presque à labourer. Ensuite, je laissai la terre se reposer aussi longtemps que possible, exposée à l'air et au soleil, et la retournai de nouveau juste avant de semer mes graines. Une fois que j'eus récolté le blé, je la sarclai encore une fois et la hersai finement, avant d'y semer des graines de navet, qui l'adoucirent et la préparèrent pour l'année suivante. Grâce à ce procédé répété, le limon parut prendre une bonne couleur au fil des ans. En cela, il ne ressemblait pas au vignoble de mon père – qui était devenu horriblement sec et avait nécessité d'être refait trois fois. Un colon des environs eut l'obligeance de me prêter deux* Blackfellows *qu'il avait en sa possession, afin qu'ils me secondent. Sans rechigner, ils s'employèrent à construire, clôturer, jardiner, nettoyer et à m'aider avec la nouvelle plantation. Les travailleurs purent me communiquer quelques formules de salut que je notai scrupuleusement dans mon journal, après quoi je m'appliquai à les saluer dans leur propre langue – ce qui semblait leur faire grand plaisir. Le soir, après mon travail à la Mission, ou lorsque je parcourais les Plaines, je lisais mes passages à la lumière de la résine d'écorce ; une fois dans ma chambre, je réfléchissais à tout ce que j'avais vu et remerciai Dieu pour cette parcelle de terre qui me permettrait d'offrir un abri à ces pauvres êtres errants et abandonnés.*

SEIZE

songlines – *yarang gudhi-dhuray* signifie un chant ayant une piste et *birrang-dhuray-gudhi* signifie itinéraire ayant un chant. Ces pistes sont notre topographie originelle. Elles mesurent nos espaces, nos distances impossibles et sont transmises par les histoires chantées et les danses. Les pistes sont là, mais parfois le *gudhi* est perdu. Les Gondiwindi ont perdu le *gudhi*, mais il revient vers nous à présent.

constellation de la Croix du Sud – *gibirrgan* Parfois, seules les femmes venaient me chercher et on allait s'asseoir près du feu sur la rive. Elles m'ont appris à compter jusqu'à mille avec les étoiles. On commençait par les plus ternes, que je dénombrais en utilisant mes orteils et chaque articulation de mes jambes, ensuite les étoiles plus brillantes, que je comptais sur mes bras, mes coudes, mes doigts, et pour finir, les plus lumineuses de toutes, sur mon visage, *tap tap tap* toute la nuit sur mon nez, mes yeux, mon menton et mes oreilles. Ces dernières étoiles étaient *gibirrgan* – la constellation de la Croix du Sud, représentée sur le drapeau de ce pays : elle est faite de cinq étoiles brillantes formant presque une croix. Les femmes m'ont un jour raconté l'histoire de *gibirrgan*, et l'histoire commençait par « Quand le monde était jeune ». Nguwanda, le grand chef d'une tribu qui avait quatre très belles filles mais aucun fils, se faisait vieux. Il convoqua ses filles et leur annonça qu'il s'en irait bientôt parce qu'il avait fait son temps, mais qu'il ne voulait pas les laisser sans protection sachant qu'elles n'avaient pas de frère pour veiller sur elles. « J'ai parlé à un homme magique et futé, dit-il, et il veut bien vous aider à venir vivre avec moi dans le ciel. » Quand leur père mourut, elles allèrent voir l'homme magique et futé, assis près du feu à tresser une longue corde argentée faite des poils gris et drus de sa barbe. En apprenant que la seule façon de rejoindre leur père était de grimper avec la corde jusqu'au ciel, les filles prirent peur. Mais l'homme les persuada qu'elles ne risquaient rien ; elles atteignirent le bout de la corde et restèrent avec leur père, qui était l'étoile la plus brillante – le Centaure. Les Sept Sœurs y sont aussi. Les Grecs les appellent les Pléiades, et nous les appelons Mulayndynang.

suicide – ***balubuningidyilinya*** On organisait le karaté, ici, et le groupe de soutien aux mères qui était devenu un cours de cuisine ; ces jeunes gens avaient trouvé quelque chose qui leur tenait à cœur, une activité pour laquelle ils étaient doués et où ils pouvaient s'améliorer. On cherchait à occuper les jeunes. Tous les *balubuningidyilinya* sont la douleur ancienne qui refait surface. Ça me brise le cœur.

lapin sauvage – ***wadha-gung*** Le problème, c'était les lapins, avant qu'ils attrapent la myxomatose. Un herbager les avait amenés dans l'idée de les élever pour s'entraîner au tir dans sa station. Il avait commencé par douze paires. Certains éleveurs gagnaient effectivement bien leur vie, sauf qu'au bout de deux ans, il y avait treize millions de ces petits salauds qui mangeaient les semis et les récoltes et les plantes indigènes destinées aux kangourous, aux bilbies et aux wallabies. Ensuite, ils avaient fait venir des renards pour attraper les lapins, mais les renards s'en sont plutôt pris aux animaux autochtones. Ils ont alors construit la clôture antilapins d'un bout à l'autre du pays pour empêcher ces rongeurs d'accéder au « grenier de la patrie ». Bougrement trop tard pour construire une clôture.

corbeau d'Australie – *waagan*, *wandyu* Si vous connaissez Massacre Plains, alors je parie que vous connaissez le *waagan* ou le *wandyu*. Où que vous alliez, en ville ou dans le bush, vous pouvez être sûr qu'il vous épie – peut-être attend-il que vous vous changiez en nourriture. À la ferme, quand les brebis mettent bas, vous devez veiller à sortir les agneaux de l'enclos. Sans quoi le corbeau les mangera, à peine nés. Il y a très, très longtemps, quand je voyageais, on m'a raconté l'histoire de Wahn le *waagan* qui aimait surveiller les colonies de pélicans. Un jour, Wahn s'assit non loin d'une colonie, la guettant patiemment. Au bout d'un moment, un vieux pélican vint lui demander ce qu'il faisait. Wahn répondit qu'il avait faim, alors le pélican en parla aux anciens du groupe, qui autorisèrent Wahn à venir s'asseoir auprès de leur feu et lui offrirent un peu de leur nourriture. Puis l'heure vint pour les pélicans d'aller chercher de quoi nourrir leurs petits, nichés dans les arbres. Wahn voulut en profiter pour manger les œufs des pélicans, mais, voyant qu'ils avaient déjà tous éclos, il jeta un sort aux arbres et envoya les branches qui abritaient les oisillons tout là-haut dans le ciel. Les petits réclamèrent à manger à grands cris ; quand les pélicans revinrent les nourrir, ils ne purent atteindre leurs bébés. Depuis ce temps-là, les pélicans gardent leurs petits près du sol et se tiennent toujours à distance de Wahn – comme le font tous les autres oiseaux. Eh bien moi, j'aime le *waagan*, et je trouve que cette histoire lui a donné mauvaise réputation. Le *waagan* est connu pour être rusé, mais ça ne veut pas dire qu'il soit méchant. Il n'a pas beaucoup d'amis parmi les oiseaux et préfère souvent être seul, mais c'est un animal fidèle. Lors de l'accouplement, les *waagan* se tiennent par le bec comme pour s'embrasser longuement, et quand ils se font la cour, ils entrelacent leurs pattes en plein vol. Vous voyez, le corbeau choisit son partenaire pour la vie, et je pense que c'est admirable – la façon dont le *waagan* garde sa famille unie. C'est important.

respect – ***yindyamarra*** Qu'est-ce que c'est, le *yindyamarra* ? J'en suis venu à la conclusion que certaines choses ne peuvent être reçues qu'à condition de les donner aussi. À condition d'avoir la chance de donner et de recevoir. Seuls des égaux peuvent partager le respect, sans quoi c'est le jeu du maître et des esclaves – quelqu'un a toujours le dessus quand il demande le respect. Mais le *yindyamarra*, c'est aussi autre chose, c'est un mode de vie – une vie de bonté, de douceur et de respect tout à la fois. Il me semble que c'est une bonne chose à partager, notre *yindyamarra*.

côte – ***dharrar*** Dans le livre de la Genèse, II, 18-22, il est écrit que la femme a été créée à partir d'une des côtes de l'homme. Elsie a dit : « Quelle grosse connerie. » Ça m'a fait rire. Je revenais quand même toujours à la Bible, parce qu'elle était mon amie quand j'étais petit. Rien que pour la bonté qui s'y trouvait, et les histoires. Je crois que j'emmène les mots là où je veux qu'ils aillent. Les histoires de mes ancêtres et la Bible, aussi. À chaque fois qu'on se disputait, Elsie et moi, elle me montrait sa côte en hurlant : « Je ne suis pas ta *dharrar* ! Si tu veux une *dharrar*, va chez le boucher ! » En voilà, une bonne insulte, j'espère que c'est quelque chose qu'on aura appris aux filles : n'être la côte de personne.

fleuve – *bila* Maintenant vous savez d'où vient le mot *billabong*, ou bras mort. De nous. Tout retourne au *bila* – toute la vie, et avec, tous les temps. Nos *songlines* viennent de là, nos vies s'y nourrissaient et c'est là que se trouve la dernière demeure de notre esprit. Même le révérend était attiré par le fleuve, il y récitait Ésaïe, XLIV, 3 : *Car je répandrai des eaux sur le sol altéré, j'en ferai ruisseler sur la terre aride ; oui, je répandrai mon Esprit sur ta postérité, et ma bénédiction sur ta progéniture.* Vous ne pouvez pas imaginer la douleur de ne plus voir cette eau venir.

reine des abeilles, abeille – *darribun, ngaraang* La *ngaraang* est aujourd'hui menacée, des colonies entières meurent et la reine *darribun* reste là, comme sur un plateau d'échecs, sans pions, pendant que toutes les *ngaraang* ouvrières disparaissent. Les abeilles attendent d'être adultes avant de quitter la ruche, parce que récolter le pollen est une tâche difficile maintenant qu'il y a moins de fleurs, et nombreuses sont celles qui meurent d'épuisement avant de faire du miel – *warrul* –, avant même de pouvoir rentrer chez elles. Si les pesticides venus des fermes stressent la ruche ou les abeilles parties en nombre chercher de la nourriture, elles peuvent mourir. Ceci déclenche une maturation très rapide et trop précoce de la génération d'abeilles suivante, qui quittent la ruche trop tôt, avant d'être prêtes, et toute la colonie s'effondre. C'est ce qui est arrivé aux Gondiwindi, ces enfants éparpillés loin de leur source de nourriture, sans boussole pour retrouver leur chemin.

endroit calme avec beaucoup de jolies fleurs – *girra-wiiny* Restez à l'affût de fleurs sauvages au pays, comme le lin sauvage et le mimosa doré, les orchidées et les lis – qui sont comestibles, on les appelle *dirramaay*. Elles ne sont pas utilisées que pour la nourriture ou la médecine, leurs tiges et leurs feuilles peuvent aussi servir à tresser des paniers. Les fleurs nous racontent encore d'autres événements, comme quand les fleurs violettes du *ngawang* – la salsepareille – apparaissent, on sait alors que les gros *guya* sont prêts à être attrapés dans les rivières et les lacs.

paire, deux – *bula* J'étais submergé par les saintes Écritures, mais maintenu à flot par l'espoir ; quand on a trouvé notre second souffle, quand Jedda et August sont arrivées et qu'on a eu de nouveau deux petites filles, on a ouvert Prosperous à tous. Les *bula* et moi, on faisait de longues balades jusqu'au rocher de Kengal. Je leur expliquais que les anciens y montaient en passant par ces mêmes pâturages, utilisaient leurs haches en pierre avant que l'homme blanc n'apporte ses haches en métal, que les amants s'y retrouvaient et laissaient des marques sur les arbres, ou de longues cicatrices rondes là où ils fendaient l'écorce et la retiraient doucement afin d'obtenir un long plat arrondi pour porter bébé. Ou si le bois était assez solide, il servait à déterrer les racines et les tubercules des plantes. Je les amenais au fleuve voir l'endroit où les anciens pêchaient et les pierres posées sur le lit nu du fleuve où l'irrigation était pratiquée au tout début, et où les anciens posaient leurs pièges à poissons. Voilà ce que mangeaient les anciens : du poisson du Murrumby, des moules du Murrumby, des écrevisses et du *yingaa*, aussi. Et ils mangeaient de l'herbe à kangourous des plaines – ils broyaient les graines et cuisaient leur pain et leurs gâteaux dans le four de la terre. Ils faisaient du pain et des gâteaux bien avant les sages

Égyptiens. Les *bula* me regardaient, dans ces moments-là, les yeux écarquillés, tout l'émerveillement du monde s'agitant dans leur tête. Montrer aux *bula* le peuple formidable dont elles étaient issues il y a très longtemps, ce sont mes plus beaux souvenirs.

parent, être comme un parent – ***buwubarra*** Elsie et moi, on a été *buwubarra* pour ces adorables *bula*.

DIX-SEPT

August emprunta l'allée qui montait vers Southerly. Une ceinture d'herbe verte délimitait le périmètre de la maison. Il n'y avait aucune plante indigène dans le jardin des Falstaff, rien que des haies, des tulipes, des rosiers vieux d'un demi-siècle, et le verger. La maison était peinte couleur citrouille avec un liseré gris, mais la peinture changeait régulièrement : Dulux eucalyptus, Dulux crème, Dulux terracotta. August connaissait très bien l'extérieur de la maison Falstaff : elle passait son temps à se cacher dans les buissons ou à essayer de passer la porte, par n'importe quel moyen.

Les différences entre Southerly et Prosperous étaient grandes, mais c'étaient les petites différences qui se remarquaient sur les murs extérieurs – les pignons formaient des motifs décoratifs, la charpente était sculptée de rainures complexes, les boiseries étaient polies, il y avait deux fontaines, des luminaires de jardin à énergie solaire et un chemin de galets bicolore en forme de losanges qui menait à leur terrasse, et, près de la maison, un tuyau d'arrosage jaune soigneusement enroulé autour d'un support spécial. Ils avaient toujours eu, devant la porte d'entrée, un paillasson « Bienvenue » qui semblait comme neuf. Le paillasson n'y était plus, Southerly paraissait changée, la ceinture d'herbe avait poussé mais Eddie n'avait pas pris la peine de s'en occuper. La débroussailleuse était à vendre. Elle reposait sur le plateau du pick-up telle un crucifix sur l'autel. Tondre le gazon ne servait à rien, puisque tout cela ne serait bientôt plus que gravats. En voyant arriver August, Eddie croisa les bras sur sa poitrine et l'attendit. Il l'avait attendue toute sa vie.

« J'ai vu ta mamie… Ça a l'air d'aller ? »

August s'arrêta au pied de Southerly. « Je crois que c'est comme ça qu'elle fait face, en restant active.

— Et toi, comment tu fais face, depuis dix ans ? » s'enquit Eddie, enfilant une chemise. Son corps s'était musclé depuis l'adolescence ; il vit qu'August le regardait et se mit à rougir, son visage n'était plus celui d'un garçon, mais celui d'un homme.

August sentit le sang battre dans ses oreilles. Elle détourna le regard et s'assit sur une marche.

« Faire face à quoi ?

— Tout… tu sais…, hésita Eddie, s'asseyant à côté d'elle. Tu as eu des nouvelles de ta mère ? »

Elle n'en avait pas eu, et ne cherchait plus à en avoir depuis des années. Elle supposait que sa mère avait honte, qu'elle était ensevelie sous la honte, qu'elle avait franchi la ligne entre tristesse et colère.

« Nan. » August sortit un paquet de cigarettes de sa poche et en alluma une.

« Vas-y », fit Eddie avec un petit coup de coude. Elle lui passa le paquet et une pochette d'allumette.

Il alluma une clope à son tour, jetant un regard furtif vers ses cuisses, nues sous son short.

« Tu manges un peu ? » Il voyait bien.

Le sang se mit à battre plus fort dans ses oreilles, son ton se fit défensif : « Ouais.

— Tu as l'air différente.

— Différente comment ? » August en avait conscience, mais ignorait en quoi. Elle ne savait plus ce qu'elle avait été aux yeux des autres. C'était comme si elle n'avait pas choisi de devenir la personne qu'elle était depuis dix ans. Comme si elle ne ressemblait à rien tant qu'au visage et au nom qu'elle avait auparavant. C'était comme si elle ne se souvenait pas de ce qu'elle était censée être.

« Tu es toujours toi-même, je ne voulais pas être méchant. Tu as changé, c'est tout.

— Toi aussi. » August se retint de dire que c'était une bonne chose, selon elle.

« Tu sors avec un Rosbif, je suppose ?

— Non. » Quelque chose entre eux était coincé. Le passé qu'aucun des deux ne voulait ressasser. Toutes ces choses indicibles.

« J'en reviens pas que tu sois allée en Angleterre, plutôt qu'ailleurs ! » poursuivit Eddie. Il défit les lacets de ses bottes, qu'il enleva d'un coup de pied.

« Pourquoi ? » August avait toujours pensé, enfant comme à dix-huit ans, qu'en Angleterre, les enfants naissaient purs, avec leur thé et leurs directeurs d'école, leurs chaussettes montantes, leurs bonbons durs et leurs courses de voiliers miniatures sur des rivières glaciales. Des enfances comme dans les vieux livres qu'elle lisait.

« J'en sais rien, parce que c'est pas tes racines. Parce que l'Australie est encore rose.

— Comment ça, l'Australie est rose ?

— Sur la carte du monde – elle est bien rose, non ? Tu restes un sujet britannique même si t'es une Gondi ! »

Il éclata de rire, mais August ne trouvait pas ça drôle. C'était le genre de plaisanteries qu'ils faisaient quand ils étaient enfants, mais elle avait passé l'âge. En voyant le visage de marbre d'August, Eddie regretta d'avoir parlé. Il se mit à boutonner sa chemise jusqu'en haut, cherchant à dissimuler la provocation sous la flanelle.

« Désolé, c'était juste une blague.

— Alors pourquoi tu es resté là, toi ? fit August, tirant sur sa cigarette.

— Pour la vue, et puis qui d'autre allait s'en occuper ? Pas un Angliche. »

August recracha la fumée dans l'air chaud, loin de la conversation.

« Alors, t'as un mec ou quoi ?

— En quoi ça te regarde ?

— Ça me regarde. » Eddie chercha son regard – elle leva les yeux vers lui. Ils se dévisagèrent un instant. Puis Eddie se pencha vers les lèvres d'August comme si la petite boucle qu'elles formaient l'y invitait.

Et ils s'embrassèrent, d'un coup. Juste assez pour que leurs lèvres se touchent, pour que leurs visages s'approchent et bloquent momentanément la lumière du soleil, une minuscule trêve.

Elle se détourna, écrasa sa cigarette et se leva. « Je dois y aller, il faut que j'aide mamie.

— Ça va ? » demanda-t-il, dérouté ; mais elle était déjà trop loin pour l'entendre.

« Je peux t'aider ? »

Elsie posa un bol d'oignons devant August. Elles cuisinèrent toute l'après-midi, et la chaleur leur fit parvenir les effluves du blé qui séchait. Elsie laissa August préparer le riz blanc gluant, n'intervenant que pour verser une larme de lait de coco dans l'eau bouillante et trouble. Elle demanda ensuite à August de couper les carottes et le radis noir en dés et de cueillir de la coriandre et de la ciboule. Elsie prit le relais pour mélanger et ajouter le sucre brun, l'anis, le gingembre, la pâte rouge commandée spécialement et le nuoc-mâm. Elle ajouta les morceaux de poulet à la sauce. Quand elle cuisinait, la grand-mère d'August rayonnait. Puis elle secoua la petite boîte métallique orange et noir au-dessus de la marmite et la maison entière empesta la poudre de curry.

L'odeur de la cuisine rappela à August les enfants à l'école qui se pinçaient le nez quand elle s'asseyait pour manger son déjeuner chaud, les élèves qui la fixaient, bouche bée derrière leurs sandwiches au jambon dont la croûte avait été coupée, leurs paquets de chips au sel et au vinaigre, leurs petites briques de jus glacées. D'autres élèves attiraient les mêmes regards : Jody, qui passait l'heure du déjeuner à supplier ses camarades de lui donner « une bouchée » ou « un friand pour dix cents » ; Luke, dont la mère travaillait au motel du coin, qui apportait toujours des carrés de beurre et un seul petit pain, et qui s'asseyait dans la cour pour préparer son sandwich. Il y avait aussi l'amie d'August, Louise, qui mangeait des nouilles froides dans un bol en plastique transparent avec des baguettes. À l'école, si elle y réfléchissait bien, la seule chose qui divisait les élèves, c'était d'être pauvre ou encore plus pauvre. Pauvres de la Vallée, de l'ancienne Mission, ou de banlieue. La nourriture avait son importance, pensait August, qui n'était plus constamment affamée mais qui restait insatiable – elle différenciait ou rapprochait les gens.

Eddie, lui, avait fréquenté un autre établissement. Pensait-il à elle depuis l'école ? se demanda August ; avait-il vraiment voulu conquérir son cœur, brisé trop tôt, avec tous ses morceaux manquants ? Ou avait-il juste voulu l'embrasser parce qu'il avait de la peine, parce que lui aussi connaissait Jedda et Poppy, parce que tout recommençait ou s'achevait enfin ? Elle l'ignorait. Elle aurait préféré ne pas s'en soucier. Pas en ce moment, pas avec tout ce à quoi elle devait faire face.

Plus tard, tante Missy arriva à Prosperous, ainsi que tante Mary, tante Betty et tante Nora, qui avaient grandi avec Poppy puis sans Poppy, à la Station puis en dehors de la Station. Elsie s'essuya les mains et posa la cuillère en bois dans l'évier. Elle confia à August une pile de draps propres et l'envoya faire les lits dans l'annexe, pendant qu'elle et les tantes continuaient à préparer le repas.

L'extérieur des portes de l'annexe était muni de loquets dont les barres avaient disparu ; à l'intérieur, une épaisse couche de poussière recouvrait toutes les surfaces. August, qui avait travaillé à presque tous les postes du pub, y compris les chambres du bed and breakfast, savait par où commencer : elle ouvrit d'abord les fenêtres, laissant la porte entrouverte. Elle secoua les oreillers puis dissimula leurs taches jaunes sous des taies à motifs. Elle retourna les matelas affaissés et les recouvrit des draps raides, bordant l'idée de tous ceux qui avaient dormi là, autrefois. Elle balaya le plancher, accrocha les couvertures de laine sur le fil, dehors, avant de les battre avec le vieux balai jusqu'à en faire tomber les pellicules de peau et la poussière. Une par une, elle ramena les couvertures à l'intérieur, les étendit bord à bord sur les draps, repliant ceux-ci pour former un triangle engageant. Dans l'herbe ombragée qui entourait Prosperous, elle coupa les tiges d'orchidées indigènes. Elle ne vit pas Eddie travailler au champ. Sur chacune des quatre tables de nuit, elle plaça les fleurs dans des verres d'eau.

L'une des tables possédait un petit tiroir caché, surmonté d'une rainure. August l'ouvrit d'une légère secousse. À l'intérieur se trouvait une sainte bible. Elle la prit et s'assit sur le lit qu'elle venait de faire. *C'est un livre*, lui avait dit Poppy d'un ton très assuré, la première fois qu'il en avait mis une entre ses mains. *Je veux que tu le lises comme si chaque phrase était un mensonge, et que tu notes tout ce que tu trouves de vrai.*

Elle ignorait s'il s'agissait d'un piège ou d'un défi, mais il avait promis de lui donner une pièce d'un dollar chaque fois qu'elle aurait raison. Avec le recul, elle pensait qu'il s'agissait d'une forme de thérapie à ses yeux, par rapport à la disparition de Jedda. Elle se souvenait avoir rempli la moitié d'un cahier de brouillon pendant les vacances d'été, et s'être attendue à recevoir un beau paquet d'argent pour s'acheter des bonbons. Il lui avait donné deux dollars pour sa peine. August avait alors regardé toutes les citations qu'elle avait notées et trouvé les deux que son Poppy avait entourées et auprès desquelles il avait inscrit « Oui ». Seule la première lui revenait maintenant à l'esprit. C'était une phrase tirée des Proverbes : *La mort et la vie sont au pouvoir de la langue.*

August emporta la bible en quittant l'annexe et la jeta dans l'une des poubelles à roulettes à côté de la maison. Ça n'avait jamais été le livre qu'elle cherchait.

Le niveau d'énergie d'Elsie avait changé depuis l'arrivée d'August. Elle rechargeait ses batteries en restant active, comme un train grimpant une colline, puis ralentissait et retombait dans le silence, se laissant glisser doucement le long de la pente. Lorsque les tantes rejoignirent l'annexe, ni Elsie ni August ne mangèrent le curry. Elles se préparèrent du thé, chacune son tour. Le soir, elles cuisinèrent encore, un ragoût et des lasagnes végétariennes. Une fois refroidis, tous les plats furent placés dans des Tupperwares et rangés au frigo pour les adieux.

August, qui avait acheté du vin en ville, en versa deux verres. Elle but le sien très vite au-dessus de l'évier et s'en resservit une dose raisonnable.

Elsie était en train de repasser de longues nappes blanches sur la table de la salle à manger. Le fer fumait tandis qu'elle massait ses mains, attendant que ses douleurs articulaires s'atténuent. August posa le verre de vin, montrant le fer d'un geste de la tête. « Je peux repasser à ta place », proposa-t-elle doucement, sans vouloir que sa grand-mère ait le sentiment d'être inutile.

Elsie saisit le verre d'une main douloureuse et arracha le câble de la prise électrique de l'autre. « Tu as mangé quelque chose, aujourd'hui ? »

August aurait voulu lui retourner la question, mais celle-ci resta en suspens entre elles. Ces femmes tristes, qui fondaient à vue d'œil.

« On va s'asseoir dehors ? » demanda August. Elle fit coulisser la porte en verre le long de ses rails.

Elles s'installèrent sur les deux fauteuils de jardin, à l'ossature en rotin identique capitonnée par des couvertures en laine polaire. Spike avança à pas feutrés sur la terrasse et se laissa tomber sur les pieds d'Elsie.

« Est-ce que Poppy écrivait un livre ? Eddie m'en a parlé.

— Non, il couchait des choses sur le papier – c'était une sorte de dictionnaire –, il essayait de se souvenir des mots. Ça faisait un mois ou plus qu'il l'écrivait.

— Je peux le voir ?

— Je n'ai absolument aucune idée de l'endroit où il se trouve, Augie. Regarde dans son bureau, moi aussi j'aimerais le voir. »

Elles sirotèrent leur vin. « Je vais continuer à chercher, dit August.

— *Yingaa*, c'est un des mots que je l'ai vu inscrire sur ces pages.

— *Yingaa* ?

— Ça veut dire *yabby*, l'écrevisse du bush, tu sais… » Elsie avala une gorgée de vin et ajouta avec enthousiasme : « Pour notre premier rendez-vous, on a mangé des *yabbies*.

— Poppy et toi ?

— Il m'a amenée ici, dit Elsie en tendant son verre en direction de l'obscurité. C'était la première fois que je voyais Prosperous. On a marché jusqu'au barrage et il m'a parlé des *yingaa*. Moi qui étais citadine, je ne connaissais rien aux *yabbies*, je n'en avais jamais mangé ! Quand je lui ai dit ça, il est rentré en courant à la maison et je l'ai suivi à l'intérieur. Là, poursuivit-elle en se tournant vers la cuisine, il a commencé à fouiller dans la poubelle. » Elle s'esclaffa et reprit une gorgée de vin. « Quand Alb m'a regardée, j'ai dû lui sembler tellement outrée ! Je me disais, *Qu'est-ce qu'il fait dans la poubelle, celui-là ?* Ensuite, il a levé deux restes de côtelettes d'un air triomphant et on est retournés au barrage avec une corde à linge. Il a accroché un os à chaque bout et les a plongés dans l'eau, et là on a marché le long du fleuve en tirant lentement nos appâts. Quand l'eau a frémi deux fois, il m'a montré comment retirer ma corde du barrage, et voilà que… eh bien, ça a été mon premier festin de *yingaa*. » Elsie secoua la tête et but de nouveau, souriant à August. « Il a mis ça par écrit !

— C'est ce qu'on appelle une belle prise, fit August, et les deux femmes éclatèrent de rire.

— Pourquoi tu avais repris contact avec Poppy ? »

Elsie réfléchit un instant. « J'avais dû remarquer que ton Poppy et moi, on pouvait faire de bonnes choses, ensemble. Que notre amour pouvait rebondir sur le monde. Et puis j'avais l'âge, je suppose. J'étais ouverte à lui et j'ai su tout de suite qu'il m'aimait, qu'il ne me rabaisserait pas.

— Te rabaisser ?

— On était tous les deux kooris ; on s'encouragerait mutuellement parce qu'on était conscients d'en avoir besoin. »

Leur bonté rendit August un peu triste, en pensant à sa propre mère, à toutes les choses qui avaient mal tourné pour elle. « Pourquoi est-ce que maman a eu autant de malheurs, alors que vous deux étiez si bien ensemble ? »

Sa grand-mère secoua la tête. Elle ne connaissait pas la réponse, et tandis qu'elle cherchait une explication, les lumières dans l'annexe des ouvriers s'éteignirent. Les deux femmes regardèrent les fenêtres obscurcies, les tantes s'étaient couchées. « Qui d'autre sera là, demain ? » demanda August, qui avait compris que sa grand-mère ne voulait pas répondre à cette question désespérée. Ou qu'elle en était incapable.

« Il n'y aura que la famille – des proches venus d'un peu partout. Oncle Fred devrait venir, je crois, de tout là-bas, dans le Nord, avec leurs champs de canne à sucre. Tu te souviens de lui ?

— Pas vraiment. Je me souviens juste de son bras, et qu'il nous avait acheté des glaces à la banane, une fois. »

Elsie tapota son verre du bout des doigts. « Avant, je pensais que c'était l'homme le plus horrible du monde, mais je l'aime bien, maintenant. C'est l'aîné des cousins de ton Poppy.

— Qu'est-ce qui est arrivé à son bras, alors ? demanda August, que le vin avait rendue audacieuse.

— Il est revenu, après avoir fait la guerre. Apparemment, il avait été touché par un éclat d'obus. Quand il est rentré, il ressentait une grosse douleur au bras, des lésions nerveuses ou quelque chose dans le genre. Les médecins n'arrivaient pas à trouver de solution, alors il a parcouru tout le pays pour voir des spécialistes. Personne ne savait quoi faire, et le paracétamol n'a rien changé. Il a fini par décider de se faire amputer, il a même continué à tailler la canne à sucre avec son bras malade pour économiser et se payer l'opération. Mais aucun médecin ne voulait le faire, à cause de sa main qui fonctionnait toujours. Alors un jour, il a eu l'idée de se le couper lui-même… » Elsie secouait la tête, le visage assombri. « Ce qui fait mal n'est pas toujours visible. Il a acheté une hache et un vérin ou que sais-je encore, a fait un feu dans un seau en fer-blanc, s'est coupé la main avec sa guillotine maison, s'est roussi les artères et puis il l'a jetée au feu pour ne pas qu'on la lui rattache. »

August hoqueta et s'écria, le visage tordu d'une grimace horrifiée : « Tu déconnes ou quoi ?

— Alors ils lui ont amputé le reste du bras et depuis, il est tellement heureux, poursuivit Elsie d'un ton nonchalant. C'est dire…

— C'est dire quoi ?

— Tout ce que les gens sont prêts à faire pour soulager la douleur. » Elle frotta ses articulations sur son genou.

« Ne va pas te couper les mains, mamie ! »

Médusée, Elsie leva les yeux vers August, et toutes deux se remirent à rire. Lorsqu'elles eurent ri assez fort pour réveiller les hiboux, Elsie reprit : « Tu as toujours eu un bon fond, ma petite – tu sais que tu peux me parler de tout ce que tu veux, d'accord. »

C'était un fait ; elle voulait simplement en informer sa petite-fille. « Je sais », répondit August, rassurée et rassurante à la fois. Elle savait que sa mamie n'était plus sa tutrice, qu'elle pouvait être sa confidente, mais elle-même ne savait toujours pas dire les choses. Le champ bourdonnait, avec une sorte de battement rythmé. Les sauterelles s'étaient installées pour leur repas nocturne. La lune était en croissant et aucune lumière n'éclairait le vieux champ.

« À Alb, fit Elsie, brandissant vers la nuit son verre de vin presque plein.

— À Poppy », renchérit August, la main levée bien haut, et la bribe de lune argentée se courba à travers son verre vide.

DIX-HUIT

Lettre du révérend Ferdinand Greenleaf au Dr George Cross
2 août 1915, suite

IV

Quand les plantations se mirent à pousser, je rendis souvent visite au camp des Noirs pour leur offrir des grains de blé et les carottes noueuses du potager. J'amorçai ainsi une relation de confiance dont nous allions avoir besoin si nous voulions occuper la Mission. Ce ne fut qu'après nombre de mes humbles visites que les indigènes du territoire, apprenant qu'on leur préparait un logis convenable, commencèrent à affluer par groupes de deux puis de dix à la Mission de Prosperous, notre foyer de charité, pour y trouver pitance et abri. Au moment des moissons de l'année qui suivit, le Seigneur nous gratifia de la première d'une longue série de naissances à la Mission. Une magnifique petite métisse naquit en décembre 1881, et je consignai sa naissance dans mon registre ; elle bénéficiait d'une bonne santé et d'un nom de baptême – Mercy.

Le logement était petit, et nos moyens limités, mais voir autant de femmes et d'enfants affamés et presque nus me toucha profondément, et j'eus à cœur de les accueillir, même si j'avais initialement espéré ne recevoir que des couples mariés. Des habitants de la ville m'avaient prévenu que jamais les indigènes ne voudraient dormir dans les maisonnettes que j'avais prévu de leur construire, mais à peine les deuxième et troisième huttes achevées, j'eus la satisfaction de constater qu'ils étaient heureux de posséder leur propre habitation. Une belle petite commune émergea dans le bush solitaire, composée de ma propre maison, de l'école (qui servait aussi d'église), de quinze maisonnettes de deux pièces pour les couples mariés, d'un dortoir convenant à cinquante filles et femmes célibataires, d'une hutte pour le même nombre de garçons et d'hommes célibataires, d'un débarras, de trois dépendances ; enfin et surtout, d'une maisonnette d'instituteur, car je dus, après la deuxième année, abandonner mes obligations d'enseignant et solliciter les précieux services de mon ami érudit venu du sud, Hans Keller, pour occuper ce poste à responsabilité. Je pus ainsi aider à loisir les résidents masculins à ériger des clôtures autour de la Mission afin de protéger nos plantations et nos herbages des troupeaux voisins. Je les vis, année après année, grimper en haut des quelques eucalyptus restants et traverser les eaux souvent rapides du fleuve avec une telle aisance et une si grande grâce, et j'étais heureux de les voir s'atteler au travail sous mes ordres avec autant d'enthousiasme.

Comme nous n'avions pas de revenus réguliers ni garantis, hormis les dons que je recevais pour mon travail clérical, nous étions régulièrement réduits à la plus grande pauvreté. Les rares fois où je m'absentais, j'invitais Keller à me suppléer en tant que directeur. Nous étions parfois à court de mouton ou de farine, sans parler de produits de première nécessité. Mais bien que notre travail fût très difficile, au cours de ces premiers mois, et que nos privations fussent encore nombreuses, ces épreuves ne nous affectèrent pas autant que la conduite cruelle de notre entourage, de ces gens qui se prétendaient chrétiens. J'ai compris au fil des ans qu'ils avaient un seul désir : celui de s'occuper des indigènes à leur façon. Ces personnes malveillantes cherchaient à saper la Mission et à en chasser les Noirs qui représentaient désormais, depuis presque deux ans, plus de quatre-vingt-dix âmes, dont quarante élèves occasionnels et trente élèves assidus.

Un jour, au cours de la troisième année d'existence de notre Mission, alors que j'étais parti célébrer un mariage à l'extérieur, un individu, se faisant passer pour un gentleman, envoya une caisse de gin au camp des femmes. Le « gentleman » s'était ensuite arrangé pour toutes les enivrer dans un petit camp situé à moins de deux kilomètres de notre place centrale, et il y invita ses camarades. Keller m'informa que la scène qui suivit était véritablement diabolique : la débauche des hommes de la ville – mariés comme célibataires – à l'égard des malchanceuses. Un autre jour, également en mon absence, l'hôtelier de l'établissement moins aristocratique où j'avais jadis logé une fois, approvisionna lui aussi le camp en alcool. Il convia ces mêmes hommes blancs auxquels j'avais fait prêter serment d'abstinence, me semble-t-il ; selon les dires de Keller, la scène était du même acabit. Le lendemain matin à mon retour au camp, je vis des vieilles femmes et de très jeunes filles totalement ivres. Une pauvre créature, qui tenait contre son sein un bébé métis, se dirigea vers moi en titubant. « Qu'est-ce que tu as fait, Daisy ? lui dis-je.

— J'ai bu, gudyi.

— Qui t'a donné à boire ?

— Monsieur Murray. »

Elle faisait allusion au patron de pub que j'avais rencontré. Daisy, bouleversée, me supplia de la protéger. Elle m'expliqua qu'elle n'avait pas voulu boire mais qu'ils l'avaient forcée, et forcée également à subir leurs actes sordides, avant de partir. Son visage était gonflé et contusionné, et elle avait perdu une dent d'un coup de poing. Je décidai qu'il valait mieux envoyer Daisy, qui devait avoir une quinzaine d'années, travailler au service d'une bonne famille chrétienne du Nord. Cette nouvelle causa un grand désarroi à ses proches, mais je justifiai mon choix en expliquant que les familles m'étaient vivement recommandées et qu'elle reviendrait leur rendre visite.

Je me procurai également une arme à feu auprès de Baumann, qui me montra comment charger la poudre et viser avec assurance. Je me résolus à ne plus quitter la Mission qu'en cas d'absolue nécessité, pour remplir mes fonctions officielles de pasteur.

Mais nous n'avions parfois pas le choix lorsqu'il était question de fonds. À chaque fois que je rentrais, j'allais voir les résidents afin de les avertir de mon retour et de rassurer ceux que j'avais effectivement promis de sauver. Quelques mois plus tard, je fus réveillé en pleine nuit par les filles, venues chercher ma protection après que de vils hommes blancs étaient entrés par effraction dans leur dortoir. Je me précipitai au dortoir et chassai les deux brutes ; je voulus les poursuivre à cheval, mais parcourus six kilomètres sans savoir ce que je pouvais ni ce que j'allais faire. Bien que je ne parvinsse pas à arrêter les coupables, je crois que les résidents comprirent que j'étais fidèle à mon vœu de leur apporter protection.

Après plusieurs mois paisibles, il se produisit un autre incident fâcheux. Un jeune colon d'une station voisine chevaucha jusqu'à notre place centrale en plein jour. Brandissant au-dessus de sa tête l'étrier en fer qu'il venait d'arracher de sa selle, il jura qu'il tuerait le premier homme, fût-il noir ou blanc, qui oserait s'approcher de lui. Après nous avoir ainsi terrorisés pendant une demi-heure, le colon menaça de mettre un terme à la Mission, arguant que si je ne l'abandonnais pas, j'aurais à faire face à la révolte des hommes de la ville. Ils voulaient faire la loi. Je compris que les besoins charnels de ces hommes étaient la raison pour laquelle ils voulaient voir les Noirs reprendre leur vie désordonnée dans les camps faciles d'accès. Ils ne toléreraient pas qu'une personne cherche à amener « paix et bonne volonté » aux pauvres Noirs, car il était bien connu que le monstrueux trafic de corps et d'âmes indigènes était coutumier avant mon arrivée.

Donc, après avoir encore une fois écrit pour réclamer l'intervention de la police – demande qui n'aboutit jamais –, nous prîmes nous-mêmes toutes les mesures de protection. Je m'assurai que les résidents ne s'aventurassent plus hors de la Mission. Je fis en sorte d'occuper les filles au quotidien par l'intermédiaire d'une institutrice envoyée de Sydney *: avec une instruction fondamentale, et parfois l'apprentissage rudimentaire de la cuisine, du ménage et de la couture, comme c'est le cas dans la plupart des institutions. À la fin de la journée, nous nous assurions que les enfants passaient la nuit entière dans les dortoirs. Avec l'aide des hommes de la Mission, nous renforçâmes nos barrières et inscrivîmes au burin et à la flamme le serment de notre unité au fronton du bâtiment principal :*

PAR LA SEULE GRÂCE
AVEC SEULEMENT LA FOI
GRÂCE AUX SEULES ÉCRITURES

Je reculai pour étudier l'inscription et fus vraiment satisfait du résultat. Au fond de mon cœur, qui tremblait de peur, si accoutumé à la circonspection, j'espérai qu'il nous protégerait de la tempête que je sentais arriver.

DIX-NEUF

jouer – ***girinya*** Quand on était petits, au Foyer, on jouait au cricket, au handball, aux billes, à saute-mouton et à la lance. On fabriquait nos lances avec des roseaux ou des hampes florales que l'on frottait contre des pierres pour les affûter, et auxquelles on attachait des petits cailloux à l'aide du fil détricoté de nos couvertures. L'un des garçons faisait le kangourou et l'autre lançait. On cachait nos jouets sous les escaliers dehors, là où on s'alignait pour chanter « God Save the Queen » avec la main sur le cœur. Rien n'est jamais terrible en permanence, même aux pires moments. Les enfants trouvent toujours le moyen de jouer, *girinya*.

ornithorynque – ***biladurang*** Il existe une histoire qui parle du *biladurang* et des raisons pour lesquelles cet ornithorynque ne vit que dans notre pays – mais ça commence avec une petite cane appelée Gaygar. Un jour, il y a longtemps, Gaygar désobéit à ses aînés, manqua de respect aux valeurs de sa famille, quitta la tranquillité du lac et gagna la rivière, loin des siens, dans des eaux que les canards n'étaient pas censés fréquenter. Là, elle fut capturée par un rat d'eau nommé Bigun, qui la retint à la crique une saison entière. Elle parvint à s'échapper et à rejoindre le lac, où tous les canards, y compris elle, eurent leurs petits. Lorsqu'ils virent les petits de Gaygar, les membres de sa famille secouèrent la tête et lui ordonnèrent de partir ; des choses terribles allaient leur arriver si elle restait. Gaygar emmena donc ses étranges bébés par les cours d'eau, le long des fleuves et des bassins. Elle finit par trouver un endroit où ses petits étaient heureux. Mais il faisait trop froid pour Gaygar, qui n'avait pas de fourrure, contrairement à ses enfants. Lorsque Gaygar mourut, ses petits restèrent dans les eaux fraîches du fleuve, avec leurs pattes palmées, leur bec et leur fourrure. *Biladurang*.

pluvier – ***didadida*** J'ai appris ce mot au Foyer pour Garçons. On criait : *Didadida !* avant de s'enfuir à toutes jambes, fendant l'air de nos baguettes pour les effrayer. La plupart des gens seraient d'accord pour dire que le pluvier est le pire de tous les oiseaux, pire encore que les vautours ou les pies. Tous les Australiens le savent, je parie. Les pluviers vous foncent sur la tête si jamais vous vous approchez de leur nid, et si vous partez en courant, ils vous poursuivent encore et encore. Ce qu'il y a, c'est que le jour où je suis moi-même devenu parent, j'ai repensé aux *didadida* et au fait qu'ils ne font que protéger leurs petits. Le *didadida* – on dirait un nom donné par les jeunes oisillons aux parents qui les réconfortent.

policier – ***gandyan, gandyi*** J'en ai rencontré des gentils et j'en ai rencontré des méchants. Le problème avec les *gandyan* méchants, c'est qu'ils portent des armes ; pas juste des pistolets, mais aussi des Tasers, maintenant. C'est de l'électrocution de poche. Quand j'étais petit, tout le monde disait : « Fais coucou au policier. » Je crois que quand les gens accrochent une croix au mur, ou qu'ils épinglent quelque chose au revers de leur veste, ou s'entourent le bras d'un brassard, ce qu'ils disent vraiment, c'est : « Ne tirez pas sur moi. » Quand on les saluait, ça voulait dire la même chose. J'avais aussi appris ça aux filles et aux petits enfants : « Regardez, là-bas, faites coucou à la voiture de police ! » Bien sûr, quand j'étais seul et que je voyais un *gandyan*, alors là c'était différent – là, je devenais vraiment invisible.

vieil homme – ***dyirribang*** Je suis né juste au milieu de la paix et de la guerre, précisément entre l'idée qui a précédé les actes et les ombres qui ont suivi. Quand les soldats sont rentrés la première fois, on leur a donné nos terres à bail, dans le cadre d'un programme de peuplement colonial pour anciens combattants. *Dyirribang* Falstaff, ce type-là avait fait une erreur, il avait eu cette terre grâce au bail foncier de la Station après qu'elle avait été évacuée, mais n'avait pas payé pour la pleine propriété. Il n'avait pas effectué les versements pour qu'elle lui appartienne à jamais selon la loi australienne. Les Falstaff n'ont jamais pu être propriétaires de cette terre, et les Gondiwindi non plus, après ça – elle appartenait au gouvernement, pendant quatre-vingt-dix-neuf ans, suffisamment longtemps pour mal faire le lit dans lequel se coucherait la génération suivante. Eddie saura ce que ça fait, de ne pas avoir d'endroit à soi. C'est de cette façon que la mine s'est glissée là, qu'elle a rampé jusqu'ici tel un serpent – pire qu'un serpent –, prête à gagner un million, un milliard ou plus pour quelques camarades cupides.

pie – ***garru, wibigang, dyirigang*** *Garru* est un oiseau messager. Elle peut se montrer violente comme le pluvier, mais les ancêtres disent qu'elle apporte des messages spirituels, que les *garru* adorent parler, du moment qu'on arrive à les amadouer. Alors j'ai essayé, et maintenant elles viennent ici dans le jardin quand elles ne font pas leur nid ; je dis *garru nguyaguya milang* *mudyi* – pie, ma magnifique amie –, et elle devient calme et douce. Elle me parle de son ancêtre, la première pie, et de l'importance de protéger ses petits du varan ; c'est ce qui explique son comportement, et je lui réponds que je comprends tout à fait.

facteur, messager (avec un bâton de message) – *dharrang-dharrang* Julie, de la bibliothèque municipale – une femme sage et bonne – a déniché dans le catalogue les pièces de mon puzzle que je n'aurais jamais trouvées autrement ; elle me les a données comme un bâton de message d'un passé lointain. Les choses qu'elle m'a montrées m'ont aidé à compiler mon dictionnaire, à assembler correctement le tableau. Julie était mon *dharrang-dharrang*.

marques ou traces, impressions d'objets qui passent – *murru* Ce sont les traces faites par les serpents, les varans, les oiseaux et nous tandis que nous sillonnons le monde. Nous laissons tous des *murru* derrière nous. Que la vôtre soit une marque de gentillesse.

VINGT

La chaleur percuta l'arrière-pays des jours durant, et les habitants de Massacre papotaient de la mine et de son impact néfaste sur l'environnement, tandis que d'autres rétorquaient qu'ils avaient besoin de travail. Mais tous s'accordaient à dire qu'on leur devait plus. Quand, la veille au soir, la nouvelle selon laquelle Rinepalm Extraction avait prévu une journée portes ouvertes à la mairie se propagea dans la Vallée et les ruelles comme un virus, les hommes et les femmes, bien qu'au bord de l'insolation, se précipitèrent hors de chez eux pour se rendre en ville. Tard dans la soirée, fatigués, ils étanchèrent leur soif, impatients à l'idée des nouveaux emplois à venir ; certains accompagnèrent le jukebox d'une voix avinée, d'autres se bagarrèrent sur le trottoir, et tous finirent par rentrer chez eux.

Le samedi matin à la première heure, tandis qu'Elsie et August étaient dehors en train de disposer deux rangées de chaises autour du foyer, une femme du crématorium de Broken arriva. Elle se tint devant Prosperous House, avec à la main une boîte en bois pas plus grande qu'un coffre à bijoux. En l'apercevant, August sentit sa poitrine se serrer et sa nuque s'alourdir de tristesse. Elsie arrangea une autre chaise, tordit ses mains douloureuses et, la tête haute, partit accueillir la femme pour signer les papiers. Tante Missy descendit les marches du perron et passa son bras autour de la taille de sa mère. August, qui ne supportait pas de regarder, disposa les dernières chaises avant de se rendre au bord du fleuve en coupant par le champ. Sa grand-mère l'avait encouragée à y aller, mais elle n'avait pas encore eu le temps. Surtout, elle ne voulait pas voir que l'eau n'y était plus du tout. Elle fit courir ses doigts entre les grains de blé trop mûrs qui glissèrent sans peine au sol. Autour des sites de forage de la compagnie minière, les céréales étaient tailladées et les tiges courtes semblaient gravées dans le sol. Plus loin, elles avaient été aplaties sur une surface à peu près équivalente à celle de Prosperous House, des tuyaux se hérissaient, tenus en place par des boulons, un conduit bouché se dressait au centre de la sculpture, des barbelés protégeaient l'ensemble, et des panneaux DANGER étaient accrochés sur chaque longueur de grillage. August ne pouvait pas approcher les grands tuyaux qui de loin ressemblaient à des têtes d'épingles ; le sol autour de chacun d'eux était usé par des empreintes de chaussures de sécurité et par un fouillis de débris métalliques. August se demanda ce qui représentait le danger en question, elle imagina du gaz comprimé sous les tuyaux, des os de dinosaures et des morceaux de charbon inflammables, l'ascension de tous les symboles des éléments du tableau périodique. Elle se vit tomber dans le puits de la mine, *tout ça aura disparu*, en chute libre sur un kilomètre de profondeur.

Elle coupa par les derniers hectares qui menaient au Murrumby. La terre entre les rangs de blés était sèche et craquelée, et elle aperçut quelque chose qui brillait au soleil, un fragment qui dépassait du sol. C'était un morceau de quartz. Elle se baissa pour le ramasser. Le cristal au creux de sa main, elle jeta un coup d'œil par-dessus son épaule à Prosperous ; la maison n'était pas si éloignée, pas autant que le souvenir qui éclata dans sa tête comme un invité importun.

À Pâques, tante Nicki avait offert aux filles deux grands œufs emballés dans de l'aluminium coloré. August avait mangé le sien immédiatement, sans peine, mais Jedda ne voulait pas ; elle avait gardé le sien, toujours emballé, pendant une bonne semaine, niché dans le congélateur coffre. Puis elle l'avait léché un peu, puis avait grignoté une minuscule bouchée de lapin le lendemain. Ce rationnement avait duré des mois. August, devenue obsédée par l'œuf qui attendait là, soulevait presque quotidiennement la porte du congélateur pour le contempler.

Puis un jour, elle en avait eu assez. Les filles revenaient des champs, jouant à se faire des croche-pieds. August pouvait voir les morceaux de quartz de là où elle se tenait. « On fait la course ! » avait-elle hurlé tandis que Jedda se baissait pour en mettre un dans son seau. August l'entendait courir, loin derrière elle, les trésors s'entrechoquant dans le récipient en plastique. En courant, elle avait concocté un plan, et quand Jedda l'avait rattrapée au pied des marches du perron, elle avait pris le ton le plus réaliste possible pour hurler : « Un serpent, un serpent !

— Où ça ? Où ça ? »

Jedda s'arrêta et s'approcha de la terrasse sur la pointe des pieds.

« Il a glissé sur mon pied, je te jure, il est sous les marches, là-bas. » Comme prévu, Jedda s'était accroupie pour regarder l'endroit qu'August avait indiqué du doigt. « Je parie qu'il m'a mis du poison sur le pied ou un truc dans le genre, il faut que j'aille me laver, avait ajouté August, empruntant lentement les escaliers. Tu sais, j'ai entendu dire qu'on commence à avoir des serpents bruns par ici, ils migrent et tout – tu savais, toi ? »

Puis, dès qu'elle avait passé la porte de derrière, August avait fait coulisser la vitre et l'avait verrouillée en un éclair. Jedda avait levé la tête en entendant le bruit du verrou.

Avec un gloussement, August avait couru au congélateur et sorti le précieux œuf de Pâques. Jedda la menaçait par la porte vitrée.

« T'as pas intérêt à y toucher ! Je vais te casser la tête ! »

Mais August avait déballé le haut de l'œuf à peine entamé et avait commencé à y mordre à belles dents.

« August, je vais te tuer, je te jure que je vais te tuer. »

August n'arrivait pas à s'arrêter. Elle croquait morceau après morceau, le chocolat glacé craquant contre sa langue, difficile à avaler.

Jedda, enragée, avait hurlé tous les jurons qui lui auraient valu une gifle, si mamie et Poppy avaient été à la maison. Elle s'était mise à heurter la vitre de tout son petit corps, pendant qu'August riait et mangeait aussi vite que possible. Puis elle avait pris son élan le long de la terrasse et s'était jetée contre la porte. Elle s'était cogné le nez et la lèvre, et August avait vu le sang étalé sur son visage, la tache laissée sur la vitre. *OK, OK*, s'était dit August, se ressaisissant, et elle avait remis le dernier petit morceau d'œuf dans le congélateur. Elle s'était postée près de la porte, prête à tirer le verrou et courir pour se mettre à l'abri. Mais Jedda avait trouvé une énorme pierre dans le potager et l'avait soulevée aussi haut que possible, comme si elle mettait toute sa fureur dans ce geste. Elle l'avait ensuite balancée contre la porte coulissante, cette pierre qui devait peser autant qu'elle. La porte s'était brisée, parsemant d'éclats de verre le linoléum. Elles avaient l'une et l'autre été punies, avaient dû laver la vaisselle, sans fin. Jusqu'à ce qu'il y ait une fin.

August ravala le souvenir, jeta le quartz au milieu des tiges de blé et s'avança au bord du fleuve où le niveau de l'eau était tombé bas, très bas, jusqu'au sable nu qui se trouvait au fond. Les racines d'eucalyptus pendaient dans le vide devant les berges. Les feuilles ne poussaient déjà plus quand August était partie, et plus aucun koala ne grimpait aux troncs à la recherche de nourriture. Les ornithorynques n'avaient plus d'endroit où nager.

Elle longea le Murrumby vers le nord, où l'eau coulait autrefois. Elle aperçut des amas coquilliers et des carapaces de cigales abandonnés dans le lit du fleuve. De gros rochers alignés en travers du cours d'eau, autrefois empilés pour attraper les poissons. Elle traversa un renfoncement de sable doux, où s'attroupaient des monarques orange ; ils s'envolèrent, surpris par sa présence. Le bruissement du bush se fit plus fort, une note fredonnée, une excitation constante et invisible des insectes dans les arbres, comme des ondes soniques dans l'espace ou provenant de sous-marins que seuls des ennemis, des baleines et des dauphins pouvaient entendre. Le rocher de Kengal se dessinait entre les cyprès noirs, balayé d'un côté tel une vague qui se forme, et redescendant doucement de l'autre jusqu'à un plateau. L'air se rafraîchit tandis qu'elle se dirigeait vers ce qui était autrefois l'amont. Plus haut, les pins avaient conservé leur couverture ; des oiseaux crièrent, *Wahn* le corbeau croassa, des kookaburras sautèrent de branche en branche, riant en cette fin de matinée. Un varan alangui descendit du tronc d'un eucalyptus courbé. Il avait l'air renflé et rassasié, *Pas bons à manger quand ils sont comme ça*, disait son Poppy. *Faut les attraper avant qu'ils mangent, sans quoi ils ont un goût de chair morte.* August entendait ses histoires très clairement dans sa tête. Le varan la dépassa comme s'il savait qu'elle savait ; mais de toute façon, jamais ils n'avaient mangé de varan.

Voici ce dont elle se souvient. Jedda et elle trouvant le bush secret, alors qu'elles cherchaient cet endroit qu'elles seules étaient capables de voir. Les enfants pouvaient se montrer courageux, à l'époque. Ils pouvaient traverser Massacre en courant sans être pourchassés par des fermiers ou des chiens errants, ils pouvaient et savaient grimper, Jedda savait. Les os cassés étaient les blocs de construction de la vie d'un enfant dans le bush. Pourtant, August s'y était toujours sentie un peu mal à l'aise – elle avait l'impression d'être un peu essoufflée, de retenir sa respiration dans l'attente d'un désastre. Mais elle pouvait le supporter, avec Jedda, et ensemble, elles avaient trouvé une oasis dans les broussailles.

Des ruisselets tressautaient, cherchant à s'étendre dans le sable plus rouge. Elle continua à marcher et vit à travers la canopée des tentes violettes et bleues plantées sur le sommet de granit plat de Kengal. Elle parvenait à discerner quelques personnes debout à côté des tentes. L'une d'entre elles la salua – d'un lent mouvement du bras. August la salua à son tour, par réflexe, sans savoir de qui il pouvait s'agir, puis s'apprêta à rebrousser chemin. À peine avait-elle fait un pas qu'elle entendit qu'on la hélait et se retourna : la personne lui faisait signe de rejoindre le groupe là-haut. Elle songea qu'il restait quelques heures avant la cérémonie commémorative, et d'autres étaient déjà sur place pour aider à tout préparer. Elle suivit donc le fleuve, enjamba la barrière du dépôt de déchets pétroliers et commença à gravir la crête.

Au bout de quelques minutes, une jeune femme de l'âge d'August descendit la rejoindre, se déplaçant avec précaution pour garder l'équilibre sur la pente raide.

« Comment ça va ? » s'enquit la femme avec un sourire, chassant les mouches de son visage. Avant qu'August ait eu le temps de répondre, elle ajouta : « Tu veux du thé ? » August haussa les épaules et la suivit, s'arrêtant en chemin pour contempler Prosperous en contrebas. De là où elle se tenait, elle voyait l'arrière de la maison, mais les tantes ne pouvaient pas la voir, elle. Elle se souvenait avoir fait l'ascension du Kengal avec Jedda, être passée entre les pins, à l'affût de nids de faucons, guettant l'arrivée des rapaces. Poppy leur avait montré le mont Bogong au loin, mais elles n'avaient jamais vraiment réussi à le trouver toutes seules.

La femme portait deux longues tresses de chaque côté de sa poitrine, et de longs bas dessinaient des anneaux multicolores le long de ses jambes et jusque sous son bermuda, qui était remonté en haut de ses cuisses. Entre ses seins pendaient des cordons de cuir, des chaînettes métalliques et une paire de jumelles à motif camouflage.

« Qu'est-ce que vous faites ici ? » demanda August en apercevant le grand nombre de personnes et de tentes, invisibles depuis Prosperous.

« Je m'appelle Mandy, répondit l'inconnue, et on est tous là pour protéger l'eau et arrêter la mine. »

Sa sincérité fit rire August. « Vous avez vu combien il reste d'eau dans le Murrumby ? »

Mandy ne rit pas ; elle continua à parler comme si elle était bien plus âgée qu'elle n'en avait l'air. « En réalité, ce rocher est le système de filtration volcanique du fleuve. C'est un filtre naturel d'eau de source, vieux de quatre millions d'années. D'ailleurs, il filtre encore l'eau – à cinq cents mètres sous terre. » Elle dévisagea August d'un air vexé, *qu'est-ce qu'elle attendait d'elle ?* « Mais tu dois déjà le savoir.

— Non, fit August. Alors vous faites quoi, pour protéger l'eau ?

— Qu'est-ce que tu veux dire ?

— Eh bien, comment est-ce que vous protégez l'eau ?

— On stoppe la mine, c'est tout.
— Mais comment ?
— Par l'action directe.
— C'est quoi ?
— *Blockadia*, la désobéissance civile. On s'enchaîne aux machines… Mais bientôt, on sera carrément plus nombreux. Nos réseaux vont arriver.
— Des réseaux ?
— Les gardiens de la terre.
— Toi ?
— Et eux. » Elle désigna son campement.
« On passe toute l'année à chercher des projets à cibler et nos supporters viennent nous rejoindre quand on a besoin d'eux. En principe, je suis gardienne des forêts primaires, mais quand on a appris que cette mine allait être creusée… alors ouais. » Elle hocha la tête et glissa ses pouces dans les passants de son bermuda.
« C'est quoi, ton clan ? demanda August. » Elle accepta d'un hochement de tête la tasse de thé que lui tendait une autre femme et avala une gorgée.
« Qu'est-ce que tu veux dire ?
— Tu es koori, ou quoi ?
— Non, je prends ça à cœur, c'est tout.
— C'est bien.
— Tu trouves que je n'ai pas le droit ?
— Je n'ai pas dit ça, j'ai dit : c'est bien – c'est bien que tu en aies quelque chose à foutre. »
August détourna la tête vers Southerly, cherchant des yeux Eddie.
« Je t'ai vue arriver, l'autre jour.
— Tu m'as vue ? s'étonna August.

— Désolée. » Mandy gloussa et souleva les jumelles pendues à son cou. « Il n'y a pas grand-chose à regarder, par ici ! »

August mit un point d'honneur à ignorer les jumelles et étudia le campement. Ils avaient des réchauds à gaz, des dizaines de cagettes en plastique pleines d'affaires, éparpillées entre les tentes, les chaises de plage, les cordes chargées de linge. Ils étaient environ dix, qui jouaient aux cartes à l'intérieur de leur cuisine de fortune ; deux gros bidons en plastique blanc portant les inscriptions « eau potable » et « eau de cuisson », des oignons et des bananes accrochées à des piquets de tente, et encore des cagettes.

« Tu sais que c'est une propriété privée ? finit par dire August.

— Tu parles du dépôt pétrolier ?

— Ouais.

— Franchement, ils peuvent aller se faire voir. Il ne devrait même pas y avoir de putain de dépôt pétrolier sur un… tu vois, quoi, un site sacré. » Elle se gratta le cou de façon étudiée en fixant August.

« Qui t'a dit que c'était un site sacré ? » Poppy racontait effectivement des histoires sur Kengal, mais de toute façon il avait une histoire pour chaque lieu.

« J'ai trouvé une étude sur le patrimoine qui date des années quatre-vingts. Il y a des cartes, avec, si tu veux voir.

— Je te crois. » August versa le reste de son thé sur les rochers à côté d'elle et tendit la tasse à Mandy.

« Écoute, si tu veux venir traîner avec nous, on est tout le temps là. » Mandy joignit les mains comme pour prier.

« Peut-être. »

August avait le sentiment d'avoir été rabaissée par cette femme. Elle commença à redescendre la crête et Mandy l'accompagna sur le sentier grossier.

Ne sachant pas comment réagir, August, qui ne voulait pas marcher avec Mandy, s'arrêta un instant et lança : « Allez, salut. » Elle avança d'un pas et ajouta : « Il y a un enterrement, aujourd'hui, alors évite de regarder notre maison, d'accord ?

— Bien sûr, c'est pas comme si je t'espionnais, tu sais, c'est juste que je t'ai remarquée. » Elle pencha la tête sous le nez d'August pour l'obliger à la regarder. August se figea face à cette situation étrange, à cette femme qui était si près de son visage. Mandy tendit la main pour replacer une mèche de cheveux derrière l'oreille d'August. L'estomac de celle-ci se contracta et ses hanches se mirent à brûler. « Tu as de si beaux yeux », dit Mandy, sollicitant son regard.

August s'arrêta une seconde de respirer. Peut-être deux. Puis Mandy remonta simplement la pente.

Sur le chemin du retour, August se sentit mal et grisée à la fois. *Mandy*, répéta-t-elle tandis qu'elle descendait la crête, puis passait la barrière, empruntait le bas-côté d'Upper Massacre Road jusqu'à l'entrée de Prosperous, devant les rangées de saules pleureurs, les voitures garées pêle-mêle près de la maison. *Mandy*, l'étrange femme sur le rocher.

August retira ses chaussures poussiéreuses devant la porte de service. La maison et le jardin fourmillaient de gens affairés à disposer la nourriture, à couper du bois, à réarranger en fer à cheval les tables blanches démontables sur l'herbe roussie dont l'implantation évoquait des varices. Les tantes posaient de grandes assiettes sur les tables, partout où une chaise pouvait être casée. Les enfants couraient dans tous les sens, les bébés s'agitaient sur les genoux et dans les bras, se tortillant entre deux conversations. « Augie ! » crièrent des invités, et August, qui n'avait pas envie de parler, leur fit signe avant d'entrer précipitamment dans la cuisine, juste au moment où la vieille tante Betty grondait tante Missy : « Pourquoi tu ne portes pas le chapeau que je t'ai offert à Noël ?

— Je porte pas des chapeaux tout le temps, tatie.

— Alors si tu ne le mets pas, je vais le récupérer, moi ! »

Missy s'écarta de Betty, penchée sur un plateau de sandwiches d'œuf au curry. « Et c'est parti, chuchota tante Missy à August. Par pitié, doux Jésus. »

Avec un petit sourire en coin, August se fraya un chemin au milieu du tumulte, passant près d'Elsie, qui racontait à l'oncle Fred comment la Fondation du patrimoine avait proposé de venir retirer les vitraux : « … morceau par morceau. Un expert, qu'ils ont dit, comme si c'était la seule chose de valeur ici. » Oncle Fred secoua la tête et frotta son bras valide contre sa nuque, stupéfait.

August se faufila entre eux, se dirigeant vers le grenier pour se changer. Alors qu'elle fermait la porte, elle entendit tante Missy et tante Betty qui riaient. Elle se dit que chaque famille avait un langage bien à soi. Un curieux sens de l'humour prisonnier du passé. Le sens de l'humour des Gondiwindi consistait à se chamailler jusqu'à rire aux éclats. August enleva son short et son tee-shirt et mit une combinaison noire prise sur une pile de vêtements. Elle enfila un chemisier noir et une jupe longue, puis noua une paire d'espadrilles assorties autour de ses chevilles. Derrière la porte, un miroir était accroché à un clou épais par de la ficelle cirée. August s'y contempla, glissa ses cheveux derrière une oreille puis les repassa devant, cette mèche que Mandy avait touchée. Elle mit du mascara et appliqua du baume à lèvres teinté sur sa bouche. Elle ne se regarda pas longtemps, elle ne le faisait jamais. Depuis l'âge de neuf ans environ, à cause de son strabisme. Et aussi parce qu'elle n'aimait pas ce qu'elle y voyait. Elle ne s'était sans doute jamais regardée en face, n'avait jamais non plus plongé ses yeux dans ceux des autres, ni même dans un appareil photo plus de temps qu'il n'en fallait pour compter *et un, et deux, et trois*. Chaque fois qu'on la photographiait, elle tournait la tête au dernier moment et avait l'habitude d'entendre crier : « August, tu as gâché la photo ! »

Il n'y aurait pas de photos, aujourd'hui. Elle ajusta la longue sangle de son petit sac à main en velours en travers de sa poitrine, y rangea son paquet de cigarettes et y ajouta quelques mouchoirs en papier pris dans la boîte qui était posée sur le bureau. Elle n'était jamais allée à un enterrement. La famille n'en avait pas organisé pour Jedda – après tout, elle était peut-être encore en vie.

De retour en bas, August étudia la multitude de bouteilles de vin plongées dans l'évier plein de glace à moitié fondue ; d'ordinaire, lorsqu'elle était dans cet état, elle se servait un verre, mais cette fois-ci, elle se contenta d'un verre d'eau, qu'elle but debout près du plan de travail. Quand il fut presque vide, elle jeta ce qu'il restait dans l'évier. Jedda faisait la même chose, et leur mère aussi. August avait vu sa grand-mère faire de même la nuit précédente, avant d'aller au lit, et elle lui avait demandé pourquoi elles faisaient toutes ça, pourquoi elles jetaient toujours le fond du verre. Elsie avait réfléchi un instant. « Eh bien, je pense que ça remonte à l'époque où l'eau de la maison venait du réservoir ; ça laissait un dépôt au fond du verre, alors on ne le finissait jamais. » Elles avaient hérité de cette habitude.

Dehors, August s'alluma une cigarette. « Éloigne-toi de là avec ces fléchettes, t'es fou ou quoi ! » cria un oncle posté devant le match de cricket. August retint sa respiration et s'enfuit dans le jardin.

Le soleil était haut dans le ciel et rien ne projetait d'ombre. Sous un chapiteau de plastique blanc ouvert étaient installées des tables pliantes croulant sous la nourriture, que protégeaient des cloches alimentaires en toile. Une pile d'assiettes et de couverts en plastique trônait en bout de chaque table, et quelques bouteilles de bière transpiraient dans l'air chaud. La voix d'Archie Roach sortait tant bien que mal des vieilles enceintes du lecteur CD portable. Quelqu'un était en train de nettoyer un plat à barbecue à la paille de fer, l'eau rejetée grésillait et de la vapeur s'élevait des parties carbonisées. Des gens se retrouvaient autour de la maison par groupes de deux ou trois pour partager des conversations sombres et malaisées. Le foyer attendait au loin, près du premier rang de blé. De temps à autre, un gloussement se faisait entendre dans le jardin. Poppy avait vécu et survécu à l'âge adulte et il y avait beaucoup d'histoires à partager. Tante Missy racontait à Eddie l'une des fois où son père l'avait emmenée pêcher l'anguille avant l'école, quand elle était enfant. « Les petites saletés étaient glissantes. Ton grand-père avait une barque en alu mais presque personne ne s'en servait, à part mon père. On la sortait chaque fois que le barrage rompait. Je me souviens qu'il était tôt, ce matin-là – il nous disait toujours que le petit-déjeuner venait après le travail, même le samedi.

— Maman était là aussi ? » demanda August.

Eddie lui sourit et se tourna de nouveau vers Missy pour écouter la suite de l'histoire.

« Oui, ta maman était là, et tante Nicki aussi. » Missy passa son bras autour des épaules d'August. « Ce matin-là, tout ce qu'on avait à faire, c'était ramasser les vers de vase sur la berge. On enfonçait la pelle dans le sable, il fallait creuser vite pour que les vers ne sachent pas ce qui se passait, et puis on tamisait le sable, on le laissait couler jusqu'à ce qu'il ne reste que les vers qui se tortillaient dans la passoire. Tu as déjà fait ça, Eddie ? »

Eddie secoua lentement la tête en riant.

« Ah, ces jeunes, j'vous jure ! » fit tante Missy, poussant du coude une autre aïeule. « Donc, on avait un seau plein de vers, on a mis nos affaires dans la barque et on est partis sur l'eau. On a fixé nos hameçons, lancé nos lignes et bientôt, celle de Jolene s'est mise à tirer très fort. Papa criait : *Dépêche-toi, Jolene !* Comme elle n'y arrivait pas, papa a pris le relais et il a ramené une anguille énorme dans la barque ! On était agglutinées à la quille en train de hurler, pendant que l'anguille se débattait dans tous les sens. Papa a pris son couteau et a commencé à dégager la ligne, mais l'anguille l'a attrapé avec sa grosse gueule et lui a entaillé la main ! On a hurlé encore plus, il y avait du sang partout et une anguille avec une saloperie de couteau de pêche dans la gueule ! »

Une petite foule de parents s'étaient approchés pour écouter l'histoire de Missy, transportés de joie. « Alors papa a attrapé la pelle à vers. Il a crié : *Fermez les yeux, les filles !* Mais on ne l'a pas fait. On braillait toujours mais on regardait quand même !

— Et après ? demanda August.

— Il lui a coupé la tête tout net ! Quand on est rentrés à la maison, il a accroché ce qui restait et il l'a pelée, ensuite maman a pris le relais, et on a mangé des croquettes d'anguille pendant deux semaines.

— *Burramarramarra* – il faut aller très vite, avec des anguilles !

— Qu'est-ce que tu dis, oncle Fred ? fit Missy.

— Sauter les mains – ça fait sauter les mains ! » Fred agita son bras valide pour attraper une anguille imaginaire. « Ces saloperies sont vraiment glissantes.

— *Burramarramarra*, je te le fais pas dire ! » s'esclaffa tante Missy. Les quelques personnes attroupées pouffèrent, c'était une bonne histoire. Poppy avait été le fil rouge de la famille ; August les regarda rire, tous réunis, et douta de jamais les revoir.

Elle s'approcha de la table. Des mouches, prisonnières de l'emballage d'un pain de supermarché, trottinaient allègrement sur la croûte. Elle ouvrit le sac plastique et les mouches s'envolèrent. Lorsqu'elle leva les yeux, elle aperçut son cousin Joey.

La dernière fois qu'August l'avait vu, Joey était en train d'emprunter une cravate élastique à l'un des pires avocats de la région, suivant la file de garçons qui comme lui se dirigeaient vers le bâtiment en pierre du palais de justice, et il n'en était jamais ressorti. Quatre ans de détention, dont une année passée à la prison pour adultes de Penn Town, une fois qu'il avait atteint dix-sept ans. Il avait eu de la chance – tous leurs cousins avaient été jugés comme des adultes, c'est ce que tout le monde disait. August était présente, la nuit en question, et elle avait séché l'école pour assister aux quelques heures de procès, aux ragots et aux gobelets de thé en polystyrène échangés sur les marches du tribunal. Après le procès, elle était retournée à Prosperous et avait écrit un mot à ses grands-parents le jour même, avant de s'enfuir avec son acte de naissance. Elle avait traversé tout le pays en stop dans la cabine d'un train routier, le long de Broken Highway. S'était trouvé un petit boulot dans les vignobles, à tailler les vignes, elle cueillait des fruits, dormait sous tente ; elle avait économisé pour un billet d'avion, avait travaillé ici et là, pour finir en banlieue de Londres. Et c'était tout ce qu'elle avait fait : travailler en intérim et fuir. Elle n'avait rien accompli.

Le visage de Joe était couvert çà et là de longs poils, comme s'il s'était obstiné à les faire pousser coûte que coûte. Ils tire-bouchonnaient tels des petits doigts au bout de son menton et à chaque coin de sa lèvre supérieure.

« August ! » s'écria-t-il quand il l'aperçut à son tour. Il se leva précipitamment de sa chaise en plastique pour la rejoindre. Il portait un vrai costume-cravate.

« Ça fait un bail ! lança-t-il, passant son bras autour du cou d'August.

— Un siècle. » C'était tellement bon de voir Joe.

« Viens voir ma voiture. » Il la guida, tenant à bout de bras sa bière allégée en guise de flambeau. « C'est une Mazda MX-5, Aug. Je l'ai achetée parce que je suis un businessman, maintenant, au cas où tu le saurais pas. » Il recula d'un pas et ouvrit légèrement sa veste de costume, le menton levé au ciel.

« Tu l'as volée où ? »

Ayant trop à dire, il ignora la pique.

« Maman t'a montré mon appli ? Elle me rapporte des milliers, cousine. Des dizaines de milliers.

— Espèce de flambeur ! » August lui décocha un sourire en coin.

« Je te jure, Aug, j'ai passé genre trois diplômes universitaires en prison ! Y avait rien d'autre à faire que lire. J'ai lu des livres sur Mabo. Qu'est-ce qu'il était intelligent, ce mec. Bref, Poppy venait me rendre visite. On faisait du trafic, tous les deux, du trafic d'idées. Pendant des années, il a écouté mes conseils. Je lui disais : "Poppy ! Tu dois revendiquer la propriété de nos terres, demande le titre foncier autochtone !" Poppy m'a demandé combien il y avait de végétation indigène, à mon avis. J'ai répondu moitié, moitié. "Essaye encore", il a dit. Qu'est-ce que j'en sais, moi. Il m'a fait : "Cinq pour cent !" OK, OK, alors on a laissé tomber cette idée. Mais ensuite, j'ai eu des cours gratuits d'informatique, là-bas – enfin, pour la somme modique de la sécurité publique. J'avais juste envie de sortir et de faire du fric, tu comprends ? J'étais prêt… C'est Poppy qui m'a donné l'idée du premier jeu. Tu l'as vu ? » Il inspira profondément et souffla. « Bon alors, comment ça va ? » Il avala une gorgée de bière allégée et s'écria : « Elle est chaude, bordel ! », puis sortit son téléphone. Mais il perçut quelque chose en elle et remit son portable dans la poche de sa veste.

« Tu vas bien ? Tu as changé un peu, Aug.

— On s'est pas vus depuis l'adolescence ! Toi aussi, tu as vachement changé !

— Non, je voulais dire triste. Tu as l'air très triste.

— Poppy.

— Allez, aujourd'hui on le chante, on le fête et on le porte… Sois pas triste, cousine.

— Je me sens bizarre, c'est tout. J'en sais rien. Les choses changent. J'ai l'impression de passer à côté de ma vie, tu vois. Comme si toute ma vie, je n'avais jamais vraiment été moi. »

August sortit une autre cigarette de son sac, tassa le filtre sur le capot de la voiture et l'alluma. Elle était au bord des larmes. Elle n'avait jamais entendu son grand-père parler politique, mais il avait discuté des titres fonciers autochtones avec Joey ; elle avait l'impression d'avoir raté cet aspect de sa personnalité.

« Je suppose que nous, les *Blackfellas*, on ressent tous la même chose, ces jours-ci, mais il faut avancer. Qu'est-ce qu'il m'a dit, Poppy, la dernière fois que je l'ai vu ? Un proverbe chinois… ah oui ! "Un type fabrique un filet, un autre type fait un vœu. Lequel des deux attrape les poissons, à ton avis ?" Il faut faire un filet, c'est ça, la vie, non ? » Joey se fendit d'un large sourire aux dents blanches.

« Ah oui ? » August parvint à lui rendre un minuscule sourire.

Joey savait des choses, quand ils étaient petits, il avait su avant les autres enfants que les adultes mentaient, qu'ils pouvaient être méchants et mauvais. Il avait su avant les filles que faire coucou aux policiers dans la rue ne changeait rien à la vie ou à la mort, et il avait su que Prosperous avait quelque chose de très spécial avant qu'August s'en aperçoive, elle aussi. Il entendait le monde de la même manière qu'elle le sentait et le goûtait.

« Tu es au courant, pour la mine ? demanda August.

— Oui, quelle bande de fils de pute. » Il recula et brandit sa bière vers Kengal. « Et ces hippies à la con qui sont sur un site sacré. Fais gaffe, hein, ils ont des lentes, ces gros crasseux. »

Il baissa la voix, mais continua sur le même rythme : « Voilà ce qui s'est passé, tu vois ? Falstaff est fauché, c'est *lui* qui appelle une compagnie de gaz de charbon et qui les invite chez lui ! Du coup, ils viennent faire leur levé, pas de gaz de charbon mais youpi, c'est la putain de Mecque de l'étain, là-dessous. Alors les Falstaff font "Euh, nan, on veut pas perdre la maison." Six mois plus tard, la compagnie déniche un papier qui dit que de toute façon, la terre appartient au gouvernement, et qu'ils auront même pas droit à leur part du gâteau. Enfin, ils récupéreront probablement la valeur de Southerly House, tant mieux pour eux, hein. L'histoire de la mine et des Falstaff qui découvrent le bail de quatre-vingt-dix-neuf ans aurait pu arriver de toute façon, mais ils ont quand même creusé leur propre tombe. C'est déprimant, non ? De penser que cet endroit sera bientôt un énorme trou. » Joe s'arrêta de jacasser et leva sa bière. « Regarde, Rosie est là. »

Sa petite sœur était assise sur les marches du perron, en train de jouer avec son téléphone.

« Ça lui fait quel âge ?

— Dix ans, bientôt vingt-cinq, d'après maman. Elle a une photo de Beyoncé dans son portefeuille, elle lui adresse des prières comme si c'était une sainte. Mais c'est une fille bien ; elle s'est enfermée dans le placard, l'autre jour, quand elle a découvert qu'elle était pas une vraie sorcière après avoir lu *Harry Potter*. Elle me fait délirer. » Il poussa sa cousine du coude, cherchant à retrouver l'August qu'il connaissait avant.

« Tu parles à Eddie ? » August désigna le champ où Joe et lui avaient passé tous leurs week-ends et leurs vacances à couper des rangs de blé pour gagner de l'argent de poche, avant de disparaître dans le bush.

« Je le vois de temps en temps. On se dit bonjour quand on se croise, c'est une petite ville, mais bon, tu sais…

— Quoi ?

— C'est lui qui m'a fait enfermer, non ? Tu as des nouvelles de ta mère ?

— Non, et toi ?

— Hein ? Ta mère ? Je me souviens même pas d'elle.

— Tu as des nouvelles de ton père ?

— Très drôle. Nan. » Joey se retourna pour cracher par terre.

Tante Nicki sortit du parking improvisé, deux verres de vin blanc dans les mains. August la trouva éblouissante, avec ses talons rouges et sa robe fourreau noire sans manches qui s'arrêtait aux genoux.

Elle se pencha pour étreindre Joe et August, tenant les verres bien haut.

« Ça va, vous deux ? »

Joe s'agita un peu. « Ça va, tatie, je parlais juste à Aug de la famille d'Eddie et de la mienne. »

Tante Nicki tendit un verre de vin blanc à August.

« Merci, fit celle-ci. Alors c'est vrai ? Ce sont eux qui ont fait venir la mine ? »

Tante Nicki s'appuya contre la voiture de Joe.

« La mine… tout le monde ne parle plus que de ça, pas vrai ? » Elle posa la main sur l'épaule d'August. « C'est compliqué, tu vois. Tu sais que je travaille pour le conseil municipal, maintenant ? »

August secoua à la tête tandis que Joey s'éloignait, lui lançant : « Je reviens dans une minute, il me faut une autre bière. »

« Eh bien, poursuivit tante Nicki, la demande est arrivée il y a deux ans. Une dizaine de fermes ont du gaz de charbon ; c'est vrai que certains fermiers de Massacre n'aiment pas trop ça, ils ont peur pour la nappe phréatique, ou peur des fuites, ce qui arrive parfois et alors la famille doit rester à l'hôtel. D'autres sont contents parce qu'ils reçoivent un petit dédommagement – cette sécheresse est longue ; il n'y a pas que les récoltes qui meurent, le bétail aussi, et les gens ont besoin d'argent. Tout ce que la famille d'Eddie a fait, c'est de les autoriser à jeter un œil, rien de plus. L'autre solution aurait été de verrouiller le portail, mais ils les ont laissé entrer. Il n'y a pas de mal à ça – on peut même dire que c'est de la politesse. Le problème, c'est que la compagnie a touché le gros lot, d'une certaine façon. Donc les deux maisons vont disparaître. C'est tout. Albert a demandé au conseil municipal de venir faire une enquête, il pensait que la propriété avait une importance culturelle, que ce soit les arbres scarifiés ou la maison elle-même. » Tante Nicki regarda Prosperous. « Mais ils ne sont pas obligés d'enquêter, à moins que le conseil municipal le signale. Tu comprends ?

— Alors mamie va vraiment partir ? Quand ça ?

— Eh bien, la semaine prochaine. Ils partiront tous la semaine prochaine. Tout ira bien pour mamie, elle va rester chez Mary.

— Joe a mentionné le titre foncier autochtone. Il avait parlé avec Poppy de revendiquer la terre.

— Ça n'aurait jamais marché. Je vais te dire pourquoi : il n'y a pas d'artefacts. Pas d'eau dans le Murrumby, pas de poissons – or la pêche voudrait dire que mamie ou tous ceux qui vivent ici entretiennent avec la terre les liens culturels qui leur permettent de maintenir leurs… enfin, leurs "ressources", d'accord ? Et puis, il n'y a pas de langue, ici. La langue de notre peuple n'existe plus, plus personne ne la parle, alors ils peuvent cocher la case "perte de lien culturel" sur leur formulaire gouvernemental. Tu vois ?

— Poppy nous a appris quelques mots.

— *Tête épaules genoux et pieds* ? Oui, il m'a appris cette chanson, à moi aussi, mais je parle d'une langue liée à cet endroit, à cet environnement.

— Hier soir, mamie m'a dit que Poppy écrivait un dictionnaire. »

Tante Nicki secoua la tête avant de répondre : « Même si c'était le cas, ça ne changerait rien. Ils ont grandi à la Mission, rappelle-toi, et la langue était interdite. On était sous l'autorité de la Reine et de l'Église, ici. » Elle désigna le clocher tordu et rouillé qui coiffait Prosperous. August aurait voulu l'interrompre, la reprendre, lui dire qu'elle avait entendu Poppy quand elle était plus jeune, qu'elle avait entendu la façon dont sa langue avait changé, entendu des mots que personne d'autre ne semblait connaître. Mais elle se tut.

« Quand est-ce que tu repars en Angleterre ? » demanda sa tante. Elle se lécha le doigt pour frotter la poussière sur l'ourlet de sa robe.

« Bientôt.

— Quelle chance, de vivre à l'étranger. Je parie que tu as hâte d'y retourner. » Tante Nicki sourit et prit la main d'August. Ensemble, elles rejoignirent la nuée triste et lente des Gondiwindi qui descendaient les marches du perron. « Allez, viens, c'est l'heure de dire adieu. »

VINGT ET UN

Lettre du révérend Ferdinand Greenleaf au Dr George Cross
2 août 1915, suite

V

Au fil des ans, nos effectifs continuèrent à fluctuer. Les indigènes qui n'avaient nulle part où aller nous venaient des rivières voisines. Certains avaient parcouru des centaines de kilomètres à pied, échappant à la capture, afin de voir notre Mission de leurs propres yeux. Malgré les quelques hommes qui nous quittèrent de leur plein gré, de nombreuses familles restèrent et nous accommodions les logements sans difficulté. En 1886, j'écrivis au ministère de l'Instruction publique, lui faisant part de notre perpétuelle pénurie de fournitures et joignant à ma lettre une liste complète des articles dont nous avions désespérément besoin : des rations de sucre, de thé et de tabac, ainsi que des planches, du métal, des portes et des fenêtres pour l'école. Six mois plus tard, je reçus un télégramme du ministère, m'annonçant une visite d'inspection de notre avancement, dans le but d'approuver le financement. Je réunis immédiatement les enfants, et pendant une semaine, nuit et jour, nous étudiâmes la Bible, jusqu'à ce que nombre d'entre eux la citent de mémoire. La parole de Dieu était véritablement devenue une lampe à leurs pieds et une lumière sur leur sentier ! Le grand jour, sans timidité aucune, la petite Mercy courut vers les inspecteurs, et tira sur la manche de l'un des gentlemen.

Puis elle récita avec assurance, et sans besoin d'être encouragée, le God Save the Queen de William Hickson. Trois heures plus tard, à la fin de l'inspection, on m'informa que toutes les fournitures nous seraient envoyées et qu'un charpentier qualifié serait mis à notre disposition. Ils avaient reconnu l'importance et le succès évident de notre école privée ; ils avaient en outre, sans doute grâce à l'adorable petite Mercy, choisi de l'élever au rang d'école publique, promettant d'assurer ainsi à notre institution tous les avantages dont bénéficiait chaque école blanche de la Colonie. Je fus submergé de joie et de promesses, ce soir-là, et remerciai Dieu à genoux des heures durant.

Néanmoins, la livraison des articles dont nous avions tant besoin fut retardée, encore et encore. La saison était très sèche et la récolte ne se fana pas par manque de moissonneurs, mais à cause de l'extrême violence du soleil. Nos quelques moutons mouraient de faim. Je priai que l'on m'aide et que l'on m'indique la voie, quand tout à coup ! l'on vint m'aider et m'indiquer la voie !

Un vieux Blackfellow vint me trouver dans ma hutte : « Plein de poissons dans longue rivière. »

Je n'y prêtai d'abord pas attention, mais comme il insistait, je répondis : « Très bien, j'enverrai un cavalier demain. »

En entendant ces mots, il s'échauffa : « Vous pas envoyer cheval, vous envoyer gros chariot avec moi. »

Je fus frappé par l'assurance du vieil homme et, pensant que le Seigneur y pourvoirait peut-être, j'autorisai une expédition de pêche. Le lendemain matin, quatre hommes et le vieux Jacky nous menèrent à un endroit du fleuve où l'eau ralentissait, au pied du Kengal. Lorsque nous atteignîmes une berge que je n'avais jamais vue et qui descendait abruptement, trois des Blackfellows retirèrent leurs vêtements, dévalèrent la pente sans hésiter et plongèrent dans les flots ; quelques instants plus tard, ils se mirent à harponner les poissons. Jamais je n'avais assisté à un tel spectacle. Les trois harponneurs travaillaient *si vite que le vieux Jacky, un autre homme nommé Wowhely et moi-même ne cessions de ramasser et de mettre les poissons dans des sacs, si bien qu'au bout de trois heures, nous en avions environ trois cents kilos. Après avoir remercié Dieu, nous rentrâmes à la Mission, provoquant la joie générale de toute la colonie. Les femmes mirent immédiatement de côté deux tiers de la prise à sécher et conserver.*

Ce soir-là, autour d'un festin, Hans Keller et moi nous accordâmes chaleureusement pour dire que nous avions été bénis. Je lui demandai s'il jugeait bon, en ces temps de vaches maigres, de laisser les indigènes renouer avec leurs coutumes afin que nous puissions nous nourrir. Son appétit comblé, il n'y vit aucun problème.

Depuis ce jour-là, j'observai attentivement les aptitudes des Blackfellows. *Au bord du fleuve, ils me montrèrent les tubercules que nous pouvions manger après les avoir fait rôtir sur le feu, et une variété de pomme de terre indigène que les femmes pilonnaient et utilisaient pour faire un gâteau délicat et léger. Je continuai à apprendre leur langue et, au fil des ans, j'établis une liste de cent quinze mots que je joins à cette lettre ; en échange, ils écoutèrent mes sermons avec autant de ferveur. Pourtant, la langue leur posait des difficultés. Je m'aperçus que ce n'étaient pas les sentiments qui nous divisaient, dans mes sermons, mais les mots. Voilà ce que répondirent les* Blackfellows *lorsque je leur expliquai Dieu ;* Baymee, *me dirent-ils, fronçant les sourcils et hochant la tête avec le sérieux qu'exigeait une telle conversation. Ainsi, après mûre réflexion et beaucoup de frustration, je priai le Seigneur et Lui demandai : « Pourquoi ne suis-je caché avec le Christ qu'en Dieu ? Pourquoi ne pourraient-ils pas trouver Dieu en* Baymee *? » La réponse que je choisis consistait à me montrer souple avec les mots. À me montrer ouvert à la traduction, en quelque sorte.*

Je réunis donc les hommes en secret et prononçai des sermons qui parlaient de Lui *– ni du Seigneur, ni de* Baymee. *Je racontai les* *histoires de courage et les ravissements de la création, et ils hochèrent la tête et écoutèrent, captivés par les récits. Je n'en parlai pas à Baumann, ni à Keller, ni à aucun des représentants de l'Église ou du gouvernement qui visitèrent la Mission après que j'eus pris cette décision. Je crus tout d'abord que* Baymee *était le nom qu'ils donnaient à Dieu, mais tout au fond de moi, je savais sans doute que ce n'était pas le cas. Je crois que j'ai toujours su que nous priions leur propre dieu, en l'absence du mien. Car où se trouvait le Seigneur Jésus pendant toutes ces années ?*

Nous ne dépendions que de la terre pour nos rations. Les fournitures promises par le ministère de l'Instruction publique n'arrivèrent jamais, et je n'avais toujours pas bâti l'église officielle de Prosperous. Je n'avais toujours pas installé l'emblème de la rose en verre coloré sur sa façade orientale. Au moins, le fleuve coulait à temps, le soleil se levait et se couchait chaque jour ; au moins pouvaient-ils me montrer leur dieu, Baymee, *disaient-ils.* Baymee, *prononçaient-ils, les hommes pointant le doigt en direction de ce qu'ils appelaient Kengal – l'immense apparition granitique qui se dresse au nord de la Mission de Prosperous. Je prenais alors leur bras et le tendais un ou deux centimètres plus haut, afin de pouvoir dire en toute bonne foi que nous désignions les cieux ; mais leur bras redescendait toujours un peu lorsque je le lâchais, et ils déviaient de quarante-cinq degrés, l'index à la pointe du Kengal –* Baymee, *confirmaient-ils, incontestablement.*

VINGT-DEUX

guérisseur, prêtre, sorcier – *guradyi, gudyi, guraadyi* C'est quand le *gudyi* de l'église débarque et cherche à tout remettre dans l'ordre pour les familles. Le seul *gudyi* blanc plus ou moins bon dont j'aie jamais entendu parler, c'était Greenleaf. Les guérisseurs de mes ancêtres m'ont montré quelles étaient les plantes les plus sacrées de notre peuple. Tout ce que Joey et les jeunes doivent savoir est écrit là. Il n'y a plus de *guradyi*, alors nos descendants doivent prendre leur place. Revendiquer l'espace où habitait la honte, où les choses se sont perdues, où on nous tenait éloignés de notre culture.

bouche – *ngaan* Maintenant, utilisez votre bouche, prononcez nos mots tout haut – parfois quand on essaye, on y arrive. Il y a des sons nasaux, les sons qu'on ramène derrière le nez, comme *ny* – qui est formé par le son *n* et qui est un peu compliqué, surtout en fin de mot ; *ng* – qu'on retrouve d'habitude à la fin des mots anglais –, se trouve au début des nôtres, et est formé par *n* ; *nh* n'est pas du tout un son qu'on entend en anglais – c'est un peu comme un souffle, parfois inspiré et parfois expiré après le son *n*. Ensuite, il y a les sons d'arrêt – ceux qu'on fait près du cœur, comme *dy*, qui ressemble à *j* ou à *t* (ça dépend des mots) ; *dh* qui ressemble à *d*, *dy* ou *dth*, et puis il y a *b*, *g* et *d* – qui ressemblent aux *p*, *k* et *t* anglais. Il y a aussi des mots qui contiennent de longues voyelles comme *uu* ou *ii* – le son *uu* ressemble au *ou* de *book* et le *ii* au *ii* de *feel*. Le reste n'est que la sensation des mots.

mystère, sacré, secret – ***ngayirr*** Le mot *mystère* et le mot *secret* veulent dire la même chose dans la langue ancienne, c'est important de s'en souvenir. Je pourrais trouver des centaines de raisons qui expliquent pourquoi je suis en vie, pourquoi certaines choses se sont passées, pourquoi le temps mesure nos vies jusqu'à une certaine limite, mais que notre mère est infinie. En vérité, tout n'est que question.

jambes, avoir de longues jambes – ***buyu-wari*** Avoir de longues jambes – ça, c'est les Gondiwindi ! Vous voyez, quand vous regardez votre ombre et que les jambes sont longues ? C'est à ça qu'on a toujours ressemblé, nous, en personne. Je ne suis pas sûr que ça fasse de nous de bons coureurs, mais on a toujours su atteindre ce qui se trouvait en hauteur.

chance, providence – ***mugarrmarra*** Il y a des années, les willy-willies ont fait leur apparition à Prosperous – ils y sont restés plus de trente ans. La deuxième semaine de leur arrivée, j'ai roulé à vélo jusqu'à la supérette de Massacre et j'ai acheté du lait et un jeu à gratter à un dollar. La récompense était de dix mille dollars en liquide. La dame derrière le comptoir m'a expliqué de quoi il s'agissait, c'était un jeu tout récent, ça ne faisait qu'un mois qu'il avait été lancé. Eh bien, je n'ai jamais, jamais gratté la carte. J'ai gardé ce jeu pendant toutes ces années, et de toute façon il aurait été périmé quand les willy-willies sont partis. Je suppose que je cherchais un signe au milieu de la tourmente. L'argent me semble une réponse aussi valable que les autres. J'ai perdu toute la magie. J'ai perdu toute la bonté. J'ai même perdu la prière, mais je n'allais pas m'arrêter de faire des efforts pour ma famille. Alors je n'ai jamais cédé à la facilité. J'ai fait de mon mieux, voilà tout.

désirer, ardent – *ngurrunggarra* Les ancêtres m'ont raconté l'histoire de deux amants qui vivaient jadis de chaque côté du fleuve Murrumby. Le Murrumby était la frontière entre deux territoires, et les deux clans s'entendaient bien, malgré leurs coutumes tribales strictes. Un jour, un jeune homme aperçut une magnifique jeune fille appartenant au clan voisin. Il tomba aussitôt amoureux d'elle et décida de devenir son mari. Malheureusement, la fille était promise à un autre destin. Les amants se rencontraient en secret, et pendant longtemps, personne ne s'en rendit compte. Quand ils furent découverts, les anciens interdirent au jeune homme de *ngurrunggarra* la fille, sans quoi il s'exposait à un châtiment sévère. Mais ces deux-là étaient tellement amoureux qu'ils décidèrent de s'enfuir, même si cela ferait d'eux d'éternels renégats. Ils avaient prévu de se retrouver au fleuve puis de faire route vers le bush, au nord. Cette nuit-là, ils entrèrent dans l'eau. Lorsqu'ils atteignirent le milieu du Murrumby, une pluie de lances s'abattit sur eux et les blessa. Ils sombrèrent dans le fleuve, accrochés l'un à l'autre. Et si le Murrumby coulait encore, les grenouilles se retrouveraient toujours sur les deux rives pour chanter deux mélodies différentes, celles de la jeune femme et du jeune homme qui s'appellent et pleurent leur amour perdu.

connais-toi toi-même, sois en paix avec toi-même – *gulba-ngi-dyili-nya* Quand j'étais plus jeune et que mon corps n'était pas encore voûté, des inconnus ont commencé à venir à Prosperous.

Je levais les yeux de mon champ pour voir quelqu'un à la porte de derrière ; la plupart du temps, c'était une femme, plus âgée que moi, qui serrait son sac à main contre sa poitrine et faisait les cent pas sous les saules en regardant autour d'elle. Ces gens revenaient faire la paix. Je leur offrais une tasse de thé, et s'ils le souhaitaient, je leur faisais visiter la propriété. Ils me racontaient comment ils avaient retrouvé cet endroit, les souvenirs qu'ils en avaient. Certains étaient assez âgés pour se souvenir de ma mère. Ils se libéraient de leur vie de bonnes grâces ou de souffrances – quoi qu'il en soit, ils avaient besoin de voir le lieu où tout avait commencé pour eux. Je parlais avec eux, je hochais la tête et les écoutais. Voilà ce que voulaient ces personnes âgées, ces revenants, quelqu'un qui les reçoive, les croie, les aide, en quelque sorte, à rassembler les morceaux. *Gulba-ngi-dyili-nya* est un travail important, un travail de longue haleine. Tout le monde se trouve confronté à ce moment décisif, se demandant s'il faut ou non passer sous l'arche des saules pleureurs.

koala – ***barrandhang, gurabaan, naagun*** Après son voyage en bus et tous les problèmes que ça avait causé, Elsie s'était rendue à Massacre Plains au volant d'une Valiant couleur bronze. On s'est fait la cour à la soirée dansante aborigène. Puis Elsie en a eu assez de danser et de boire du punch, alors c'est moi qui ai conduit, même si je n'avais pas mon permis. On roulait et on chantait et on jacassait, quand on a entendu un gros BOUM sous la voiture, qui a fait une embardée. Je me suis arrêté pour regarder derrière, mais on ne voyait rien. Comme Elsie était inquiète, j'ai fait demi-tour et là, sur la route, il y avait un énorme *barrandhang* – c'est le nom que les ancêtres m'avaient appris. Elsie, bouleversée, a voulu sauver l'animal. Elle a sorti une nappe de pique-nique du coffre et on est allés le chercher, mais quand elle s'est penchée vers lui, le *barrandhang*, probablement sous le choc de l'accident ou gavé d'eucalyptus, s'est blotti contre Elsie, et elle était aux anges comme si elle tenait un bébé. Ça ne me plaisait pas du tout, mais on est retournés dans la voiture et je me suis souvenu d'un endroit où on portait secours aux animaux indigènes, essentiellement des petits retrouvés vivants dans la poche de leur mère, tuée sur la route. C'est donc là-bas que je me suis dirigé. De temps en temps, je jetais un coup d'œil à Elsie, qui tenait toujours l'animal comme un bébé, mais je devais me concentrer sur la route et sur ma conduite. On a trouvé l'endroit au bout d'une heure environ. Il était plus de minuit quand j'ai garé la voiture, mais le vieux fermier a mis moins d'une minute pour sortir avec un fusil. Oh mon Dieu ! J'ai mis les mains en l'air, comme dans les films, et je suis tombé à genoux en criant : « On a renversé un koala – aidez-nous, s'il vous plaît ! » J'ai tourné la tête vers Elsie ; elle était sortie de la voiture, la nappe de pique-nique avait glissé à terre et le koala la tenait maintenant par le cou. La situation n'avait plus rien de maternel, pas avec cette créature griffue à demi-consciente qui commençait tout juste à s'éveiller et à sentir l'odeur d'une femme inconnue. L'homme au fusil et moi, on voyait bien quelle taille faisait l'animal. Il a tout de suite posé son arme et moi, je me suis levé. Elsie avait toujours l'air béat, mais sa voix tremblait un peu. Elle a dit : « Alb, je crois qu'il se réveille. » Eh bien, le type s'est dirigé vers elle tout doucement, il lui a parlé calmement et expliqué qu'il allait prendre le koala. « D'accord ? Je veux que vous le lâchiez et que vous vous écartiez rapidement quand je vous le dirai. » Elle a hoché la tête, elle savait qu'elle prenait un risque. Au moment où le type a saisi le koala sous les aisselles, l'animal a refermé ses dents sur Elsie, et ses griffes aussi : il a arraché tout l'arrière de sa robe quand le fermier les a séparés. Elsie n'a pas trop saigné, mais le koala s'était bel et bien réveillé – il a écarté les bras et les jambes et il s'est mis à braire ! Le type a crié qu'il ferait venir le véto dans la matinée. Elsie et moi, on y est retournés quelques jours plus tard. Le *barrandhang* allait bien. Le fermier l'a relâché peu de temps après. On était contents d'apprendre la nouvelle et après ça, Elsie ne s'est plus jamais frottée aux animaux sauvages.

lance crantée – ***dhulu*** Je me suis fabriqué une vraie *dhulu*, quand j'étais plus vieux. Il n'y a pas si longtemps.

malade, rendre malade – ***duri-mambi-rra*** J'essaye encore et encore de voir ma mère quand je voyage, mais je ne la vois marcher que dans ma mémoire, elle apparaît toujours vaincue, dans mon esprit. Je la vois dans le champ, qui bat le blé, je la vois assise au bord d'un boisseau, avec une tabatière. Je la vois assise sous l'arbre quand elle était déjà vieille et s'était déjà noyée dans l'alcool, quand le grog l'avait *duri-mambi-rra*.

inexact, faux – ***wamang*** Je regarde le jardin : le champ, les plantations, le barrage au loin à droite ; les arbres, l'horizon, le fleuve au loin à gauche ; le potager ici, à côté de moi. Tout ça me paraît petit et raisonnable. Il est difficile d'imaginer que quelque chose d'aussi gros va bientôt engloutir cet endroit. Difficile d'imaginer que les problèmes vont revenir s'installer ici. Je ne sais pas ce qui chez nous agace à ce point l'homme blanc. Le fardeau, le fardeau de leur mémoire, peut-être, ou le fait qu'on ne se soit pas éteints avec les lumières de ces empires, au bout du compte. Il y a des jours où tout paraît encore *wamang*.

VINGT-TROIS

Joe était avec les oncles, en train d'apporter des branches de cyprès noir et d'eucalyptus au foyer. August remarqua Eddie parmi eux, légèrement à l'écart des hommes qui portaient également des arbrisseaux séchés. Dans son costume, il paraissait avoir l'assurance d'un soldat prêt à partir au combat, un peu comme la statue de la ville. August pensa à Poppy, cherchant à l'imaginer aussi jeune ; elle ne l'avait pas vraiment connu, pas tout à fait, seulement pendant une partie de sa vie, et elle se demanda à quoi celle-ci avait ressemblé, ici à Massacre, quand il était encore un jeune homme. Elsie attendait près du feu. Elle portait une robe de crêpe bleu marine et ses cheveux étaient noués en un chignon bas.

August rejoignit les femmes et les filles qui soupiraient, serrées les unes contre les autres ; toutes les tantes faisaient entendre des sons tristes, même tante Mary pleurait. Le temps s'était un peu rafraîchi, August ne sentit soudain plus la chaleur accablante du soleil. Une brise semblait leur parvenir de l'eau du Murrumby, ce qui était impossible. Un jour, August avait entendu tante Missy dire que le chagrin venait de *l'amont*. Ou avait-elle dit de *sous terre* ? Elle ne se rappelait plus. Tante Missy lui serra le poignet ; elle pensait aux fois où son père l'avait emmenée pêcher, à la fois où, quand elle était petite, il l'avait laissé enfoncer son pouce dans la terre molle pendant qu'il passait à côté d'elle pour y faire tomber des graines, qu'elle recouvrait ensuite de son autre main. Tante Mary se balançait près du feu. Elle pensait à la première fois où elle avait revu son frère, lors du déjeuner de Noël du Centre médical aborigène, quand des proches leur avaient fait traverser la pelouse pour les réunir, et qu'ils ne savaient plus s'ils devaient se serrer dans les bras ou danser de joie. Elle repensait au jour où elle avait enterré son propre fils, combien elle l'avait aimé, plus encore qu'elle ne s'en serait cru capable, plus que l'amour qu'on lui avait inculqué. Et tante Nicki, qui avait lâché l'autre main d'August, ferma les yeux et pria le Seigneur, à qui elle n'avait jamais rien demandé, de clore ce chapitre de leur vie. Amen.

Elsie prit les branches de cyprès noir, d'eucalyptus et les arbrisseaux apportés par les cousins et les oncles, et plaça les extrémités dans le feu. Hommes et garçons attendirent derrière elle. Lorsque les branches se mirent à fumer sans pourtant s'embraser, tous s'avancèrent pour qu'Elsie les leur distribue jusqu'au dernier. August se contenta de regarder, en retrait.

Tout le monde se tut quand Elsie prit la boîte à bijoux pleine de cendres, mais leurs pieds firent entendre de la musique quand elle répandit les cendres sur le feu. Les flammes s'élevèrent et retombèrent. Elle entra dans le champ de blé, laissant la traînée de poussière grise s'écouler auprès d'elle. Puis elle lâcha la boîte, ouvrit grands les bras et, les yeux clos, bougea au rythme des chants privés de leur mariage. Elsie pensait à Albert, à son esprit libre qui s'envolait, fendant les airs comme il l'avait toujours prédit. Tel une flèche en travers d'un cœur lourd, le long corps gracile de l'oiseau plana au milieu d'un chœur de sanglots avant d'atterrir près du barrage. Elsie ouvrit la bouche et un son grave en sortit, des mots qu'elle ne se rappelait pas avoir accumulés comme elle avait accumulé les années. August contempla le barrage au loin tandis que la cérémonie se poursuivait et que la fumée s'élevait, balayant la plaine.

Le monde entier sembla alors suspendu : les cigales se turent, les feuilles cessèrent de bruire, les chaises ne grincèrent plus.

August ne sentait ni ne goûtait plus rien. Elle vit – comme sa grand-mère, qui s'était arrêtée de bouger en l'apercevant – l'oiseau solitaire au bord du barrage. Il semblait se diriger vers le feu. Tous les autres le regardaient, eux aussi.

C'était une grue brolga.

Quelques personnes pointèrent le doigt en direction du barrage, là où la coiffe rouge de la grue montait et descendait et ses plumes bleu-gris et blanches s'ouvraient et retombaient. Au bord de l'eau, avec ses pattes grêles et musclées et ses genoux fléchis, elle dansa. Elle battit des ailes, révélant son ventre noir. Lorsqu'elle inclina la tête, August crut discerner ses yeux jaunes. Elle émettait un son de trompette, un croassement qui montait, montait. Puis son bec plongea vivement vers le sol – ses ailes montèrent, montèrent, et le long corps s'éleva, ses pattes pédalant dans le vide avant que l'oiseau ne retombe. Dès que le brolga toucha le sol, une aile, puis l'autre s'agitèrent dans la fumée qui avait envahi le champ. Une patte se levait, rejointe par l'autre, si bien que le brolga restait un instant en suspens, et lorsque son corps, ses atomes, ses molécules touchaient terre, sa tête se dressait avec le tourbillon de poussière, et il s'élevait de nouveau. Le brolga répéta la danse, encore et encore. Il y avait de la musique. Tous l'observaient, immobiles – ils voyaient soudain non pas la liberté de l'oiseau, mais son appartenance. Elsie tomba à genoux, sanglotant et gémissant comme jamais. August, elle, avait vu autre chose en regardant l'oiseau. Ses jambes lui parurent lourdes et elle s'affaissa, les yeux toujours rivés sur le brolga. *Jedda*, pensa-t-elle, *Jedda*.

Elle la voyait danser, ses hanches étroites d'enfant, ses longs bras ondulant dans l'air. Elle vit Jedda lui saisir le bras quand il avait voulu passer sa main dans les cheveux d'August. *Où Jedda allait-elle, avec lui ? Qui était-il ?* Elle voulut se souvenir mais n'y parvint pas. Dans ce rêve éveillé, cet écho saisissant, August regarda par-dessus son lit, elle pouvait contrôler ce qu'elle voyait dans la chambre. Par terre, sous les lits superposés, leurs cassettes étaient éparpillées sur le tapis, elle distinguait les inscriptions au feutre : Spice Girls, Hanson, TLC. Elle voyait tous leurs livres, leurs figurines et une cassette sur l'oreiller du lit de Jedda, portant les mots *Lettre à la Princesse*. Il ne s'agissait pas d'une chanson, mais des messages secrets qu'elles avaient enregistrés pour la princesse Diana d'Angleterre. Elles lui enregistraient des histoires. *Des histoires vraies ?* August et Jedda étaient en train de regarder des ballerines à la télévision quand elles avaient appris que la princesse Diana était morte. Pourquoi voyait-elle cela maintenant ? N'était-elle pas allée en Angleterre pour Jedda ? s'interrogea August, examinant leur chambre à coucher dans son esprit. N'était-elle pas allée jusqu'à Buckingham Palace pour elle ? Ne s'était-elle pas débrouillée pour ne rien faire, pendant toutes ces années ? Ne s'était-elle pas contentée de laver la vaisselle, comme lorsque, enfants, elles faisaient leurs corvées à la maison ? Ne mangeait-elle pas mal depuis une éternité ? Ne s'était-elle pas laissée dépérir pour rester une petite fille à jamais, *des* petites filles à jamais ? Le bloc de ciment de sa mémoire, cette dalle lisse dans son esprit se mit à craquer, le mur gris s'effondra, et elle ne vit plus que Jedda qui dansait. La musique sur laquelle Jedda dansait. Les voix de filles qui serinaient : *Tête, épaules, genoux et pieds, Balang gaanha bungang burra-mi, bungang burra-mi, bungang burra-mi…* August pouvait voir les petites filles. Elle voulut se laisser tomber du lit superposé pour les prendre dans ses bras, mais au moment où sa tête s'approchait d'elles, son cou ploya lourdement comme un corps sous l'emprise de la drogue, un esprit dans l'océan, et elle se réveilla, de nouveau dans le champ. Le brolga répétait ses mouvements ondulatoires, *tête, épaules, genoux, pieds*... piquetant l'air... picorant la terre. Encore et encore, le corps bondit du champ de poussière, comme l'avenir percutant le passé.

Puis les congénères du brolga arrivèrent de l'ouest, cent voiles qui s'élançaient dans la mer vert-jaune. Ils suivirent les mêmes mouvements, pédalant de leurs pattes musclées, mais c'était le premier brolga qui dansait le plus : lui, à l'avant du troupeau, dont les ailes étaient les plus grandes ouvertes. August sentit son visage baigné de larmes. Une bénédiction recouvrit le jardin des mots qui n'avaient pas besoin d'être dits. C'était simplement, péniblement, l'irrévocabilité d'une époque. Elles n'avaient jamais rien voulu d'autre que la paix, ou le bonheur, des choses qu'il est bon de vouloir, surtout pour des enfants, mais elles avaient été entraînées encore et encore dans le passé, où vit la douleur. August se demanda si elles étaient les seules à être ainsi hantées par leur enfance. Par le sentiment de vulnérabilité. August se souvint qu'elles n'étaient pas protégées de tout, ni des mots vomis par les autres habitants de la ville, ni des regards vitreux, ni des livres d'histoire à l'école et de ces mensonges, ni de ceux de son entourage dont le moral était brisé en mille morceaux, et, ça lui revenait clairement, maintenant – qu'elles n'avaient été protégées de rien, pas même d'oncle Jimmy Corvette qui aimait se glisser dans leur lit quand personne ne faisait attention.

Elle entendit une musique gospel fantôme résonner autour d'elle. La musique courut sous la corniche, au bas des marches du perron et jusque dans le vieux champ, faisant frémir les graines qui sommeillaient dans leur cosse et les cosses sur les branches et les branches immobiles des arbres. Elle porta de nouveau son regard sur le perron de Prosperous, et vit mamie et Poppy cette nuit-là, sur leur trente-et-un pour le gala de bienfaisance, qui agitaient la main en signe d'au revoir. C'était l'année où le gospel était arrivé à Prosperous, Jedda et August n'avaient-elles pas été aux anges ? Mamie et Poppy avaient acheté un lecteur CD tout neuf, afin d'agrémenter de musique le début et la fin du catéchisme, tous les vendredis. Poppy disait qu'il s'agissait de la *volonté de Dieu*, avant de pousser le bouton MARCHE. Plus jeune, mamie était toujours d'accord avec Dieu, mais dès qu'il était question des volontés de Dieu, elle souriait et lançait des clins d'œil aux filles. Ils laissaient la musique entrer dans toutes les pièces de la maison. Ils ouvraient même les fenêtres, et August avait vu le gospel sourdre de Prosperous comme la fumée s'échappe d'un plat brûlé sur la cuisinière. Ces voix gémissantes et chantantes avaient établi leur camp à la ferme.

Personne à l'époque ne savait ce qu'était Jimmy Corvette – il ne faisait que les garder, cette nuit-là, non ? Il leur avait dit qu'il leur avait apporté un film, est-ce qu'elles voulaient le regarder ? C'était en VHS. August ne se rappelait plus le titre du film, mais elle savait qu'il n'était pas destiné aux enfants. Les filles n'avaient pas aimé le regarder, c'était troublant, et Jedda et August s'étaient tenu les mains très fort sous la couverture quand l'oncle Jimmy n'arrêtait pas de passer ses doigts dans leurs cheveux. August avait senti les morceaux de popcorn coincés dans ses dents quand il avait posé sa bouche sur la sienne. Jedda avait détourné le regard, puis August avait détourné le regard.

Le lendemain au petit-déjeuner, autour des cornflakes et de la cafetière, Poppy avait levé le journal et annoncé à qui voulait l'entendre qu'une statue de la Vierge Marie pleurait du sang, dans un pays qui s'appelait les Philippines. August s'était dit que la Vierge Marie devait savoir ce qu'elles ressentaient alors. Elle s'était demandé si elle serait jamais capable de pleurer de nouveau. Si oui, elle supposait que ce seraient aussi des larmes de sang, mais de toute façon elle ne pensait pas pouvoir sortir une seule larme. Elle avait changé pour toujours, elle avait eu l'impression d'avoir été enterrée, ce jour-là, et tous les jours qui avaient suivi, à l'intérieur de cent poupées russes, tout au fond du bois et du vernis. Et elle n'avait plus jamais eu envie d'écouter de la musique gospel.

C'était arrivé une deuxième fois, quelques semaines plus tard, n'est-ce pas ? Mais Jedda avait entraîné l'oncle Jimmy Corvette loin d'elle. Jedda l'avait sauvée.

Sa tête sembla alors sentir le reste de son corps, comme si elle absorbait ces informations et laissait ses sentiments s'écouler, comme une passoire tombée dans un bol de pâte à gâteau. Elle s'assit sur le sol sablonneux et pleura. Tous ses sentiments fourmillèrent sur son corps, partout, tels les nerfs de la peau s'éveillant du coma, des morts-vivants en train de s'animer. Sa bouche, sa gorge, son nez – même ses oreilles semblaient imbibées de larmes. Un mot lui vint à l'esprit, parfaitement formé, elle sut ce qu'il signifiait : *burral-gang* – le brolga. Elle ignorait comment elle le connaissait, mais elle le connaissait. *Burral-gang*. Les brolgas achevèrent leur danse. C'était elle qui dansait. Jedda et ses amis commencèrent à quitter l'enclos, leurs pattes grêles galopant vers le sud, loin d'eux, avant de prendre leur envol. August frôla la terre des doigts, éraflant la surface. « Poppy », dit-elle tout haut ; *Jedda*, dit-elle en silence.

Elle ferma les yeux, un barrage s'était rompu, avait brisé leur petit cœur, des cœurs nés aussi fragiles que l'argile. Les mains à plat sur le sol aride et les yeux troublés de larmes, elle eut l'impression d'être rentrée chez elle, sur les terres où elle avait sa place. En même temps, elle pensa que c'était l'endroit le plus triste au monde.

VINGT-QUATRE

Lettre du révérend Ferdinand Greenleaf au Dr George Cross
2 août 1915, suite

VI

J'espère que vous pardonnerez mes très longues digressions, je souhaite simplement illustrer le contexte, afin que vous et quiconque lirait ceci puissiez comprendre notre vie à la Mission.

Il y avait de l'ordre et de la grâce dans nos vies à la Mission de Prosperous, cette commune construite avec des jeunes hommes devenus pères, dont les enfants grandissaient selon les principes pieux, une éducation formelle, et réconfortés par les membres de leur famille restés sauvages qui, bien que réticents à rejoindre notre Mission, leur rendaient visite paisiblement et avec bienveillance.

Pourtant, j'eus connaissance et constatai au fil des ans l'augmentation de la main-d'œuvre indigène dans les plaines, et les visiteurs se firent moins fréquents. De ce fait, moins de jeunes hommes vivaient à la Mission, ayant été capturés et poussés, sans doute forcés, à signer des contrats impossibles à comprendre pour eux. Ils devenaient alors la propriété servile d'un des habitants d'une station. Et s'il leur arrivait ensuite de s'enfuir, ce qui était souvent le cas, on lançait contre eux un mandat d'arrêt, la police se mettait en branle, après quoi ils étaient pourchassés ou débusqués, parfois ici à la Mission, emmenés au commissariat et enchaînés des semaines entières avant d'être remis à ces hommes des stations, ces monstres qui agitaient, victorieux, des copies de la loi relative aux maîtres et aux domestiques. Brisant ainsi ces familles bien-aimées que j'avais tant peiné à garder intactes.

Au bout de six ans d'existence, notre Mission était devenue une communauté soudée et protégée – dans la mesure du possible –, faite de tisserands, de pêcheurs, d'enfants de Dieu, instruits et bénéficiant de la bonne Providence – notre récolte de blé tendre avait été bonne deux années de suite. Nous eûmes des naissances, et naturellement, certains résidents plus âgés moururent. Je fus surpris d'apprendre que les indigènes avaient une grande vénération pour leurs morts. Je les autorisai à tenir leurs cérémonies privées avant de clouer les cercueils, et délimitai un cimetière permanent sous un bosquet. J'étais soulagé de savoir que tous ceux qui étaient décédés à la Mission avaient préalablement reçu le baptême sur leur lit de mort, parfois à mon instigation mais toujours avec le plus complet assentiment.

Au tournant de la septième année de la Mission, une grande agitation parut s'emparer de la communauté de Massacre Plains. Les questions sociales suscitaient de plus en plus d'hostilité ; le gouvernement s'en prenait lourdement aux chercheurs d'or immigrés, et le journal du Parti travailliste avait imprimé trois numéros dans l'année, attisant la discorde entre ce qu'on appelait les silvertails *et les* hoi-polloi*. *Les deux factions de la société tombaient cependant d'accord quand il s'agissait de leurs préjugés envers les indigènes.*

Un soir, un groupe d'hommes blancs enfoncèrent nos barrières et pénétrèrent dans notre réserve. Endormi dans ma hutte, je m'éveillai au bruit des cavaliers qui scandaient leurs appels à la « vengeance » et qui réclamaient la loi du talion. J'enfilai immédiatement mes culottes et mes bottes, m'emparai du fusil, en haut sur l'étagère,

* Les personnes riches et influentes et la populace.

et me précipitai dans la cour. Les filles et les femmes hurlaient. Elles coururent d'abord au dortoir des hommes ; mais, s'apercevant que les hommes blancs l'avaient barricadé et incendié avec leurs torches, elles se ruèrent ensuite vers moi. Je les laissai passer, et elles déferlèrent dans ma hutte pour s'y abriter. Les hommes indigènes sautaient des fenêtres de leur dortoir tandis que le feu commençait à se propager. J'exigeai de savoir ce que voulaient les intrus ; mais, intoxiqués par l'alcool, ils restèrent à cheval, armés de fouets et serrant leur fusil avec un aplomb alarmant. Les six hommes, criant tous en même temps, répondirent que nos Noirs, les « Nègres », comme ils les appelaient, avaient transpercé leur bétail de lances, et je sus en voyant leurs traits tendus que je ne pourrais recourir ni à la raison ni aux Écritures. Ils étaient bien décidés à tuer par vengeance, ce soir-là. Pendant ce temps, les Blackfellows *avaient abandonné leur grande hutte pour se camoufler dans le bush.*

Je m'approchai des hommes blancs toujours en selle et pointai mon fusil sur leurs bêtes. Je leur ordonnai de partir, sans quoi je ferais venir les autorités. Je dois admettre que mes mains tremblaient et que j'étais fort inquiet. Je me sentais tout à fait dépassé par les événements. Keller, qui n'était pas armé, regroupait à l'école les enfants effrayés qui ne pouvaient pas entrer dans ma hutte bondée. Mon fusil à l'épaule, je réprimai un frisson lorsque l'un des hommes blancs, éclairé par le feu, fit le tour de la place au galop et fondit sur moi ; d'un coup de botte à la tête, il me projeta au sol.

Je demeurai inconscient pendant presque tout le restant de ce calvaire, allongé dans la poussière de notre place à ciel ouvert. Quand je repris connaissance aux soins de Keller, le dortoir des hommes projetait des braises dans le ciel. Un cheval mort était étendu près du feu, une lance enfoncée dans la poitrine. Les cavaliers blancs avaient fui, emportant deux femmes avec eux, au grand désarroi des autres résidentes, dont les plaintes résonnaient au-delà des acacias.

Keller m'informa sur-le-champ qu'un Blackfellow *qui avait essayé d'empêcher l'enlèvement des femmes avait reçu des coups de fouet à bétail sur la nuque, puis avait été attaché au pommeau d'une selle et traîné sur le dos et sur le ventre, avant de recevoir une balle. Je me souviens que l'odeur du sang était puissante, même à travers la fumée. Je touchai distraitement le dessus de mon crâne, mais le sang n'était pas le mien. Je me relevai pour m'occuper du* Blackfellow *blessé. Titubant vers une silhouette au sol, je tombai à genoux et découvris avec tristesse qu'il s'agissait de Wowhely, un homme bon et respectable environ deux fois plus jeune que moi, mon ami. Lorsqu'il me vit approcher, il m'avoua qu'il avait peur. Une flaque d'obscurité s'était échappée de sa poitrine et avait rapidement coulé sur les mains de ses frères ainsi que sur les miennes. Je m'aperçus que je n'étais utile qu'à offrir des prières. « Tu n'as rien à craindre, dis-je, car le Seigneur Jésus est toujours auprès de ceux qui Lui accordent leur confiance ; ceux qui, comme toi, Wowhely, marchent dans la vallée de l'ombre. »*

Un chant sortit alors de la bouche des hommes, il s'éleva du corps inerte et ensanglanté de Wowhely et parut illuminer le ciel nocturne, un chant qui amena sans doute les anges à se cacher le visage en pleurant. Le lendemain, les indigènes accomplirent leur cérémonie en privé. Le surlendemain, nous portâmes en terre le corps préparé et béni de Wowhely dans l'éternelle demeure du cimetière. Ce cimetière qui avait augmenté de volume, enflé par la souffrance qui flottait telle un nuage de sauterelles au-dessus des plaines.

VINGT-CINQ

herser ou labourer – *gungambirra* Tout ce qu'il vous faut pour bien travailler la terre, tout est là. Même avant le révérend, qui pensait qu'il cultivait pour la première fois, on savait comment *gungambirra*.

trou, pour dormir – *nguram-birrang* Avec nos filles, on prenait vers le sud, le long du Murrumby. Une fois le barrage construit, on se rendait au nord avec nos petites-filles. On campait en hauteur, près de la rivière Darling. Il y avait aussi beaucoup d'autres familles, remorquant derrière leur voiture des kayaks et des canoës, des cannes à pêche, des chaises pliantes, des tentes pour quatre. Quels moments agréables, ces excursions. Voir autre chose, partir à l'aventure, trouver l'endroit où finissait le Murrumby et, des années plus tard, où il commençait. Pour montrer aux enfants comment dormaient les Gondiwindi, autrefois, je creusais le sol près de la berge et j'allumais deux feux dans l'après-midi ; pendant qu'elles se promenaient, je préparais le foyer pour le soir. Ensuite, je pêchais un peu en amont. Quand il commençait à faire très froid, que tous les enfants s'étaient lavés et mis en pyjama, et qu'il était l'heure de préparer le dîner, je recueillais les braises des autres feux et les mettais dans le foyer principal. J'étalais quelques serviettes de plage au fond des petits trous que j'avais creusés en forme de *guluman*, après quoi je disais aux enfants d'aller au lit. Qu'est-ce qu'elles étaient surprises ! Une petite tranchée bien chaude où s'allonger et se raconter des blagues près du feu, avant de dîner et de se coucher. Une fois les filles endormies, Joey restait accoudé dans son trou et moi dans le mien, et on se racontait des trucs de garçons jusqu'à ce que le feu s'éteigne et que la Voie lactée se déroule comme un film au-dessus de nos têtes.

arbre creux enflammé, la fumée sortant par le dessus – *dural* Mon ancêtre, un arrière-arrière-arrière-grand-oncle, m'a emmené un jour en promenade. « On va dîner », a-t-il dit. Je devais avoir dans les onze ans, et j'avais déjà l'habitude des voyages dans le temps. Alors, mon arrière-arrière-arrière-grand-oncle, qui disait s'appeler Cooradoc, m'a montré un arbre mort dont les branches étaient tombées et tout le tronc était gris. Oncle Cooradoc a frappé l'arbre de sa hache et on a entendu quelque chose détaler à l'intérieur. Ensuite, Oncle a enflammé des longues herbes à l'aide de silex, puis il a taillé un trou dans l'arbre. Il m'a tendu le feu et a dit de le tenir dans le creux de l'arbre mort. Plus rapide qu'un varan affamé, Oncle a grimpé à l'arbre. Là, il m'a dit de lâcher l'herbe, ce qui était une bonne chose parce que mes doigts commençaient à roussir. Alors le feu s'est rapidement propagé dans le creux et tout à coup, Oncle est redescendu avec un opossum à la main. « C'est l'heure du dîner, a-t-il annoncé en souriant, et il m'a montré l'arbre en feu. Ça, c'est *dural*. Et ça ? » Il a levé l'opossum. « *Bugari* », j'ai répondu.

Saint-Esprit – *mudyigaali* Un jour, j'ai décidé que j'allais tuer un homme. J'étais arrivé au bout de ma pensée, et au bout de la pensée, même ce qui est impensable devient envisageable. Eh bien, je me suis mis à genoux comme quand j'étais petit.

J'ai prié et j'ai demandé au *mudyigaali* de m'aider à trouver une solution, mais rien n'est venu. Je suis descendu au fleuve et j'ai aussi hurlé aux esprits, mais ils ne sont pas venus, c'était encore l'époque du willy-willy. Le lendemain matin, j'ai traîné August dehors. Je ne lui ai pas fait mal, j'avais juste une chose à accomplir. Plus tôt, quand l'étoile du berger était encore visible, j'avais fait bouillir de l'eau dans la casserole en acier. Je l'avais laissée refroidir au clair de la lune, j'y avais même plongé un cristal de quartz. Le matin, j'avais oublié que les amis d'Elsie devaient venir prendre le thé. J'étais désespérément certain de ce que je voulais faire. Alors j'ai emmené August dehors, derrière les hangars de tonte, et je l'ai baptisée, ou du moins j'ai fait ce que je pensais être un baptême. J'ai dit : « Désolé, Augie, c'est pour te protéger, ma chérie. » Et j'ai renversé l'eau de la casserole sur ses cheveux. La pauvre petite, elle a pleuré, comme font les enfants quand le monde devient bruyant et confus. Eh bien, je lui ai fait un câlin, je l'ai laissé partir, et plus tard ce jour-là, je lui ai acheté quelque chose chez le marchand de journaux. C'était un petit coffret qui contenait des livres miniatures de Beatrix Potter. Après ça, j'ai planifié le meurtre que j'allais commettre. Mais je ne pouvais en parler à personne, ni à Elsie, ni aux ancêtres, ni au *mudyigaali* lui-même – c'était une chose au fond de mon âme qui n'appartenait qu'à moi.

chevaux, lieu où se trouvent des chevaux sauvages – ***yarramalang*** Quand je rassemblais les troupeaux, on sellait à l'aube, on prenait le thé et du cake au café, avant de partir travailler jusqu'au soir. Certaines stations faisaient plus de dix mille kilomètres carrés. C'est le genre de chose qui explique pourquoi dans l'esprit des gens, ce pays est immense et que le bleu du ciel s'y étire à l'infini. Je l'ai vu de mes propres yeux ! Les seuls événements qui sortaient de l'ordinaire étaient le dressage des poulains ou les visites aux petites fermes de Massacre pendant la saison de la tonte. Pour ma part, je n'utilisais pas de fouet, j'avais pour âmes sœurs une paire de croisés kelpie. Ces chiens dormaient même avec moi dans le sac de couchage – trois têtes en dépassaient chaque matin. Je leur lisais un passage ou deux avant leur journée de travail. Ces chiens-là travaillaient autant que nous autres apprentis bergers. Une fois, on menait quelques milliers de têtes au nord, et il fallait traverser une région sauvage. Une magnifique vallée verdoyante s'était ouverte à nous sur le chemin. Le type avec lequel je travaillais avait voulu la suivre plus bas, histoire de se rafraîchir un peu. J'avais cédé, mais je l'avais averti qu'il faudrait se baigner vite fait et repartir ensuite. On avait commencé à descendre dans la vallée quand on les a vus, une vingtaine de *yarraman* sauvages ; ce qui voulait dire qu'on n'allait finalement pas se rafraîchir, pas avec les chiens et le chaos qui aurait dispersé le troupeau. Je crois qu'il n'y a rien de plus beau au monde qu'une horde d'animaux sauvages. C'est comme ça que s'appelle ce genre d'endroit, le paradis des *yarraman* – *yarramalang*.

VINGT-SIX

La seule chose dont elle avait eu conscience était d'être prise sous les bras, soulevée de terre et portée jusqu'au grenier, où la poussière jouait avec les rayons du soleil, si bien que tout cela ressemblait à un rêve. Enfin, quand la lumière du jour s'écarta, August cessa de pleurer. Eddie apporta du vin, ils se saoulèrent ; August se laissa aller à bavarder et à rire bruyamment, avant de retourner au champ. Oncle Eric sortit ses *clapsticks*. Il les frappa l'une contre l'autre pendant que des membres de la famille chantaient et dansaient, que le bois frais craquelait, jetant des étincelles dans l'air nocturne soudé à la terre. Elle dormit toute la journée du dimanche. Personne ne monta la déranger hormis Elsie, qui lui apporta le petit-déjeuner à midi, le dîner à minuit puis l'embrassa sur la tête comme le faisait sa mère, lui disant qu'elle l'aimait et qu'il fallait qu'elle se repose.

Après qu'Elsie fut allée se coucher, tard dans la nuit de dimanche, August resta allongée sans pouvoir dormir. Elle se leva difficilement, se doucha et se remit au lit, nue. Sous la couverture, elle fit courir sa main sur son bras. Elle ferma les yeux, toucha ses seins et trouva le point apaisant entre ses jambes. Elle leva les hanches, cherchant à se sentir mieux, entière, soulagée, et non honteuse. Quand elle était plus jeune, quand de minuscules seins lui avaient enfin poussé, elle pensait à Eddie. *S'il te plaît*, murmura-t-elle, seule dans le noir. Mais ça ne marchait pas, ce n'était pas ce dont elle avait besoin. Alors elle se borda, comme le faisait Jedda, enveloppa de ses bras la topographie des couvertures et réclama sa maman en pleurant.

Lundi matin, lorsqu'elle se leva enfin, August vit ses habits pliés et les papiers soigneusement empilés sur le bureau. Elle fouilla de nouveau le secrétaire, mais ne trouva toujours rien de plus que quelques phrases écrites de la main de Poppy. Elle ouvrit l'armoire du grenier, que le mouvement fit frémir ; les cintres vides en métal et en bois s'entrechoquèrent. En dessous se trouvaient trois grandes boîtes. August les sortit une à une et en vida le contenu sur le lit. Elles étaient pleines de leurs affaires d'enfants, y compris la cassette de la *Lettre à la Princesse*. August trouva les autres cassettes, sur lesquelles elles avaient enregistré de la musique qui passait à la radio, mais pas leur magnétophone. Un tirage de Photomaton en noir et blanc de Jedda, August et leur mère, plié en deux pour faire entrer deux des photos dans le cadre, qui était décoré du drapeau américain. Elles devaient être en maternelle, à cinq ans. August découvrit sa vieille poupée et souleva sa robe pour voir si son souvenir était exact : Jedda et elle lui avaient fait subir une opération. Des points de suture en fil de coton descendaient le long de son ventre. August sourit. De la deuxième boîte, elle sortit le corps blanc duveteux de Ma Mère l'Oye. Un jour, sans raison particulière, leur mère leur avait donné ce jouet. Elle avait pris leur menton dans chacune de ses mains et dit : « Pour mes bébés cygnes », et Jedda avait chuchoté : « cygneaux » au moment où leur maman quittait la pièce. « Ça veut dire quoi ? » avait demandé August. « C'est le nom des bébés cygnes. » Jedda était allée prendre un livre dans son cartable et avait montré à August une liste intitulée *Les groupes d'animaux et leurs petits*. Un des dessins représentait des bébés cygnes. Jedda l'avait laissée jouer avec la peluche pendant qu'elle lisait tout haut les noms de tous les animaux et de leurs petits. Le livre parut magique entre les doigts d'August, et elle se demanda comment elle pouvait se rappeler toutes ces choses rien qu'en regardant les deux pages ouvertes. Les yeux de Ma Mère l'Oye ne bougeaient pas, elle portait une charlotte à motifs pêche et bleu, et un nœud vert autour du cou. Les filles avaient découvert que, lorsqu'elles plaçaient sa cassette dans le lecteur situé sous son aile en Velcro, l'oie racontait des histoires. Son bec orange articulé s'ouvrait et se refermait au rythme de son récit.

August trouva deux poupées Agro grises et usées, et les samedis matin devant les dessins animés lui revinrent en mémoire. Des matins doux comme le coton de leur chemise de nuit, les couvertures de leurs lits superposés traînées jusqu'au salon, frottant le sommeil de la peau douce et chaude de leur visage. Des visages encore ronds comme lorsqu'elles étaient bébés. Jedda et August avaient gagné ces poupées. Elles préparaient des colis pour *Cartoon Connection*, une émission télé matinale présentée par une dame blonde et une marionnette prénommée Agro. Tous les samedis, la dame déballait les œuvres envoyées par des enfants, pendant qu'Agro se moquait de ses bras en tissu qui ne lui servaient à rien. À l'intérieur des colis, il y avait des tableaux au point de croix, des pochoirs au Spirographe et des dessins. Jedda et August avaient supplié leur mamie d'envoyer leurs créations. Elle avait cédé deux fois. La seconde fois, elles avaient gagné deux poupées Agro grâce à leur labyrinthe à souris fabriqué avec des rouleaux de papier-toilette scotchés ensemble et peints à la perfection. C'était Jedda, la plus soigneuse des deux, qui l'avait peint. August avait seulement écrit la lettre, puisqu'il ne restait plus que cela à faire.

Cher Agro, ma sœur et moi avons fabriqué ce labyrinthe à souris pour toi.

Gros bisous de Jedda et August.

La présentatrice avait dit : « Les gagnants d'aujourd'hui sont un frère et une sœur de Massacre Plains », et au début, les filles avaient râlé, August avait tapé du pied et Jedda s'était frappé la cuisse d'un coup de karaté – elles étaient tellement fâchées d'apprendre qu'un frère et une sœur avaient gagné, et pas elles. Mais ensuite, quand la présentatrice avait cité leurs noms, elles avaient bondi en hurlant, leur chemise de nuit flottant au-dessus de leur ventre. Au moment de la publicité, elles s'étaient précipitées dans le champ, au-delà des légumes, au milieu des pousses de blé qui leur arrivaient aux chevilles, galopant et criant comme des cow-boys : *Yiiiihaaaa !* August n'avait même pas été vexée d'apprendre qu'elle portait un nom de garçon. Elle avait tellement ri qu'elle en avait fait pipi dans sa culotte.

La boîte contenait également une pile de cahiers d'école. En les sortant, elle aperçut plusieurs tubes de baume à lèvres aromatisé au fond de la boîte ; il manquait tous les bouchons et les tubes étaient vides. À leur vue, elle se rappela qu'elle les mangeait : le goût cireux de pastèque, de fraise, de citronnade lui emplit la bouche. Dans le cahier qui portait son nom sur la couverture, elle avait écrit *lundi*, suivi de la date correspondante en haut à droite d'une écriture tremblante, puis en dessous : *Ce week-end, maman et papa nous ont emmenées camper dans une caravane toute neuve, et on a trouvé des loups dans la forêt. Les loups étaient gentils, alors on a joué avec eux pendant tout le séjour.* L'institutrice avait corrigé les fautes d'orthographe au stylo rouge, et, sous le dessin qui accompagnait le récit abracadabrant, elle avait ajouté : *TRÈS intéressant.* Le cahier était rempli d'histoires qu'elle voulait raconter. Dans un autre cahier, Jedda avait commencé à écrire : *C'était un complot. Alice est bien tombée dans le terrier du lapin mais elle a atterri en Australie.* L'institutrice avait tracé un point d'interrogation rouge sous l'histoire inachevée. Le reste des pages était vide.

August remit dans les boîtes, indistinctement, chaque objet précieux à ses yeux.

Après s'être habillée et avoir descendu les escaliers, elle fit chauffer de l'eau et découvrit un minuscule morceau de papier scotché à la boîte de café : *Je suis sortie pour la journée, bisous, Mamie.* Les clés de la voiture de location étaient posées sur le buffet, et dès qu'elle les prit dans sa main, August s'imagina faire six heures de route pour se rendre à la prison pour femmes. Dans son esprit, sa mère serait là, à l'attendre, vêtue de son vieux jean, prête à jouer avec Jedda et August, prête à retrouver les sœurs comme si pas un seul jour ne s'était écoulé. Mais si. Elle lâcha les clés.

August retrouva facilement ses marques dans la cuisine, s'apercevant qu'elle s'était habituée à être de nouveau à la maison. Elle se rappelait où tout était rangé, où tout avait sa place. Elle savait quelle tasse utiliser pour la plus grande quantité de café. Elle savait que la table de la cuisine était bancale et qu'il fallait placer un dessous de verre plié en deux sous son pied pour la stabiliser. Que le parquet ne permettait pas de se déplacer en douce. Que le froid et la chaleur qui entraient ne rencontraient aucune isolation. Elle n'était pas si mal que ça, cette Maison Évacuable. Ça pouvait être pire. Si elle jetait un coup d'œil sous le tapis de ses souvenirs des dix dernières années, elle savait qu'il y avait eu pire, bien pire.

August sortit inspecter l'annexe, mais toutes les pièces étaient vides. Dans les hangars de tonte étaient enchevêtrés des pièces détachées de vélo, des vélos de ville rouillés aux couleurs pastel et des vélos de course rouge et bleu sans roues ni guidon. Sous une bâche confectionnée avec des sacs en toile de jute, elle vit un VTT noir à peu près neuf aux pneus dégonflés. Une pompe à bras était fixée au cadre et August se mit au travail jusqu'à ce que les pneus soient durs, *Mais pas trop durs avec cette chaleur, parce que l'air va se dilater*, lui glissa Poppy à l'oreille. Poussant le vélo devant elle, August se dirigea vers Eddie, qui était en train de parler avec le facteur près des saules pleureurs. Le facteur reprit sa route et Eddie la rejoignit avec un grand sourire. Les bras appuyés sur les poignées du VTT, il enfourcha la roue avant. Il admira August Gondiwindi, à bicyclette dans Prosperous Farm.

« Tu as vu mamie, ce matin ? demanda August.

— Non. Tu vas mieux, petite danseuse ?

— De quoi tu parles ?

— Tu t'es bien lâchée, l'autre soir ! »

Elle ne se souvenait de rien. « Tu rigoles ?

— C'est pas grave, la rassura Eddie, appuyant légèrement sur les freins. Tout le monde dansait. Je suis resté un peu avec toi, ensuite ta tante t'a mise au lit. » Il chercha son regard. « Ça va mieux, maintenant ? »

Elle n'allait pas mieux, mais elle lui affirma le contraire. « Oui. C'est un peu difficile, de revenir ici.

— Tu vas où, là ?

— À la bibliothèque. Pour internet. » August se demanda si elle allait confirmer son vol ou l'annuler.

« Je t'aurais laissé utiliser le nôtre, mais il a déjà été coupé.

— Pas de problème. »

August contempla le champ. Elle aperçut des camions, au loin. Plus nombreux qu'auparavant.

« Qu'est-ce qu'ils font ? »

Eddie lâcha le guidon et se redressa pour suivre son regard. « Ils se préparent.

— À quoi ?

— À tout raser. »

August enfourcha le vélo et s'assit sur la selle. « J'ai parlé aux hippies à Kengal, l'autre jour.

— Et qu'est-ce qu'ils racontent ?

— Si j'ai bien compris, ils veulent s'enchaîner aux machines. »

Ils levèrent tous deux les yeux vers Kengal. « Tu devrais rester, annonça-t-il d'un ton détaché.

— Mais tout le monde s'en va, non ? » répondit-elle face à la pointe d'émotion.

Il la dévisagea avec un sourire. « Ouaip. »

Quel sourire.

« Tu veux venir à la bibliothèque ?

— Moi, à la bibliothèque ? s'esclaffa Eddie. Je peux pas, j'ai des siècles et des siècles de machines à retirer des hangars.

— Est-ce que Poppy s'y rendait parfois ? Enfin, ces derniers mois ?

— Nan. Tu cherches toujours ce truc qu'il a écrit ?

— Oui, mais je ne sais plus trop où regarder.

— Tu veux me donner un coup de main avec les hangars ? fit Eddie en riant.

— Non, regarde un peu ces mains. » Elle lui montra ses paumes, comme si celles-ci étaient incapables de faire du travail manuel.

Eddie lui tapa dans les mains avec un grand sourire. « On se voit plus tard ?

— D'accord. » August chaussa une paire de lunettes de soleil. « À plus ! » Elle exerça une légère pression sur la pédale et se mit à rouler. De sous les faux-poivriers, elle pouvait voir les manifestants debout devant leurs tentes.

« Il faut juste écrire votre nom ici », précisa la bibliothécaire à l'accueil en désignant un formulaire. Puis, après qu'August l'eut rempli, elle ajouta : « Vous êtes de la famille d'Albert ? Albert Gondiwindi ?

— C'est mon grand-père.

— Formidable », dit-elle, les mains croisées sur le comptoir qui les séparait, lissant de son sourire son rouge à lèvres craquelé. Son badge était de travers ; Linda tendit à August une liste de titres longue de deux pages.

« Pourriez-vous lui demander de rendre ces livres demain, au plus tard à la fin de la semaine ? La plupart ont été commandés à la bibliothèque de la ville. Sinon, il risque d'accumuler beaucoup d'amendes. »

Elles s'échangèrent sourires et hochements de tête. August était incapable de prononcer les mots expliquant que son grand-père ne reviendrait plus.

Devant l'entrée de la bibliothèque se trouvait le répertoire de l'immeuble en noir et blanc. Ayant remarqué la mention *Salle du conseil, 3e étage*, elle eut l'idée de passer dire bonjour à sa tante Nicki.

Elle prit l'ascenseur. Le bureau était en open space et il n'y avait personne à l'accueil. Sur la droite, derrière une cloison vitrée, tous les employés semblaient assis autour d'une grande table de conférences. Un projecteur faisait défiler des graphiques. Tante Nicki avait dû la voir arriver, car elle poussa promptement la porte vitrée et traversa le bureau au pas de course.

« August.

— Bonjour, tatie.

— Qu'est-ce que tu fais là ?

— Je voulais juste voir comment se passent les choses de l'autre côté de la barrière. » August désigna le bureau d'un signe de tête moqueur.

Nicki émit un rire impatient. « Tu sais, je suis en plein milieu d'une réunion, mais tu restes un peu en ville ? On déjeune ensemble ?

— Je peux t'attendre.

— Tiens, j'ai un bon pour une boisson gratuite, à la cafétéria. Prends-le, et… » Elle se dirigea d'un pas rapide vers son bureau, ouvrit son sac à main et en sortit une petite carte. « Prends-toi un café, et si tu es encore en ville à midi, viens me retrouver, d'accord ?

— D'accord. »

Nicki embrassa August et lui tapota le bras. « On se voit à midi, c'est moi qui invite. » Sur ce, elle se hâta vers la cloison vitrée. August allait faire demi-tour pour rejoindre l'ascenseur, dont les portes attendaient, entrouvertes, quand quelque chose attira son attention. Sur le bureau de tante Nicki, elle aurait juré avoir vu le lecteur de cassettes de son enfance – un objet vintage, rectangulaire, noir, avec un bouton rouge pour enregistrer des lettres à l'attention de la princesse Diana.

Puis elle se rappela qu'on avait dû en fabriquer cinquante milliards, à l'époque. Elle entra dans l'ascenseur et redescendit.

Dehors, des corbeaux l'observaient tandis qu'un arroseur automatique crachotait sur la pelouse entre le trottoir et l'immeuble.

Accroupie près du cadenas de son vélo, elle parcourut des yeux la liste de livres que son grand-père n'avait jamais rendus :

Un million d'hectares sauvages, d'Eric Rolls

Du sang sur les acacias, de Bruce Elder

Cooper's Creek, d'Alan Moorehead
L'Impact fatal, d'Alan Moorehead
Une histoire de l'Australie, de C. M. H. Clark
L'Histoire de l'Église australienne, d'Edward Symonds

La liste était encore longue, il devait y avoir au moins quarante titres, rien que sur le thème de l'Australie. Elle avait aperçu les livres à la maison, dans le bureau de Poppy. Elle voulait les revoir, les feuilleter, trouver son manuscrit. Tante Nicki comprendrait. August rentra directement à la maison.

À son retour, Elsie n'était pas encore là. August descendit tous les livres et les papiers au salon, puis les étala et compara les titres à ceux de la liste, les empilant par thème sur le sol. Elle s'arrêta de temps en temps pour boire un café et parcourir lentement la pièce dans son tee-shirt de pyjama usé, son short et ses baskets. Elle disposa des Post-it sur la table. Elle dénicha la radio portative, qui ne passait que les ondes courtes, et écouta des chansons qu'elle ne connaissait pas. Elle consulta tous les livres de bibliothèque jusqu'à ce qu'elle eût formé des petites tours, en les triant par catégories. Christianisme. Plantes. Animaux. Cosmologie. Guerre. Histoire de l'art. Agriculture. Elle crut alors comprendre que son grand-père avait réellement eu une idée derrière la tête, avec ces ouvrages – il cherchait à expliquer quelque chose d'important.

À plusieurs reprises, elle se rendit sur le perron pour chercher des yeux Eddie, dans le champ. Elle le regarda qui traversait les terres avec d'énormes machines, écrasant les blés. Le ciel était vaste, les bords estompés par la chaleur.

August était de nouveau à l'intérieur, occupée à lire l'un des livres de la bibliothèque, *Sur l'animisme*, lorsque Eddie entra lui demander à boire.

« Ils vous ont déjà coupé l'eau ? » demanda August. Elle l'observa du coin de l'œil tout en remplissant son verre.

— Je voulais te voir. »

Eddie but d'un trait et lui tendit le verre pour qu'elle le remplisse de nouveau. Il se lécha les lèvres et rendit son regard en coin à August.

Entre deux gorgées, il aperçut les livres et les papiers : « C'est quoi, tout ça ?

— C'est à Poppy, sa planque de bouquins de bibliothèque en retard. »

Il posa le verre, s'essuya les mains sur son tee-shirt et saisit le livre sur le comptoir. « Qu'est-ce que c'est, l'animisme ?

— Quand tu crois que la terre – et tout ce qui est vivant – est animée par des ancêtres, des esprits.

— Et toi, tu y crois ? »

August regarda l'ouvrage. « Je crois que oui.

— À ton avis, qu'est-ce qu'il faisait avec ce livre, ton Poppy ? »

Elle se fendit d'un grand sourire. « Je crois qu'il essayait de sauver la ferme.

— Et il s'y serait pris comment ?

— Je n'en sais rien, peut-être qu'il cherchait à expliquer en quoi cette terre est unique ? » Eddie haussa les sourcils pour encourager August à poursuivre. « Je me souviens combien il aimait, d'un amour *sincère*, cette terre, cette propriété. Tu t'en souviens ?

— Oui, reconnut Eddie avant de poser son verre dans l'évier.

— Au fait, est-ce que tu as un truc à cassettes ? Pour les écouter ?

— Ça m'étonnerait.

— Allez, quoi, tu dois bien en avoir un… vous aviez toujours tout, chez vous !

— Laisse-moi travailler encore quelques heures, et j'irai vérifier après, d'accord ?

— Merci. »

August le raccompagna jusqu'à la porte coulissante.

« Pas de quoi, ma vieille. »

Après toutes ces années, ils étaient de nouveau amis.

En fin d'après-midi, August se promena avec Spike dans le jardin potager, où elle cueillit les haricots fripés qui poussaient à travers le grillage et glissa sa main sous les jupes des fraises qui se délectaient des derniers rayons de soleil. Les fruits avaient un goût chaud et sucré. Elle imagina son grand-père souriant et serein, coiffé d'un bob flottant et vêtu d'un marcel bleu, penché sur le carré potager pour épousseter des betteraves. Qui arpentait les rangées de plantes aux abois, armé d'un seau en plastique, distribuant de petites quantités d'eau bienfaitrice. Elle ne l'avait jamais vu triste, sur ses terres. Il lui manquait. En cet instant, August regretta d'être partie si longtemps.

Elle déambula plus loin, laissant les sons entrer dans ses oreilles – le tressautement des cigales, le gazouillis des oiseaux qui semblait venir de cent directions à la fois, la lente intensification d'une brise s'immisçant entre des milliers de tiges de blé tendre. Spike voulait courir ; le dos cambré, il approcha ses pattes d'August, en frappa la poussière et la fixa, la gueule ouverte et la langue pendante, avant de se mettre à aboyer, impatient de la voir se joindre à lui. Elle le regarda un moment et il recommença à frapper le sol et à cambrer l'échine. Ils coururent jusqu'au barrage pour que Spike puisse boire puis rebroussèrent chemin, seuls et accompagnés à la fois. Il y avait tellement de gens qui couraient à son côté, dans son esprit. Pas que Jedda. Sur cette terre, August se sentait véritablement elle-même. Sur la terre de son peuple. Son peuple, avec elle, sur cette terre. Le chien détala dans le bush et August se dirigea vers l'un des silos d'une tonne. Pas un grain de blé ne s'échappa de la trappe lorsqu'elle l'ouvrit. Jetant un coup d'œil à l'intérieur, elle vit que le grain couvrait moins de trente centimètres à la base du silo, et qu'il semblait mouillé et grumeleux par endroits et s'accrochait à des traînées de rouille sur les parois en acier. Jedda et elle aimaient faire semblant qu'il s'agissait de distributeurs de chewing-gum, avec les fixateurs d'azote et les graines de lupin en guise de friandises.

Après la disparition de Jedda, August se prenait à imaginer par quels moyens elle-même pourrait trouver la mort à Massacre Plains. Tout un récital se mettait alors à jouer dans sa tête : *pendue, asphyxiée au gaz d'échappement, noyée dans les pompes à lisier, étouffée dans les bottes de foin, embourbée dans les grains de blé, aspirée par une batteuse, tombée dans un puits abandonné, tombée dans le puits d'une mine, assommée d'un coup de sabot de cheval à la tête, piétinée par une vache, écrasée par un tracteur sans arceau de sécurité, écrasée par un tracteur avec arceau de sécurité, prise au piège sans harnais dans une cellule à grains, un pulvérisateur aérien tombé du ciel, une maladie hydrique, un virus mortel, morte de soif, morte des suites d'une infection, une balle dans le cœur, une balle dans la tête, noyée dans le barrage, brûlée dans un incendie de forêt, mordue par un serpent venimeux, empoisonnée par des baies toxiques, mortellement mordue par une araignée, une nuée de guêpes, une volée de corbeaux, enterrée dans un silo.*

Des années après la disparition de Jedda, August avait lu un article sur les globicéphales. Si l'un des cétacés était malade et s'échouait sur la plage, le reste de sa famille faisait de même. Leur banc ne pouvant exister sans l'un des leurs, ils s'en allaient à leur tour. Il était naturel, se dit August, bien trop tard, de vouloir partir aussi. Face au deuil, la seule réponse semble être de se perdre soi-même. August s'apprêtait à déverrouiller la porte principale du second silo, quand Eddie s'arrêta près d'elle sur un motocross 50cc. Son arrivée la ramena à la réalité : « Une bécane de fille ?

— Ouaip, dit-il, faisant légèrement vrombir le moteur. Tu veux venir avec moi ?

— Où ça ?

— Juste faire un tour. »

August grimpa sur la moto. Ils roulèrent jusqu'à l'extrémité des deux cents hectares de champs. Ils tanguèrent au milieu des ornières durcies laissées par les tracteurs dans les bosquets jadis boueux. Elle contempla leurs ombres tandis qu'ils dépassaient le barrage. Des ombres distinctes, deux corps. Ils contournèrent la dernière clôture, passèrent devant la bergerie. Près du fleuve, des nuées de cacatoès crissèrent, battirent des ailes et filèrent s'abriter dans les eucalyptus. Eddie s'arrêta au niveau des écuries. « Où est Mr Ed ? » demanda August, tout en connaissant la réponse. Personne ne l'avait mentionné depuis son arrivée. « Il était vieux », se contenta de répondre Eddie. Les filles avaient supplié la mère d'Eddie d'appeler le cheval blanc Mr Ed, comme celui de la vieille série télévisée, celui qui savait parler. Elle avait cédé aux deux fillettes aux pieds nus qui l'avaient vu arriver en remorque et l'avaient suivi en courant jusqu'aux écuries. Il était d'un blanc poudreux, il sentait l'herbe sèche, la terre labourée.

August prit les commandes du motocross sur le chemin du retour, fière de se rappeler comment le conduire. Eddie passa ses bras autour d'elle, s'appuya contre son dos. S'élançant sous la lumière du jour, elle se sentit euphorique, vivante. Elle regarda de nouveau leurs ombres sur le côté – ensemble, ils ressemblaient à un sphinx.

August s'arrêta dans l'allée, les mains glissantes de sueur. Elle mit pied à terre et tint l'une des poignées de la moto pendant qu'Eddie s'installait sur la selle.

« Tu te souviens, dit-elle, les mains sur les hanches, que l'été nous paraissait être le début de tout, que chaque année à la même époque, le monde devenait beaucoup plus grand, qu'il n'y avait ni fin ni début et qu'on oubliait même qu'il faudrait retourner à l'école ?

— Un peu », répondit Eddie, levant les yeux au ciel.

August entendit les bêlements qui sortaient de la bergerie.

« Qu'est-ce que tu comptes faire des béliers et des brebis ?

— Un agent agricole sera là demain. Les bêtes vont partir aux enchères. »

August grimaça. « J'espère qu'ils n'auront pas trop de route à faire ? »

Avant qu'Eddie ait pu répondre, un bruit dans l'allée les fit se retourner. Ils regardèrent la voiture entrer dans Prosperous.

« Je te laisse », lança Eddie. Il fit un signe de la main en direction du véhicule et s'éloigna sur sa moto.

En s'approchant de l'allée, August s'arrêta sous un mallee, attrapa la branche au-dessus de sa tête et laissa son corps tomber. Elle se balança doucement, observant sa grand-mère qui sortait de la voiture, une boîte en carton plate à la main. Toujours pendue à la branche, August regarda le rocher de Kengal, au-delà de l'arche des saules pleureurs ; elle put discerner quelques silhouettes. Alors elle ferma les yeux et imagina l'étrange Mandy se pencher vers son visage et embrasser les paupières de ces yeux qu'elle trouvait magnifiques.

« J'ai l'impression de te revoir enfant, lança Elsie avec tendresse.

— C'est exactement comme ça que je me sens. » August sourit et lâcha la branche. Elle se dirigea vers la voiture pour aider sa grand-mère. « Tu étais où ?

— Je visitais des maisons de retraite.

— Je croyais que tu allais rester chez tatie ? » Le regard d'August se posa sur tante Mary, qui s'extirpait du siège conducteur, puis de nouveau sur sa grand-mère.

« J'aurais un lit de camp sur la terrasse et aucune intimité. Je t'aime, dit Elsie, se tournant pour toucher le bras de Mary, mais non merci.

— Est-ce qu'ils vont payer ? demanda August avec un signe de tête vers les véhicules de Rinepalm, dans le champ.

— Non, je ne toucherai pas un centime. On n'a pas économisé grand-chose, au fil des ans. Assez parlé de tout ça – ce genre de discussion m'ennuie, August. Retourne à ton arbre. » Elle gloussa dans sa barbe et apporta la boîte à l'intérieur de la maison. August la suivit. Elle mourait d'envie d'écouter Jedda et ses enregistrements pour la princesse Diana.

« Est-ce que tu as vu le vieux lecteur de cassettes, mamie ?

— Albert l'utilisait pour son livre. Je ne sais pas, ma chérie.

— Dacodac. Je commence à croire que ce livre a tout bonnement disparu de la surface de la terre. » August balança ses bras d'avant en arrière. Ce n'était pas qu'elle s'ennuyait, mais bouger ses bras de la sorte lui donnait l'impression d'être une adolescente, de faire de nouveau partie d'un foyer, debout là, avec sa famille, sans rien faire de particulier. Elsie et tante Mary ne prêtèrent pas attention à elle ; elles entreprirent de trier les plats du congélateur. August contempla le barrage par la porte vitrée.

Le brolga était de retour. *Burral-gang*, murmura-t-elle en sortant. Spike la suivit auprès des buissons de banksia, et ensemble, ils s'accroupirent au soleil couchant. August regarda Jedda qui dansait de nouveau. Elle se retourna vers la maison. Sa mamie se tenait dans l'embrasure de la porte, appuyée contre le chambranle, et lui souriait, les yeux grands ouverts.

VINGT-SEPT

Lettre du révérend Ferdinand Greenleaf au Dr George Cross
2 août 1915, suite

VII

La famille de Wowhely me légua son harpon. C'était un objet extraordinaire : cranté et lisse, taillé dans la masse d'un tronc de yarran et terminé par six fléchettes, la qualité de sa facture sautait aux yeux. Il était plus majestueux que des meubles en acajou, en ce qu'il avait commencé à être vénéré avant même que l'arbre ne fût coupé. Craignant de le voir volé et brûlé par les hommes blancs qui reviendraient démolir ma hutte pendant mon sommeil – ce qu'ils auraient aisément pu faire –, je le confiai à Baumann afin qu'il le remette au musée lors de sa prochaine visite en ville, sachant qu'il s'acquitterait consciencieusement de sa tâche.

Indigènes et Blancs s'échangeaient des coups de fusil et des coups de lances depuis des décennies. Les vieilles gunyahs *furent rasées, ainsi que d'autres camps de Noirs libres, et le bruit courait que dans d'autres régions, à l'ouest du pays, le sang coulait encore à plus grands flots. Il y eut de nombreux incidents, et à chaque fois, les hommes responsables de ces malheurs ne furent jamais traduits en justice – provoquant ainsi tout naturellement des représailles, au grand détriment de mes nerfs.*

J'ai perdu ma naïveté il y a bien longtemps. J'ai été témoin des actes les plus cruels qu'un homme lucide et sain d'esprit puisse commettre à l'égard de ses congénères. Il me semblait que tous les hommes blancs étaient taillés dans la même étoffe, nés mécontents envers les indigènes. Au cours des déplacements que j'effectuais pour offrir mes services et aller aux nouvelles, je me retrouvais sans cesse confronté à la violence. Je croisais parfois les restes maigres d'un de mes semblables, craquelés et abandonnés comme les coquilles de moules que j'avais vues près des berges du fleuve. En 1891, par exemple, je vis deux petits indigènes courir le long des rails, à trente kilomètres de chez nous. Le corps des deux garçons luisait de peur. Je les arrêtai et leur demandai ce qui se passait. Ils m'expliquèrent, en anglais, qu'ils étaient employés au service du chef de gare local et qu'ils avaient pris la fuite après avoir été fouettés. L'aîné, qui avait quatorze ans, se tourna pour me montrer son dos. Une coupure de plus de deux centimètres de profondeur était clairement visible, le sang avait coagulé mais le blanc de l'intérieur de sa peau suintait comme s'il était encore frais. Je descendis de cheval et, pendant que nous discutions, le chef de gare en personne arriva sur son étalon. Il m'ignora tout à fait, même lorsque je lui sommai de s'adresser à moi, se contentant de mener les garçons du bout de son fouet à bétail sur les trente kilomètres du chemin du retour. Je regrette de ne pas les avoir poursuivis, ayant appris par la suite que l'aîné avait été attaché à une clôture en position de crucifixion puis fouetté jusqu'à l'évanouissement. Le cadet reçut une correction identique. Lorsque la lanière se rompit, le colon entreprit d'en attacher une autre ; alors, le garçon à l'agonie s'écria : « Oh, maître, si vous voulez me tuer, coupez-moi la gorge, mais ne me coupez pas en morceaux. » La brute, insensible, continua à le fouetter jusqu'à ce que la seconde lanière se rompît elle aussi. La nouvelle de cet acte horrible atteignit notre ville et le monstre inhumain fut convoqué. Il admit avoir autant fouetté les deux garçons « parce qu'ils pouvaient l'endurer », ajoutant qu'il avait « perdu son calme ». Le magistrat lui infligea une amende de cinq livres pour avoir fouetté le plus jeune et une amende d'une livre pour celui qui avait pu l'endurer.

À peu près à cette même époque de l'année, je vis de mes propres yeux une indigène appartenant à un autre colon en train d'être corrompue, brutalement violée par terre, en plein jour, à une centaine de kilomètres au nord. Une autre brute, qui montait la garde et attendait sans aucun doute son tour, braqua son fusil sur moi, m'intimant de partir. Inutile pour moi d'en dire plus ; c'est d'une telle horreur. Je rapportai cet incident à Son Excellence le gouverneur, mais le forfait ne fut jamais déféré au tribunal.

Je m'efforçai d'assister aux quelques affaires dont j'avais appris qu'elles seraient portées devant le magistrat. Toutes les affaires de cette nature reçurent l'indulgence de juges qui fermaient les yeux ou qui, dans le meilleur des cas, imposaient le coût d'une amende dérisoire. En Australie, où tant de choses sont exposées aux fonctionnaires d'outre-mer, inscrites dans les communiqués sur le traitement humain de nos Aborigènes, personne n'enquêta sur le comportement du colon et du magistrat. Ce genre d'affaire requiert en effet une enquête sévère, pourtant je demeurais et demeure encore résigné à un état de perplexité, de colère et de crainte continuelle. J'ose espérer qu'une personne d'influence telle que vous, cher docteur Cross, lira ces mots et serait disposée, sans doute mieux que moi, à faire quelque chose ?

Je poursuis…

En 1892, nos activités à la Mission éveillèrent de nouveau beaucoup d'intérêt de la part du comité de protection des Aborigènes. Ils envoyèrent encore une fois des observateurs, et encore une fois, nous nous préparâmes à les accueillir, nourrissant désespérément l'espoir d'obtenir un revenu régulier. Quelle grande surprise alors de découvrir que le comité s'intéressait au merveilleux artisanat de nos résidents ! Un contrat nous fut délivré d'Amérique en main propre, une commande d'objets à présenter lors de l'Exposition universelle qui devait avoir lieu l'année suivante en l'honneur de Christophe Colomb et des grandes avancées sociales qu'il avait accomplies pour l'humanité. Toutes les colonies du monde participaient, et les organisateurs avaient expressément fait part de leur désir d'exposer les Aborigènes. Le secrétaire colonial avait refusé de faire venir un indigène à Chicago, mais il fallait produire des preuves des progrès de Darwin et que quelqu'un présente l'évolution de nos Aborigènes. Cette histoire-là, vous la connaissez personnellement, docteur Cross.

La traversée me serait payée et je devais toucher quatre-vingt-dix livres par an pour toute la durée des activités à la Mission et pour la part que j'y prenais. Il était hors de question de refuser un tel soutien à notre cause, et c'est donc avec un grand enthousiasme que nous expliquâmes aux résidents comment réaliser les pièces qui seraient exposées. Le capitaine Everill voulait se procurer des illustrations réalisées par les enfants indigènes et des autoportraits de la race aborigène de la Colonie, des statistiques liées aux initiatives du comité de protection, ainsi que toute collection d'armes de guerre. Docteur Cross, vous aviez, quant à vous, demandé toutes les informations disponibles concernant le développement physique des Aborigènes des plus importantes provinces de la Colonie. La lettre mentionnait la nécessité de fournir « des moulages en plâtre du crâne de trois Aborigènes ». Lorsque je vous avais écrit pour vous en demander la raison, vous aviez répondu que c'était pour « des collections d'ethnologie », précisant que les plâtres serviraient à « prouver le développement cognitif des sauvages ». Vous vous souvenez sans doute que ma réponse indiquait clairement que mes résidents ne participeraient qu'à la confection d'armes et d'artisanat et non à l'étude scientifique que vous réclamiez. Ce fut très aimable de votre part de finir par accepter.

Au bout de deux mois, nous avions trente ouvrages raffinés au point de croix, de la dentelle et des carrés de broderie représentant des psaumes et des invocations domestiques, mesurant chacun trente centimètres par trente. Mary broda l'un des plus beaux, qui était orné d'élégants boutons de rose jaunes et sur lequel était inscrit : Le chemin de la sainteté passe par la propreté. *On nous fournit du bois verni de bonne qualité, du verre et des petits clous afin de les encadrer.*

Pendant ce temps, nous continuions à apprendre aux enfants à demander à Dieu de les bénir et de préserver l'unité de l'Empire. Nous leur enseignions à aimer, honorer et respecter le pays dans lequel ils vivaient, et qui plus est le drapeau qui flottait au-dessus de leur tête. À cette époque-là, en 1893, cent cinquante résidents étaient encore présents. La dépression de 1890 se faisait sentir dans notre petite Mission et pendant de nombreuses années, régnèrent d'incomparables vicissitudes. Certains résidents se chargèrent de compléter les leçons et s'occupèrent, en mon absence, des dix-sept enfants qui restaient à l'école.

Après mon départ, Keller et les autres résidents prirent le relais des tâches administratives. Mon voyage dura cent quarante-trois jours au total. Une cabine de deuxième classe me fut attribuée sur le SS Margot *; le navire était pourvu d'élégantes balustrades métalliques et d'un grand salon. Après avoir débarqué à New York, je pris un train de voyageurs du Great Northern Railway jusqu'à la ville de Chicago, où je fus hébergé dans une pension de famille proprette pendant les trois jours où ma présence était requise à l'Exposition. Là, je discutai avec vous et d'autres des progrès remarquables réalisés par les résidents de notre Mission et en Nouvelle-Galles du Sud, mais ne mentionnai pas tous nos malheurs. Je dois admettre que l'Exposition était véritablement remarquable, et je fus heureux d'apprendre, des mois plus tard, que des centaines de milliers de spectateurs avaient vu le stand australien. Je m'entretins avec de nombreux visiteurs intéressés, encourageai des philanthropes enthousiastes à soutenir nos efforts, et m'empressai d'écrire à Keller afin de* *lui exprimer mon immense espoir de voir notre foyer de charité prospérer de nouveau. Avec le recul, je m'aperçois que c'était un aveuglement de ma part d'ignorer tout ce que j'avais vu et d'espérer obtenir l'impossible. Tout comme les milliers de curieux jetant leur argent au pied de ce zoo humain, j'avais sans doute été moi aussi dupé par la course au progrès et par les colonnes d'or et de cuivre et les lumières éblouissantes de la Ville Blanche.*

Ce fut donc avec le plus grand soulagement que je retrouvai enfin Massacre Plains et notre foyer, où je m'attelai consciencieusement aux travaux de réparation et de stockage des rations pour nos résidents, achetées avec les gages promis.

À l'aube du nouveau siècle, il devint évident que nous affronterions d'autres épreuves. En 1908, la population de la Mission fut réduite à quatre-vingt-quinze résidents, soit presque de moitié, après une terrible épidémie de phtisie, encore aggravée par la crue du fleuve Murrumby. Les indigènes qui avaient l'habitude de passer une nuit ou deux à la Mission, afin de voir leurs proches, avaient presque tous disparu.

Et les enfants avaient grandi. La petite Mercy, l'un des premiers enfants accueillis par notre Mission, était tombée amoureuse, et j'eus l'honneur et la grande joie de célébrer son union à un autre résident, un jeune homme bon et intelligent prénommé Solomon, dont le père avait, des années plus tôt, reçu une plaque de cuivre de la part d'explorateurs. La plaque portait l'inscription suivante : « Le roi Billy des Badlands. » Solomon la gardait toujours sur lui, dans un petit sac traditionnel.

En 1909, la chère Mercy mit au monde une fille en bonne santé, à qui elle donna un charmant prénom luthérien, Augustine. La célébration de l'événement fut rapidement éclipsée car ce mois-là, cherchant à imposer à la Mission de plus sévères restrictions, le comité de protection nous ordonna de remettre à des employeurs tous les indigènes qui n'étaient pas de pure souche, les dispersant ainsi comme de simples numéros.

Eh bien, nous verrouillâmes les portes. Les mères criaient, et je refusai de les séparer. Pur-sang et métis ne se considéraient pas différemment. Je me plaignis longuement de cette mesure auprès de l'agent de police venu appliquer la loi par l'intermédiaire d'une requête officielle. « Après tout ce que j'ai fait pour le comité », soupirai-je, atterré par cette décision draconienne. Il se contenta de hausser les épaules. J'eus l'impression de manger mes mots, et ceux-ci n'étaient pas comestibles.

VINGT-HUIT

maison, lieu de vie – ***bimbal, ganya*** Quand on est revenus élire domicile à Prosperous, avant que le willy-willy vienne s'installer, les ancêtres se promenaient avec moi des heures entières le long du fleuve. J'écoutais et j'observais attentivement. Ils essayaient aussi de me parler pendant que je travaillais au champ, ils couraient à côté de la charrue, pointant différentes choses du doigt, mais j'étais souvent trop occupé. Un jour, ils m'ont montré les maisons qui se trouvaient avant à Massacre Plains, des maisons rondes faites de cette écorce rouge filandreuse, le *gundhay*. Le bois était facile à manipuler, les toits étaient renforcés par des moulures en argile et des branches de gommier. Ils essayaient de me montrer qu'on avait un foyer. Un vrai *bimbal*.

enveloppe de graines – ***galgan*** Toute vie vient de la graine. Au moment de la récolte, il faut s'assurer de mettre ses enveloppes à l'abri. Il y a des sociétés, comme la société minière, qui veulent s'approprier les graines. Ça me fait peur, que les gens cherchent à mettre un prix sur les graines de l'agriculteur. Au Mexique, en Inde, partout où on fait pousser des récoltes – même dans ce pays-ci –, il y a un monopole de sales types qui veulent s'approprier les graines. Vous imaginez ! Qu'une société possède le centre de la vie !

chasser – ***barra-winya*** Le matin, les femmes cueillaient des baies pendant que les hommes chassaient le kangourou. Après s'être occupés de leur prise, ils prélevaient un peu de graisse de l'animal et repartaient chercher du miel. Une fois qu'ils avaient trouvé les abeilles mélipones sur les fleurs violettes, ils en attrapaient une avec délicatesse, puis enroulaient le cheveu d'un des chasseurs, préalablement enduit de la graisse d'animal, autour de l'insecte. Ils laissaient alors partir l'abeille – *ngarru* – qui, alourdie et stressée, devenait facile à suivre. Dans cet état, elle rentrait directement chez elle, menant systématiquement les chasseurs au miel caché à l'intérieur de l'arbre.

prison, lieu clos – ***ngunba-ngidyala*** Quand votre propre fille et ensuite votre petit-fils se retrouvent en prison, les gens doivent penser que votre famille est du genre à créer des problèmes, j'en suis sûr. Mais ce n'est pas si simple. Jolene et Joey ont tous les deux fait des erreurs mais leur punition était plus lourde que leur crime. Malgré tous les efforts du gouvernement pour convaincre la population qu'il s'agit de la bonne solution, nous enfermer est une idée dépassée. Je crois que dans ce pays, il y a des divisions qui remontent plus loin que les *songlines*. Le lieu clos, le lieu verrouillé – le *ngunba-ngidyala* – est d'abord bâti dans notre esprit, avant de se répandre.

geebung – ***bumbadula*** C'est un arbre magique. Le bois de la tige d'un jeune arbre, râpé et mélangé à du lait maternel, sert à nettoyer les yeux des bébés en cas de conjonctivite. Ses fruits pas mûrs servent, quant à eux, à soigner les brûlures, les égratignures et les éruptions cutanées, tandis que la chair mûre qui enveloppe les graines se mange directement sur l'arbre. Les ancêtres fabriquaient même du colorant pour teindre des paniers à partir du *bumbadula*. Une fois rôtis, on craque les vieux fruits durs et on mange la noix qui se trouve à l'intérieur. Ça n'a pas l'air magique, ça ?

petite-fille – *garingun* Ma pauvre *garingun* chérie, il n'existe pas d'amour plus fort. Il est là pour toujours. Je suis tellement navré pour elle. Je suis tellement navré, mon plus grand regret est de ne pas avoir été là pour elle. Ce sera ce que je porterai à jamais de plus lourd.

pitohui gris – *yurung* Le *yurung* est un oiseau avertisseur. Quand il crie, les mauvaises nouvelles arrivent. Petit et gris. Il relève la tête bien en arrière, sa gorge descend, son bec pointu indique l'endroit où la nouvelle doit être colportée. Son cri, vous l'avez probablement déjà entendu, fait *cou, cou, cou* suivi d'un trille, pour finir par un *cooouuuii* aigu. Alors, cramponnez-vous bien. Le *yurung* a beau avoir l'air mignon, doux et délicat, il n'amène que le malheur. Il me rendait souvent visite.

poisson – *guya* Dans ses notes, le vieux révérend avait écrit *cooyah* – mais le mot vient plus du fond de la bouche, *guya*.

pêche, pêcher – *ngalamarra* Si l'eau revient un jour au Murrumby et les poissons aussi, la patience est le meilleur moyen d'attraper un poisson. *Ngalamarra* – il y en a deux sortes, en eau de mer et en eau douce, en eau vive et en eau dormante. En eau de mer dormante, aussi – dans les estuaires à la plage, mais moi je ne connais que l'eau douce. Il n'y a plus que de l'eau douce dormante, maintenant, dans le fleuve ! Les *songlines* de nos ancêtres suivent l'eau comme des bornes d'autoroute. Beaucoup de poissons sont en voie de disparition, de nos jours, ne pêchez pas de perche, ne pêchez pas d'ombre, pas de morue d'eau douce venue du nord, pas de goujon, ni de galaxias. N'achetez jamais de poisson au supermarché, ni au restaurant, ni à la friterie Nemo, en ville. Vous voulez manger du poisson ? Alors allez l'attraper ! Tout le monde devrait apprendre quatre choses : à *ngalamarra*, à aimer quelqu'un sans limites, à faire pousser ses propres légumes, et à lire. La patience pour *ngalamarra*, le respect pour aimer, la terre pour jardiner et un dictionnaire pour lire.

farine de millet – ***buwu-nung, dargin*** Quand la plante de millet tarde à fleurir et que les grappes sont brun doré, alors vous pouvez les couper et garder les graines mûres pour les replanter – ce sont celles qui sont boursouflées et se détachent le mieux de la grappe. Le reste de l'inflorescence doit passer quelques jours à sécher au soleil, après quoi les graines devraient tomber facilement. Ensuite, écrasez les graines aussi finement que vous le voudrez, vous pouvez les moudre grossièrement pour le porridge ou en *buwu-nung* pour faire du pain. Telle est notre moisson, depuis toujours.

fleur, une sorte de fleur – ***bagabin, narranarrandyirang*** La fleur de banksia est ma préférée, pas seulement parce qu'elle est grande et fière comme l'hibiscus, mais parce qu'elle me rappelle une chose plus importante. Vous voyez, le banksia est une fleur qui a l'air coriace, il n'empêche qu'elle se protège quand même avec des feuilles pointues et dentelées, une tige et des racines solides. Son nectar nourrit les abeilles, les oiseaux, et nous les humains. Quand la fleur a fini son cycle, ses follicules éclatent, libérant les graines, et la noix tombe de la branche. La noix peut alors être utilisée de deux façons : elle est très pratique pour faire du feu et entretenir la flamme comme un morceau de charbon ; et elle permet de filtrer l'eau, qui passe facilement au travers.

défendre de dire quelque chose – *walan-buwu-ya-rra* Ce mot se traduit littéralement par « parler la loi forte » et les ancêtres m'ont raconté que c'est aussi sérieux que les Écritures. Ils m'ont montré et dit des choses que je n'avais pas le droit de dire aux mauvaises personnes. Certaines choses sont indicibles, et on les garde en nous jusqu'à la fin. C'est *walan-buwu-ya-rra*.

four creusé dans la terre – *gulambula* Les ancêtres m'ont montré comment ils utilisaient le *gulambula* : ils ont d'abord creusé un trou d'environ un mètre de long et cinquante centimètres de profondeur, prenant soin d'extraire toute l'argile du sol. Ensuite, ils ont rempli le trou avec du bois et ont placé par-dessus des boules grossières faites avec l'argile qu'ils avaient récoltée. Pendant que le bois brûlait, l'argile séchait et devenait très chaude. Au bout de quelques heures, ils ont retiré les boules à l'aide de bâtons, un peu comme des pinces, et les ont mises de côté. Puis ils ont vidé le trou et l'ont tapissé de feuilles vertes ; certains y ont aussi mis des herbes vertes ou du bois vert, pas sec. Ils se sont dépêchés d'y déposer un opossum enveloppé dans de l'écorce de niaouli, ont ajouté de la végétation fraîche par-dessus et, pour finir, les boules d'argile. Ils ont recouvert tout ça de terre pour former un ensemble bien étanche. Une fois prêt, ils ont déterré le *gulambula* et on a mangé le dîner cuit à la vapeur. Après quoi, on a parlé de toutes les petites choses qui sont des grandes choses.

igname laiteux comestible – ***murnong, bading*** Dans l'ancien temps, si vous n'attrapiez rien à la chasse ou si vous étiez végétarien, c'était une bonne alternative à la viande. Le *murnong* a une fleur jaune en forme de feu d'artifice et ses tubercules se déterrent comme des carottes. Et comme les carottes, vous pouvez les manger crus ou cuits dans le *gulambula*. Ils sont un peu sucrés et ont un peu le goût de noix de coco ; le *murnong* est très bon à manger.

pieds d'émeu – ***nguruwinydyinang-garang*** Biyaami, ou Baiame, a des pieds comme ça – parfois, dans mes rêves, je flotte ici et là avec des mains et des pieds qui ne me servent à rien. Des mains qui ne font pas ce que je leur dis de faire pendant que je dors, et des pieds qui ne courent pas assez vite pour échapper aux méchants. Un peu comme des nageoires dans le sable. Demandez-vous pourquoi le varan a un physique aussi invraisemblable ; puis regardez la personne que vous aimez et demandez-vous d'où elle tient un physique pareil. Maintenant, imaginez que le lézard soit furieux, puis imaginez que votre bien-aimé soit très en colère. Je parie que ce n'est pas si dur d'imaginer l'homme et l'animal qui se mélangent. Nous venons tous de la même terre. Eh bien, Biyaami avait des pieds d'émeu, je ne sais pas pourquoi, ce ne sont pas des pieds plus mauvais que les autres. J'ai posé la question à mes ancêtres, et ils ont répondu : « Petit, quelle importance ? Certaines choses sont, tout simplement. »

VINGT-NEUF

August passa la matinée à ranger dans des cartons le contenu du meuble de la salle de bains, de l'armoire à pharmacie et du placard à linge. Elle fouilla encore une fois le grenier à la recherche du manuscrit d'Albert, mais sans succès.

Avant le déjeuner, elle partit voir Eddie. Elle se sentait légère et enthousiaste ; à l'idée des livres que son grand-père avait rassemblés, une lueur d'espoir se mit à briller au fond d'elle. Elle repensa à la conversation qu'elle avait eue avec Eddie la veille, au sujet de l'été et du monde qui paraissait plus grand. Elle voulait lui dire que tout ne devait pas forcément avoir une fin. Tout en gravissant la colline qui montait vers Southerly-la-Parfaite, elle se dit qu'elle pouvait rester, qu'ensemble, ils pourraient sauver Prosperous et la ferme. Un grondement se fit entendre ; dans le champ, August vit les camions de Rinepalm qui s'engageaient sur le chemin du bétail au sud, le bras d'une grue penché au-dessus d'une cabine, un autre chargé de barrières et d'échafaudages, semblait-il, des matériaux pour une installation plus élaborée.

La porte était ouverte mais pas la moustiquaire.

« Ohé », chantonna-t-elle avant d'entrer. Les boiseries n'avaient pas été polies depuis longtemps, les tableaux de paysages avaient disparu des murs, les hauts plafonds moulurés hébergeaient désormais des araignées.

August traversa la maison et trouva Eddie dans une pièce à l'arrière. Il portait un jean et se tenait agenouillé près d'un carton de déménagement.

« Salut », fit-il. Il leva les yeux sur August et avala une gorgée de bière.

« Tu bois déjà ?

— Ça descend tout seul. T'en veux une ?

— Pourquoi pas. » August retira ses chaussures et les ramena devant la porte d'entrée. Quand elle revint, Eddie lui passa une bière qu'il avait décapsulée, puis posa son téléphone au-dessus d'un haut-parleur. Pearl Jam était en plein milieu de la chanson *Ten*.

« Tu te souviens de celle-là ? » Eddie tendit sa bière pour trinquer avec August.

Elle était redevenue une adolescente de quinze ans. « J'ai l'impression que tes parents vont rentrer à la maison et que je vais devoir sortir en douce.

— Le bon vieux temps », soupira Eddie. Il se redressa et s'étira. « Tu aurais pu garder tes chaussures, vu que tout ça sera bientôt des gravats. »

La bière serrée contre sa poitrine, August prit une grande inspiration et sourit, parcourant des yeux les pièces vides.

« Tu veux un peu d'aide ?

— On déjeune, d'abord ?

— Moi, ça ira. »

Il assembla rapidement un carton, en tapota le fond puis le lança à August.

« Tu me payes combien ? fit celle-ci.

— Tu auras ma gratitude éternelle.

— C'est tout ce que j'ai toujours désiré. » August s'assit au pied de la bibliothèque et but à grands traits.

Au bout de quelques minutes de travail silencieux, Eddie demanda : « Tu te souviens de ce livre que tu lisais, celui sur les esprits et tout ça ?

— L'animisme, dit August, les mains plongées au fond du carton.

— À ton avis, ton Poppy, il est allé sous terre ou au ciel ?

— Est-ce que je crois à la vie après la mort, c'est ça ta question ?

— Tout à fait.

— Je crois qu'il va aller quelque part, mais je ne crois pas que ce soit au paradis. » Après une autre gorgée de bière, elle ajouta : « Écouter Pearl Jam et parler de la vie après la mort… J'ai vraiment l'impression de retomber en adolescence. »

Eddie se leva et continua à ranger, retirant les livres des étagères recouvertes de papier peint. Il secoua la tête. « C'est idiot. Peu importe en quoi on croit, ça ne change rien.

— Qu'est-ce que tu veux dire ?

— Ça ne change rien au fait qu'on finit tous par mourir, non ? Je déteste la religion. »

August leva les yeux au plafond. Ce n'était pas qu'elle le prenait pour un imbécile, mais Eddie débitait encore les mêmes inepties que lorsqu'ils étaient jeunes. « Tu détestes la religion, comme c'est original. Et les églises, la peinture et la poésie, alors ?

— Et les guerres ?

— J'ai une impression de déjà-vu. Il me semble avoir eu ce genre de conversation des centaines de fois auparavant, mais je reste persuadée qu'avec ou sans religion, les hommes continueront toujours à se faire la guerre et à s'entretuer.

— Pour des histoires de territoire ? » Eddie se tourna pour la regarder d'un air grave mais interrogatif. Puis il reprit sa tâche. « Ou des guerres raciales ?

— Oui, et même si on avait tous la même couleur de peau, ce serait à cause de notre langue ; et si on parlait tous la même langue, ça serait la forme de nos yeux, la longueur de notre nez, l'épaisseur de nos cheveux… »

August posa sa bouteille vide et vint s'asseoir à côté de lui pour l'aider à ranger des livres. « Comment va ta mère, sérieusement ? »

Eddie posa une nouvelle pile de livres au fond du carton. « Ça va, je crois qu'elle en a fini avec la vie. Elle a toujours détesté vivre ici.

— En Australie ?

— À la ferme. »

August contempla de nouveau leur énorme maison vide. Elle était aussi grande que dans ses souvenirs, même en la revoyant avec des yeux d'adulte.

« Je parie que ce n'était pas si terrible que ça », avança-t-elle, mais elle n'en était pas si sûre.

Lorsque Eddie avait treize ans et August onze, une masseuse de Broken s'était fait voler son répertoire et des listes de noms avaient été diffusées dans la région. Après cette histoire, des tas de parents avaient divorcé. Tous deux avaient vu la mère d'Eddie chasser son père de la propriété à coups de branche de saule fraîche, mais ce ne serait pas la dernière fois.

« Tu savais qu'ils se sont plus ou moins remis ensemble, quand ma mère est tombée malade ? Je suppose que c'est le genre de chose qui arrive quand… »

Chercher à explorer ses sentiments semblait le fatiguer. Il baissa la tête. « Je crois que j'aimais plus ton Poppy que mon propre père.

— Poppy ?

— Ouais.

— C'était quelqu'un de charmant, ça c'est sûr. Je sais que je l'aimais plus que n'importe qui. »

Eddie resta un instant silencieux, avant de reprendre d'une voix plus calme, plus douce : « Tu pensais vraiment que ta mère allait venir ? »

August se rassit sur le canapé, épuisée. Couper le cordon ombilical ne mettait pas un terme à l'empathie maternelle. C'était quelque chose qu'elle avait appris, adulte, mais elle ne savait toujours pas à quoi rimait ce voyage, à quoi rimait la mort de Poppy. À quoi rimait la disparition de Jedda. Ils avaient attendu son certificat de décès, comme toutes les familles qui étaient dans le même cas. Ou avaient attendu qu'une vie en prison prenne fin. Tant de personnes mortes et disparues – elle avait cru que ça rapprocherait la famille, que ça la reconstituerait.

« Je suis venue, moi. »

Eddie déposa encore quelques livres puis s'assit à côté d'August, contemplant les étagères presque vides. « J'espérais que tu viendrais. Tu sais où elle est ? Ta mère ?

— Aux dernières nouvelles, mamie m'a dit qu'elle voulait obtenir une autorisation de sortie. Mais je ne crois pas qu'elle puisse partir.

— Pourquoi pas ?

— J'en sais rien. Certaines personnes retrouvent toujours le chemin de la maison. La prison devient un peu une maison. Je suppose que les Koori savent rester enfermés. »

Eddie tira sur le bord effiloché de son jean.

« Mais je pense, poursuivit August, qu'on est faits pour étirer nos ailes, pour bouger, voyager nous semble si naturel. Maman n'arrivait tout simplement pas à s'imaginer en dehors d'une cage. Peut-être qu'elle ne pense plus à vivre ailleurs, quand elle se réveille le matin. »

Eddie passa son bras autour de son épaule et l'attira contre lui. August posa sa tête sur sa poitrine. Elle s'aperçut qu'elle avait désespérément besoin de contact.

« Les familles, c'est compliqué, Aug. Mon père s'est fait la malle, et le voilà qui se pointe quand ma mère est sur le point de mourir. »

Il se frotta nerveusement le haut de la cuisse, comme s'il avait froid malgré la température qui frisait les quarante.

« Je suis désolée. »

August lui jeta un regard malicieux. Elle voulait oublier l'eau boueuse, le gasoil, la poussière, la chair qu'elle commençait de nouveau à goûter et sentir, elle voulait s'en laver la bouche : « On se boit encore un verre !

— Ah, t'as pas changé, finalement ! »

Effectivement, pensa-t-elle. Elle avait toujours besoin de se sentir engourdie. Sa boisson de prédilection était immanquablement l'oubli. Elle ne supportait pas toutes ces sensations, et Eddie et elle burent une autre bière à la hâte. Tous deux voulaient cette même chose qu'ils ne voulaient pas admettre.

August s'approcha de la stéréo et sauta la chanson qui passait sur le téléphone d'Eddie. *Better Man* envahit les haut-parleurs. Le soleil, haut dans le ciel, déferlait par la lucarne, une colonne de lumière blanche traçant la voie à suivre. L'ombre d'Eddie arriva derrière elle, il frôla sa taille pour monter le volume. August vida sa bière d'un coup tandis qu'il se tenait tout près, sans la toucher. Elle posa sa bouteille sur le haut-parleur et se tourna vers lui.

Évitant son regard, elle vit sa bouche articuler silencieusement une parole de la chanson : « *waiting* ».

Alors, elle leva son visage vers le sien et l'embrassa vigoureusement. Il l'attira vers lui de façon à ce que leurs hanches soient collées. Sa bouche était douce, sa barbe naissante caressait le contour des lèvres d'August sans lui faire mal.

Il la souleva, leurs dents s'entrechoquèrent. À peine ses orteils avaient-ils quitté le sol qu'il la porta aveuglément le long du couloir, puis ils tombèrent ensemble sur son lit.

Ils étaient allongés sur le côté, face à face. Eddie la tenait par la taille, avec intensité et douceur à la fois, et imitait tous ses gestes, tandis qu'elle imitait les siens. La main d'Eddie sur la hanche d'August, la main d'August sur la hanche d'Eddie. La main d'August caressant le dos d'Eddie, la main d'Eddie caressant le sien. Les lèvres d'Eddie sur son cou, derrière son oreille, et les lèvres d'August sur son cou, derrière son oreille. Ça avait le goût du sel. Le souffle d'Eddie se changea en gémissement. Sa main au creux des reins d'August, la main d'August au creux des siens, et d'une main, il dégrafa son soutien-gorge puis déboutonna son chemisier.

Un métronome battit plus rapidement le rythme de leurs baisers, pleins d'urgence et de souffles humides et chauds. Tout paraissait synchronisé, aussi naturel que de nager.

Elle tira sur sa ceinture et il se leva, balançant ses chaussures de sécurité l'une après l'autre contre le mur. En toute hâte, il baissa son caleçon et son jean et les envoya valser sur le parquet. Il se tint, nu, sans honte, un fin duvet autour de ses tétons, formant également une ligne qui remontait de son pénis presque à son nombril. Il sourit comme pour poser une question ; elle lui rendit son sourire en réponse.

Eddie, du bout du lit, rampa lentement au-dessus d'August, tandis qu'elle appuyait sa nuque contre les oreillers et fermait les yeux. Il fit glisser ses lèvres jusqu'au creux entre son abdomen et sa hanche. « Ça », fit-il, avant de lécher sa peau.

Elle regarda vers le bas.

Les muscles de son dos ondulaient avec le mouvement de ses bras. Sa nuque était plus bronzée à un endroit, formant une ligne hâlée. Il déboutonna le haut du jean d'August, glissa ses doigts entre elle et la toile, comme pour tester la température du bain, comme s'il craignait que ce soit trop chaud. Il l'embrassa et elle contracta les hanches pour empêcher sa main de descendre plus bas, l'encourageant à rester en haut. Dès que ses doigts touchèrent son clitoris, un fourmillement se propagea de la plante de ses pieds et la paume de ses mains vers tout le reste de son corps. Comme si elle était plongée dans les étoiles, comme des bonbons pétillants et de la poudre acidulée sous sa peau. Ses bras et ses jambes se firent lourds comme le chagrin, et elle se demanda un instant si ce qu'elle ressentait n'était pas de la tristesse plutôt que du plaisir.

Une main toujours calée contre elle, il tint sa nuque de l'autre, sa bouche sur celle d'August était plus humide et plus chaude. Il posa son visage contre son cou, passa sa langue autour de ses seins et le long d'un de ses bras jusqu'au poignet. Il tourna la tête, ouvrit la bouche et mordit la peau à l'intérieur de son avant-bras, d'abord doucement, puis leva les yeux vers elle comme pour lui demander s'il pouvait continuer, dans l'attente de ce petit signe d'acquiescement. August hocha la tête. Il mordit de plus en plus fort, avant de s'arrêter et de sucer la peau. De l'embrasser pour apaiser la morsure. Prenant appui sur le matelas, il s'assit au bout du lit, les jambes repliées sous lui, le torse droit. Ses doigts cherchaient à ouvrir la fermeture éclair de son jean.

Il la dévisagea. « J'ai envie de toi, August Gondiwindi.

— Attends », murmura-t-elle.

Il descendit du lit et la tira par les genoux pour l'amener vers le bord du matelas, puis enfouit son visage dans l'entrebâillement de son jean. Il continua à bouger et à embrasser ses courbes. À embrasser les rares courbes qu'il pouvait trouver.

« Attends. » Elle voulait être saoule. Elle voulait ne pas tout sentir, ne pas devenir autre, lâcher prise, se transformer. Ne pas retomber dans l'acte, où le corps d'Eddie ne serait qu'un corps de plus, se fondant dans le souvenir, le désir et l'odeur des autres.

Eddie leva les yeux de sa poitrine dénudée : « Attendre quoi ? Encore dix ans ? Tout ce que j'ai toujours voulu… c'est te faire ça. » Il poussa un grognement. Puis il la dévisagea de nouveau, et August acquiesça, capitula.

Avec un gémissement, elle leva le bras pour inspecter la morsure. Elle était légère et n'avait pas transpercé la peau. Une brèche s'ouvrit dans son esprit, dévoilant un souvenir vivace de Jedda et elle en train de se disputer.

August sentit le cri perçant au fond de sa gorge, celui qu'elle avait lancé alors : « Jedda m'a mordue ! » Elsie apparut dans son esprit, elle était là, dans la pièce, elle grondait Jedda, lui reprochant de jouer les sauvages, puis prenait August par le poignet pour examiner la marque de morsure sur son bras. Elle pouvait voir l'espace laissé par une dent manquante, un espace que Jedda n'avait pas, mais August, si. Elsie avait ordonné aux filles d'aller dans la salle de bains. Là, elle avait vidé tout un tube de dentifrice dans le lavabo, puis avait dit à Jedda d'aider August à remettre la pâte à l'intérieur du tube. « Il est impossible de retirer les choses qu'on ne devrait pas avoir dites », avait-elle expliqué pour punir August et servir de leçon à Jedda.

August aurait voulu continuer à s'enfoncer dans les draps, mais son cerveau suivait son propre cours. Elle repoussa doucement la tête d'Eddie, changea de position et se mit à lui raconter cette histoire.

« Chut », fit-il. Il lui embrassa le cou pour qu'elle se rallonge, cherchant à l'entraîner par ses cajoleries.

« Je n'en ai pas envie », dit-elle, ses mots tombant de sa bouche comme autant de pierres lourdes dans l'eau calme.

Il se leva vivement. Son pénis, au milieu d'un fin duvet brun, était gorgé et frémissait au-dessus de sa cuisse. « Alors qu'est-ce que tu veux ? » Il avait l'air aussi perdu qu'August.

Elle l'ignorait. Mais au fond d'elle, elle savait qu'elle ne voulait pas baiser aveuglément. Sentir aveuglément. Peut-être était-elle trop habituée à sentir la douleur de n'être jamais satisfaite.

« Hier, tu m'as dit de rester. Mais la mine, alors ?

— Reste sur le continent, quoi ! Installe-toi en ville avec moi !

— Et si Jedda revenait ici ? Si elle revenait à la maison et qu'il n'y avait personne ?

— C'est une blague ou quoi ?

— Et il faudrait que j'oublie Prosperous ? Parce que sans cet endroit, je ne sais pas qui je suis. » August avait prononcé cette phrase avant même de savoir que c'était vrai. « Parce que certaines personnes n'ont nulle part où revenir. Quand j'étais loin d'ici, la simple idée de Prosperous me réconfortait. C'était l'endroit où je pouvais toujours retourner. Tous ces trucs de l'enfance, les affaires que tes parents gardent pour toi, les choses qui t'appartenaient quand tu étais petit – je n'ai rien de tout ça.

— Mais t'es jamais revenue ! s'écria Eddie.

— Sauf que si j'avais voulu, j'aurais pu revenir. » August aussi se mit à crier. « Je suis là, maintenant !

— C'est ça, être adulte, August. Tu crées ton propre chez-toi, un endroit où tu peux revenir. Tu crois que j'ai envie de passer ma vie entière dans la maison où j'ai grandi ? » Il frappa le lit de ses bras. « Bordel de merde, August ! Tu veux que je te dise la vérité ?

— La vérité », répéta August. Elle tira les draps sur sa poitrine, ne sachant pas du tout s'il avait la réponse. Puis elle murmura : « Pourquoi tu te fâches ?

— La vérité ! La vérité, c'est que moi aussi, j'ai toujours voulu m'enfuir. Pourquoi, tu as pu partir, toi ? Pourquoi tout le monde a pu passer à autre chose, sauf moi ? » Il leva les bras pour frapper de nouveau le matelas, fit les cent pas au pied du lit et donna un coup de poing dans le mur. Des flocons de plâtre flottèrent dans l'air chaud.

Eddie la regarda alors, et dit entre ses dents : « Tu veux la vérité ? C'est moi qui voulais vendre la propriété. C'est moi qui voulais enfin être payé. Un putain de salaire pour cette galère perpétuelle qui ne m'a jamais rien apporté. Tous les jours, quand je travaillais au champ, je guettais Prosperous pour te voir revenir. Tu veux la vérité ? Prosperous est juste un bâtiment ! Ils ont enquêté sur la propriété, bordel, et c'est même pas une maison ! C'était un enclos pour les esclaves, August, où tous tes papys et tes mamies apprenaient à devenir des domestiques et à construire des barrières, et si mon putain de grand-père avait pas laissé les Gondi vivre dans ce “bâtiment”, vous seriez tous ivrognes et SDF comme ceux de Vegemite Valley. C'est *nous* qui vous avons sauvés ! Tu la veux, la vérité ? Je vais te la montrer, putain. »

Il se précipita hors de la pièce et August repoussa les couvertures pour récupérer son soutien-gorge et ficher le camp au plus vite.

Eddie reparut avant qu'elle ait pu partir, mais ses gestes étaient plus lents et assurés. Toujours nu, il vida un carton de livres par terre. Il saisit une pile d'enveloppes sur lesquelles aucune adresse n'était inscrite. « J'ai rangé toute cette maison, pas vrai ? *Eddie, on peut toujours compter sur lui !* Tu veux savoir ce que j'ai trouvé ? J'ai trouvé ça, avant la mort de ton Poppy. J'ai même pas eu le cran de lui montrer ! Tiens ! Je vais te le lire ! »

Il sauta sur le lit et se tint debout, au-dessus des pieds d'August. Leurs jambes se touchaient, mais leurs corps étaient distincts. Il avait le visage rougi par l'adrénaline, elle se recroquevillait dans les oreillers. Il sortit la première petite carte de l'enveloppe. « Merci pour votre contribution à la collection Falstaff. Le Musée historique d'Australie. Articles : Bâton de message, minutieusement orné de kangourous, d'émeus, de serpents. Quantité : 1. Datation : 500 ans. Fers de hache, quantité approximative : 10. Enclumes de pierre : 5. Datation : 400 ans. »

Ses jambes tremblaient, ses mains et sa voix aussi.

Il sortit la carte suivante d'un coup sec. « Articles : Massues en bois, minutieusement ornées d'inscriptions tribales. Quantité : 2. Datation : environ 5 000 ans. Bouclier, gravé de motifs. Quantité : 1, 70 × 11 cm. Datation : 3 000 ans. »

Il en tira une autre de l'enveloppe. Tous deux tremblaient, à présent. Le goût était celui de la nausée.

« Tu veux me frapper ? hurla-t-il. C'est là qu'elle est, toute ta culture ! Sous verre, bordel de merde ! Regarde les dates, putain ! C'est mon enfoiré de père qui a fait le dernier don ! En 1980 – juste avant notre naissance ! Articles : Pelle en bois, finement sculptée de brolgas, utilisée pour l'élaboration de tertres. Quantité : 1. Datation : 7 000 ans. Meules de pierre. Quantité approximative : 35. Enclumes de pierre : 7. Silex : 30. Indices d'une activité agricole, datation : environ 10 000 ans. »

Lorsqu'il eut terminé de lire la dernière carte, il arracha la couette, flanqua les enveloppes sur le lit et quitta la chambre, inconsolable. August se dégagea du drap, enfila ses vêtements et prit ses jambes à son cou. Tous deux savaient que tout avait été dit.

Elle traversa à la hâte le jardin à l'anglaise de Southerly et passa de l'autre côté de la petite barrière. Le sol était chaud, insupportable sous ses pieds nus, mais elle voulait le sentir, sentir la brûlure de la terre, tressaillir au contact des racines protubérantes des gommiers. Elle voulait se faire engourdir par les fourmis bouledogues. Mais celles-ci s'enfuirent le long des racines.

August regarda longuement Prosperous depuis l'allée. C'était une relique, pas une maison. Elle crut voir des oiseaux de proie voler au-dessus, mais il n'y avait aucun oiseau dans le blanc brûlant du zénith. Seule une pie-grièche, enveloppée de soleil, l'observait de la gouttière, la tête penchée.

TRENTE

éternité, ce qui nous attend – *girr* Vous vous souvenez que le *r* est roulé ? Il y a comme un tintement déçu, quand on le dit, *girr*. Et ceci risque de vous décevoir, mais je ne peux pas vous dire ce qui nous attend, ce qui va arriver demain, tout comme personne ne peut me le dire, à moi.

après-demain – *nganha-gunhung-guwala* Les dernières semaines de ma vie, je les ai passées assis ici, à Prosperous. Je peux lever les yeux et voir tout le travail que j'ai accompli au fil des ans. Réparer le toit, poser des fenêtres dans de nouveaux bâtis, installer des gouttières, fixer les lattes de plancher défaites, peindre l'extérieur. Je n'ai pas fait beaucoup de travaux ces dernières années. Eddie me prête les outils dont j'ai besoin et me tient l'échelle. Et le reste du temps, je l'ai passé à la bibliothèque. Quand je ne pourrai plus y aller, la bibliothèque va me manquer. J'y retourne bientôt, j'y vais *nganha-gunhung-guwala*. J'essaye de ne pas trop y penser et de terminer ces mots pendant les heures dont je dispose chaque jour. Je ne finirai peut-être pas tout ce que j'avais prévu, mais peut-être que quelqu'un d'autre le fera demain, après-demain, un jour. Souvenez-vous de Matthieu, VI, 34 : *Ne vous inquiétez donc pas du lendemain ; car le lendemain aura soin de lui-même. À chaque jour suffit sa peine.*

homme mort – *gudin* Quand ils ont eu vidé le barrage et fouillé la propriété trois fois, quand j'ai eu fabriqué ma lance et que j'ai eu suffisamment réfléchi à mes preuves, j'ai quitté la maison en pleine nuit, poussé la voiture dans l'allée et je n'ai mis le contact qu'une fois arrivé au milieu de la rue. J'ai roulé jusqu'à la pension de famille dont il occupait un des appartements. Après avoir longé son immeuble sans faire de bruit, j'ai jeté un coup d'œil par la fenêtre. Il regardait la télé, les pieds sur la table, et buvait une bière comme si de rien n'était. J'ai appuyé ma lance devant la porte d'entrée ; j'ai coincé ma botte contre la moustiquaire et j'ai frappé. « Qui est là ! », il a dit. « Moi. » Quand il a entrouvert la porte, j'ai poussé mon pied à l'intérieur, je l'ai attrapé par la gorge, et de l'autre main, je lui ai fourré la pointe de la lance sous le menton. « C'est l'heure d'aller faire un tour », j'ai dit. Je l'ai poussé jusqu'à la voiture, l'ai installé dans le siège conducteur et lui ai ordonné de nous conduire derrière les satellites. Je tenais la lance au bas de ses côtes : « Roule tranquillement ou t'auras des ennuis. » À une heure pareille, on n'a pas croisé une seule voiture. Quand on est arrivés, je lui ai dit de sortir sans faire d'histoires, pour qu'on discute. Sous les lumières des satellites, je lui ai demandé tout de go : « Où est Jedda ? Dis-moi et je te ferai pas trop mal. » Il a mis sa tête dans ses mains et a juré qu'il l'ignorait, mais moi, j'ai compris. Seuls les coupables cachent leur visage. J'ai reculé de quelques pas et j'ai levé la lance. « Plus je m'éloigne, plus ce truc va s'enfoncer profondément en toi, Jimmy. » Et voilà que d'un coup, il s'est mis à courir, alors j'ai jeté ma lance ; j'ai touché l'arrière de sa cuisse. Il a un peu titubé, je l'ai poursuivi, mais le salaud a agrippé la lance et a disparu dans la nuit. Alors, j'ai su. J'ai su que tout s'était effondré.

TRENTE ET UN

Lettre du révérend Ferdinand Greenleaf au Dr George Cross
2 août 1915, suite

VIII

Depuis un certain nombre d'années, je crains pour ma vie – ce serait le dénouement probable des événements récents. Deux mois auparavant, j'avais été convoqué au poste de police de Massacre Plains. Là, on m'avait questionné des heures durant et interrogé sur mes ancêtres, ma bible et ma loyauté. La Mission fut perquisitionnée à maintes reprises, nos rations réduites de moitié, encore et encore. Ces dernières années et ces derniers mois, les habitants de la commune, qui n'avaient jamais vu d'un bon œil mon travail avec les indigènes, n'avaient eu de cesse de me menacer, et pour quelles raisons ? Chaque jour, je sonde les Écritures ainsi que mon cœur et mon esprit pour tenter de comprendre.

Il semblait que le nationalisme avait augmenté en Australie depuis le début du nouveau siècle, et que tous les journaux consacraient beaucoup de place à l'exploration de ce sujet. Certaines personnes nourrissaient la certitude absolue que l'Australie devait être unie sous une identité commune, fondée sur les pionniers, la géographie, la faune et la flore – pas les immigrants, ni les indigènes.

Et la réaction du comité de protection des Aborigènes fut prompte et ferme. Entre 1908 et 1914, sept garçons – John, Michael, Bobby, Perceval, Samuel, Graham, Richard – et trois filles – Isabel, Sally,

Kathleen – qui auraient aujourd'hui entre deux et sept ans, furent emmenés de force à la ville, me semble-t-il, ou placés dans des « foyers » pour enfants dans tout l'État afin d'être formés à travailler, formés à être dociles. Ils étaient trop jeunes pour être ainsi emmenés – onze ans d'âge aurait suffi ! Nous ne pûmes découvrir l'endroit exact où les enfants étaient partis. Leurs pères et mères pleurèrent tous les jours. Nombre de parents avaient fui, préférant se cacher dans le bush avec leur nourrisson, mais la plupart furent capturés et séparés.

Sans doute vous dites-vous, cher docteur Cross : qu'est-ce que cela prouve ? J'affirme, en toute sincérité, qu'il existe véritablement une forme d'esclavage dans cette région des dominions du roi.

À la suite de ces incidents, un immense découragement s'empara de la Mission et de mon cœur. Je craignais que nous ne volions tous en éclats, lorsque j'appris, le 26 août 1914, que mes compatriotes avaient des ennuis : les immigrants prussiens et allemands de Broken et leurs descendants se faisaient persécuter. Leurs maisons étaient détruites, leurs livres en allemand brûlés. Le journal clamait toutes les informations nécessaires à la compréhension de ces événements :

LA GRANDE-BRETAGNE DÉCLARE LA GUERRE À L'ALLEMAGNE

Moins de quinze jours plus tard, le policier, celui qui avait haussé les épaules, me convoqua au commissariat. Mon heure était enfin venue ; celle de Keller aussi.

Au poste de police, on nous demanda d'indiquer sur un formulaire jaune nos nom, date et lieu de naissance, adresse, profession ou fonction, situation familiale, propriétés, durée de résidence en Australie, nationalité, ainsi que les détails de notre naturalisation.

Une fois que nous eûmes rempli les formulaires, l'agent éclata de rire. « On ne vous aime pas, Greenleaf, dit-il. Et maintenant, on peut y remédier. »

Je fus sommé de me présenter chaque jour devant les policiers, qui décideraient, en fonction de mon entière et constante coopération avec le comité de protection, s'il fallait m'envoyer ou non en prison, ou pire encore. Mais que pouvait-il y avoir de pire ? Il n'y avait rien de pire que de voir emmener ces trop jeunes enfants.

Je me rendis au poste de police et signai le formulaire chaque jour pendant presque douze mois avant d'être placé en détention. Je sais que d'autres ont été envoyés dans des camps d'internement ailleurs. Je suis conscient qu'ils ont subi un sort cruel ; leurs liens familiaux ont été rompus, leurs commerces fermés, et leur gagne-pain leur a été retiré, mais eux ne sont pas devenus l'ennemi de deux *factions.*

Les jours où j'entendais arriver le chariot et les véhicules venus emporter les enfants, je me retirais dans ma hutte. J'expliquai sans relâche aux résidents que j'avais les mains liées, que je ne pouvais malheureusement rien contre la loi. Ils cessèrent de me surnommer affectueusement gudyi *et se détournèrent de moi, comme il se doit, comme je le méritais, avec un mépris profond et blessant.*

TRENTE-DEUX

graver les arbres des tombes – *muyalaang* Les livres racontent qu'une civilisation doit répondre à quatre critères : la construction de maisons, la domestication d'animaux, une activité agricole et la vénération des morts. La vénération des morts, c'est la gravure des arbres, c'est la cérémonie, l'attention qu'on leur porte. Les Gondiwindi ne les fourraient pas bêtement dans la terre avant de filer. Ils pleuraient beaucoup et prodiguaient des soins au corps, ils dansaient, tenaient des cérémonies et offraient un lieu de repos éternel. J'ai découvert récemment que les anciens avaient également construit un cimetière, mais je n'ai pas réussi à le retrouver. Quand je pose la question aux ancêtres, ils me montrent de nombreux endroits – il existe beaucoup trop de charniers anonymes, dans ce pays – et ils pleurent, disent qu'ils n'y étaient pour rien. Mais si les corps vivants et morts étaient sous leur responsabilité, alors ils arrivent toujours à retrouver l'endroit où ils reposent, et on emmène des fleurs sur ces lieux sacrés. Nous, on a toujours formé une civilisation.

je t'attrape, je t'écrase, je te tue, je te mange – *dha-l-girri-dhu-nyal* On avait organisé un barbecue à la maison, un soir de Noël. La journée avait été chaude et fatigante. Des proches étaient venus, quelques-uns avaient commencé à boire. Ils ne conduisaient pas et savaient qu'ils pouvaient passer la nuit dans l'annexe des tondeurs, qui restait toujours propre et nette. Tout le monde était parti se coucher à vingt-deux heures. Pendant la nuit, un bruit m'a réveillé. Ce n'était pas les ancêtres, parce que le willy-willy soufflait encore, dehors. C'était le parquet qui grinçait. Je suis allé à la cuisine et j'ai regardé dans l'escalier qui montait au grenier. Et là ça m'a fait un sacré coup, parce que Jimmy Corvette était en train de monter les marches. Quand il m'a aperçu, il est tout de suite redescendu, l'haleine chargée de bière. Il a fait l'idiot, comme s'il était saoul. Il a gloussé : « J'allais juste chatouiller les filles.

— Dégage », j'ai répondu.

Je l'ai traité d'imbécile qui ne tenait pas l'alcool. Arrivé à la porte de derrière, je l'ai attrapé par la chemise. « Pas à l'annexe. Tu rentres chez toi à pied », je lui ai grogné au visage. Et quand j'ai ajouté *dha-l-girri-dhu-nyal*, il a su que je ne plaisantais pas.

attraper, prendre par surprise – *girra-warra* Jimmy s'est enfui avec la lance dans la jambe et il s'est présenté à l'hôpital avec une infection. Même sur son lit de mort, il n'a pas voulu dire que c'était moi le responsable. J'ai signé le registre des visiteurs, je suis entré et je lui ai demandé où était Jedda. Il m'a fallu une bonne partie de la journée avant de lui faire cracher le morceau. Il a dit : « J'ai pas fait exprès, c'était un accident.

— Où elle est ? »

Je n'oublierai jamais ses quatre mots : « Dans l'eau, tonton. »

J'ai tiré sur son bandage et j'ai craché dans la plaie. Je lui ai dit qu'à sa sortie de l'hôpital, j'allais le torturer à mort s'il ne m'amenait pas à Jedda. Je le pensais vraiment. Les visites se terminaient à vingt heures. Il est mort de septicémie dans la nuit et je n'ai jamais retrouvé notre petite chérie.

froid, être changé, être mort, vouloir couvrir – ***baludhaay*** Quand les êtres qui nous sont chers s'en vont, et qu'ils sont recroquevillés dans leur tombe, l'éternel foyer de la terre, ils ont besoin d'avoir chaud ; alors on les couvre. Les anciens, ils avaient l'habitude de *baludhaay* leur famille, leurs proches. Pour les garder au chaud, et pour les aider lors de la prochaine étape de leur voyage – c'est-à-dire quand ils changeaient de forme. Tout ce que j'ai toujours voulu, moi, pendant toutes ces années, c'était couvrir Jedda pour qu'elle soit bien au chaud, à l'abri.

TRENTE-TROIS

August passa sous la pie-grièche, sans pleurer. Depuis le perron, elle aperçut tante Missy et Elsie qui faisaient des cartons, dans la maison. Une fois à l'intérieur, elle se retourna face au champ pour lisser ses cheveux. Elle fit courir ses doigts sur les loquets, s'assurant ainsi qu'ils étaient bien tous fermés derrière elle.

À l'aide du bout rond d'un couteau à beurre, tante Missy était occupée à ôter de leur socle les petites plaques dorées et argentées des trophées d'Albert, gagnés à la pêche ou dans les concours de jardins potagers. Sur la table étaient posés un panneau en liège et de la colle blanche pour y fixer les plaques. Au sol, un carton recevait la carcasse en plastique des dizaines de coupes et de calices miniatures. Poppy avait passé sa retraite à entretenir le potager, mais aussi à pêcher au lac de Broken et le long du Murrumby, de l'autre côté du barrage où il y avait encore de l'eau, à deux heures plus au sud. Il n'avait jamais exhibé ses trophées. Tante Missy les sortait directement du carton où il les avait rangés.

« Comment ça va ? Tu n'as pas déjeuné ? » Tante Missy l'embrassa sur la joue puis plissa les yeux, reniflant l'air autour d'August. « Tiens, tiens… lança-t-elle d'un ton enjoué. Tu étais où, comme ça, toi ? »

August hocha la tête en direction des trophées, les mains sur les hanches. Elle cherchait à l'ignorer, mais surtout à éviter de trembler. « Je peux vous aider ? » demanda-t-elle.

Ce qui fit glousser tante Missy.

Elsie passa la tête par la porte du salon. « Qu'est-ce qu'il y a de si drôle ?

— Rien, mamie, tatie a des problèmes de flatulence, c'est tout. » August lança à tante Missy un regard qui voulait dire *Tais-toi*. Celle-ci lui rendit un sourire, comme pour dire *Pas question*.

Tante Missy leva le menton vers Elsie : « August a cru que c'était le nouveau parfum à la mode. »

Elsie secoua la tête et retourna à ses occupations, marmonnant dans sa barbe.

August, redevenue sérieuse, prit tante Missy par le coude. « La famille d'Eddie avait des artefacts qui venaient d'ici. Ils en ont fait don à un musée.

— Qu'est-ce que tu veux dire ?

— Des documents, il a trouvé des documents de contribution, ou je ne sais quoi. » Elle s'arrêta un instant, fixant le fond du salon. « Il ne faut rien dire à mamie. Elle a d'autres chats à fouetter. »

Tante Missy jeta un coup d'œil derrière elle avant de se tourner de nouveau vers August. « Tu es sûre qu'ils viennent de la propriété ? »

August hocha la tête et haussa les épaules : « C'est bizarre. »

Plongée dans ses pensées, Missy se pinça la lèvre puis se ressaisit, les sourcils froncés. « C'est triste. » Elle regarda par la porte coulissante les camions qui se trouvaient dans le champ. « Où est Eddie ?

— Chez lui.

— Avec ses parents ?

— Tout seul.

— Qu'est-ce qu'il t'a montré, exactement ?

— Il a des documents, des sortes de listes d'articles qui ont été donnés. Des lances et tout ça. »

Tante Missy pinça de nouveau sa lèvre inférieure.

« Je les ai récupérés, ajouta August, indiquant la petite boîte qu'elle tenait dans ses mains.

— Apporte-la à ma voiture, on va éplucher tout ça. » Elle poussa August vers la porte de derrière, attrapa un trophée et se dirigea vers le salon. Tandis qu'elle remontait l'allée, August l'entendit lancer à Elsie : « Un petit thé, maman ? »

Là-haut, à Southerly, la voiture d'Eddie avait disparu. August parcourut des doigts le contenu de la boîte, mit les enveloppes de côté, feuilleta de tout petits livres reliés de cuir. Dans les livres étaient glissées de plus grandes enveloppes et des lettres rédigées en écriture ronde sur un épais parchemin jauni. Elle ne comprenait pas un mot. Les cartes, celles qu'Eddie avait lues, se trouvaient dans les petites enveloppes. Elles étaient tapées à la machine. En haut, au centre, on pouvait lire : *Le Musée historique d'Australie*. À droite de chaque article était indiquée une cote, comme pour les livres de bibliothèque. Tante Missy sauta des marches du perron, balança son sac sur son épaule et se hâta vers la voiture. Elle s'affala sur le siège conducteur. « Je lui ai dit qu'on prendrait des fish and chips, alors tu m'y feras penser, commenta-t-elle en mettant le contact. Qu'est-ce qu'il y a, là-dedans ? » Elle montra la boîte d'un geste de la tête.

« Tout ce dont je t'ai parlé.

— Il faut qu'on s'éloigne un peu pour avoir du réseau sur mon téléphone. »

Elles se garèrent en périphérie de la ville, près des satellites ; la lumière de l'après-midi s'étirait sur le pare-brise avant. August pouvait voir la forme de la tête de sa tante, la courbe ronde visible au milieu des cheveux gris-blanc plus parsemés au sommet. Ce fut comme si le temps venait de gifler August, la tirant d'un long sommeil. Elle posa sa tête sur l'épaule de tante Missy et regarda l'écran pendant que celle-ci tapait *Musée historique d'Australie* avant de cliquer sur *Collections archéologiques*, puis sur *Aborigènes*. Missy parcourut des yeux la moitié de la page et lut à voix haute :

> Il existe environ 17 000 collections, dont certaines ne consistent qu'en un seul objet. Elles sont dues en grande partie aux pionniers de l'archéologie australienne ; des personnes généralement sans formation mais curieuses et passionnées, déterminées à comprendre la préhistoire aborigène et à sauver les preuves matérielles du passé. Le premier artefact inscrit dans l'actuel système d'enregistrement du département d'anthropologie, était un harpon provenant de la région du fleuve Murrumby, légué au musée en 1896 et conservé au sein de la collection permanente Falstaff. Certaines de ces collections…

Le téléphone s'éteignit. « Ça t'arrive, de charger ton téléphone ? maugréa August.

— Non, fit Missy, laissant tomber son portable sur ses genoux. Papa aurait été aux anges… ça aurait représenté tellement à ses yeux. » Elle regarda dans le rétroviseur et soupira. « Mon Dieu.

— Désolée, tatie.

— Si on arrive à trouver la collection Falstaff, Augie, ça veut dire qu'on pourra peut-être stopper la mine. Il faut la trouver. » Elle essuya de ses doigts les minuscules sillons de mascara sur ses joues.

« On va à la bibliothèque, pour internet ? proposa August.

— Bonne idée, répondit Missy, avant de rejoindre le bitume. Tu sais que j'ai fait mon enquête, j'ai cherché des choses appartenant aux Gondiwindi, sous notre nom de famille à nous ! Des infos sur Prosperous, notre maison à nous. Et voilà que c'était sous le nom de Falstaff depuis le début, hein ? » Tante Missy lança un regard furtif à August tout en conduisant. « C'est quand, ton vol pour Londres ?

— Dans deux jours.

— Tu vas vraiment retourner en Angleterre, ma nièce ? »

August contempla ses mains, gratta la peau qui s'écaillait, asséchée par la plonge, puis leva les yeux vers la route. « Non.

— Tant mieux. Tu es chez toi, maintenant. C'est bien, ma chérie. »

À la bibliothèque, ce n'était pas la même femme qui se trouvait à l'accueil.

Son badge indiquait : *Julie*. Elle laissa tante Missy brancher son téléphone près de l'ordinateur. Missy retourna sur le site du musée et lut le reste du paragraphe qu'elle avait commencé :

> La documentation de certaines de ces collections est parfois incomplète, mais ensemble, elles reflètent la richesse des témoignages du passé aborigène ainsi que les efforts consacrés par les pionniers à leur sauvegarde et leur compréhension.

Dans une nouvelle fenêtre, elle tapa *Falstaff* + *artefact* + *Murrumby*, pendant qu'August retournait à l'accueil.

« Je voulais juste vous dire que je vais bientôt rapporter les livres que mon grand-père a empruntés. L'autre dame m'a parlé des amendes, hier.

— Aucun problème, j'en prends note. Quel est le nom de votre grand-père ? » Julie posa ses mains sur le clavier.

« Albert Gondiwindi. »

Au lieu de taper, Julie baissa les bras tout en penchant la tête. « M. Gondiwindi. Je suis vraiment navrée, j'ai appris qu'il nous avait quittés. »

August hocha la tête et pianota sur le comptoir comme si de rien n'était.

« Je peux vous être utile aujourd'hui ? demanda Julie. Vous aussi, vous faites des recherches ? ajouta-t-elle après un coup d'œil à tante Missy assise devant l'ordinateur, absorbée par sa tâche.

— Vous pouvez peut-être nous aider. » August réfléchit à ce dont elles avaient besoin. « Est-ce que vous avez des informations sur la Mission aborigène du fleuve Murrumby, au début du siècle dernier ?

— Tout à fait. Est-ce que vous voulez voir les archives que votre grand-père et moi avons consultées ? »

Le cœur d'August tressaillit un peu dans sa poitrine. « Oui, s'il vous plaît. » Elle sentit son visage s'éclairer d'un sourire.

« Nous n'avons pas grand-chose, pour être honnête. » Julie fit signe à August de la suivre jusqu'aux deux étagères d'histoire. Il semblait à August que Julie savait exactement où aller. « Je dirais que ce livre, expliqua Julie, tendant le bras vers un mince ouvrage relié à la couverture bleue, sans aucune inscription sur le dos, était celui qui intéressait le plus votre grand-père… dans ses recherches.

— Il faisait des recherches sur quoi, exactement, avec vous ? » August prit le livre. La couverture était tissée et le titre apparaissait en lettres brunes ornées gaufrées : *Dictionnaire des premiers Australiens*.

« Je crois qu'il préparait une histoire précoloniale de la région, une histoire familiale. Celui-là, ajouta Julie en posant l'index sur le livre que tenait August et en scrutant l'étagère, et un autre lui ont été utiles, mais je n'arrive pas à le trouver. »

Elle reprit le livre avec douceur et l'ouvrit à la deuxième page pour la montrer à August. « Il a été compilé à titre posthume, mais il me semble que l'auteur d'origine dirigeait la Mission à la fin du XIXe siècle. » Elle tourna chaque page délicatement ; il y avait une longue introduction suivie de moins de vingt pages d'écriture, présentée sous forme d'une liste, comme un dictionnaire. « Il a beau être petit, c'est sans doute l'unique témoignage jamais publié sur la Mission. » Elle referma l'ouvrage et le tendit à August. « Vous pouvez le consulter sur place. Par contre, il ne doit pas sortir de la bibliothèque.

— Merci. » August regarda le livre puis se tourna vers Julie. « Est-ce que vous avez des informations sur l'auteur ? » Elle caressa du doigt le nom Ferdinand Greenleaf.

« En fait, je n'ai que le document que votre grand-père avait commandé. C'est un fichier PDF, mais vous ne pouvez ni le photocopier ni l'imprimer. » Julie regarda par-dessus son épaule, mais il n'y avait personne. « En revanche, je peux vous l'envoyer par e-mail, ça vous dirait ?

— Oui, merci. Qu'est-ce que c'est, comme document ? ajouta August tandis que Julie sortait un morceau de papier.

— C'est une lettre-feuilleton, il me semble qu'elle ne fait que quelques pages. » Julie tendit le papier à August, ainsi qu'un stylo pris dans la poche de son chemisier. « Notez-moi votre e-mail, dit-elle d'un ton un peu insistant, pressée de retourner travailler.

— Merci. C'est quoi, une lettre-feuilleton ?

— Ça veut dire qu'elle a été publiée, dans un journal par exemple. Et je suis vraiment désolée pour votre grand-père. » Julie jeta un coup d'œil à l'accueil, où une personne attendait qu'on s'occupe d'elle. « Faites-moi signe si jamais vous avez besoin d'autre chose. » Elle offrit un sourire plein de sympathie et retourna à son poste. Le livre à la main, August se dirigea vers l'ordinateur et rapprocha une chaise de celle de tante Missy.

« Regarde ce livre. » Elle le déposa avec précaution sur un coin de la table et l'ouvrit. « Révérend Ferdinand Greenleaf, lut-elle à voix haute.

— On est dedans ? »

August parcourut l'introduction en diagonale. La police de caractères était petite et difficile à déchiffrer. « Il parle de la Mission et de Prosperous dans l'introduction. » Elle lut la courte note écrite sur la dernière page :

J'espère que ces quelques mots vous parviendront sans encombre. L'on m'a banni sur cette île de châtiments, de privations et de misère. Persuadé de ne pas y survivre, je vous implore de réfléchir à ce que cela signifie d'être australien, d'être le citoyen d'un jeune pays au ciel sans limite, et d'examiner la manière dont nous traitons nos semblables, qu'importe le pays d'où ils viennent, et qu'importe leurs ancêtres, leur tribu.

Sincèrement,

F. Greenleaf.

« Cherche ce type sur Google, tatie. »

Missy pianota sur le clavier, mais sans résultat. Elle retourna donc sur le site du Musée historique d'Australie.

August se tourna vers elle avec un soupir. « Je dois ramener la voiture de location à l'aéroport.

— D'accord, fit Missy d'un air absent, parcourant le bas de la page web pour noter l'adresse. Je pense qu'on devrait y aller demain. On pourra visiter le musée, déposer ta voiture et rentrer en train. » Son visage se fendit d'un immense sourire. À se regarder ainsi en souriant dans la bibliothèque silencieuse, retenant un cri de joie, les deux femmes devaient avoir l'air folles. « Carrément ! » chuchota August, et toutes deux étouffèrent un fou rire. Tante Missy débrancha son portable tandis qu'August reposait le livre sur le comptoir derrière lequel se tenait Julie. Celle-ci était au téléphone, mais hocha la tête et lui sourit.

August prit sa tante par le bras. « On va chercher le dîner ?

— Merci, ma puce », répondit Missy. Elles remontèrent ainsi High Street, bras dessus, bras dessous, serrées l'une contre l'autre. August s'arrêta devant une vitrine où un adorable personnage de Pixar souriait depuis le panneau publicitaire de la friterie Nemo.

Tante Missy se tourna vers August, brandissant son sac à main pour mieux appuyer ses propos : « Le meilleur barramundi d'Australie !

— Les enfants savent qu'ils vont manger Nemo, et pas jouer avec lui ?

— Tais-toi ! » lui murmura tante Missy à l'oreille. Elle gloussait encore en rejoignant la file de clients impatients.

« Oups ! Reste là, ils ne prennent que les espèces, je reviens tout de suite. »

August attendit dans l'air lourd et huileux pendant que tante Missy courait au distributeur. Juste devant August se tenait un homme brûlé par le soleil, qui avait probablement son âge. Il portait un tee-shirt dont les manches avaient été découpées grossièrement ; il pendait lâchement sur sa peau couleur lait-fraise. Un tatouage couvrait toute son épaule – une immense constellation de la Croix du Sud. Il dévisagea brièvement August avant de passer sa commande. August fixa son tatouage : ces étoiles qui, la nuit, les détournaient du droit chemin, toutes les bêtises qu'Eddie, Joey et elle avaient faites, adolescents, quand ils s'ennuyaient à mourir, quand le silence devenait si assourdissant qu'il leur éclatait les tympans. August rêvassait ainsi, les yeux rivés sur la peau tatouée.

L'homme se tourna de nouveau vers elle. « Ça te plaît ? » lança-t-il. Il indiqua son tatouage, sans attendre sa réponse : « C'est la Croix du Sud, ma vieille. Ça veut dire que t'as rien à faire ici. »

August resta plantée là, abasourdie, le visage inexpressif. Puis elle se demanda pour qui il la prenait, ou plutôt pour qui *lui* se prenait.

Tante Missy reparut, mais August préféra ne pas lui parler de l'homme au tatouage – elles passaient un si bon moment ensemble.

« Trois parts de barramundi pané, une grande frite et une grande salade de taboulé, s'il vous plaît », dit Missy. Elle regarda August : « Tu as faim ? Tu veux un Chiko Roll ? »

August réfléchit un instant, l'eau à la bouche. Elle hocha la tête. Pour la première fois depuis très longtemps, elle avait une faim de loup.

Elsie, Missy et August prenaient le dîner à l'arrière, sur le perron, lorsque quelqu'un frappa à la porte d'entrée que personne n'utilisait jamais. Missy se leva et cria : « Faites le tour !

— Tu as besoin de brailler ? demanda Elsie, la bouche pleine.

— Mon barramundi va refroidir si je me lève. »

Une femme en uniforme de garde forestier apparut à l'angle de la maison, munie d'un bloc-notes et d'un sourire de façade. Missy poussa August du coude.

« Bonsoir, mesdames ! fit l'inconnue, trop enthousiaste. J'espère que je n'interromps pas votre dîner ? »

Elsie se leva, essuyant sa bouche et ses doigts sur la serviette en papier. « Non, non, assura-t-elle.

— Je suis Karen, du siège social de Rinepalm Extraction. Je venais juste voir comment se passait la transition pour la semaine prochaine. » Elle posa un pied sur le palier du perron et cala son bras sur son genou, comme si elle s'apprêtait à raconter une histoire.

« On a presque fini de ranger, dit Elsie.

— Bien. Surtout, dites-nous si vous avez besoin de quoi que ce soit. »

Elle fixait l'écriteau accroché derrière Elsie. August l'avait toujours connu là : *Les meilleurs amis passent par-derrière*, annonçait-il.

« Oh, j'adore votre écriteau ! s'exclama la femme. Je m'en souviendrai pour la prochaine fois.

— Mais vous n'êtes pas notre meilleure amie, Karen », lâcha Missy.

Elsie se tourna vivement et lui frappa l'épaule du dos de la main : « Missy ! »

La femme choisit d'en rire. « Bref, j'aime bien cet écriteau... », répéta-t-elle avec aplomb, l'insulte de Missy glissant sur elle comme l'eau sur les plumes d'un canard tandis qu'elle commençait à s'éloigner.

Missy bondit pour retirer la plaque de son clou et la lui tendit. « Pourquoi vous ne la prendriez pas ? dit-elle, douce comme du miel. Allez-y », insista-t-elle, l'agitant par-dessus la rambarde.

August regardait sa tante, les yeux écarquillés, et goba une frite comme elle l'aurait fait du popcorn.

Karen hésita : « Sans façon, merci, dit-elle, écartant l'écriteau d'un geste, avant de se diriger vers son SUV garé au bout de l'allée. Bonne nuit mesdames », ajouta-t-elle, écartant également les femmes d'un geste de la main.

Missy replia le bras et lança l'objet, qui atterrit dans la poussière derrière la femme. « Parce qu'on va le mettre où, nous, bordel !? »

Elles entendirent la voiture s'éloigner et Elsie secoua la tête, criant après Missy : « J'aime cet écriteau et je t'interdis de le donner ou de le jeter, bon sang ! »

Elle frappa de nouveau sa fille avec sa serviette.

« Maman, de toute façon il est un peu cochon. Ça fait rire tout le monde : *par-derrière* ?

— Ne sois pas ridicule.

— C'est de la camelote.

— Ça n'a pas de prix.

— Maman, je l'ai acheté vingt cents au stand de l'école pour la fête des mères. » Missy descendit chercher le panneau, feignant de l'épousseter d'un air narquois. « Tu comptes le mettre où, de toute façon ? Y a pas de porte de derrière, dans les appartements.

— Ça suffit, maintenant. » Elsie le lui arracha des mains. Elle l'examina avec un sourire en coin puis déclara : « Albert aussi, le détestait. » Puis elle se mit à glousser et le jeta de nouveau par-dessus la rambarde, dans la poussière.

Toutes passèrent des gloussements au fou rire. August se sentait présente, elle se sentait chez elle, sans effort, comme si les trois générations de femmes partageaient une même vibration. Elle sentait qu'elle pouvait rire ainsi, à Prosperous, après tout ce qui s'était passé, après la mort, après l'escroquerie, les secrets, les mensonges, l'eau bourbeuse, le gasoil et le sang – après tout ça – elle se sentait chez elle. Elle avait sa place.

Toutes trois avaient les yeux embués d'hilarité lorsque August posa sa main sur celle d'Elsie. « Je ne pars pas. »

Elsie reprit son souffle, toujours souriante. « Tu ne vas plus te sauver ?

— Non. Promis. »

Elsie mit son autre main sur celle d'August et la serra, les yeux tournés vers le champ. « Tant mieux, dit-elle, regardant de nouveau August. Et la voiture ?

— On se fait une petite virée, demain, expliqua Missy.

— Où ça ?

— On va juste ramener la voiture d'Augie à l'aéroport. On rentrera en train, maman.

— Alors soyez prudentes ! » Le visage d'Elsie redevint sérieux. « Et fais-toi rembourser ton billet d'avion. »

August hocha la tête, mais elle doutait que ce soit possible.

« Tu veux venir avec nous, maman ? fit Missy.

— En ville ?

— En ville ! Tu pourrais rendre visite à tes vieux amis.

— Tous mes vieux amis sont morts, les filles. Allez, donnez-moi un coup de main avant de partir. »

Elles débarrassèrent la table et commencèrent à faire la vaisselle. Quelqu'un frappa encore une fois à la porte d'entrée.

Elsie lança un regard noir à Missy : « Ça doit être les flics ! Regarde un peu ce que tu as fait… La Blanche de chez Rinepalm a appelé les cognes ! »

August s'approcha de la porte en bois. « Qui est là ?

— C'est Alena.

— Fais le tour.

— Mamie, c'est ma copine, expliqua August en attrapant son sweat-shirt à capuche sur le plan de travail. Je reviens tout de suite. Vous me gardez du dessert ?

— Il n'y a pas de dessert ! » lança tante Missy tandis qu'August sautait les marches du perron.

La voiture d'Eddie n'était toujours pas là, et les fenêtres de Southerly restaient sombres dans le soleil couchant.

Alena tenait un plateau recouvert d'aluminium. Elle sourit en voyant August et indiqua la route d'un geste du menton. « Salut, faut que je file… Mon homme est dans la voiture.

— Pas de souci. Qu'est-ce que c'est ? » August raccompagna Alena jusqu'à la route.

« Des lamingtons. La vraie bouffe australienne ! » Elle poussa August du coude et lui tendit le plateau. Sa voiture était garée devant la boîte aux lettres, au-delà de la limite de la propriété. En arrivant près des saules pleureurs, elle parut nerveuse. Elle prit August par le bras et baissa la tête pour scruter la route à travers les arbres.

« Écoute, dit-elle à voix basse, il ne veut pas que je te donne les kits scolaires.

— Pourquoi ça ? » chuchota August, qui remarqua alors combien Alena avait peu changé, depuis l'école. Elle passait encore des gloussements idiots à la prudence, et elle était pratiquement identique physiquement, en dépit de sa grossesse et des légères rides sur son visage.

« Je n'en sais rien, il ne veut pas avoir d'ennuis avec les gens de la mine, c'est tout.

— Ne t'inquiète pas, Alena… Ça ne changera rien, tu sais.

— Oui, je voulais juste te les montrer, c'est tout. Bref, un gâteau, à la place, ça te dit ?

— Super, merci beaucoup », fit August en approchant du monospace Mercedes. Par la vitre, elle aperçut un petit enfant attaché sur le siège arrière, qui faisait rouler une voiture miniature sur son genou nu. James Gadden, qu'August reconnut, se pencha par la vitre côté conducteur. « Comment ça va ? demanda-t-il.

— Bien.

— T'es en ville pour longtemps ?

— Peut-être. Peut-être pas.

— Garde le plateau », dit Alena. Puis elle l'embrassa sur la joue et ouvrit la portière.

James lança un regard dédaigneux à August : « Je préfère “peut-être pas”. T'as pas ta place, ici, de toute façon, alors va pas fourrer ton nez là où il faut pas. »

Alena sauta dans la voiture pour lui donner une tape sur le bras. « Oui, chef », lança August, adressant à James un salut militaire. Il démarra et August lui fit un doigt d'honneur pendant que le monospace s'éloignait.

Elle leva les yeux vers Kengal, mais ne vit personne. Il lui sembla pourtant qu'il y avait plus de tentes, là-haut : des petits toits pointus, comme des os de stégosaures. Elle emporta les lamingtons à l'intérieur.

« J'ai le dessert ! » cria-t-elle à l'attention de sa grand-mère et de tante Missy, qui lavaient la vaisselle dans l'évier.

Elle arracha l'aluminium des gâteaux biscornus entassés sur le plateau recouvert de film alimentaire. Du nappage au chocolat et de la noix de coco étaient étalés partout.

« C'est quand même mangeable », commenta August, prenant un gâteau et posant le reste sur le plan de travail. L'espace vide laissé par le lamington laissait entrevoir le mot *kit* en violet. « Alena, l'agent secret ! » s'esclaffa August, puis elle renversa toutes les pâtisseries sur le papier aluminium et retira la cellophane.

« *Rinepalm Extraction, kit d'activités* », lut-elle. Elle s'en empara et l'agita dans les airs.

« Qu'est-ce que c'est que ça ? » demanda tante Missy, les sourcils froncés.

August le feuilleta et s'aperçut que ce n'était pas particulièrement instructif. « J'ai l'impression qu'Alena avait envie de jouer les contrebandiers, aujourd'hui. » Tenant le kit lâchement dans sa main, elle proposa d'essuyer la vaisselle.

« August, dit Elsie, si tu veux mener tes enquêtes, alors va voir dans la chambre tous les documents que je garde sur la mine, au fond de la commode. Tu peux lire sur le lit. Tu es futée, Augie, ajouta-t-elle avec un clin d'œil. Tu l'as toujours été.

— Et moi, alors, maman ?

— Toi, Missy, tu détends l'atmosphère », pouffa Elsie, empilant des assiettes propres dans le carton de déménagement.

August retira ses chaussures pour entrer dans la chambre de sa grand-mère.

« Non, Aug, tu liras plutôt tout ça dans la voiture, demain. Reste, on doit faire les cartons et nettoyer. »

Tante Missy et August travaillèrent d'arrache-pied, elles emplirent et scotchèrent des cartons, inscrivant leur contenu sur les côtés et le dessus. Elsie était impressionnée. Elle tendit à August la brochure de Rinepalm, comme s'il s'agissait d'argent de poche.

« Tu l'as lu ? s'enquit August.

— Non. Ce ne sont que des mensonges, des boniments à la graisse de chevaux de bois. »

Plus tard, dans le grenier, August parcourut la brochure. Les projets de Rinepalm y étaient expliqués, avec des pages couvertes de photos tirées de banques d'images, représentant des employés portant des chemises identiques. À l'intérieur de la brochure, il y avait de vieilles lettres que ses grands-parents avaient reçues au sujet du projet d'extraction. Beaucoup de blabla et de promesses, mais ça manquait de profondeur, pensa August. Assise sur le lit simple, elle regarda de plus près le kit d'activités.

C'est vrai qu'il était bizarre. Plus étrange que la brochure destinée aux adultes, mais elle n'aurait su dire pourquoi, exactement.

Les graphiques étaient aussi chaotiques qu'une boîte d'Happy Meal. Les mots croisés cachaient des termes comme émeraude, diamant, rubis, fer, minerai, argent, opale. Une taupe coiffée d'un casque de chantier servait de mascotte. Elle portait un minuscule gilet orange. Il y avait des dessins de foreuses en train de transpercer des strates de terre, vues en coupe. Sur l'une d'elles, l'illustrateur avait représenté un squelette de stégosaure. August compta sur ses doigts les autres dinosaures dont elle se souvenait : brontosaure, ptérodactyle, tricératops, tyrannosaure. C'était tout. Elle se dit qu'elle devrait sans doute retourner à l'école.

Des rectangles de carton brillant avec des formes prédécoupées avaient été glissés dans la pochette en plastique. August sortit les rectangles et détacha toutes les pièces numérotées. Elle suivit les instructions et se confectionna une petite foreuse, qu'elle posa sur la table de nuit. Alena avait raison, c'était de la pure propagande – du lavage de cerveau minuscule, taille enfant, coloré et joyeux.

August regarda Southerly par le morceau manquant de la rose de Luther. La maison était plongée dans le noir. Quand ils étaient enfants, Eddie avait prêté des talkies-walkies aux deux sœurs. Ils se racontaient des blagues à tour de rôle. August se souvenait d'une des blagues d'Eddie : un kangourou et un lapin font caca dans le bush ; le kangourou demande au lapin s'il est gêné par du caca qui colle à la fourrure. Le lapin répond que non, alors le kangourou s'essuie les fesses sur le lapin. August sourit à ce souvenir qui refaisait surface telle une plage à marée basse, elle entendait encore le rire perçant de Jedda. *Terminé*, disait Eddie. *Terminé*, disaient les filles.

Une fois Elsie partie se coucher, Missy vint voir August avec la boîte à chaussures de Southerly. Elles consultèrent, un peu somnolentes, quelques-uns des documents.

« On pourrait prétendre au titre foncier autochtone, suggéra Missy, réfléchissant à cette possibilité.

— Tu crois ? Joey a dit… non, c'était tante Nicki, ou tous les deux… que ce serait impossible.

— Mais la voilà, la pièce manquante, August, ce sont des artefacts ; avec ça, on ne disparaît pas. À mon avis, ça peut au moins mettre un terme à la mine. Laisse-moi te lire ce qui a été donné au musée. »

August s'assit en tailleur sur le lit et s'adossa au mur.

Missy lut, lentement et à voix haute, la description détaillée des artefacts, la voix montant un peu dans les aigus à la fin de chaque phrase, comme si elle cherchait à la contrôler, à contenir ses larmes. Pendant ce temps, August glissa ses jambes sous la couverture et posa sa tête sur l'oreiller. Elle leva les yeux vers sa tante. C'était comme se faire raconter une histoire avant de dormir. Elle se sentait si heureuse de savoir Missy assise tout à côté d'elle à lui faire la lecture.

Ayant remarqué qu'August tombait de sommeil, Missy se leva, borda la couverture et replaça le couvercle sur la boîte à chaussures. Elle l'informa qu'elle fermerait la maison à clé et lui demanda de venir la chercher chez elle, dans la Vallée, le lendemain matin. Elle apporterait sacs de couchage et autres. August réclama rêveusement un câlin ; Missy la serra dans ses bras et l'embrassa sur le front.

Lorsque sa tante eut fermé la porte de la chambre, August se tourna sur le côté, dos au mur. Elle repensa aux termes qu'avait employés Eddie : enclos pour esclaves. Impossible. La foreuse en carton violet, vert et orange projetait une petite ombre près de la lampe de chevet. August tendit le bras et éteignit la lumière.

Rouler, se rendre quelque part, ailleurs – elle adorait cette sensation. Elle en était consciente. Elle savait qu'elle préférait partir plutôt que de boire un verre, plutôt que le sexe, plutôt que la faim, les livres. Avec la route, elle n'avait pas l'impression de s'effondrer sur elle-même, elle n'avait pas de gueule de bois, la route pouvait renfermer toutes les merveilles du monde entier. Mais cette fois-ci, elle se sentait différente, dépourvue de cette soif de voyages. Elle ressentait la force d'attraction presque magnétique de Prosperous, et la route, même en compagnie de tante Missy, lui semblait menaçante, étrange – à peine partie, elle voulait déjà rentrer.

Avant, August s'en languissait, de cette sensation de désir. Sentir qu'elle avait un but. Qu'elle participait à quelque chose. Quand elle vivait en Angleterre, elle voyageait seule, l'été. Elle passait son temps libre à chercher des billets de train pas chers, à aller sur des forums où les gens ne pouvaient pas mener à bien leurs projets. Elle s'était rendue au port de Portsmouth, s'était tenue devant la plaie de sa gueule bleue, d'où les flottes étaient parties et avaient tout provoqué. Elle avait flâné dans les rues de Bath, d'Oxford et de Londres. Chaque endroit paraissait intéressant à une fille de Massacre Plains. Même si elle voyait peu de choses, finalement, les trottoirs, surtout, les églises, les allées de supermarché, les boulangeries, les librairies, les bars.

Un endroit la marqua plus particulièrement. Elle avait prévu de faire du stop jusqu'à Édimbourg, mais n'était pas allée plus loin que Middlesbrough. Pendant les quelques jours passés dans les plaines alentour, elle avait découvert le mur d'Hadrien. Il avait été construit par les Romains lorsque ceux-ci étaient encore des conquérants brutaux ou des importateurs de civilisations. L'un ou l'autre. Le long du mur qui croisait la route de trois rivières, elle tomba sur un petit musée au fort romain de Chester, et comme il n'y avait pas d'autres visiteurs, ce jour-là, la conservatrice lui avait servi de guide. Elle avait montré à August une tablette de Vindolanda – une sur les mille existantes. Les deux minuscules tranches de bois, que le temps avait collées l'une à l'autre, avaient été découvertes lors d'une fouille, seulement quelques dizaines d'années plus tôt. Lorsque les archéologues avaient ouvert les tablettes, ils y avaient trouvé une écriture indéchiffrable, mais celle-ci avait aussitôt disparu au contact des éléments. Enfin, après plusieurs expériences, les inscriptions avaient pu être photographiées grâce à un éclairage spécial. Elles étaient en cursive latine, et la conservatrice lui avait expliqué que leur déchiffrage était encore en cours – près de deux mille ans plus tard. Puis elle avait pris un morceau de céramique ; des mots avaient été gravés dans l'argile avant que celle-ci ne sèche. Elle les avait traduits pour August, cette jeune femme au visage triste, seule dans ce musée à l'extrémité du mur : *Lis ceci, et bonne chance à toi.* « Qui l'a écrit à qui ? » avait demandé August, et la femme avait répondu qu'à l'époque, la plume valait autant que l'épée, que les mots étaient d'une importance capitale et que le message avait été gravé dans la brique encore fraîche, probablement le clin d'œil d'un maçon apprenant à un autre à lire. August avait souri, mais n'avait pas pris de photo. Elle n'en prenait jamais. En y repensant, elle ignorait pourquoi ; c'était comme si, d'une certaine façon, tout le monde autour d'elle prenait des photos pour elle. Elle n'était là qu'en simple observatrice ; elle préférait écrire des poèmes. Qui plus est, elle n'avait jamais aimé qu'on la photographie.

La brique, tout comme la céramique rouge d'Afrique du Nord, le poêlon en bronze d'Italie, les pièces d'ivoire indiennes, les jarres en argile, la bouteille en verre représentant un personnage d'Afrique de l'Ouest mais qui, d'après la conservatrice, avait été fabriquée en Germanie, ou en Égypte – cette brique était une image, une sculpture, le passage du temps fortuit, posé là sur l'étagère. Une rangée de briques dont on ne saurait plus désormais déterminer ni l'endroit où la construction avait commencé, ni celui où elle s'était achevée. C'était la preuve qu'au contraire, il y avait eu là une sorte de ville débordante d'activité en plein milieu de nulle part, un lieu où convergeaient différentes cultures. Syriens, Nord-Africains, Hongrois, Bulgares, Français, Espagnols, Allemands, tous « servaient » l'Empire, un essaim de langues.

Elle avait rejoint un point plus élevé qui surplombait les collines verdoyantes, où des enfilades de clôtures bien ordonnées s'étaient détachées les unes des autres. Elle s'était dit qu'à chaque coin de la ville d'autrefois, les Romains avaient effacé la population locale de son histoire. Elle cherchait à comprendre pourquoi les gens accordaient de l'importance à telle ou telle chose, ce qui faisait qu'une chose était vénérée alors que d'autres étaient ignorées. Qui décidait ce qui était suranné, ce qui méritait d'être remplacé ? Quelles traditions étaient conservées et quels objets de tous les jours, quels outils, quels ustensiles domestiques, quels arts, quelles preuves de l'existence de quelqu'un, quelles langues s'évaporaient. Mais à présent, lorsqu'elle voulut établir un vague parallèle avec les artefacts de Prosperous, elle s'en trouva incapable – pourquoi les artefacts de Middlesbrough étaient-ils importants, et pas ceux de Prosperous ?

Quand elles s'arrêtèrent à la station-service pour remplir leur thermos de café, August ne parla pas à tante Missy du mur qu'elle avait vu. Elle avala les dernières gouttes d'eau et alla jeter la bouteille en plastique dans la poubelle de recyclage.

Alors qu'elle rejoignait tranquillement la voiture, tante Missy tapotait du pied contre la portière : « Arrête un peu de traînasser… Il ne nous reste pas beaucoup de temps pour arrêter la mine !

— Ah bon, on va arrêter la mine ? » lança August. Elle sauta derrière le volant et attacha sa ceinture.

« J'y compte bien. »

Sur la route, elles aperçurent des animaux écrasés, mais aucun animal sauvage ne croisa le chemin de la voiture de location. August demanda à Missy comment était son grand-père, sur la fin, où il pensait aller ensuite.

« Il a travaillé au jardin jusqu'au bout ; il disait que la retraite, c'était pour les imbéciles. Il disait toujours : "Il faut rester actif."

— Je parlais de la vie après la mort…

— Il affirmait qu'il ne serait pas une étoile, alors inutile de se faire un torticolis.

— C'est vrai ? »

Missy éclata de rire. « Ouais.

— Qu'est-ce qu'il a dit d'autre ?

— Il disait que la religion, c'est avoir peur de la mort, qu'elle était faite pour calmer les philosophes, ou un truc comme ça. Ah oui ! Une chose qui m'a beaucoup plu : il a dit qu'aucun d'entre nous ne devrait avoir peur de s'endormir. » Missy se tut un instant, avant de reprendre : « C'est sympa, non ?

— Ouais. Et toi, tu crois en quoi ?

— Comme papa. Je crois qu'on retourne à la terre et qu'on devient d'autres éléments de la nature.

— Est-ce qu'il a mentionné ce qui se passe après, à la fin ? »

Missy prit une grande inspiration, cherchant à effacer de son esprit l'image de son père sans vie.

« Ses derniers moments ont duré quelques jours. L'âme et l'esprit sont encore là, mais le corps ne peut plus rien faire avec l'esprit – c'était comme s'il s'était divisé. Une division naturelle.

À ce moment-là, je ne voulais pas que ça se termine, je voulais juste un jour de plus, et puis une heure de plus, une minute de plus. Tout devient si précieux, à la fin ! C'est comme s'il ne restait jamais assez de détails. Je voulais tout récupérer. Les traces de doigts, les photos, toutes les histoires, des nuits plus longues. Est-ce qu'il y a un bon moment pour mourir ? Pour se séparer ? Non, August. Ça fait mal tout le temps, ça fait mal de perdre quelqu'un, pas vrai ? »

August pleurait. « Oui.

— À la fin, à l'hôpital, l'infirmière m'a dit un truc gentil, elle a dit qu'elle m'envoyait de la *lumière blanche*.

— De la lumière blanche ?

— Quand tu y réfléchis, Aug, c'est magnifique – c'est comme la lumière qui passe à travers les gommiers, le jour qui se reflète sur l'eau agitée, toute l'énergie du soleil en cet instant. Cette infirmière, elle voulait m'envoyer de l'électricité, tu vois ?

— La lumière divine.

— Oui, la lumière sacrée de la nature, voilà qui est beau.

— Tu penses que tu iras au paradis, tatie ?

— Nan… Je reviendrai sous la forme d'un arbre ou d'un truc qui ne bouge pas. J'ai juste envie de décompresser, moi, sans avoir à chasser pour me nourrir, tu saisis ? »

Plus tard, August s'arrêta pour laisser Missy prendre le volant sur les trois cents derniers kilomètres. Elle se remit à lire les cartes : « Pelle en bois, utilisée pour creuser des tertres.

— Incroyable, non ? s'exclama Missy. Nos ancêtres ! Prends mon téléphone, regarde si la dame de la bibliothèque nous a envoyé quelque chose. »

August ouvrit sa messagerie sur le téléphone enfin rechargé de Missy. Il y avait une pièce jointe provenant d'une adresse municipale. Julie avait écrit : *J'espère que tout va bien. J'y ai jeté un nouveau coup d'œil, il s'agit de la lettre du révérend Greenleaf aux organisateurs de l'Exposition universelle de Chicago. Si vous avez besoin de quoi que ce soit d'autre, je serais ravie de vous aider.*

« Tu veux que je te lise la lettre ?

— Vas-y.

— C'est du vieil anglais, tatie, je ne saurai pas faire l'accent.

— Je te parie cinquante billets que si. »

Lorsque August parvint au bout de la lettre, Missy dut s'arrêter. Elle sortit sur l'aire de repos en se tenant le ventre comme si elle allait vomir. Elle marchait en rond, respirant à grands traits. « *Notre peuple !* » s'écria-t-elle, mais son ton avait changé. Les mots sortaient violemment de son corps, avec le choc d'une hache prise dans le nœud de leur arbre généalogique.

August imagina le révérend là-bas, dans leur champ, dans leur maison. Elle n'en revenait pas de savoir qu'il y avait vécu, qu'il avait *créé* Prosperous. Elle l'imagina en train de protéger ses ancêtres tout en les punissant. August avait lu John Milton en Angleterre ; il parlait de justifier devant les hommes les voies de Dieu. Elle ne se souvenait pas de tout, mais à présent, dans la voiture, il lui semblait qu'ils avaient tous été lésés par des gens qui justifiaient les voies du Seigneur sans se justifier eux-mêmes, et que le révérend avait eu tort, lui aussi. N'avaient-ils pas tous été athées, libres et doués de morale, autrefois ?

« Et tu penses qu'il s'est passé quoi, ensuite ? Après que le gouvernement a repris la Mission ?

— Quand elle est devenue une station ?

— Oui », dit August, craignant la réponse.

Missy fit démarra la voiture. « Des trucs affreux, des trucs bien pires.

— Tu penses que c'était un homme bon ?

— Non. Il était mauvais, pour plein de raisons. À mon avis, il devait croire qu'il faisait le bien, c'est tout.

— Il l'a regretté.

— Oui, mais seulement quand ça lui est arrivé, à lui. Mais il y a des choses dans cette lettre, des preuves de notre existence à nous, les Gondiwindi, tu as vu ? Des preuves pour le titre foncier autochtone. »

August fixa la route qui s'étendait devant elle. « Oui », dit-elle.

Pendant le reste du trajet, August posa encore des questions sur Albert ; elle voulait savoir quel genre de père il avait été, quel genre de sœur avait été Jolene, quel genre de mère était Elsie. Missy lui raconta des petites anecdotes et les deux femmes essayèrent d'en rire, pour autant que la lecture de la lettre leur en laissait le goût. Elles se racontèrent des histoires sur Elsie et sur la mère d'August quand celle-ci était petite, se laissèrent aller aux larmes en parlant d'Albert, et évitèrent de parler de Jedda. Elles s'arrêtèrent sur des aires d'autoroute pour acheter des barres chocolatées et du chewing-gum. Elles écoutèrent des chansons pop à la radio. L'air était encore lourd, jusqu'à ce qu'elles franchissent les montagnes et que la température chute avec la fraîcheur de l'océan.

Apercevoir l'eau remonta le moral de Missy, qui toucha l'écran du GPS. « Plus que cent kilomètres !

— On aurait dû prendre Joey avec nous, regretta August.

— On aurait dû, tu as raison.

— Il est où ?

— À l'inauguration de Tramp Jungle, ou je ne sais quoi, une boîte de nuit à Broken. Tramp Jungle, sans blague…

— Ça a l'air… marrant.

— Mon sac à main, Aug. » Missy lui fit signe de l'ouvrir. « J'avais oublié, mais j'ai apporté ma musique ! »

Elles écoutèrent son CD gravé de Tracy Chapman et quand *Talkin' 'Bout a Revolution* se mit à jouer, Missy baissa la vitre et chanta à pleins poumons. Le vent qui s'engouffrait dans la voiture fit mal aux oreilles d'August. Elles écoutèrent l'album *Greatest Hits* en boucle, tant et si bien que les mots en perdaient leur sens.

Huit heures après leur départ de Massacre Plains, elles se garèrent à la plage de la ville. Missy s'acheta un souvlaki d'agneau enroulé dans un pain pita chaud et August commanda un falafel, le yaourt aigre coulant sur leur menton avant d'atterrir sur le sable crépusculaire. L'océan était étranger à August, elle aurait aimé le connaître, mais pas y flotter comme un corps à sa surface : elle s'imaginait plutôt plonger tout au fond, là où la lumière ne filtrait pas. Où les poissons ressemblent à des extraterrestres, phosphorescents, avec leurs dents de lait acérées.

Après avoir mangé, une fois le parking devenu désert et sombre, elles se brossèrent les dents par les portières ouvertes et crachèrent sur le bitume. Puis elles firent basculer leur siège, glissèrent les jambes au creux de leur sac de couchage, et scrutèrent le ciel à la recherche d'étoiles qu'elles ne purent trouver.

TRENTE-QUATRE

Biyaami, l'esprit qui régnait sur les Gondiwindi – *Biyaami, Baiame* D'après mes ancêtres, quand le monde était encore tout jeune, Biyaami vint sur terre et décida d'en faire un magnifique lieu de vie ; il façonna alors les plateaux et les montagnes, les déserts, les étendues de sable et les bords de mer. Il planta des arbustes, des fleurs, des arbres et des fougères un peu partout. Il fallut ensuite des cours d'eau pour nourrir les plantes et les arbres. Alors, il fit les océans, les plages, les lacs et les rivières aussi. Il souffla sur sa création et une brise agréable parcourut le monde. Tout ce qu'il avait conçu lui plut tellement qu'il décida de s'installer dans une grotte de Kengal Rock avec Mère Nature. Marmoo, l'esprit maléfique, avait vu toutes les choses que Biyaami venait de créer, et il était jaloux. Il voulut les détruire et se rendit donc dans sa propre grotte, où il fabriqua d'étranges petites créatures. Parfois ces créatures volaient, parfois elles rampaient, parfois elles se tortillaient et avaient des jambes pour se déplacer, ainsi que des ailes. Quand Marmoo eut façonné des millions et des millions de ces créatures étranges, il les lâcha au beau milieu de l'ouvrage de Biyaami. Elles quittèrent la grotte de Marmoo telle une nuée, puis attaquèrent et dévorèrent toutes les belles plantes. Là-haut sur le rocher de Kengal, Biyaami et Mère Nature aperçurent la tache brune hideuse qui s'étendait sur la terre. Biyaami se tracassait tandis que Mère

Nature, plus réactive, se précipita dans leur grotte pour fabriquer une créature dotée de longues pattes robustes, d'un corps svelte, d'un bec pointu et de plumes blanches. « Qu'est-ce que c'est ? » demanda Biyaami. « C'est un oiseau », répondit Mère Nature. Puis elle en fit beaucoup d'autres, qui avaient des couleurs, des becs et des formes différents. « Et qu'est-ce qu'ils font de spécial ? » demanda Biyaami. « Regarde ! » fit Mère Nature, et elle libéra les oiseaux de la grotte – alors, ils prirent leur envol et plongèrent pour avaler tous les insectes. Bientôt, les insectes furent sous contrôle et la nuée disparut.

être impatient de, vouloir à tout prix – ***bunba-y-marra-nha*** Je passais toutes mes journées à pêcher. Je ne pataugeais pas pour attraper un beau poisson, je cherchais toujours Jedda. Elsie et moi, on ne parlait jamais de ce qu'on faisait ; quand elle retournait le jardin à sa recherche, Elsie ne m'a rien dit, quand elle passait ses journées à parcourir le bush à sa recherche, elle ne m'a rien dit. On était tellement *bunba-y-marra-nha* de la couvrir et la faire reposer au *ngurambang*.

le fils de Biyaami – ***Gurra-gala-gali*** Un jour, j'ai demandé aux ancêtres s'il existait une croyance unique dans le monde. J'ai dit : et *Gurra-gala-gali* alors, celui qui est mort pour Biyaami ; je trouvais que ça ressemblait à l'histoire de Jésus. Mon arrière-arrière-arrière-grand-père a dit : « Notre croyance n'est pas un jeu. Je suis bien là, à te parler, non ? » J'ai répondu : « Oui. » Il m'a expliqué que Biyaami est le Créateur, mais qu'on ne les vénère pas, Son fils et Lui. On vénère les choses qu'Il a faites, la terre. Au bout du compte, les ancêtres m'ont montré leur importance. *Gurra-gala-gali* n'était qu'un fils, une coïncidence.

sang – ***guwany*, *guwan*, *guwaan*** J'ai en moi deux sangs qui coulent : là d'où je viens et là où je suis. Il y a certaines choses que je n'arrive pas à comprendre, et j'ai honte de ce qu'un des membres de ma famille a fait. Cette chose terrible, elle a tranché une veine. Elle ne fait plus partie de moi ou de notre famille. Mon neveu nous a vidés de qui nous sommes, comme le *guwany* quitte le corps. Dans ce cas-là, les liens du sang ne sont pas les plus forts.

bogong, papillon de nuit – ***buugang*** Les Gondiwindi avaient l'habitude de se rendre au sud pour se régaler de bogong dans les montagnes, les Alpes australiennes, à l'époque où le pays avait encore des saisons. Les ancêtres m'ont emmené y faire un grand tour, une fois. C'était l'été, et les *buugang* avaient migré du Nord vers les montagnes fraîches pour échapper à la chaleur. Une fois arrivés là-bas, on a attrapé les *buugang* et on s'est tous assis autour de feux. Il y avait des gens de tout le *ngurambang*, j'ai dû voir au moins cinq cents feux ! Tout le monde était là pour cuire les *buugang* et s'en mettre plein la panse – ça avait un peu le même goût que les côtes de porc, mais en plus nourrissant. Après ça, quand je suis rentré au Foyer pour Garçons, je me suis senti fort.

livre ou papier – ***garrandarang*** Ma fille Nicki va veiller sur ce dictionnaire, elle a dit qu'elle allait apporter le *garrandarang* au conseil municipal. Elle a dit qu'elle en ferait quelque chose de bien, qu'elle s'en servirait pour protéger les dernières demeures à la ferme.

sein – ***dhudhu*** C'est le mot pour dire « poitrine », au féminin. C'est aussi le tout premier mot dont je me souvienne, venant de la bouche de ma maman. Ça peut paraître bizarre, mais je ne l'ai connue que tout petit, jusqu'à mes trois ans. Je ne l'ai revue que bien plus tard, quand j'étais déjà un jeune homme. C'est le premier mot dont je me souvienne parce qu'on dit aussi *dhudhu* aux nourrissons : « Là, là, bébé. Là, là, mon petit, viens contre mon sein, couche-toi contre mon cœur. »

brolga – *burral-gang* Les ancêtres sont revenus très vite une fois que le willy-willy est parti. Ils sont revenus me parler une toute dernière fois. Et puis le brolga est apparu. Ils m'ont expliqué que le *burral-gang*, c'était Jedda, qu'elle était hors de danger. Qu'elle serait toujours un brolga. Ils ont dit qu'ils n'avaient plus besoin de revenir me voir. Ils ont dit que j'étais comme initié, que j'avais rattrapé tout ce qu'il fallait savoir. Mon arrière-arrière-arrière-grand-père s'est remis à rire et il a passé son bras autour de moi. Il a dit qu'il aurait aimé m'apprendre toutes ces choses quand j'étais petit. « Ce n'est pas grave, a-t-il ajouté. Tu es ressuscité, tu as été sauvé de l'extinction ! Jedda aussi est ressuscitée – *burral-gang*. » Il m'a confié que j'aurais d'autres obstacles à surmonter, mais que tout ce que j'avais appris m'aiderait à comprendre quoi faire.

herbe brûlée – *bimbayi* Mes ancêtres m'ont montré comment ils utilisaient le feu. Les femmes sont arrivées avec des branches enflammées et, petit à petit, en ligne droite à quelques centaines de mètres le long des berges du fleuve, elles ont brûlé une touffe d'herbe après l'autre, avant d'éteindre le feu à l'aide d'une pelle. Pour finir, elles ont construit un long mur pare-flamme, ont attendu qu'il y ait une petite brise, et ont brûlé toute l'herbe sauvage qui poussait le long du fleuve. Le feu s'est étendu rapidement, je pouvais sentir la chaleur qui émanait du champ. Et puis, quand il a atteint le mur, il s'est arrêté. Les ancêtres ont fait le tour, piétinant les quelques flammes qui restaient, après quoi ils ont accéléré le temps pour que je puisse voir les changements. La cendre est retournée dans le sol pour nourrir la terre et la pluie s'est mise à tomber, le ciel s'est dégagé, des jeunes arbres sont apparus, et puis des bourgeons, ensuite les tiges ont poussé jusqu'à ce que les bourgeons s'ouvrent et que leurs fleurs jaunes recouvrent les endroits qui avaient été brûlés. Ils avaient fait pousser de longs tubercules qu'ils déterraient, rôtissaient et réduisaient en farine ou qu'ils faisaient bouillir et mélangeaient à de l'eau pour faire une sorte de gruau. Tout était cuit deux fois et l'excédent de farine était stocké dans leurs habitations, ou dans des peaux d'opossum placées dans les tertres. Les kangourous sont arrivés, eux aussi, et l'un d'eux a été transpercé d'une lance pour être mangé. Maintenant, partout où le blé et le bétail des Falstaff n'ont pas pris leurs quartiers, les acacias pullulent. À certains endroits, on en compte jusqu'à dix mille par hectare, là où poussaient autrefois des herbes comestibles.

TRENTE-CINQ

August et sa tante dormirent par intermittence jusqu'à ce que le soleil se lève, orange, rouge et rose au-dessus de l'océan. Le goût du sel envahit la voiture. Des mouettes descendaient en piqué. Des surfeurs en combinaisons courtes traversaient le parking au pas de course pour rejoindre l'eau transparente qui refluait, concave, de la plage et du promontoire avant de replonger sur le rivage jaune. Elles enroulèrent leurs sacs de couchage, verrouillèrent la voiture de location et empruntèrent la piste cyclable vers le sud. Toutes les maisons étaient silencieuses. De grandes maisons, des manoirs devant lesquels étaient garées des voitures de luxe. Dans les jardins, August aperçut des piscines derrière des enclos de verre, des piscines à moins de cinq mètres du bord de mer. Au bout d'un kilomètre environ, des gens firent leur apparition avec des chiens en laisse, des adolescents se mirent à installer des chaises identiques devant des cafés, et des joggeurs et joggeuses au souffle rythmé commencèrent à les dépasser. Arrivées à une petite crique, elles remontèrent les jambes de leur survêtement et pataugèrent en silence dans la mer clapotante. L'eau était plus froide que tante Missy ne l'avait imaginé, et elle s'enfuit en courant. Les deux femmes éclatèrent de rire et se rincèrent les pieds au robinet près de la piste cyclable ; en revenant sur leurs pas, elles contemplèrent l'océan immense.

« Les clans du coin devaient en manger, du poisson », remarqua Missy, montrant de la tête l'étendue calme et la pente des mares résiduelles, parfaites pour la pêche au filet.

August hocha la tête pour toute réponse. Elles reprirent la voiture et s'arrêtèrent quelques rues plus loin pour acheter des friands végétariens à la première boulangerie vietnamienne venue. Pendant vingt minutes, elles suivirent l'itinéraire indiqué par le téléphone de Missy et se garèrent au plus près du Musée historique d'Australie. August prit les cartes de présentation des articles et les glissa dans la poche de son manteau.

Un vent puissant soufflait du sud sur la ville grise et anguleuse. « Ils ne vont probablement pas nous les rendre, si ? demanda August, tandis qu'elles traversaient au feu rouge.

— On va regarder ce qu'il y a d'exposé, d'abord. Ils nous feront peut-être remplir des papiers ou je ne sais quoi. Je parie qu'ils ont l'habitude.

— Le rapatriement ? » August avait lu ça dans le journal ; des crânes réduits avaient été restitués à un peuple autochtone, deux cents ans plus tard. Ou alors ils voulaient les récupérer. Elle ne se rappelait plus.

« Tu veux dire quand ils rendent aux familles les artefacts qui leur appartiennent ?

— C'est ça.

— Oui, je suis sûre qu'avec les preuves qu'on a, ils ne pourront pas les garder. »

Elles passèrent quinze minutes dehors à attendre l'ouverture du musée. L'édifice n'était pas aussi grand que Buckingham Palace, mais il était tout de même de bonne taille. Six hautes colonnes carrées s'effilaient délicatement pour soutenir un immense triangle de grès. Sous le fronton, le mot MUSÉE ornait, solitaire, la pierre lisse. August en déduisit qu'à sa construction, personne ne savait exactement quel genre de musée ce serait. Comparé à l'architecture australienne, le musée était aussi majestueux que Southerly House par rapport à Prosperous. Il était spectaculaire.

« C'est pas en le regardant que ça va le rendre plus petit », lança Missy, serrant d'un bras son gilet et son sac à main contre son corps tandis que l'autre balayait le bâtiment d'un geste, comme pour dire : *allons-y*.

August enfonça ses mains au fond de ses poches et, ensemble, elles traversèrent le parc. Elles étaient les premières personnes à faire la queue. Il faisait bon à l'intérieur, ni trop chaud, ni trop froid. Ça sentait le papier. Comme Missy lissait son indomptable crinière grise, August en fit de même avec sa chevelure épaisse. Elles achetèrent deux billets adultes et Missy laissa son sac à main au vestiaire et glissa son portable dans la poche de la parka d'August après avoir tapoté les côtés de son gilet, dépourvu de poches. Puis elle prit la main d'August et la serra fort, le regard plein d'excitation et de trac. Elles passèrent l'une derrière l'autre sous le détecteur de métaux.

Le hall d'entrée était blanc et aussi vaste qu'une station-service. Des flèches indiquaient la direction qu'elles étaient censées suivre. En entrant dans la première salle, elles tendirent le cou pour admirer l'intégralité du plafond, duquel pendaient des boutures de gommiers, tandis que le son du didgeridoo sortait de haut-parleurs invisibles. Elles virent de grands totems gravés et peints, des canoës en écorce accrochés au-dessus des étagères d'exposition, des coiffes ornées de coquillages et de larges peintures pointillistes aux couleurs vives ; elles s'approchèrent de chaque objet et examinèrent les cartels à la recherche du titre de la collection Falstaff. August vit un morceau d'écorce poncé et recouvert de charbon dilué, sur lequel était peint un gros poisson qui ressemblait à une morue du Murrumby, aux couleurs blanc et ocre. L'estomac était hachuré et les nageoires ne laissaient apparaître que les arêtes principales, comme si la peinture expliquait sa façon de bouger. Les morceaux de poisson que son grand-père leur avait appris à manger étaient tous peints en blanc, et l'ossature était parfaitement fidèle à la réalité. C'était comme une radiographie du poisson, et cela lui fit penser qu'après la disparition de Jedda, elle avait commencé à voir les personnes et les objets de cette façon. En face, des dizaines de sacs traditionnels étaient disposés à l'horizontale et mis sous verre. Un immense rouleau les surplombait, accroché au mur, une peinture sur un parchemin blanc. Elle représentait un crocodile rouge sang au corps de serpent campé à la verticale du ciel ; des gens semblaient dégringoler dans les entrailles de l'animal, et certains cherchaient à s'échapper en remontant à la nage vers sa gueule. Six personnages se tenaient devant le crocodile, les mains près du visage, comme pour expliquer aux autres comment sortir. August se sentit au bord des larmes.

À l'entrée d'une des salles, un panneau indiquait : *Avertissement aux visiteurs aborigènes et du détroit de Torres, cette pièce contient des images de personnes décédées.* Des écoliers se bousculèrent pour y entrer sans prêter attention au panneau.

« Tu veux aller voir ? » chuchota August.

Elles se penchèrent pour jeter un bref coup d'œil à l'intérieur. August aperçut une immense photo en noir et blanc d'hommes aborigènes avec des chaînes autour du cou, qui regardaient fixement l'objectif. Toutes deux se redressèrent.

« Nan… », fit Missy avec un léger frisson. August repensa au révérend pour la millième fois, l'imaginant debout dans leur champ sur une photo en noir et blanc. *Est-ce qu'il était bon ?* se demanda-t-elle.

Elles continuèrent à suivre les flèches. Il y avait des écrans tactiles et des moulages de grottes en plâtre où s'asseoir. August regarda une vidéo filmée dans les années 1960, qui montrait un groupe de femmes en train de réaliser une peinture sur écorce, assises en tailleur. De *vraies* Aborigènes, pensa August – pas comme tatie et elle.

Elles marchaient très lentement, même lorsque des écoliers s'affairaient autour d'elles et traversaient les salles en chahutant, ponctuant chacun de leurs pas de *cool* et de *trop bizarre*. « On est en semaine », murmura August à l'attention de Missy, mais celle-ci n'y prêta pas attention. Il y avait, déployée sur un mur, une cape en peau d'opossum magnifiquement cousue, qui mesurait environ deux mètres sur deux. Le côté peau était finement décoré de personnages dansant, d'oiseaux au cou tendu, de kangourous au corps arrondi, comme s'ils étaient encore in utero.

« Tiens, prends une photo de ça », chuchota Missy.

Elle posa à côté. « Prends juste ma main, je te dirai quand la voie sera libre… C'est bon ! »

August regarda l'écran pendant qu'elle appuyait sur l'icône de l'appareil photo. Le poing levé de Missy était à peine dans le cadre.

« Ça te va ? demanda August, lui montrant la photo qu'elle venait de prendre.

— Ouais. » Missy abaissa la main d'August afin de dissimuler le téléphone.

Des documents étaient exposés sous verre. De grands livres, où étaient apposées des signatures calligraphiées. August ne parvenait pas à déchiffrer de quoi il s'agissait, exactement.

Il y avait une carte peinte représentant les rivières de leur région. Missy demanda à August de la prendre encore une fois en photo avec l'objet. August leva le téléphone.

« Pas de photos, ici, mademoiselle. » L'agent de sécurité se précipita sur elle, la main tendue vers le téléphone.

« C'est une peinture de *notre pays* et je suis son aînée, alors d'un point de vue culturel, je lui donne la permission de prendre une photo – on est d'accord, monsieur ? » Missy se montrait grossière sans le vouloir, alors qu'August avait cru jusque-là qu'elle comprenait les usages en cours dans les musées urbains.

« C'est le dernier avertissement, pas de photos », répéta l'agent, gonflant le cou pour se montrer davantage menaçant.

« Désolée », soupira August. Elle remit le téléphone dans sa poche, pendant que Missy et le gardien continuaient à se regarder droit dans les yeux.

Puis Missy se remit en route, la démarche saccadée, décousue. Elle ignora l'étalage de *clapsticks*, puis passa fièrement devant d'autres objets exposés, comme si rien ne pouvait l'impressionner. August la rattrapa et elles s'arrêtèrent devant une vitrine basse. Des meules à *nardoo* reposaient au centre de mortiers. La plupart des visiteurs devaient penser qu'il s'agissait de simples pierres, se dit August, avant qu'ils ne lisent les descriptions. Missy tapota la vitre du doigt. « Tu vois ce que c'est, ça ? demanda-t-elle d'un air sévère.

— Oui… hésita August. C'est du verre.

— Pas ça. » Elle recula et pointa son doigt vers le bas. « Ça.

— Euh, c'est du bois, fit August avec un gloussement retenu, encore convenable pour un musée.

— C'est de la poudre aux yeux, je te dis. Des progressistes qui se donnent bonne conscience.

— C'est l'amour de l'art, tatie. » August voyait bien que Missy devenait sérieuse.

« Ils devraient calculer combien d'entre nous ils ont massacré et créer un musée avec des cuves de sang. Il y aurait des panneaux qui indiqueraient *Effusion de sang – de 1788 à hier. La suite au prochain numéro !* C'est à ça que devrait ressembler un musée de "l'Australie autochtone" – celui que les Blancs devraient visiter, et là, OK, on aurait un vrai musée rien qu'à nous. » Le raisonnement de Missy commençait à s'essouffler. Non pas qu'elle ne fût pas sincère, mais parce que la voix d'Albert avait commencé à murmurer à son oreille : *Vas-y, ma fille ! Dis-leur que lorsque les explorateurs sont arrivés, avec leurs manteaux et leurs pantalons de toile prétentieux, sur leurs gros chevaux fatigués, ils avaient des pistolets brillants aux crosses en merisier et des chaussures en cuir et qu'ils avaient déjà inventé la roue, le fouet et la guerre bactériologique.*

Ma fille, est-ce que tu m'entends ?

Ma fille, est-ce que tu leur diras ?

Missy tenta d'ignorer son père, de trouver les objets qu'elles étaient venues voir, mais Albert continuait à lui parler à l'oreille pendant qu'elle cherchait son chemin au milieu du dédale de vitrines.

Ici, à Sydney, la côte commençait à être noire de monde, avec tous ces gens qui arrivaient de l'étranger, et ils avaient besoin de plus de terre où faire pousser leur nourriture, parce qu'ils avaient vraiment faim, ces gens-là.

Missy allait passer sans s'arrêter devant une collection d'armes, mais son père la retint.

Regarde ce boomerang et ce woomera, Missy ! Ils ont tiré sur notre boomerang et notre woomera et les ont fait voler en éclats ! Ils ne se sont pas contentés de nous prendre nos terres avec des pistolets et des balles ; il existe d'autres moyens tout aussi fatals – regarde, Missy. Regarde mieux !

Albert la harcelait ; maintenant qu'elle se trouvait devant toutes ces preuves, il saisissait sa chance.

Ils nous ont donné des couvertures, Missy – c'est comme ça, aussi, qu'ils se sont emparés de notre terre – avec des couvertures infestées de variole. Ils ont mis de l'arsenic dans la farine, Missy ! Ils nous ont divisés pour régner ! Ils pensaient que nous autres, les hommes de « l'Âge de pierre », devions être exterminés quoi qu'il advienne.

Albert n'avait pas fini, mais Missy le congédia ; elle en était malade, cet endroit la rendait malade.

« Où sont nos putains d'artefacts ? J'ai besoin de prendre l'air ! » lança-t-elle tout d'un trait, avant de se précipiter dans le dernier couloir et de disparaître sous un panneau de sortie.

August songea à lui emboîter le pas, mais elle se ravisa. Sa tante Missy avait besoin d'un peu de temps pour se calmer.

August appréciait le musée et fut soulagée de se retrouver seule. Perdre quelqu'un au milieu d'un concert, d'une galerie d'art, ou d'un musée, avait quelque chose de satisfaisant. Elle n'était pas obligée de se retourner vers la personne qui l'accompagnait toutes les deux minutes et de chercher de nouvelles choses à dire. *Incroyable. Magnifique.* Ce n'étaient pas les mots qui convenaient à ce qu'elle avait sous les yeux ; les choses qu'elle regardait ici méritaient des mots qui, selon elle, n'existaient pas.

D'un pas lent, elle parcourut gravement le reste de l'exposition. Elle s'arrêta devant une peinture jaune. Elle ne voyait rien d'autre que de l'ocre, un motif qui palpitait, tel un poster de stéréogramme, comme si une image cachée allait soudain se révéler si elle laissait flotter son regard. Elle avait envie de pleurer, elle se sentait nulle en tout, comme lorsqu'elle était à l'école, quand elle faisait trois fois plus d'efforts pour résoudre les problèmes, trois fois plus d'efforts pour se faire des amis. Mais il y avait certaines choses qu'elle ignorait, parce qu'on ne les lui avait jamais apprises. Tout lui faisait mal à la tête. Elle avait l'impression de traverser un cimetière aux pierres tombales saillantes. Elle se rendit compte que leurs cours d'histoire, lors desquels on faisait allusion à eux un peu comme des notes de bas de page, poursuivaient le même objectif que le musée ; c'était un signe de tête – poli, respectueux et imbibé d'un étonnement coupable – à l'attention d'une époque désormais révolue. *Révolue ou résolue ?* se demanda-t-elle en suivant la flèche qui menait vers les collections archéologiques.

August regarda attentivement chaque objet exposé, à la recherche d'étiquettes de la collection Falstaff, mais en vain. Elle fit un nouveau tour, scrutant les vitrines d'outils en bois, d'objets en pierre, de morceaux de silex. Aucun ne provenait de leur partie du fleuve. August se dirigea vers le bureau d'information, dans le hall. Elle aperçut tante Missy par les portes vitrées, assise sur les marches du musée.

« Bonjour », dit-elle à l'employé derrière le guichet. Elle ne savait pas trop par où commencer, elle avait l'impression qu'elle cherchait des réponses au mauvais endroit. Elle le questionna au sujet des artefacts et sortit une liasse de cartes descriptives de la poche de son manteau, qu'elle posa sur le comptoir. L'employé regarda les cartes et récita leur contenu au téléphone, puis la guida le long du couloir. Ils passèrent par des portes sécurisées à code pour rejoindre les bureaux cachés au fond du bâtiment. August fut présentée à l'assistant du conservateur, qui la présenta à son tour à un chercheur. Ils localisèrent facilement les artefacts dans leur base de données : ceux-ci se trouvaient *actuellement dans les collections*, selon eux. Ils se montrèrent serviables, aimables, même, et lui remirent les formulaires nécessaires à une *prise de rendez-vous*.

August aurait voulu leur rendre les documents et tout leur raconter, les attirer à elle et leur murmurer que leur vie, à elle et ses proches, avait mal tourné, que sa famille aurait dû être puissante, et non pas brisée, qu'il s'était passé des événements terribles avant même leur naissance à tous. Elle voulait leur confier que quelque chose avait été volé dans l'arrière-pays, sur les deux cents hectares où vivait son peuple. Elle voulait leur dire que le monde était complètement tordu et qu'elle pensait que c'était à cause des artefacts, qu'il fallait qu'ils comprennent que tout cela était très urgent, qu'ils connaissaient désormais la vérité, elle voulait leur assurer qu'elle n'était pas une espèce disparue, qu'ils n'avaient finalement pas besoin de cette exposition. *Toutes les pièces cachées sont en train d'être rassemblées*, voulait-elle leur dire.

Mais elle ne dit rien de la sorte. Elle les remercia, accepta leurs poignées de main, hocha la tête quand on lui tint gracieusement la porte pour quitter cet espace climatisé.

August laissa derrière elle la lumière du musée et rejoignit sa tante, dehors. Elle voulait rentrer à Massacre – elle avait de nouveau la campagne dans la peau, et c'était arrivé si vite, semblait-il.

« On peut y aller, maintenant ? demanda-t-elle.

— Qu'est-ce qu'ils ont dit, les gens du musée ? interrogea Missy, se rongeant les ongles.

— Il faut remplir ces formulaires. J'ai tout. » August tapota les documents qu'on lui avait remis. « On s'en occupera à la maison, d'accord ?

— Est-ce qu'on peut retourner à l'intérieur ? J'aimerais vraiment voir les artefacts, dit tante Missy, sincère et contrite, son visage aussi innocent que celui d'un enfant.

— Ils les ont tous rangés, tatie. Pour les voir, il faut leur envoyer ces papiers… Mais ils ont dit que d'habitude, ils sont toujours exposés ! » August ignorait pourquoi elle venait de mentir. Cela la consolerait-il de savoir que beaucoup d'yeux les avaient regardés, que des écoliers s'étaient exclamés *cool !* en les voyant ? Qu'ils avaient été étiquetés puis placés en vitrine ou numérotés et mis dans une boîte sur une étagère ? Probablement pas.

« Mais ça va prendre longtemps ! On n'a pas le temps ! » se désola Missy.

August ravala ses larmes. « Ils ont dit qu'il n'y avait pas d'autre moyen.

— Tu es sûre que tu as tous les papiers ?

— Je te promets. On va à l'aéroport ? » August passa son bras autour de ses épaules.

« Bon d'accord », fit Missy, découragée.

Elles déposèrent la voiture de location et mangèrent des frites au McDonald's du Terminal 2.

« Botany Bay est à deux pas d'ici, August.

— Ah oui ?

— Oui, c'est juste derrière l'aéroport.

— Là où la Première Flotte est arrivée ?

— Ouais. » Missy était trop triste et trop fatiguée pour ajouter quoi que ce soit d'autre.

De l'aéroport, elles prirent un train pour la ville, puis un autre pour Broken. Elles avaient probablement l'air des femmes aborigènes les plus déprimées au monde. Il ne leur restait plus rien à espérer. Elles avaient une destination, mais celle-ci, vue des sièges 18c et 18d, leur paraissait peu réjouissante.

« Les artefacts ne changeraient rien, se lamenta Missy. Les gens s'en fichent.

— Ce n'est pas vrai, tatie, la rassura August avec douceur. Sinon ils ne seraient pas exposés dans un musée.

— Non. Les gens ont besoin d'étain. Ils ont tellement peur de ne pas tout avoir… » Elle poussa un grand soupir avant de poursuivre : « … que nous autres, on va se retrouver sans rien. » Elle ferma les yeux comme pour clore la conversation.

Après quelques instants, Missy sembla s'être endormie. August chercha le téléphone de sa tante, toujours au fond de sa poche. Elle tapa les mots *mine d'étain* dans le moteur de recherche, puis cliqua sur *images*. Il y avait apparemment quatorze millions de résultats, dont six étaient affichés à l'écran. August cliqua sur le premier pour l'agrandir. C'était une photo en couleur : un ciel bleu, de l'herbe verte autour d'un trou large et profond du bord duquel descendaient des sortes de marches en pierre, comme les sièges d'un amphithéâtre antique. Elle appuya sur le bouton de verrouillage en haut du portable et le remit dans sa poche.

August avait toujours cru que les événements importants se déroulaient dans tous les pays, sauf l'Australie. Que les secousses de leurs petites vies n'avaient aucune importance. Mais en cet instant précis, dans un train qui roulait vers le passé lointain et l'endroit qu'elle connaissait le mieux, elle eut l'impression de s'être réveillée d'un sommeil de plomb pour se retrouver debout au bord d'une chose plus vaste encore que tout ce qu'elle avait pu voir auparavant. Après avoir digéré tous ces mensonges de manuels scolaires, après avoir lu la lettre de ce révérend, après avoir parcouru les allées du musée, elle avait pris conscience que sa vie n'était plus comme avant. Il y avait une étendue derrière elle, leurs vies avaient un sens, leurs vies étaient immenses. Des milliers d'années, pensa-t-elle. Qui avaient glissé entre les doigts de gens négligents. Voilà ce que pensait Massacre et sa population homogénéisée, qu'ils étaient un peuple négligent. Quiconque avait regardé la télévision, ce week-end-là, avait dû le penser – que Jedda n'était qu'une petite fille à la peau brune qui avait disparu loin du chaos de sa famille à la peau brune.

Les autres, eux, n'avaient pas de boule dans la gorge année après année, siècle après siècle. Ils ne savaient pas ce que ça faisait d'être écartelé.

Elles arrivèrent à la gare à minuit une et longèrent le quai, entre la bande de sécurité et les bancs vides. August portait le sac à dos et les deux sacs de couchage en nylon étaient drapés autour de son cou – un peu, se dit-elle, comme les capes en peau d'opossum qu'elle avait vues au musée. Elle eut vaguement l'impression d'être une reine au jour de son couronnement, mais une reine qui ne se montrerait pas à la hauteur de sa charge. Joey les attendait sur le quai.

« Vous avez l'air vannées, toutes les deux.

— Oui, on est épuisées », répondit August, brusquement rappelée à l'instant présent.

Missy hocha la tête, heureuse de revoir son fils, de rentrer chez elle.

Joey se frotta les mains, fébrile : « Alors… J'ai passé toute la journée avec mamie. C'est un peu la folie, là-bas.

— Là-bas, où ? Quelle folie ? fit sèchement Missy.

— Eh ben, c'est le cirque, quoi. Je voulais juste te prévenir avant de te déposer, Aug.

— Crache le morceau ! hurla Missy.

— Ils ont commencé à raser les arbres hier après-midi, ils ont démoli un des hangars, et maintenant les militants ont envahi Prosperous. Ils se sont enchaînés un peu partout. » Joey partit d'un grand rire théâtral et battit des mains.

« Oh mon Dieu » fut tout ce que Missy put dire, et répéter encore et encore pendant qu'ils filaient sur l'autoroute, et jusqu'à ce qu'ils arrivent à l'angle d'Upper Massacre Plains Road. Une brume orangée s'élevait de Prosperous, estompant les étoiles habituelles à l'horizon. « Oh mon Dieu. »

Ils continuèrent à rouler comme au ralenti, passant sous l'arche des saules pleureurs. Là, tout leur apparut : le champ en flammes, des silhouettes en train de courir et quelques voitures de police garées près de Southerly, leurs gyrophares clignotant dans la gueule de la nuit. Tante Missy lâcha un dernier « Oh mon Dieu » de mauvais augure, puis ils tournèrent à droite pour se garer devant la maison. Sur le perron, éclairées par le champ, Elsie et tante Mary leur firent de grands signes, comme si la Mazda de Joey était un navire de sauvetage et qu'elles étaient perdues au beau milieu d'un océan déchaîné.

TRENTE-SIX

Lettre du révérend Ferdinand Greenleaf au Dr George Cross
2 août 1915, suite

IX

Bien d'autres maisons et de commerces appartenant aux descendants d'Allemands et de Prussiens furent incendiés, et d'autres affiches collées partout dans la ville de Massacre Plains :

ENFERMEZ-LES TOUS.

RÉUNION DE LA LIGUE ANTI-ALLEMANDE.

Avant mon départ, un avis avait été cloué à l'église de la Mission : APPORTEZ VOTRE CONTRIBUTION. TUEZ UN ALLEMAND.

Je vais mourir ici, c'est certain. À quoi sert donc cette requête ? Je crains que ma vérité ne passe inaperçue et que ma vie ne soit réduite qu'au blason d'un pays lointain. Quel est l'intérêt de déterminer notre valeur ou notre moralité en fonction des couleurs d'un seul et unique drapeau ? Comme vous, docteur Cross, qui êtes, si je ne me trompe, d'origine irlandaise ? Que ce soit le drapeau irlandais, que ce soit le drapeau britannique, ou allemand, ou australien ? Quel est l'intérêt de nous persécuter en vertu d'anodines coordonnées du globe, en vertu du lieu insignifiant de notre naissance ?

Je suis un pasteur luthérien, et je n'ai jamais, de toute ma vie, songé à être autre chose. Pourtant, à la fin de ma carrière cléricale, mon ami Baumann accusa notre fondateur, le théologien Martin

Luther, d'inciter à la haine. Baumann me confia ce que Martin Luther avait écrit au sujet des Juifs. Il m'expliqua que Luther était allé jusqu'à rédiger une pétition demandant l'éradication de la race juive, « les cafards », comme il les appelait, lui, un homme d'Église.

« Nous devons regarder vers l'avenir », avais-je répondu. Mais l'infamie que je ressentais était acerbe. Quel malheur emplit mon esprit, à l'idée que j'avais voué ma vie à répandre la parole de Dieu sous la bannière du luthéranisme, alors que son fondateur poursuivait des idéaux si erronés ! Je voulus vérifier par moi-même, et après avoir lu moins de dix pages du document que Baumann m'avait donné, je le jetai violemment sur l'aire de battage. Quelle horreur. J'eus l'impression de remettre en question tout ce devant quoi je m'étais agenouillé. Dieu au-dessus de tout ? La loi et l'Église ? L'Église au-dessus des hommes ? L'homme blanc au-dessus de l'homme noir ? Et tous les hommes au-dessus des bêtes ? Qu'ai-je fait ? Suis-je devenu la bête ? Je suis méprisé comme une bête et je crains que la haine n'ait réduit les hommes soi-disant « civilisés » à une meute de barbares meurtriers.

Les mots ! Qu'avons-nous fait, en prenant les mots de notre Dieu et en les déformant pour servir nos propres intérêts ? Et je fais partie du lot. Qu'ai-je donc fait, mon cher docteur Cross, pour me sentir si coupable d'avoir remplacé Baymee *par le Seigneur ? De quel droit me suis-je permis de l'effacer ainsi ? De quel droit me suis-je permis de dire qu'une croyance en engendre une autre ? Qui peut se permettre une telle chose ?* Qu'ont fait les hommes aux hommes ?

Je crains de n'être en train de perdre tout à fait ma foi, dans l'Église et dans l'homme. Si j'avais eu connaissance des mauvaises actions, j'ignore si j'aurais demandé à être reconduit à la mer, à la rudesse de l'océan, afin que celui-ci m'emporte chez moi. Mais je suis resté.

Pour conclure, je vous implore de réfléchir et de remettre cette lettre – ou l'idée qui s'y attache – à la place qu'il convient. Bien que je regrette profondément que la Grande-Bretagne ait été contrainte de déclarer la guerre à l'Allemagne, la patrie de mon père, je suis un sujet britannique et je reste prêt à défendre l'honneur de Sa Majesté le roi George V, de notre bien-aimée Australie. Pasteur sans ouailles, je ne peux qu'offrir mon corps, ma vie et cette humble vérité.

Avec sincérité,
Ferdinand Greenleaf

TRENTE-SEPT

Tante Missy grimpa quatre à quatre les escaliers pour raccompagner Elsie à l'intérieur. Une fois sur le perron, Joey contempla le champ, agrippé à la rambarde, comme pour regarder l'arrivée du Nouvel An illuminer l'ovale d'un terrain de cricket, l'échange de tirs par-dessus le théâtre des tranchées.

Là-haut, à Southerly, deux agents de police se tenaient près de leur voiture ; les autres couraient, plus loin, au milieu du chaos. Eddie était devant sa maison. La lueur orange vacillante dessinait sa silhouette. August se détourna de lui et, les yeux rivés sur les flammes qui montaient des plantations, suivit Joey sur la terrasse. De là, elle pouvait discerner les pompiers armés d'un tuyau d'où sortait un puissant jet d'eau du barrage, une eau qui paraissait blanche contre l'obscurité du champ. Elle vit un policier plaquer quelqu'un au sol. Une trentaine de personnes couraient dans tous les sens. August chercha Mandy des yeux, mais elle n'arrivait pas à distinguer les visages. Cela lui rappelait l'enfance, lorsque sa sœur et elle couraient dans l'air nocturne, des cierges magiques serrés dans leurs petites mains, innocentes ; dans son esprit, tout le passé apparaissait rétroéclairé.

Elle se rapprocha de Joey. Il rit ; il avait l'air de planer. Elle se pencha pour regarder ses pupilles, aussi dilatées que des assiettes à soupe.

« C'était bien, la boîte de nuit ? lui demanda-t-elle.

— Grave. »

August secoua la tête. Au loin, ils pouvaient voir des manifestants qui avaient grimpé sur des machines, pendant que ceux au sol fuyaient les flics. Des flammes hautes jusqu'au genou galopaient à travers le champ sec en direction des fenils, à environ cinq cents mètres à l'ouest de Prosperous et des sites de forage. Les sapeurs-pompiers parviendraient probablement à les maîtriser là-bas, pensa August. Elles n'atteindraient pas la maison.

Joey affichait le même air qu'il avait eu enfant, lorsqu'il regardait un feu de camp. Euphorique.

« Il n'y a pas eu d'émeute, quand tu étais en prison ? Tu n'as jamais mis le feu à ton matelas ? l'interrogea August.

— Je ne m'en mêlais pas, ça ne servait à rien. Ça, au moins, ce n'est pas inutile. C'est cool. Je les aime bien, ces hippies, maintenant. Tu as déjà participé à une émeute ?

— À Londres, je suis allée à une manif contre la guerre. Mais à l'arrière de la foule, c'était calme. » Elle repensa à la manifestation – ils n'étaient rien d'autre que des chiffres, une légère masse dissidente qui traînait des pieds au bout du cortège. À la maison, Elsie était en larmes et Mary passait rapidement en revue les événements à l'intention de tante Missy. August serra sa mamie dans ses bras et lui caressa le dos.

« Hier, vers seize heures, les bulldozers ont commencé. Ils ont accroché des rondins à l'avant des véhicules pour pouvoir dégager une zone plus large. J'étais ici, avec ta maman. Et tout à coup, les autres ont débarqué dans le champ et se sont plantés devant les machines ! Ils sont complètement cinglés ! » Elle ajouta, tout aussi vite : « Pour rien au monde vous me verriez là, devant un foutu dix-tonnes.

— Comment a commencé l'incendie ? demanda August.

— On était sur le point de partir et les mômes, oui, des mômes ! ont verrouillé le portail et dit : “Personne ne rentre, personne ne sort.” Alors j’ai appelé les flics et Nicki.

— Pourquoi tu as appelé Nicki ?

— C’est elle qui s’occupe de la mine, non ? Donc, les flics arrivent. Les mômes, là, dehors, ils commencent à filmer et à crier : “Fermez le portail. Fermez le portail.” On a verrouillé la porte et on est restées à l’intérieur, à attendre les flics, quand un type avec des dreadlocks a jeté une bouteille de je-ne-sais-quoi dans le champ… On l’a vu l’allumer !… Le petit salaud ! »

August n’écoutait pas très attentivement. Elle rassemblait mentalement les pièces du puzzle. Elle se leva, interrompant tante Mary. « Est-ce que l’une d’entre vous a vu le livre que Poppy était en train d’écrire, le dictionnaire, depuis qu’on a commencé à faire les cartons ?

— Non.

— Est-ce que vous l’avez déjà vu, tout court ? gémit August.

— Non ! s’écria tante Mary. J’essaie de raconter une histoire !

— Mamie ?

— Je ne sais pas où il est. Pour l’amour de Dieu, August, le jardin est en feu et tout ce qui t’intéresse, c’est un livre ? »

Un policier apparut sur le seuil de la porte de derrière. Il hésita un instant avant de parler : « Il faut que vous sortiez tous. Prenez vos affaires, cet endroit va partir en fumée si jamais le vent tourne. »

Les tantes rassemblèrent les sacs préparés par Elsie. Tout le monde criait, inquiet, en descendant les marches en direction des voitures. August courut vers Eddie, qui arrosait le jardin avec de l’eau du réservoir.

Derrière elle, ses tantes l’appelaient à grands cris, mais August les ignora. « Hé ! » lança-t-elle de loin.

Eddie la regarda s'approcher et plia le tuyau pour arrêter le jet. « Aug, je suis désolé, pardonne-moi… » Il se courba un peu vers le chaos, comme s'il souffrait physiquement. « Je ne voulais pas te dire tout ça, je te jure. »

August ne tint pas compte de ses propos, elle n'avait pas besoin de ressasser ce qui s'était passé. Elle avait une question bien plus urgente à lui poser. « L'autre nuit – après la commémoration –, qui m'a mise au lit ? Laquelle de mes tantes est allée là-haut ?

— Quoi ?

— *Quelle tante ?*

— Je connais pas son nom.

— Elle avait une robe noire ? dit August, s'efforçant de ne pas crier, si près de la police.

— Et des chaussures rouges.

— Tu as parlé des artefacts au conseil municipal ?

— Je viens de les trouver. La veille de la mort de ton Poppy, Aug… Je t'assure ! »

August rebroussa chemin au pas de course. Elsie et les tantes étaient encore en train de remplir de sacs le coffre et le siège arrière. Joey regardait le champ depuis le perron.

« Où est tante Nicki ? lui demanda August.

— Probablement chez elle.

— Tu m'y conduis ?

— Il est une heure du mat', crétine.

— Allez, il faut partir, ordonna tante Mary. Tous les objets de valeur sont dans ma voiture.

— August, toi, tu vas avec Joe, dit Elsie. Il n'y a pas assez de place.

— Oui, mamie. On va partir bientôt, Joey et moi, OK ? » August regarda son cousin pour s'assurer de son accord, mais il avait les yeux rivés sur l'incendie. « D'accord, Joey ? ajouta-t-elle, tirant sur sa manche.

— Ouais, répondit-il machinalement, avant de se tourner vers les femmes.

— Vous partez quand les flics vous le diront, hein ? N'attendez pas, les avertit tante Missy, pointant chacun du doigt, tour à tour. Joe ! Ressaisis-toi ! »

Il hocha la tête.

August serra Elsie brièvement dans ses bras, avant que tante Missy et tante Mary ne la fassent monter dans la voiture. Elles empilèrent des sacs sur leurs genoux pendant qu'August fermait à grand-peine les portières. Une fois leur voiture partie, Joey lui conseilla de prendre ce dont elle avait besoin, pour qu'il puisse l'emmener chez tante Missy.

« Et on s'arrêtera chez tante Nicki en chemin ? renchérit August alors qu'ils se dirigeaient vers la maison.

— D'accord, on pourra faire un crochet… Mais tu veux bien m'expliquer pourquoi ?

— Je te dirai dans la voiture… » August grimpa les marches du grenier afin de récupérer ses effets personnels. Elle attrapa son passeport, le jeta au fond de son sac marin et vida ses affaires dans la boîte qui était désormais pleine à craquer des objets de leur enfance. Elle souleva difficilement la boîte et le sac et dévala les escaliers.

Joey, qui l'attendait dans la cuisine, tendit les bras pour l'aider.

Soudain, un éclair de lumière blanche illumina l'intérieur de la maison comme le flash d'un appareil photo, et un grand *boum* parcourut le champ.

Ils se baissèrent vivement et August lâcha la boîte.

Elle sentit la chaleur extrême, sa peau asséchée lui donna l'impression que chaque particule d'humidité était aspirée de ses pores, avalée par l'air sec. Ils entendirent le *pop, pop, pop* de l'étain qui ressemblait à des coups de feu en train de ricocher. Ils restèrent sur le sol en lino de la cuisine. Après quelques secondes, ils s'aventurèrent à la fenêtre. Des panneaux de tôle s'envolèrent dans les airs, arrachés au hangar, puis ils entendirent les poutres s'écraser dans le brasier crépitant d'où jaillissaient des étincelles. Ils regardèrent le hangar s'effondrer totalement, disparaître comme par magie, crachant des flammes.

August s'empara de la boîte et tous deux coururent à la voiture.

« C'est moi qui conduis ! hurla August pour couvrir le sifflement de l'étain et du pétrole en train de brûler. Faut arrêter l'ecsta, Joey.

— Et toi, va bouffer un hamburger, putain ! » hurla Joey en retour, subjugué par l'incendie qui faisait désormais rage. Il se dirigea vers la voiture d'un pas mal assuré, brandissant les clés devant lui. August les lui prit des mains.

Elle roula prudemment tandis que Joe lui indiquait le chemin pour se rendre chez tante Nicki. Elle se gara le long du trottoir. Pour une employée municipale, la maison ne payait pas de mine : toute simple, en briques, avec deux chambres tout au plus. Mais elle se trouvait dans un quartier résidentiel tranquille, aux Minties. August cogna contre le cadre en aluminium de la porte moustiquaire, qui trembla sur ses gonds. Pendant qu'elle attendait, elle se tourna vers Joe, dans la voiture ; il secoua la tête derrière la vitre fermée et se renfonça dans son siège. Une lumière s'alluma dans la maison, une tête apparut entre les rideaux, puis un verrou et une chaîne cliquetèrent.

Tante Nicki passa la tête par l'entrebâillement de la porte d'un air las.

« Tatie, est-ce que tu as vu le dictionnaire qu'écrivait Poppy ? demanda August.

— Quoi ?

— Est-ce que tu les as soudoyés avec le dictionnaire ? Tu leur as dit que les Gondi réclameraient le titre foncier autochtone si jamais ils ne te donnaient pas de l'argent, à toi ? Ou alors, est-ce que tu l'as gardé, tout simplement ?

— Aug, on est au milieu de la nuit !

— Il faut que je lise ce que Poppy a écrit. S'il te plaît, tatie. *Je t'en prie.* »

Nicki plissa les yeux, mais son corps avait accusé le coup. « Je l'ai gardé pour protéger notre famille, ma puce.

— Je te jure, tatie, je suis complètement détruite. Il ne reste plus rien à protéger, dit August avec sincérité, la main sur le cœur.

— Il est au bureau. On ira le chercher demain, d'accord ? Bonne nuit, ma nièce. »

Nicki referma la porte. Elle fit cliqueter la chaîne. Elle éteignit la lumière avant qu'August ait eu le temps de lui dire que Prosperous était en feu, que demain, il serait trop tard. Elle se rassit rageusement dans la Mazda.

« Elle l'avait caché. Il faut que je le voie, Joey, dit August, une fois qu'ils s'étaient éloignés de la maison.

— Quoi donc ? »

Elle ne savait pas par où commencer.

« Le livre de Poppy, celui qu'il écrivait. Il pourrait peut-être sauver la ferme. Je dois le lire tout de suite.

— Il est où ?

— Dans les bureaux du conseil municipal. »

Elle ralentit à l'angle, prit le virage et accéléra de nouveau.

« Je veux le voir tout de suite, j'en ai marre d'attendre cent sept ans ! » s'écria August, et en cet instant, elle se sentit anéantie par toutes ces années gâchées. Elle passa la quatrième. Joey resserra sa ceinture de sécurité.

« Pas question que je fasse quelque chose d'illégal… Je suis toujours en liberté surveillée, cousine. »

August fonça vers la rue principale, qui menait aux bureaux municipaux. Survoltée, elle le rassura : « Les Gondi sont nés en liberté surveillée, Joey. »

TRENTE-HUIT

peur de parler – *giya-rra-ya-rra* Ma femme avait de l'eau jusqu'à la taille quand je suis tombé amoureux d'elle. C'était une guerrière, ce jour-là, et tous les jours qui ont suivi. Le jour où on s'est rencontrés. Quand on était encore jeunes et beaux, elle est arrivée à Tent Town dans un bus plein d'étudiants de la ville. Elle enseignait à l'université et elle a dit qu'ils étaient venus à la campagne pour parler des droits des Aborigènes ! Ça alors ! Elle était belle, et intelligente – alors j'ai tout de suite tendu l'oreille. Moi, j'étais allé à Tent Town pour rendre visite aux tondeurs qui devaient venir travailler à Prosperous dans la semaine – il avait fait très chaud, cette semaine-là –, c'était probablement l'été, si on tondait les moutons. Donc, les étudiants nous parlaient de l'égalité des droits, et de ceci et de cela, et moi, j'écoutais. Elle et les autres nous ont demandé ce qui, à Massacre, nous paraissait discriminatoire. Eh bien, en moins d'une minute, on s'est mis à énumérer ceci et cela. « Regardez autour de vous », je lui ai dit. J'ai mentionné le pub et les écoles, et le fait qu'on était séparés, et le fait qu'il n'y avait pas de terres pour nous, et que les mômes n'avaient pas accès à la piscine du coin – pas même par une chaleur pareille, j'ai ajouté. Alors ses yeux se sont écarquillés, et ils ont tous commencé à s'exciter. « On emmène les enfants se baigner ! », ils ont dit.

Et voilà qu'ils sont passés prendre une trentaine de gamins, et qu'ils les ont entassés dans le bus avec les étudiants et leur caméraman. Moi aussi, j'étais dans le bus, mais je flottais, je flottais après la femme dont j'avais déjà décidé que j'étais amoureux. On est arrivés à la piscine municipale, et les étudiants ont sorti l'argent et l'ont distribué aux enfants pour qu'ils s'achètent leur billet. Les mômes avaient des sourires immenses, je n'avais jamais vu des enfants sourire autant. On pouvait sentir le chlore, et voir la piscine au-delà des tourniquets. On est arrivés à l'accueil et voilà, c'était fini – « PAS d'Aborigènes », a dit l'employé, et il a fait signe aux enfants de regarder le panneau. Je me souviens que les gamins ont levé les yeux vers les lettres peintes comme s'ils venaient de prendre un coup de poing dans le ventre, comme si tout l'air et toute la joie de vivre avaient été expulsés de leur corps. Certains d'entre eux se sont mis à pleurer, et j'étais en colère contre ces étudiants. Pourquoi avoir humilié les enfants devant tout le monde ?

Les étudiants se disputaient avec l'employé, quand une foule d'habitants de Massacre se sont approchés et ont lancé : « Rentrez chez vous, les *Blackfellas*, allez, quittez la ville. » Les gens de l'université – dont Elsie – étaient toujours en pleine dispute avec l'employé, et moi j'étais à l'écart en train de rassurer les petits : « Allons, allons », je leur disais, et je leur ai promis que je les emmènerais moi-même au fleuve, une fois qu'on serait rentrés à Tent Town.

Alors, la bagarre s'est éloignée de l'employé et a gagné les alentours du bus, vous voyez. C'était un peu comme une pièce de théâtre, ça se bousculait sur scène, et une dame du coin, qui portait des gants, se faisait interroger par l'une des étudiantes devant le caméraman, juste à côté des mômes et moi. L'étudiante lui a demandé quelque chose du genre : « Madame, pourquoi ne voulez-vous pas que les enfants aborigènes de cette ville viennent nager à la piscine ?

— Ils sont mauvais, a-t-elle répondu, ils n'ont rien à faire ici. Ils devraient rentrer chez eux, dans leurs huttes ! »

L'étudiante a élevé la voix, au bord de la colère, et elle nous a montrés du doigt, les enfants et moi : « Vous ne trouvez pas qu'ils ont l'air de braves petits qui ne demandent qu'à se baigner et se rafraîchir, exactement comme les enfants blancs privilégiés ? Vous ne trouvez pas que ce sont de braves petits ? » La femme n'a même pas pu regarder les enfants, elle a simplement élevé la voix pour couvrir le vacarme : « C'est ça, un brave Aborigène est un Aborigène mort. »

Je me suis dépêché de faire monter les gamins en larmes dans le bus, je ne voulais pas qu'ils en entendent davantage. Les querelles se sont poursuivies dehors, et la caméra continuait de tourner quand il y avait des conversations à filmer. Finalement, grâce aux arguments d'Elsie et contraints par la caméra pointée sur eux, ils ont laissé les enfants se baigner. Elsie a sauté dans l'eau, elle aussi. Je suis resté debout à les surveiller et j'ai plongé ma main dans l'eau pour les éclabousser un peu. Elsie riait. Sans la moindre once de crainte. Elle n'avait jamais *giya-rra-ya-rra*. Elle s'est séchée et habillée, et je lui ai parlé jusqu'à ce qu'elle quitte la piscine avec les étudiants ; elle m'a expliqué qu'ils allaient visiter beaucoup d'autres endroits, après Massacre. « Pour causer d'autres problèmes ? », j'ai dit. Elle a répondu : « J'espère bien » avec un clin d'œil, et a éclaté de rire.

Après ça, elle est partie avec les étudiants et le bus. J'ai dit aux enfants que je resterais avec eux et qu'on rentrerait à pied, plus tard. Moins d'une minute après que le bus eut quitté le parking de la piscine municipale, l'employé et sa bande sont venus pour nous jeter dehors ! Quelle honte. Pourtant, les enfants étaient ravis ; ils avaient pu plonger dans l'eau fraîche et transparente. Ce qui leur importait, ce n'était pas combien de temps ça avait duré, mais que c'était bel et bien arrivé. Et moi, j'ai eu encore plus peur, parce qu'en regardant les petits, en entendant ces choses qu'on ne devrait jamais avoir à entendre à cet âge-là, je me suis rendu compte que non seulement ils me méprisaient, mais qu'ils méprisaient aussi nos enfants. Une petite partie de moi se réjouissait tout de même, parce que j'avais rencontré Elsie, et j'étais persuadé que je la reverrais bientôt.

Des années plus tard, même après que toutes ces lois sur les piscines municipales et les salles de cinéma avaient changé, je reconnaissais encore cette peur des gens envers nous, cette méfiance envers nos enfants, et depuis ce jour où j'ai vu Elsie à la *galing*, je m'aperçois encore et encore que ce n'est pas parce que les lois changent que l'attitude des gens change aussi. J'ai eu peur de parler pendant si longtemps, pendant une grande partie de ma vie, mais plus maintenant. Je refuse d'avoir *giya-rra-ya-rra* !

alcool, vin, boisson forte – ***widyali, girrigirri*** Un jour, vous vous réveillez et la sécheresse est à votre porte. Ensuite, c'est la grande crue, qui vous joue des tours, et puis la sécheresse revient, l'été qui se prolonge d'un mois chaque année, jusqu'à ce qu'on se retrouve au point où on est aujourd'hui. Il n'y a rien de plus triste que la carcasse d'un bouvillon ou d'une génisse drapée de sa peau tendue comme d'un linge de lit. Ce que la sécheresse fait à l'esprit est une chose cruelle, et nombreux sont les hommes du coin à n'avoir trouvé comme seule solution que de coller leurs lèvres au canon d'un fusil. Le divorce est désormais monnaie courante dans une région où, cinquante ans plus tôt, personne n'y aurait même songé. Le meilleur et le pire ont leurs limites, les vents et les marées aussi – il arrive que les marées se passent loin des yeux. C'est parfois les garçons qui ont quitté la ferme, et qui sont perdus dans la ville ; il ne leur reste plus personne contre qui se battre, alors ils se battent contre eux-mêmes. C'est là que le *widyali*, un poison à part entière mais un baume dans la bouche d'une âme empoisonnée, ressemble à une prière. Mais la boisson, pour les gens torturés, c'est comme jeter de l'essence sur le feu, ça ne fait qu'empirer les choses. Le *widyali*, ça n'étanche pas la sécheresse, ça ne vous guérit pas le cœur non plus, ça ne vous fera pas oublier, pas longtemps. Il vaut mieux se tenir à bonne distance de ce poison – le *widyali* et la drogue, ça ne mène jamais à rien de bon.

tous ensemble en un même lieu – *ngumbaay-dyil* Être isolé, c'est être incapable d'agir. Voilà ce qu'on était : isolés – de notre famille, de notre langue, de nos coutumes et de notre terre. Et puis on nous a emmenés *ngumbaay-dyil*. On n'était pas vraiment ensemble, ça donnait juste une impression d'humanité, d'un visage dans la foule. Mais on nous brutalisait, on nous montait les uns contre les autres, on nous isolait par l'humiliation – sans pour autant qu'on puisse partir. On était comme des kangourous pris dans la lumière des phares – les vieux, ma vieille maman, ma sœur et moi, même mes filles, qui ont grandi entourées des fantômes tristes de la Mission. Avec leurs propres problèmes. On n'était pas réellement tous ensemble en un même lieu, on n'était pas des résidents, là-bas ; nous, les enfants, sur nos lits de camp, on était des criminels de naissance, des prisonniers depuis le jour où on avait appris à marcher. Ensemble et isolés à la fois.

être toujours, exister – *ngiyawaygunhanha* L'homme existe au-delà des vivants et des morts, dans les sphères du temps où errent les dieux, quand il sait à la fois le visible et l'invisible. C'est ça, *ngiyawaygunhanha*.

TRENTE-NEUF

August se gara en face du conseil municipal. Joey lui criait de revenir. Elle claqua la portière derrière elle. Lui passa la tête par la vitre, côté passager. « Si tu ne reviens pas dans cinq minutes, je me barre, comme quand ce connard d'Eddie et toi m'avez planté au drugstore ! » railla-t-il.

August remonta dans la voiture et ferma la porte. « Je ne t'ai pas laissé, cette nuit-là, dit-elle, le dévisageant.

— Je me fous de toi, hein. Allez vas-y, va commettre ton crime, Gondi. » Il balaya le bâtiment du conseil d'un geste de la main.

August posa la tête contre son siège, consciente de son immense fatigue. Elle reprit néanmoins : « On était complètement défoncés, Joe, c'est tout. Je suis désolée qu'Eddie t'ait demandé de faire le guet. On n'était que des gamins.

— Ça, je le sais, mais je ne sais toujours pas ce qu'on foutait là. Quelle bande de crétins. » Il regarda par la vitre, loin de cette discussion.

« C'était comment ? demanda-t-elle avec douceur au bout de quelques instants de silence.

— Pourri.

— Je suis désolée.

— C'est pas de ta faute. J'étais un fouteur de merde, voilà tout.

— C'était notre faute à nous, Eddie et moi, pas la tienne. » August lui prit la main. « Je suis désolée, cousin.

— T'es toute pardonnée.

— Tu te souviens du jour où Poppy a mis cet écriteau, devant Prosperous ?

— Celui qui disait de passer par-derrière ? »

August discerna un petit sourire à la lueur de High Street.

« Nan, celui-là, c'était à mamie. L'autre.

— Ça me dit rien.

— *Ici, pas d'alcool ni d'espèces, pas de yarndi ni de bon temps.* »

Joe lâcha un simple « Ha, je m'en souviens, maintenant.

— Un membre de la famille s'est énervé, disant qu'il nous cataloguait...

— Nan, sans blague ? » Joey dévisagea August.

« Si. Je les ai entendus parler. J'étais allongée près de la porte d'entrée à l'époque où on la gardait ouverte, il y avait une grille avec des découpes en forme de losanges, et je m'amusais à jouer avec mes yeux. Je regardais les losanges, ensuite j'ajustais ma vision pour regarder les acacias, dehors, et puis je recommençais.

— Tu as toujours été un peu tordue, toi, gloussa doucement Joey.

— Je me rappelle avoir pensé que mes yeux avaient quelque chose de spécial. Je peux leur faire brouiller les choses, c'est un truc de dingue. Je peux voir les choses comme j'en ai envie.

— Et alors ?

— Alors, je les entendais tous se disputer sur le perron au sujet de l'écriteau. Ils criaient qu'ils n'étaient pas ceci et qu'ils n'étaient pas cela. On se défendait dans notre propre maison.

— Mmm ? fit Joe, attendant de comprendre où August voulait en venir.

— Je me souviens m'être dit qu'on devrait tous s'allonger là pour voir ce que nos yeux étaient capables de faire. J'espérais qu'ils pourraient voir ce que je voyais.

— De quoi tu parles ?

— Voir deux choses en même temps. Ici et là, près et loin, maintenant et avant.

— C'était avant que Jed… ?

— Après. Poppy était complètement parano, non ?

— Il cherchait juste à nous protéger.

— C'était un *didadida*.

— Ce mot me dit quelque chose ! Qu'est-ce que c'est ?

— Un pluvier, je crois. »

Une minute s'écoula en silence avant que Joey ne reprenne : « Qu'est-ce qu'elle a fait, tante Nicki ?

— Elle a pris un dictionnaire que Poppy a écrit, et elle l'a caché. Peut-être pour obtenir de l'argent de Rinepalm, mais probablement pas. En tout cas, il y a quelque chose d'important dans ce dictionnaire. Il faut que je le voie tout de suite. » S'étant un peu calmée, August avait pris un ton plus désinvolte.

« Il est où ?

— Au troisième étage », répondit-elle en indiquant le bâtiment municipal.

Joey sortit de la voiture et ferma sa portière. Par le pare-brise, August le regarda traverser la rue.

Puis elle se secoua et bondit à sa suite. Elle rabattit sa capuche sur sa tête et, courant pour le rattraper, siffla : « Comment on va faire pour aller au troisième étage ? »

Joey fit le tour de la bibliothèque, August sur les talons. Il faisait noir – il n'y avait là aucun réverbère. Joey s'accroupit, tâtonnant dans les herbes folles.

Quand il se releva, il tenait une masse sombre dans les mains.

« On va la fracasser », annonça-t-il, et August entrevit son grand sourire espiègle dans l'obscurité. Il s'éloigna un peu de la fenêtre de la bibliothèque.

« Recule », dit-il.

August s'approcha de lui pour s'emparer de la pierre. « Je m'en occupe. Laisse-moi faire… Je ne suis pas en liberté surveillée, moi. »

Elle se tint là, la pierre lovée entre ses deux mains contre son épaule. Elle avait l'impression d'être Atlas, qui portait le poids du monde. Alors, elle jeta la pierre contre la vitre ; le verre armé se fissura, sans se briser. August partit récupérer la pierre. Joey, après avoir vérifié le côté du bâtiment, lui fit signe que la rue était toujours déserte. Puis August se rendit compte qu'elle n'était pas Atlas. Elle était Sisyphe. À quoi cela la mènerait-il de briser une vitre ? D'entrer par effraction dans un bâtiment municipal ? De fouiller un bureau à la recherche d'une pile de papiers ? Que pensait-elle obtenir, exactement ?

Mais August ne pensait pas, elle *ressentait*. Elle se sentait suffisamment forte et puissante pour ne pas jeter la pierre. Elle se tourna donc et la laissa tomber derrière elle. « Poppy aimait beaucoup la bibliothèque », déclara-t-elle.

Joey partit d'un grand rire guttural : « Ah ah ha ha ah !

— On rentre à Prosperous ?

— Laisse-moi la jeter. » Il ramassa la pierre.

August la lui reprit, tout comme elle avait voulu la prendre à Jedda, autrefois. « On ne peut pas, Joe ! On parlera à ta mère demain, et c'est elle qui parlera à tatie. On ne peut pas vandaliser la bibliothèque.

— C'est juste une fenêtre.

— Oui, je sais, mais Poppy adorait cet endroit. Où qu'il soit maintenant, il nous regarde en secouant la tête. »

Joey resta un moment immobile et silencieux, comme si Albert lui-même était venu lui dire d'arrêter de troubler l'ordre public.

« On rentre à Prosperous, suggéra August.

— Et après ? fit Joey, haussant les épaules.

— On arrête la mine. » Les mots sortirent de sa bouche comme si elle n'avait encore jamais rien dit d'aussi évident.

« D'accord. On y va. »

Ils retournèrent à la Mazda.

« Tu penses qu'on est trop vieux pour devenir des malfaiteurs ? demanda August.

— Non, c'est juste qu'on nous foutrait en taule *dans l'heure*. » Joey applaudit, bouche grande ouverte, fier de sa rime.

August se gara devant l'allée. Dressés sur leur siège, ils inspectèrent le champ : la plus grande partie des flammes avaient été éteintes, mais le feu se consumait encore par endroits ; un panier à salade accueillait une poignée de manifestants.

« On peut dormir à Prosperous, dit August, prenant le chemin de la maison.

— Oui, tout va bien, maintenant, plaisanta Joey. C'est juste un peu d'herbe qui crame, quoi. »

Ils descendirent des couettes et des oreillers du grenier, s'installèrent sur la terrasse et s'écroulèrent tout habillés dans les duvets. Ils contemplèrent l'incendie désormais maîtrisé.

« C'était bien, en ville ? » demanda Joey, accoudé, le visage légèrement illuminé.

August regardait toujours dehors, accoudée elle aussi. « Ta mère t'a expliqué pourquoi on y est allées ?

— Mamie m'a dit que c'était pour ramener ta voiture de location. Tu vas rester ?

— Oui. » August tourna les yeux vers Southerly. La maison était plongée dans le noir. « Et… »

Ils se firent face, la tête sur l'oreiller, mais August ne voyait plus le visage de Joey. Elle n'entendait que sa respiration lente et profonde.

« Il y a des artefacts appartenant aux Gondiwindi en ville, dans un musée. On est allées les voir.

— Ah oui ? » Joey mâchait ses mots d'une voix endormie. « Ah ? » Il se tut.

August ferma les yeux et rêva de l'Angleterre sous des trombes d'eau. Un marché dressé dans la quiétude du petit jour, au milieu de la rue pavée. Des enfants qui sautillaient. Chaque souvenir mûr d'une enfance imaginée se déroulait comme la bobine d'un film en couleur, les légumes dodus et brillants, les fruits trop sucrés.

« Check, check. C'est bon ? *Ba be bi bo bu, bu. brrrrrrrrr, ddddddddd.* L'info du jour : Les chaussettes de l'archiduchesse sont sèches. Prêt ? »

August tourna la tête et vit une journaliste dans le champ, face à un caméraman, non loin de la Mazda de Joey. Le soleil formait un cercle terne dans un ciel vert enfumé.

« Je me trouve dans la région rurale de Massacre Plains, durement frappée par la sécheresse. Toute la nuit, la violence s'est déchaînée au cœur de cette ancienne propriété agricole, lorsque la police est intervenue pour désamorcer une situation orchestrée par des manifestants écologiques. Certains manifestants ont été arrêtés pendant la nuit, cependant une quarantaine d'entre eux sont encore sur place, enchaînés aux machines, comme vous pouvez le constater. Des négociations sont en cours. La société d'extraction Rinepalm bénéficie de l'accord fédéral pour le forage d'une mine d'étain sur deux kilomètres de diamètre et trois cents mètres de profondeur, une aubaine pour l'économie locale, les travaux devant commencer dans quelques jours seulement. Amanda McMurray, à Massacre Plains. »

August vit les épaules de la journaliste se voûter et le caméraman baisser sa caméra. Elle se leva d'un bond, attrapa Joe par l'arrière de sa capuche et le traîna à l'intérieur de la maison.

Elle fit coulisser la porte et la verrouilla derrière elle. Puis elle tira les voilages qu'on ne fermait jamais et abaissa le store devant la fenêtre de la cuisine.

« Les journalistes sont là. Avec des caméras. »

Joey se leva, tout excité, et passa ses doigts dans ses cheveux. « C'est vrai ?

— Viens, on va voir ça de là-haut. » August se précipita vers le grenier.

Par la rose de Luther, ils purent apercevoir quelques véhicules isolés, dont une voiture de police. Tout semblait calme, pour le moment. August leva les yeux vers Southerly, mais ne vit pas Eddie.

Le téléphone fixe se mit alors à sonner et Joey la suivit dans les escaliers lorsqu'elle redescendit pour y répondre. Elle décrocha sans rien dire.

« Allô ? fit Elsie.

— Mamie ?

— Tu es là ? reprit-elle, sous le choc.

— Pourquoi tu appelles, mamie ?

— Pour voir si ma maison est toujours debout, je crois.

— Tout va bien, l'incendie est éteint. Joey est ici avec moi. Mais ne viens pas, c'est un peu le désordre.

— Vous allez bien, tous les deux ?

— Oui, ça va.

— Et Edward, là-haut ?

— Tout le monde va bien, je te le promets. Repose-toi, et j'irai te voir bientôt chez tante Mary, d'accord ?

— Oui ma chérie, viens me voir quand tu seras prête. »

« August ? » Tante Missy avait pris le téléphone et August eut l'impression qu'elle passait dans une autre pièce. « Qu'est-ce qui se passe, là-bas ? chuchota-t-elle.

— Il y a des journalistes dehors, une voiture de police, et encore quelques manifestants. Pourquoi ?

— Bah je veux y aller, je veux manifester, moi aussi. »

August écarta le combiné de son oreille et fit signe à Joey : « Ta mère veut venir manifester ! » s'exclama-t-elle avec un sourire.

Joey courut sur place, hochant la tête et donnant des coups de poing dans le vide.

« Tu es sûre ? demanda August à sa tante.

— Oui, murmura celle-ci. J'arrive. Chut. » Puis elle raccrocha.

« Qu'est-ce qu'on fait, maintenant ? fit August.

— On va se bastonner en première ligne !

— Je croyais que tu étais en liberté surveillée et que tu détestais les hippies ?

— Je pensais qu'ils allaient taper sur des tambours et brûler de l'encens, pas foutre le bordel.

— Et pour tante Nicki, qu'est-ce qu'on va faire ? »

Joey, surexcité, ne tenait déjà plus en place. « On ira lui parler après. »

August versa du café instantané dans deux tasses, releva le store et contempla le champ. Elle songea que cela faisait des années qu'elle attendait que les choses se passent, qu'elle vivait un hiver sans fin, une longue hibernation personnelle. Elle avait mené sa vie comme si celle-ci était pleine de nids-de-poule, de fils de détente, de mines terrestres, trop effrayée pour bouger normalement. Mais elle était ici, maintenant, et pour la première fois depuis très longtemps, elle se souciait de quelque chose et de sa famille. Elle se dit qu'elle ne risquait pas de tomber dans des sables mouvants en périphérie de la ville.

Joey laçait ses baskets. « Ils veulent prendre une terre qu'ils n'ont aucun droit de prendre, des terres ont été données sans qu'ils aient le droit de les donner ! On arrête les frais, bande de fils de putes. »

August lui tendit une tasse de café. « N'y va pas trop fort, quand même.

— Oh que si.

— Ne fais de mal à personne.

— Jamais de la vie. Mais il faut que j'aille péter des trucs… » Joe vida dans l'évier le café qu'August lui avait préparé. « J'ai pas de temps à perdre. »

Le téléphone sonna de nouveau.

« Allô ? fit August.

— Bande d'Abos de merde, vous avez intérêt à foutre le camp de cette ville ! »

On raccrocha. August ne savait pas qui elle avait eu au bout du fil, mais ça ressemblait à une adolescente.

« C'était qui ?

— Un canular. » L'insulte resta au fond du combiné tandis qu'August se rasseyait. Rien ne pouvait la toucher. Peut-être que la jeune fille avait peur d'un monde qu'elle ne connaissait pas vraiment, peut-être que personne ne lui avait jamais parlé de la terre fabuleuse et du peuple fabuleux qui avaient survécu tout ce temps.

Ils sortirent sur la terrasse, capuche abaissée sur le visage, et ignorèrent la reporter qui leur lançait des « Excusez-moi ? Excusez-moi ? »

August leva les yeux vers Kengal, mais le camp semblait avoir été évacué. À Southerly, les fenêtres et la porte étaient fermées. Le champ n'avait pas totalement brûlé, des centaines d'hectares attendaient encore la moisson. Quand elle était petite, elle imaginait ce qu'il advenait du blé après que les camions avaient vidé le grain des silos. Les boulangers de tous les pays qui battaient les épis de blé, qui broyaient, moulaient, ajoutaient de la levure, du sel, de l'huile, du sucre, du feu. Les pains qui levaient partout dans le monde, grâce à ce qui poussait ici.

« Tu veux y aller ? demanda Joey.

— On ne devrait pas attendre ta mère ?

— Elle nous trouvera bien. » Joey avait les yeux brillants et une moue décidée lorsqu'il se tourna vers l'horizon, regardant au loin.

Il la prit par la main et ensemble, ils descendirent les marches, piétinèrent le carré de pommes de terre et se dirigèrent vers le champ noir encore fumant de Prosperous Farm et les manifestants enchaînés aux tracteurs de déboisement.

En chemin, August eut le sentiment que sa période de deuil prenait fin. *Je suis là*, chuchota-t-elle à Jedda et Poppy.

Elle chercha Mandy tandis qu'ils s'approchaient des trois tracteurs garés près des sites de forage. Sur une grande banderole accrochée aux fourches de deux des véhicules, était écrit : RÉSISTONS. Mandy était enchaînée par la taille aux barrières de forage, les cheveux toujours noués en deux longues tresses. Elle tenait un baril en plastique blanc au-dessus de sa tête et buvait au robinet, bouche grande ouverte. August lui trouva l'air courageux, ou insouciant, elle avait une façon de bouger qu'elle-même se souvenait n'avoir ressentie qu'enfant. Mandy faisait passer le baril, quand elle aperçut Joey et August. Elle ouvrit grands les bras, exactement comme tante Missy, au musée.

« Amis protecteurs de l'eau ! s'exclama-t-elle.

— Non, corrigea Joey, on est les gardiens de cette terre. » Il se tourna, plein d'assurance, vers les cinq autres personnes attachées à la barrière grillagée. « Et on va arrêter cette putain de mine. »

La poignée de manifestants qui avaient entendu la déclaration de Joey se mirent à pousser des hourras. Il regarda August, qui hocha la tête, sourit, et tendit la main pour recevoir la chaîne d'un autre manifestant.

« Bienvenue, lui dit celui-ci.

— Bienvenue », répondit-elle.

Au bout de deux heures de slogans et de pauses pour boire de l'eau, Eddie sortit de chez lui. Il traversa le champ calciné d'un air furieux. « Hé-ho ! cria-t-il, perplexe.

— Hé-ho ! crièrent-ils à l'unisson.

— Vous faites quoi, bordel ? »

Joey se mit à lui hurler dessus, sans doute comme il en rêvait depuis longtemps. « Dégage, Falstaff. C'est *notre* terre.

— Elle appartient à la société minière, maintenant, bande de couillons. »

Joey l'interrompit : « La société et le gouvernement, c'est nous. Voici notre ministre, la deuxième femme Premier ministre, d'ailleurs ! dit-il, montrant August du doigt. Moi je suis le président, on dirige ce pays à deux, et ces types-là – il désigna quelques visages penauds –, c'est les membres du Sénat et du conseil. »

Tante Missy traversait à son tour le champ noirci. « Et voilà notre députée locale qui arrive. Vote bien, fiston. » Joe indiqua tante Missy, vêtue d'un tee-shirt qui portait l'inscription : *Traité*. Elle arborait un immense sourire.

« Tu te joins à nous, Eddie ? »

Il se pencha pour la serrer brièvement dans ses bras. « Je ne crois pas, Missy.

— Tu pourrais redresser tous les torts ! » dit-elle, comme si c'était un jeu d'enfant. Puis, prenant un bout de la chaîne, elle ajouta : « Ça ne passera jamais autour de ma taille ! » Elle se mit à rire, s'attachant nerveusement et faisant cliqueter la chaîne contre la barrière.

Une voix enjouée sortit d'un mégaphone, venant d'une des deux voitures de police. « Vous êtes sur une propriété qui appartient à l'État, c'est l'heure de plier bagage, les amis. Vous ne serez pas inculpés si vous partez maintenant. »

Un manifestant aida tante Missy à se cadenasser à la barrière puis il noua un bandana autour de son menton. « Pour le gaz poivre », expliqua-t-il.

Mandy leva son propre mégaphone, qu'elle dirigea vers la police. « On partira quand Rinepalm partira. » Une boîte était scotchée à l'embout, si bien que le timbre de sa voix s'en trouvait modifié.

« J'ai pas l'intention de me faire arrêter, les gars. » Eddie balaya l'air des deux mains, comme pour renoncer à raisonner des enfants insolents. « Je ne crois pas que ce soit une bonne idée, d'être ici. Les moutons sont morts de trouille ! Ils vont faire venir des soldats, c'est ce qu'ils disent aux infos. Moi, je me casse ! » Eddie tourna les talons, secoua la tête et rentra, furieux, à Southerly. Les autres se turent.

Une policière croisa Eddie alors qu'elle s'approchait du groupe ; elle portait quelque chose à la main. « C'est une GoPro, dit Mandy. Cachez votre visage.

— À quoi ça sert ? demanda August, dissimulant son visage sous sa capuche.

— Ils essayent de nous manipuler, en nous faisant croire qu'ils contrôlent l'histoire, les infos – le contrôle étatique, tu vois ?

— Et l'incendie, c'était pour quoi ?

— Pour attirer l'attention. Et semer le chaos.

— Ma grand-mère aurait pu brûler vive !

— On est venus la veille pour construire un mur coupe-feu, c'est un simple tour de magie. »

August ne voyait pas son visage, mais elle paraissait sincère. Elle la crut. Trois paniers à salade se garèrent près de Prosperous.

« Les policiers sont plus nombreux que nous », remarqua August.

Mandy désigna le barrage d'un hochement de tête : « Nos renforts seront bientôt là. »

Mais le champ qui bordait le barrage était désert. La policière longea les manifestants enchaînés au grillage, puis continua d'avancer sur une centaine de mètres pour filmer les autres, enchaînés aux tracteurs.

Les manifestants se mirent à scander leur slogan, la bouche couverte : « Ré-sis-tons, ré-sis-tons, ré-sis-tons », encore et encore. Joey se joignit à eux. Mandy se tourna vers August : « Garde bien ton visage caché et ils ne pourront rien contre toi. Dès qu'ils savent qui tu es, ils peuvent te faire ce qu'ils veulent.

— Comment ça, *faire ce qu'ils veulent* ?

— Tu ne peux pas agir avant que quelqu'un te regarde, mais si tu passes incognito, si tu caches ton visage, ils ne peuvent pas s'emparer de toi, de tes pensées, des choses qui te mettent vraiment en colère.

— De toute façon, je ne suis personne.

— *Si*, tu es quelqu'un. Mais à notre époque, on ne peut rien faire quand on est quelqu'un, on ne peut le faire que si on n'est personne. Le personne de tout le monde. »

August réfléchit un moment. « Je ne comprends pas.

— Quand une chose est suffisamment importante qu'elle devient une affaire personnelle pour tous.

— J'ai l'impression que nos problèmes ne concernent jamais personne d'autre.

— Je suis d'accord, ça s'est passé comme ça jusqu'à présent, poursuivit Mandy, baissant son bandana. Voyons les choses sous un autre angle – quand les gens voyagent à l'étranger, la première chose qu'ils font, c'est d'apprendre quelques mots, la langue locale – *s'il vous plaît* et *merci*, *bonjour* et *au revoir*, peut-être même *où est le supermarché ?* Ils le font parce que ça leur facilite la vie, mais aussi par respect, non ? »

August hocha la tête.

« On est tous des migrants, ici, même les descendants de la Première Flotte, on oublie qu'on est tous dans le pays de quelqu'un d'autre. Et trop souvent, on n'a pas l'idée, la décence, d'apprendre leur langue ! Ni même d'apprendre à respecter la culture dans laquelle on vit !

— Parce que ça ne facilite pas la vie ?

— Parce qu'il faut comprendre que c'est une affaire personnelle ; ça, on l'apprend en s'occupant de la terre. On continuera tous à vivre sans réelle identité collective, à moins de regarder attentivement en arrière, d'accepter le passé et d'essayer de sauver la terre sur laquelle on vit… Voilà ce que je pense. »

Sur ce, Mandy se couvrit de nouveau la bouche.

Pour August, c'était effectivement une affaire personnelle. Elle aperçut tante Mary et Elsie au loin, qui approchaient. « C'est ma mamie », dit-elle, tandis que Joey criait : « Mamie, viens avec nous ! »

En arrivant près d'eux, Elsie mit les mains sur ses hanches, d'un air sévère. « Qu'est-ce que vous faites tous là ?

— Mamie… Il faut qu'on fasse quelque chose, tu ne crois pas ? » fit Joey.

Elsie secoua la tête. « C'est un peu tard pour ça, mes chéris.

— Vous comptez rester ici longtemps ? » demanda tante Mary, les embrassant tous du regard. « *Missy !* aboya-t-elle, l'apercevant contre la barrière. Tu es trop vieille pour ce genre de chose !

— Je suis pas si vieille que ça ! s'offusqua Missy.

— On ne peut pas rester les bras croisés, s'écria Joey.

— Il se trouve qu'on est le gisement préféré du monde entier, et je ne vois vraiment pas comment y échapper. Mais sans manifestations, on n'aurait pas de droits, aucun d'entre nous n'aurait de droits civiques, de droit de vote, ni de conditions de travail décentes. » Elsie et Mary se regardèrent d'un air entendu – elles en avaient vu d'autres. Elsie se mordit la lèvre, pianota calmement des doigts et étudia la populace présente. « Bon, reprit-elle. Alors je vais vous couper des oranges, si vous comptez rester dehors. Il va faire trente-neuf degrés, d'ici midi. »

August lui saisit la main au moment où elle s'apprêtait à partir. « On va sauver ta maison, mamie. »

Elsie se pencha vers elle et lui parla doucement à l'oreille : « Ma maison, c'était Albert ; le voir arriver à travers champs, et que *lui* me voie. Il n'y aura personne pour me voir si je reste ici, August. »

August comprenait parfaitement. Elle aussi avait perdu un témoin, celle qui la voyait. Elle avait dépassé sa grande sœur. Mais elle avait également trouvé du réconfort en cet instant, sur ces terres, en en faisant une affaire personnelle.

« On doit tenter le coup, mamie », répondit-elle avec tendresse.

Elsie se redressa. « Oui, tu as raison, il faut tenter le coup. Je vous attendrai à la maison, mais je ne pourrai pas payer votre caution si on vous arrête ! gloussa-t-elle. Joey, viens chercher les oranges. » Et elle partit d'un pas tranquille. Joey se détacha et la rejoignit en courant. Quelques minutes plus tard, il était de retour avec un filet à provisions plein de quartiers d'oranges.

Elsie avait raison. Le soleil tapait si fort que le champ aurait presque pu reprendre feu, puis la nouvelle pelleteuse avança sur Prosperous, suivie de deux véhicules militaires. August caressa des doigts le velours des épis de blé écrasés contre ses cuisses.

« Cramponnez-vous ! hurla Mandy.

— Maman, rentre à Prosperous, s'il te plaît ! cria Joey en direction de l'autre extrémité de la barrière. Je ne veux pas que tu sois blessée. S'il te plaît, maman. »

August tourna la tête vers tante Missy, qu'un manifestant aidait à se détacher. « Je vous soutiendrai moralement ! » lança Missy, avant de détaler le long du champ brûlé, de contourner le potager et de grimper les marches de Prosperous.

« Cramponnez-vous ? répéta August avec inquiétude.

— Restez forts, ne les laissez pas vous anéantir », précisa Mandy.

On commença par les asperger au canon à eau ; cela ne les rafraîchit pas, mais déchira leurs vêtements et lacéra leur peau nue. Des heures entières s'écoulèrent, mais ils ne bougèrent pas. De l'autre côté du champ, près du barrage, une foule apparut : des membres du clan venus de la Vallée. Les manifestants les aidèrent à se joindre à eux. Tante Carol Gibson se laissa enchaîner à la barrière à l'aide d'un antivol à vélo autour du cou. Tous se saluèrent puis se concentrèrent sur leur tâche.

« On est en terre sacrée, ma puce », cria tante Betty à August, de son poste.

Mandy se tourna vers August : « Les émeutes sont la voix de ceux qu'on n'écoute pas. » Sur ces mots, elle sortit une petite caméra pour filmer les policiers qui se regroupaient devant eux. Les agents portaient des gants, des manches longues et des bottes, des matraques pendaient contre leur cuisse et leurs visages étaient protégés par du Plexiglas.

Un manifestant passa à toute allure devant ses camarades pour déposer des bouchons d'oreilles et des lunettes de protection sur leurs genoux.

« Ne te défends pas, conseilla Mandy. Ils ne peuvent pas nous arrêter pour un sit-in.

— D'accord. »

Mais des heures plus tard, les manifestants postés près des tracteurs jetèrent des pierres grosses comme le poing en direction des canons à eau et, alors que le soleil commençait à décliner, la police les aspergea de gaz lacrymogène qui hérissa de piquants leurs yeux, leur nez, leur gorge.

On se prêta des vaporisateurs d'eau, les gens pleuraient, ils tentèrent encore de crier : « Ré-sis-tons ! », jusqu'à être réduits peu à peu au silence par l'ultime avancée des policiers. Qui fondirent sur les manifestants inertes, paisibles, passifs. Certains d'entre eux furent emmenés, d'autres restèrent enchaînés au grillage.

Depuis toujours, August avait eu l'impression de n'être qu'un vestige du passé qu'elle voulait détruire, un visage qu'elle voulait faire disparaître à coups de griffes, un corps qu'elle voulait briser, une peau en lambeaux. À présent, appuyée contre la barrière, aspergée et enchaînée, elle ressentait quelque chose de comparable. Elle était enchaînée comme les autres Gondiwindi avant elle, mais dans son cas, c'était son choix. Elle avait l'impression que tout était si proche, que tous pouvaient sentir le passé, qu'il leur rongeait les chevilles. Qu'il s'infiltrait dans leur voix tandis qu'ils criaient en chœur : « Ré-sis-tons ! » dans la lumière du crépuscule. Lutter pour une cause, crier au milieu du champ plutôt que de le manger, de le goûter, de s'enfuir, lui donnait un sentiment de plénitude.

Le ciel au-dessus du Murrumby avait viré du bleu au blanc-jaune, et du rose-orangé à un violet limpide, quand, juste avant la tombée de la nuit, un bulldozer Rinepalm parcourut la propriété, écrasant les arbres sur son passage, arrachant du sol leurs racines pleines de terre. Puis August entendit la voix de tante Mary se briser, son bateau se détacha de l'ancre et elle hurla à travers le champ. Tante Nicki se tenait auprès d'elle, le magnétophone et une liasse de papiers à la main.

QUARANTE

Révérend Ferdinand Greenleaf,
Missionnaire luthérien
28 février 1838 – 1er janvier 1916

De nombreuses personnes sont venues exprimer leurs regrets hier matin, dans la ville de Massacre Plains.

Feu le révérend Greenleaf, né en Saxe prussienne en 1838, fils unique de Norman Greenleaf, un propriétaire terrien, a été inhumé. Le décès de cet homme d'Église, qui fut une figure combative bien connue de l'arrière-pays, survient après que ce journal venait de rééditer, de façon controversée, la lettre sincère et passionnée qu'il avait adressée à la Société britannique d'ethnographie.

La lettre avait été sortie clandestinement par M. Paul Dubotzki, le célèbre photographe. Son message avait inspiré la plus grande compassion chez nos lecteurs et mis en rage la Ligue anti-allemande. Il apparaît que M. Greenleaf, qui avait été interné sur l'île Torrens avant son transfert au camp d'internement d'Holsworthy, est mort de vieillesse. Pourtant ici, à la rédaction de l'*Australian Argus*, nous pensons qu'il est mort de tristesse, tant était virulent son engagement pour la justice envers ses amis les Aborigènes. Il restera dans nos mémoires en tant que sujet britannique et qu'augure de notre époque turbulente.

Le défunt n'a pas de famille proche.

The Australian Argus
2 janvier 1916

QUARANTE ET UN

Elsie avait tout d'abord cédé à la pression de la ville. « Peut-être qu'on devrait se sacrifier un peu pour le mieux-être des autres », proposa-t-elle. C'est ce qu'avait dit Montaigne, lui expliqua August, mais il avait eu tort de donner une graine pour recevoir une pousse – il n'avait pas compris que les graines, ce sont les gens.

Ils restèrent néanmoins jusqu'à la fin, et même après.

Jusqu'à ce que tante Nicki révèle la vérité à tante Mary, confirmant ainsi la pire crainte d'Elsie – Jedda avait disparu. Elle ne reviendrait jamais.

Jusqu'à ce qu'une pelleteuse abatte le dernier faux-poivrier et que des choses blanches dégringolent de la poussière et des racines comme des bâtons de quartz, comme des os. Une cascade d'ossements jaunis.

Voilà ce qu'ils virent lorsqu'ils se libérèrent de leurs chaînes et s'élancèrent vers les cris et les exclamations. Les centaines d'ossements venus de la terre. Des os plein les crocs de la pelleteuse, qui dégringolaient.

Presque immédiatement après, des historiens déclarèrent que le cimetière était d'une grande importance culturelle – ils précisèrent que le site funéraire, qui contenait les ossements de près de cent résidents de l'ancienne Mission aborigène, n'avait jamais été signalé sur les plans de Prosperous. Le cimetière fut découvert dans la partie la plus fertile de la propriété, tandis que les os trouvés dans l'enclos avaient été labourés et plantés par les Falstaff sans qu'ils s'en doutent.

Tante Nicki apporta le magnétophone à Prosperous et leur remit la demande de titre foncier aborigène remplie par Albert. Elle serra August dans ses bras, jurant qu'elle cherchait seulement à protéger sa famille de ce qui se trouvait à l'intérieur : « Il faudra que tu acceptes les choses qui sont dites ici, August. » Tante Nicki se mit alors à pleurer, et August pensa qu'elle était sincère. Bien plus tard, tante Nicki partit s'installer en ville et, après avoir lu le livre de son grand-père, August songea qu'on lui avait peut-être fait du mal, à elle aussi, quand elle était petite. Ou peut-être protégeait-elle tante Mary. Personne ne comprenait vraiment, pas encore.

La cassette enregistrée par Albert était son récital, son sermon personnel, il dressait une liste de mots, s'efforçant de deviner ou de se souvenir de leur prononciation. Ça n'avait pas de prix, aux yeux de tous les habitants de la ville, d'avoir cet enregistrement vocal, de l'entendre parler la langue ancienne, de la protéger ainsi. Numérisée. Conservée à jamais.

Les odeurs, les goûts et les fardeaux quittèrent August. Elle se remit aussi à manger, elle n'était plus *ngarran*. Elle se disait que l'anglais avait changé leur palais, la formation de leur esprit – tout ce temps, elle avait dérivé en et hors d'elle-même. La langue était le poème qu'elle avait toujours cherché, exprimant ce dont l'anglais était incapable. Elle avait atteint la Carte Rose de l'Australie, et elle était arrivée à destination. Son grand-père disait que les mots étaient d'une importance capitale. Qu'ils étaient comme des icebergs qui flottaient, fondaient, qu'il y avait en eux les profondeurs des océans dont ils n'auraient pas pu parler.

Eddie quitta la ville ; plus tard, August reçut un e-mail de sa part. Il s'était inscrit à l'université et sa petite amie attendait un enfant. Voilà tout ce qu'il racontait. Tous deux savaient ce que cela signifiait, que les distances qu'ils avaient prises l'un envers l'autre impliquaient une trêve. Il signa : *On remonte à loin.*

Puis, six mois après la manifestation, il plut pendant quarante jours et quarante nuits d'affilée. Les sauterelles disparurent. Certains pensèrent qu'il s'agissait d'un miracle, d'autres du réchauffement climatique. August se dit que Poppy lui aurait demandé de l'écrire dans son cahier d'exercices. Les agriculteurs plantèrent du maïs sous la pluie estivale. Miracle ou pas, la pluie emplit quelque temps le fleuve Murrumby, avant d'être utilisée pour irriguer les récoltes. Joey crut apercevoir un ornithorynque dans l'eau, les kangourous revinrent boire sur les berges, et davantage d'oiseaux apparurent.

Au même moment, les scientifiques parvinrent à obtenir les permis et, avec l'aide des anthropologues du musée, ils estimèrent que les techniques de mouture des Gondiwindi avaient environ dix-huit mille ans. Ils déclarèrent qu'elles avaient réécrit l'histoire mondiale de l'agriculture. Ils révélèrent que les Gondiwindi construisaient également de grands barrages puis parcouraient de longues distances, leurs *gulumans* chargés de poissons et d'écrevisses, afin d'approvisionner les nouveaux trous d'eau. Ils expliquèrent que les Gondiwindi domestiquaient des animaux, qu'ils répondaient à tous les critères permettant de les classifier comme civilisation. Après tant d'années d'agriculture, les preuves de leur civilisation étaient difficiles à trouver à la surface des terres. Mais ils ajoutèrent qu'elle était gravée dans la langue du dictionnaire d'Albert, que grâce à la liste du révérend et à tous les mots écrits par Albert, grâce aussi à d'autres personnes âgées qui se souvenaient des mots, elle serait désormais reconnue comme une langue ressuscitée, revenue de l'extinction.

En raison des découvertes et de la pluie torrentielle, la mine fut retardée, et personne ne vint creuser plus profondément. La terre de Prosperous commence à présent à repousser sur elle-même, comme la couverture dont on enveloppe les morts. Il se peut qu'il faille encore patienter des mois, voire des années, avant que le sort de Prosperous ne soit tranché devant les tribunaux. Les écologistes contre la mine, les Gondiwindi contre la mine – d'autres en auraient assez d'attendre, mais pas eux. La société minière prouva qu'elle avait obtenu, selon l'article 116 de la Constitution, « l'autorisation de détruire » de la part du conseil municipal, mais la plupart des actionnaires s'étaient de toute façon retirés depuis. Hier, l'affaire est enfin arrivée à la Cour suprême. En attendant les informations télévisées, Elsie était penchée sur le jardin de tante Missy, occupée à cueillir des murnong pour le dîner. Elle a levé les yeux vers August qui se tenait devant la porte, puis elle a agité les fleurs jaunes avec un clin d'œil.

August est quant à elle toujours à Massacre Plains, dans la Vallée, avec sa mamie et tante Missy, et tante Mary aussi. Toute la famille, tout le clan Gondiwindi. Toutes les femmes ensemble, ainsi que Joey. August s'était enfuie parce qu'elle cherchait quelque chose, elle avait fait courir ses doigts entre les roseaux de rivières étrangères, le long du dos de livres, elle les avait plongés dans l'eau bénite des églises européennes. Elle sait désormais que c'était pour Jedda qu'elle était partie là-bas, mais qu'elle y était restée pour chercher ces mots qu'elle comprendrait et qui donneraient un sens à tout cela.

Albert ne leur a pas raconté tout ce qu'il savait. Il avait besoin que sa famille, sa ville, découvrent les choses par eux-mêmes, qu'ils aient envie de les découvrir. Il l'avait écrit dans son dictionnaire – comment il avait remarqué la terre, puis avait lu autre chose, après quoi tout s'était enchaîné. Comment les choses qu'il devait connaître s'étaient ouvertes à lui une fois qu'il avait ouvert les yeux. Une fois que *lui* était vu.

Quand August était petite, elle ne pouvait compter sur aucune certitude, même pour une journée. Elle pense désormais que c'est pour cela qu'elle avait besoin de tout contrôler autour d'elle, les choses qu'elle mangeait, les choses qu'elle disait. Elle faisait en sorte de garder sa personne et sa vie aussi petites et gérables que possible. À l'instar d'un poème. La condensation du passé vaste et mystérieux, juste là, derrière. Elle ne fait plus tout ça, sa vie n'est pas un poème, elle sait que c'est une grande, grande histoire. Son peuple remonte à très loin, aux rives du fleuve, et plus loin encore, après tout – le fleuve et ce qui s'y est passé étaient un voyage dans le temps, leur histoire n'a aucunes limites dans le temps. Joey et elle ont appris que ce sont les petits-enfants qui héritent de tout ce que leurs ancêtres ont fait avant eux. Ils portaient le passé en eux, bien qu'ils n'en aient pas eu conscience. Toutes les années où August se trouvait à la dérive et ancrée à la fois n'ont pourtant pas été vaines. Elle a redécouvert sa famille et qui elle est réellement grâce à ce qu'étaient réellement les siens.

August a écouté les lettres que Jedda et elle avaient enregistrées pour la princesse Diana. Elles étaient drôles – August trouvait qu'elles avaient des voix de fillettes gentilles, qui gloussaient et s'appropriaient le magnétophone chacune leur tour pour raconter qu'elles seraient elles aussi des princesses, un jour. Les lettres s'étaient teintées de chagrin quand elles avaient appris que Diana était morte dans un accident de voiture. « On est tellement tristes aujourd'hui », disaient-elles. Après tant d'années, August avait donc aussi récupéré les mots de Jedda. Personne n'a jamais retrouvé Jedda dans l'eau. Mais elle n'était pas perdue, comme ils l'avaient toujours redouté.

Les nuits qui précédèrent la libération de sa mère, August n'arrivait pas à trouver le sommeil. Missy conduisit Elsie et August à la prison pour femmes, afin de chercher chacune sa mère, sa fille, sa sœur. August et Jolene s'assirent à l'arrière sur le chemin du retour, et August posa sa tête sur les genoux de sa mère pour la première fois depuis son enfance. Elle rêva que Jedda et elle étaient dans une grotte faite de serviettes et de draps.

Toc-toc.

Quel est le mot de passe ? demandèrent August et Jedda.

Burral-gang ?

Gaygar ?

Wahn le corbeau ?

Elles se mirent à glousser, et leur mère aussi, tandis qu'elle entrouvrait le drap de leur cabane.

August sentit sa mère caresser les cheveux sur son visage ; elle leva les yeux. Elle avait été là, elle connaissait le code secret, elle était là à présent, le regard animé de ce qui avait été enterré. Ensemble, toutes ensemble, elles dirent adieu à Jedda.

August et Joey imprimèrent les pages du dictionnaire de leur grand-père pour les enfants du coin. Ils y ajoutèrent certaines des histoires dont ils se souvenaient, d'autres dont la mère d'August et les tantes se souvenaient aussi, celles que leur Poppy n'avait pas trouvé le temps de raconter.

Dans l'avant-propos, ils écrivirent :

> Vous cherchez peut-être, sur les rives du Murrumby, une statue ou un banc en l'honneur des gens qui ont vécu près du fleuve. Mieux encore, l'eau est de retour, qui aiguillonne ce qui était mort. Mieux encore, les *burral-gang* s'y rassemblent souvent. Mieux valent ces mots, et mieux vaut que nous soyons toujours ici pour les prononcer.

QUARANTE-DEUX

artiste – ***bundadhaany*** Quelle merveille, de créer quelque chose. Dans un livre, j'ai découvert un tableau intitulé *Dluga Street*, fait par un *bundadhaany* qui s'appelait Bernardo Bellotto. Un Italien. Ce type avait représenté la ville de Varsovie, en Pologne – vingt-six tableaux, peints dans le style du « védutisme ». Il faisait des tableaux qui montraient en détail la vie des gens et de la ville, et puis il est mort quelques années seulement avant l'invasion de l'Australie. Près de deux cents ans plus tard, les nazis bombardaient Varsovie, tuant des centaines et des milliers de personnes, un anéantissement terrible. En cette sombre époque, presque toute la ville de Varsovie a été brûlée et détruite. Ceux qui restaient ont eu l'idée de reconstruire une nouvelle Varsovie, ailleurs. Mais ils avaient en leur possession toutes ces peintures de la ville, ces grandes scènes détaillées par le *bundadhaany* Bernardo Bellotto, alors ils l'ont reconstruite à partir de tableaux réalisés des générations avant qu'elle ne soit réduite à néant par les bombardements. Je veux que les plus jeunes, les petits à venir, lisent ce livre et qu'ils regardent dans le lit du fleuve, qu'ils contemplent la cime des eucalyptus, qu'ils observent, connaissent et nomment les oiseaux. Qu'ils reconnaissent cette ville que plus personne ne semble voir. Alors je ne serai plus invisible, ni aucun d'entre nous.

honteux, avoir honte – *giyal-dhuray* J'en ai fini, avec ce mot. Je l'aurais bien éliminé, mais je ne le peux pas. Il fait désormais partie du dictionnaire que nous pensons devoir porter. Nous ne devrions plus le porter. Vous voyez, la douleur circule dans notre arbre généalogique comme une *songline*. Chanter notre douleur en a fait une chose solide. Les vieux, les jeunes aussi, sont prêts à guérir. Il ne faut plus que nous *giyal-dhuray*, il ne faut plus que nous transmettions cela.

cendres – *bunhaan* Je veux me propager partout sur Prosperous, je veux que mon corps flotte jusqu'aux feuilles, je veux reposer dans le champ de blé, dans l'ultime récolte, avant son exhumation.

Australie – *Ngurambang* Voilà mon pays, quoi qu'il en soit. Il s'étend sur une superficie presque égale à l'Angleterre, des montagnes au nord aux frontières de *Ngurambang* au sud. L'eau s'écoulait autrefois par le Murrumby depuis les rivières méridionales, emplissant les criques, les lagons, les lacs, et alimentant tout dans son sillage. *Ngurambang* est mon pays ; dans mon esprit, il sera toujours au bord de l'eau. Deux cents hectares où vivaient, vivent, les Gondiwindi. Australie – *Ngurambang !* Vous l'entendez, maintenant ? Dites-le – *Ngu-ram-bang !*

LE DICTIONNAIRE D'ALBERT GONDIWINDI

Ouvrage en cours d'élaboration

yuyung – à l'envers
yuwin – nom, mot ou son
yuwarrbin – fleur de gommier jaune
yuwarr – arôme, parfum, effluve, odeur
yuwambanha – chasser les mauvais esprits avec un feulement
yurung, walung, yubaa, galing – pluie
yurrumbanhayalinya – être attaché à, s'occuper de l'enfant d'un autre
yurrumbamarra – élever
yurrubang – très grand
yuri – hakea, plante buissonnante
yurbay – graine
yuran, barra-ma-li-nya – convalescent
yurali – fleur d'eucalyptus
yungir – crieur
yunggaay – léipoa ocellé
yumbanidyilinya – pleurer, regretter d'avoir fait pleurer
yumarradinya – pleurer en marchant
yulung, yuwumbawu – chardon, chardon-marie
yulun – acacia noir
yulubirrngiin – arc-en-ciel
yulu – griffes d'animaux ou d'oiseaux
yuliyiin, nanay – mince, svelte
yugaway – lieu où dormir

yugaawirra – se coucher, comme un chien

yirra – allonger, devenir plus long

yirin – poisson, écailles

yirimbang – saint

yirigarra – rayonner ou étinceler

yirbamanha – partir, rejoindre la nature

yirbamagi – aller à

yirayin, yirin – lumière

yiraydhuray, yirigaa – étoile, étoile du matin

yiray – soleil

yirawulin – coucher du soleil

yirawari – nuage, nuage orageux

yiran – long ou loin

yiramurrun – garçon, garçon un peu grand

yiramugu – émoussé, peu tranchant

yiramiilan – lever du soleil

yirambin – dents de kangourou

yiramarang – jeune (avant de perdre une dent)

yiramal – berge

yiradhu – jour

yingulbaa – trous d'écrevisse

yingilbang – malade, très malade

yingil giin – phtisie

yingil – malade

yingang – sauterelle

yindyamangidyal – prudent, respect, douceur

yindaay – cheval, étalon

yinaagang, migay – fille

yiing – bonheur ou joie

yidharra – blessé

yibiryibir – pinceau

yibirmanha – peindre, décorer
yibirmaldhaany – peintre
yawarra-ndhu – faire attention
yawanhayalinya – s'occuper de, comme une mère de son enfant
yawandyilinya – s'occuper de soi
yaryanbuwaliya – partout
yarrudhang – rêve
yarrayanhanha – se déplacer
yarrawulay – fleur du yarra, gommier des rivières
yarraman – cheval
yarradunha – frapper d'un boomerang
yarngun – racine d'arbre
yarany – barbe
yaradha – ouïes de poisson
yara – large, grand, haut
yanygayanygarra – aide
yanhanhadhu – au revoir
yanhambilanha – marcher
yanhamanha – chasser, poursuivre
yanhamambirra – lâcher
yangarra – broyer des graines, frotter contre une pierre
yandhul, yaala – maintenant, actuellement
yandhayanbarra – manger pour la compagnie
yandharra – manger ensemble
yandangarang – fausse barbe, masque
yambuwan – tout ou n'importe quoi
yama-ndhu gulbarra – tu comprends ?
yalul, durrur – toujours
yalmambirra – enseigner
yalara-nha – siffler comme un serpent
yalgu, yabung – sécheresse

yaldurinya – confesser
yalbilinya – apprendre
yalay – partie du corps, partie molle entre les côtes et la hanche
yagay ! – douleur, exclamation de douleur
yagar – plante comestible proche de la laitue
yadilinya – prêt à partir
yadhang – parce que, bien
yadhandha – *Eremophila longifolia* ou berrigan
yaba – python tapis
yaanharra – lance, long harpon
yaambuldhaany, yaambulgali – menteur, mythomane
yaala ! – va par là ! par là !
wuyung, buragurabang, wiibagang – strepera, réveilleur
wuyul – spicule d'herbe en tire-bouchon
wuurrawin – à travers
wuurranngilanha – encercler, entourer
wuurra – entrée, embrasure de porte, ouvrir sur
wuru, nan – cou
wurrumany – fils
wurrugan – attacher ou lacer
wurrawurramarra – douleur, ressentir peu de douleur
wurraangalang – *Eucalyptus conica*
wurraan – cheveux
wundayan – nièce
wunaagany, waringinali – cousin
wumbay – dernier, le dernier
wumba – étoile du berger
wululu – canard, à oreilles roses
wudhamugu – sourd, oreilles bouchées
wudha – oreille
wubunginya – entrer, plonger, aller sous l'eau

wuba – trou, terrier, rat, indigène
woomera – outil propulseur de lance
wiyay – dos, partie du dos
wirrimbildanha – laisser une part de nourriture
wirridirrrangdirrang – veuve noire à dos rouge
wirrang, barrbay – wallaby des rochers à queue en pinceau
wirramarri – poisson, grande morue
wirralgan – oracle (pierre magique)
wirradyil – morceau d'écorce plat sur lequel la pâte est étalée
wirimbirra, wurimbirra – préserver
wirgany – air, dans l'air
wirgaldhaany – charpentier
wiraydhu marramali – ce n'est pas possible
wiragala – perruche à collier jaune
wir – air, ciel, les cieux
winhanga-y-gunha-nha – se souvenir
winhanga-dili-nya – sentir, se connaître
winhanga-bili-nya – croire
winhanga-bilang, winhang-galang – malin, intelligent
winha-nga-rra – écouter, entendre, penser
winha-nga-nha – savoir, penser, se souvenir
wingarra – être assis
wingambang – jaune d'œuf
wilima – milieu
wiinyugamin – feu de brousse
wiinybangayilinya – feu, faire un feu pour quelqu'un d'autre
wiiny – feu, combustible, bois
wiiliin – lèvres
wiilban – cave
wiilba – branche, brindille
wiilawiila – plumes ornementales pour la tête

wiila – crête du cacatoès
wiibadhuray – arbre à thé ou bois de reinette
wigay – *damper* (pain traditionnel), pain, gâteau
widyunngga ? – comment ?
widyunggiyan ? – comme quoi ? comme quel ?
widyungga – arriver
widyarra – boire
widyali, girrigirri – alcool, vin, boisson forte
widyalang – enfant, ne marchant pas encore
widyagala – cacatoès, de Leadbeater
widhin – trou ou ouverture, absent
wi-nhumi-nya – attendre, se rasseoir
waylang – fruit, fruit dur
wayirawi – idée folle, rêve
wayimaa – cacatoès
wayawayanga-nha – englobant
wayamiilbuwawanha – regarder en arrière
wayal – peau de kangourou
way ! nyiila ! ninggi ! – attention !
wawinha – voler, bouger les ailes
wattleddhandha – camp, temporaire
warunarrung – petit-fils
warrul – miel
warru – frelon ou guêpe
warriyan – wallaby à cou rouge
warri – prunellier
warralang, dhuwaa, wiinaa – serpent brun
warradagang, warrygandhuray – orange
warraal – écho
warraa-nha – crier ou hurler
warr-bulang – jeu de handball

wargang – canoë, bateau

wanya – changer d'avis

wanhanha – lancer

wanhangidyilinya – s'abandonner au désespoir

wanhamindyarra – ne plus s'occuper

wanhamidyarra – être négligent

wanhabanha – laisser derrière soi, délaisser

wanggaydyibangarra – faire du feu ou chauffer

wanggaay – petit enfant

wangadyang – fourmis, fourmis comestibles

wangaay – viande, provisions

wangaa – paresseux, désœuvré

wanga-dhu-nha – j'oublie

wanga – cormoran, noir

wanduwa – mimosa

wandaang, dyirr, birig, guwindarr – fantôme ou esprit

wanda-ba-dyuray – se battre

wanbang – constellation non identifiée

wambuwuny – kangourou gris

wambuwanybang – canard, également nom d'une constellation

wambunbunmarra – avide, cupide

wambanybang – oiseau mâle, canard

wamal – arme

walwaay, waliwigang – jeune homme

walunginya, maranginya – bon, être bon

wali-wali – de travers, tordu, courbé

wali-nya – aller seul

walgun – idiot, confus

walgawalga – grand cormoran

walgar – clavicule

walga – faucon, moineau

walar – lisse
walang – dur, pierre, monnaie (argent)
walan – fort
wala-ma-nha-yali-nya – s'occuper d'une personne jusqu'à ce qu'elle soit forte, élever un enfant
wagara – cassican à collier
waga-dyi – danser
wadhi – bâton, pour frapper
wadha-gung – lapin sauvage
waaya-ma-rra – s'enrouler comme un serpent
waawing – grottes où se tapissent les bunyips
waawii – bunyip
waangarra – croasser comme un corbeau
waalurr – tremblement de terre
waalan-gun-ma-la – courageux
waagan-waagan – barbelures de lance (comme le bec du waagan)
waagan-galang – corbeaux, beaucoup de corbeaux
nurranurrabul, nurranurra – constamment, toujours
nundhugadiyara – imiter
nunba – fermer
nunay – mauvais
nunarmun – oncle
nulabang – beaucoup
nuganirra – battre régulièrement, le cœur
nirin – bord
niigigal – baiser
niga – je ne sais pas
nidbul – lin indigène pour fabriquer de la ficelle
nhila – il, elle, ça
nguyaguya-mi-lang – beau/belle
nguruwi, burrbiny, binbin – ventre, abdomen

ngurumarra – fermer l'œil, une pierre sacrée
nguru, ngurruwi, wubaa – sac, autre poche marsupiale
nguru-murr, yurung, dhurany – nuages
ngurrunggarra – passionné
ngurru-wi-ga-rra – voir, des choses nouvelles ou étranges, se demander
ngurru-warra – revendiquer
ngurru-mirgang – bleu, comme le ciel
ngurrawang – nid d'oiseau ou d'opossum
nguram-bula – oiseau jardinier, jardinier maculé
nguram-birang, ngunhagan – ami
nguny – cadeau
ngunmal – clôturer, une clôture
ngunhadar-guwur – sous la terre
ngunha – coude
ngumbur-ba-rra – hurler, comme le vent
ngumbaay-marrang – quelque
ngumbaay-guwal – un autre
ngumba-rrang – insecte
ngumba-dal – union, unité
ngumba-ay – un, seul
ngulung-gayirr – couronne cérémoniale, bandeau
ngulung – visage, front
ngulumunggu – en dehors d'une chose
ngulangganha – appeler, faire coucou
ngulagambilanha – maison, rentrer à la maison
ngubaan – mari et femme
ngu-nha – donner
ngu-ng-ga-nha – apporter pour donner
ngu-mambi-la-nha – emprunter
ngu-m-ba-ngi-la-nha – mains, lever les
ngiyindidyu dharraay – je veux s'il te plaît

ngiyambalganhanha – discuter ensemble
ngiriya-ga-rra – passer par
nginhi-guliya – tous ces endroits
ngindhuba nganhalbu – toi ou moi
ngindhu gindaywaruwar – tu ris toujours
ngiina-ngiina – plein, beaucoup, nombreux
ngi-ngi – être
ngi-ngari-ma-giy – toute la journée
ngayi-ny – esprit, pensée
ngawum-bi-rra – montrer
ngawar – sac, poche marsupiale de kangourou et d'opossum
ngawaal-ngawaal – s'évanouir, avoir la tête qui tourne
ngarruung – décomposé
ngarruriyan – faucon, buse blanche
ngarriman – manne du bush
ngarri-ngarri-ba-l-guya-nha – haleter de soif, comme un chien
ngarrarr-gi-dyili-nya – regretter, se désoler
ngarrarr – s'inquiéter
ngarranngarran – jacinthe des bois
ngarranga – après
ngarrang, nharrang – lézard, dragon d'eau australien
ngarrang, bidyiwang, nharrang – dragon d'eau
ngarradharrinya – pleurer
ngarradan – chauve-souris
ngarra-gaya-miil – étoile vue par les gens
ngarin – matin
ngaray-wirr-gi – dormir
ngaray-m-bang – tranchant
ngara – cendres de charbon
nganundhi – à propos de qui ?
nganhundha – moi, avec moi

nganhiyany, yangiirang – tout autour, tout le long de
nganhi-gunhung-guwala – temps, une autre époque
nganhi-gu – appartenant à ceci, lointain dans l'espace et le temps
nganhayung galingabang bur – nos enfants
nganhali – de là
nganhagu – appartenant à cela, pour cela
nganhabul – là-bas
nganha-yung – nous-mêmes, nos
nganha-wal – là-haut, là-haut dans le ciel
nganha-ny-garri – ici ou là
nganha-nguwur – là-bas derrière
nganha-guliya-gu – appartenant à tous ceux-là
ngandhi-guliya-gu – pour tous ceux-là
ngandhi – qui ?
ngamuwila – pois du désert
ngamurr – fille (rapport d'ascendance)
ngamung – sein
ngamu-gaang – filles sans mère
ngamu-dyaang – garçons sans mère
ngambuny – grand lézard tacheté
ngambar-gaa-nha – convoiter, être avide
ngambaa – curieux, inquisiteur
ngamba-rang, birrany-dyang – garçon, un petit garçon
ngama-ngama-rra – ressentir, compatir avec
ngaligin-gu – notre, le tien et le mien
ngalguwama – au-dessus
ngalgarra – lumière, émettre de la lumière, briller
ngalar – propre, nettoyer
ngalan-y – cristal, quartz blanc
ngalan-y – flamme d'un feu
ngalan-bang, nyiil – pic de la montagne

ngalan-bami-rra – allumer
ngalamali – pêcher
ngadi-galita-bul – temps, longtemps
ngadhuri-nya – s'occuper de, soigner
ngadhu wanga-dyung – je suis perdu
ngadhu minya – je peux expliquer
ngadhu mamalagirri – visiter
ngadhu – je, une personne
ngadhi-galila – m'appartenir
ngabun – père de la mère
ngaagirridhunyal – je te verrai
ngaa-nha – regarder, voir
ngaa-ngidyilinya – se voir
ngaa-mubang – aveugle
ngaa-bun-gaa-nha – chercher, regarder autour de soi
nga-ngaa-nha – s'occuper de, prendre soin
narruway – mirage
narrundirra – coup de pied
narru-buwan – nid d'abeilles
narru – hamac, écharpe pour porter un enfant
narriyar, wiwin – chaud
narrbang – sac, le sac *(dillybag)* d'un homme ou d'une femme
nanhi – fissures, dans le sol
nanhaybirri – impatient, être très impatient
nanhamalguwany – perdu, quelque chose de perdu
nandibang – serpent brun
nanan – qui court vite, rapide
namunmanha – main, amener la main à la bouche
murun-gi-nya – vivre, être en vie
murun-dhu – je vis, je respire
murun – vie, souffle

murrung – *Eucalyptus microcarpa*, eucalyptus
murrugarra – lire
murrudinayilinya – mépris, traiter avec
murrudhadhun – canard spatule
murrubir – paradis
murru, murruway, ngubuli, gawala, yabang – route, piste ou chemin
murru, murrawaygu – sculpter les arbres, les armes, les outils
murrin, wiray – non, pas
murrang, waa – boue
muriin – canoë, écorce
murangarra – vivant, être en vie
muraany – cacatoès blanc
muny – fourmilion
munun – grand, beaucoup
munirganha – jaloux, être jaloux
munhilbungarra – creuser
munhilbang – arbre creux
mungarr – reins
munga – fruit du kurrajong
mundu – couvert, d'un arbre et de son écorce
mundhay, mirrung, dhurang – écorce d'arbre
mumbal, nyimirr – fleurs
mumala – grand-père
muma – comète
muliyiin – diamant mandarin
mulbirrang – perruche platycerque
mulanguwal – morceau de quelque chose
mulaa – nuit ou obscurité
muguwar – silence
mugumnawa – dans, à l'intérieur
mugul – idiot

mugugalurgarra – garder secret, cacher
mugilmugil – orange sauvage ou grenade sauvage
mugilbang – citron sauvage
mugii-nya – fermer les yeux
mugi – aigle d'Australie
muganha – trouver, ramasser
mugang – larves d'arbres
mudyi, maamungun – ami, compatriote
mudyi – amis
mudhamudhang – acacia
mudhaany – satisfait
mubany – mari et femme
modyigaang – aîné
miyagan, wayadan – parenté, relations
mirrway – peinture, argiles colorées
mirriwula, mirriyula – chien fantôme
mirrirang – grêle
mirrimirri – méchant, comme un chien, chapardeur
mirri – chien
minyang-guwar ? – quel endroit, où ?
minyali ? – à propos de quoi ?
minya-nganha ? – qu'est-ce que c'est que ça ?
minya – question (quoi ?)
mimudya – mimosa d'hiver
mimagang – carillonneur huppé
miimi – sœur
miilwarranha – ouvrir l'œil
miilumarra – jeter un coup d'œil ou faire un clin d'œil
miilgany – ouvertement, face à face
miilbi – trou, un puits
miilalmiilal – éveillé

miil bulal – les deux yeux
miil – œil, également les étoiles
miidyum – tomate sauvage
migiimanha – éclair
migii – foudre
midyungga-ga – je ne sais pas quand
midhang – seul, unique, un
mibar – cocon, avec un papillon à l'intérieur
mayinyguwalgu ngunggirridyu – je vais partager avec d'autres personnes
mayinyguliya – humanoïde
mayiny – gens
mayanggang – chenilles burcicoles
maya, gulay – filet de pêche
mawa – gomme collante des arbres
marrungbang – justice
marrung – avertir, protéger, rusé
marrun-gadha-li – sucré
marrubil – bon et agréable
marru-wa-nha – former ou fabriquer
marranmarran – pas mûr, cru
marramurgang, dhan – poing
marramarrang, nularri – se dépêcher
marraldirra – effrayer
marragir, marragiyirr – nu, un veuf
marragarra – tenir fermement
marrabinya – mains, étendre les
marra-nung – sillons créés par le recul des eaux
marra – main
marbirra – grenouille
marayarrang – gravure sur les arbres, écriture composée
marara – arbres gravés de dessins

maranggaal – gommier rouge

marang ngurung – bonne nuit

marang – bien, bon

marambang ngulung – beauté, beau visage

maram-bul – vrai, bon, correct

maradhal – passé, éloigné

manygan – perruche à bonnet bleu

mangganha maganha – étouffer ou couler

mangga – bébé, poulet ou chiot

mangalanha – conquérir, devenir maître de

mandur – silencieux ou tranquille

mandu – hormis, sinon

mandara, binda, maybal, marrady, babang – *Xanthorrhoea*

mandaang guwu – merci

mambuwarra – regarder

mambanha – pleurer, être en deuil

mamaybumarra – retenir, réprimer

mama-dya, mambarra – cerisier indigène

malungan – femelle, jeune femme

maliyan, baga-daa, yibaay – aigle d'Australie

maliyan – étoile, étoile du Sud rouge brillante

maldhanha – chercher, procurer

maldhaany – fabricant, personne qui fait

malbilinya – obéissant

malangun – petite fille

malang – pourrait, devrait

maladyin – malade, infirme

maguwar – heureux

magadala – terre rouge

magaadhang – trèfle des prés

madhubul-mugiiny – aveugle, tous sont aveugles

madhu – ennemi
madharra – mâcher ou sucer
madhanmadhu – forêt, bush
mabinya – arrêter ou attendre
mabi, babila, mugiiny-mabi – chat marsupial moucheté, chat sauvage
maarung – cercle
maamungun – compatriote ou ami
guyunganmadilin – moi-même
guyang – feu
guyal – sec
guyabadhambildhaany – pêcheur
guwunggan – crue
guwiiny nganhala – c'est là-bas
guwiiny gandamay – c'est difficile
guwaywinya – attendre un peu, s'asseoir, rester
guwayuwa – brièvement, un court instant
guwayu – temps, durée indéfinie, plus tard
guwarra – aller chercher, ramener
guwariyan, garrang – cacatoès
guwanguwan – sanglant, beaucoup de sang
guwang, guwaang – brouillard, pluie, brume
guwandiyala, wandayali – échidné
guwan-ba-ga-ga-rra – saigner
guwala-nha – arriver, se passer
guwabigi – se reposer
guwaali – m'attendre
guuray – graisse
guun, gurril – silex
Guudha – Dieu
gurwarra – sauver d'un danger
gurwaldhaany – Sauveur, libérateur

gurulgan – têtard de grenouille-taureau
gurudhaany – varan
gurruwir – nouvelles, nouvelles tristes
gurruulgaan – être qui provoque le tonnerre
gurrugandyilinya – se couvrir
gurrugan-balang – bétail, bouvillon, vache
gurraggarang – grenouille, pour indiquer la pluie
gurra-galang – médicament amer
gurra-gal-gam-bi-rra, guru-ga-ma-rra, gurra-gal-ga-rra – finir
gurra-ga-ya-rra – finir de parler
gurra-ga-dharra – finir de manger, tout manger
gurmiyug – racine de quenouille
guriin – charbon de bois ou noir
guriban – courlis, œdicnème bridé
guray-mugu-mugu – en détresse, en souffrance
guray-dyu-ngi-nya – désirer, être amoureux
gurawiny – fleurs, pas des bourgeons
gurawan – harpon à poisson
gurang, gurawung, guyang – bandicoot
gununga – se cacher à l'intérieur
gunhindyang – orphelin de mère
gunhinarrung – mère de la mère
gunhimbang, gunhi, ngama, baba – mère
gunhari – ventre, panse d'un animal
gunhama, badyar – fourmi, fourmi noire
gunhagunang – tousser
gunhabunbinya – s'asseoir
gunguwari – halo, cercle autour de la lune
gungun – écorce, morceau d'écorce pour un plat
gungarra – peigne
gungalang, yanangaari guygalang – rainette de White

gundyung – geai noir ou *Corbicrave leucoptère*
gundhaybiyan – fleur d'eucalyptus stringybark
gundhay – stringybark rouge *(Eucalyptus macrorhyncha)*
gunaru, gudharang, guwiyarrang – canard branchu
gunal – femelle d'un animal
gunaany – peu profond
gunaagunaa – papillon
gumbang – tombe
gumbadha – métal
guluwin – loin, lointain
gulur, ngay – mais, pourtant
gulun – terrier de wombat
gulumba, gulibaa – buis, *Eucalyptus coolabah*
gulu, galgu, dang – graine de millet pour farine
gulgarr – concave, plateau ou plat en écorce
gulgang – tête, sommet de la
gulgandara – avant, temps et deux endroits
gulganagaba – oiseau, miro enchanteur
gulgama – rigole, vallée
gulbirmarra – diviser, séparer
gulbir – quelques, peu
gulbi – brume ou fumée dans l'air
gulbalanha – paix, être en paix, pas d'affrontements
gulamirra – chercher en vain
gulamilanha – seul, être seul
gulambali, birriyag – pélican
gulamarra – ouvert
gulamalibu nunbabu – ouvrir ou fermer
gulabirra – refuser, rejeter
gulaay – endroit où traverser, pont
gulaa – colère

gugubarra – kookaburra

gugi – tasse, en écorce

guganha – ramper ou marcher à quatre pattes

gugan – chenille jaune

gugabul – poisson, morue de Murray

gudyiin – ancien temps

gudyi – bassine, seau

gudhingan – compositeur de chansons

gudharang – canard branchu

gudha – bébé ou enfant

gudal – plat(e)

gubir – perche Macquarie

gubang – caryer

gubaldurinya – conquérir, repousser l'ennemi

gubadhang – pinson, diamant à gouttelettes

gubaadurinya, durrudurrugarra, gubaymanha, gulbadurinya – suivre

guba – *Acacia salicina* (cooba)

giyira, giira – avenir, utérus

giyingdyung – moelle

giyindyarra – lécher

giyarinya – effrayé, avoir peur

giyang – poumons

giyanda-dila-nh – s'échapper

giyan – mille-pattes

giyalang – appartenir

giyal, guwiindha – honte, avoir honte

giyal-giyal – lâche, un peu honteux

giyal-gang – mulot

giyaa-warra – effrayer, faire fuir

giya-rra – peur, avoir peur

giwang wuurrranha – coucher de lune

giwang bagarra – lever de lune
giwang – lune
giwaang-giwaang – fou, imbécile
giwa-l-dhaany – cuisiner, la personne qui cuisine
girri girrigirri – rouge
girran-girran – souffrant, malade
girra-wiiny – endroit silencieux plein de jolies fleurs
girra-ma-nha – avoir chaud, se brûler
girra-m-bi-ya-rra – gronder, parler avec colère
girra-girra – plein d'entrain, être en forme, être en vie
girarumarra – souffler, comme le vent
giran-giran, manggaan – grand bouclier à lances
giralang bundinya – étoile, étoile filante
giraangang – feuillage des arbres, feuilles
gingari – couteaux en silex
gindyarra – laper ou boire l'eau comme un chien
gindhaany, bugari – possum à queue en anneau
gindaymanha – jouer, s'amuser
ginda-y-waruwar – toujours rire
ginda-y-ga-la-nha – se moquer de quelqu'un
ginda-y-awa-nha – sourire, rire
ginda-nha – rire
ginan – bon, courtois
gimarra – lait
gilaa – cacatoès rosalbin
gila – alors
giiny – cœur
giimbir – fontaine, source, puits
giilang – histoire, récit
giigandul – acacia à fleur argentée
gigiy – assez mangé

gigirr – odeur
gidyirriga, badyariga – perruche ondulée
gidyang – poils du corps, laine, fourrure
gidyagidyang – petite aigrette
gidya-wuruwin – très effrayé, submergé de peur
gidya – *Acacia cambagei*
gibirrgirrbaang – constellation d'Orion
gibirgin, malanygyang, dindima – constellation des Sept Sœurs (Pléiades)
gibir – homme
gibayan – neveu
gibany, darran-dirang – venger
giba – pierre magique
gaymaan – herbe à kangourou
gawuwal – lagon, lac
gawuraa – plumes
gawunang, giwambang – clair de lune
gawimarra – rassembler ou ramasser
gawaymbanha – accueillir, dire de venir
gawaan, gabaa – hommes blancs, étrangers
garriwang – arbre currawang
garrindubalunbil – scarabée dans du bois
garril, wurung – branches d'arbre
garraywarra – chercher, trouver
garraygal – paume de la main
garray – terre, sable
garrawi – œufs de poisson
garrari – filet
garranygarra – envoyer
garrandarang – papier, livre
garran – crochet, hameçon
garrabari – corroboree, une danse spéciale

garraba, marrin – corps humain

garraayigal – main, attraper

garraawan – bois léger pour fabriquer un harpon

garra – tenir, attraper, arrêter, prendre

gariya wanhamindya nganhanduyan – tenir une promesse

gariwang – vent froid de l'est

gariwag – feuille

garingali – dingo

garila – Licmetis

garba – fourche, embranchement

garay – sable

garal – tresse d'acacia

garaan-dharra – manger de la nourriture interdite

gany, yingiyan – comme, similaire

ganhur, buringin, marri – kangourou roux

ganha-nha, bunha-nha – brûler

ganginmarra – mentir

ganggang – cacatoès à tête rouge

ganggaa – araignée

gangarrimaa – anneau ou cercle

gangan – faucon, balbuzard

gandyar – un esprit, qui voit et sait tout

gandaru, gungarung, yambil – grue de paradis, aigrette à face blanche

ganda – pliure de la jambe sous le genou

ganang – cire d'abeille, mouillée

ganaa-ba-nha – monter à cheval ou sur tout autre animal

gana-yi-rra – *Agonis flexuosa*, saule pleureur australien

gambang, dilaang, dirraybang, gumbal – frère

gambal, buragi, yungay, gamidha – outarde, dinde de brousse

gamalang – framboise indigène

galiyang, birrgun – martinet de Sibérie

galing-gaan – boyaux
galindulin – anguille
galin-gabangbur – enfants
galin-dhuliny, gibirrngaan – serpent noir à ventre rouge
galin-balgan-balgang – libellule
galigal – couteau
gali-ngin-banga – endroit désertique sans eau
galguraa – polochion criard
galgambula – four, pour cuire dans la terre
galgaang – détresse, pleine de pitié
galga – affamé, vide
galanygalany, galan galan – cigale, sauterelle, bruit de
galang – appartenant à un groupe
galagang – oignon sauvage
galabarra – séparer en deux
galaabanha – bruit, faire un bruit
gagalin, bidyin – poisson, perche dorée
gagaamanha – pervertir, séduire
gadyilbalungbil – nécrophore ensevelisseur
gadyilbalung – coléoptères en général
gadyal – creux
gadyag – mauvais, horrible
gadya ! – va-t'en !
gadi, dharang – serpent
gadangul – petit lézard
gabur-gabur – pourri ou cassé
gabuga – cerveau, œufs
gabudha – roseaux, joncs
gabin-gidyal – un début
gabargabar – vert, couleur
gaban, barrang – blanc

gaban – étranger, étrange, inconnu

gaba-rra – pêcher, chalut

gaanha, dharal – épaule

gaanha-barra gaanha-bu-nha – porter à l'épaule

gaalmaldhaany – compositeur, poète

gaagu-ma-rra – étreindre

gaa-m-bila-nha – porter quelque chose

gaa-l-marra – composer, chansons

gaa-darra – effacer

gaa-ba-rra – porter sur le dos

ga-rra – être

dyirribang – un vieil homme

dyiridyinbuny – plongeon (oiseau)

dyiramiil – charmant, victorieux, yeux levés

dyinmay, gurray – combat ou guerre, tribale

dyinidnug – canard bridé

dyindhuli – faim

dyindharr – maigre, aride, nu

dyinang, mundawi, dinhang – pied

dyilwirra – grimper à un arbre

dyigal – nageoires de poissons

dyibarra – parler

dyandyamba – médicament, du noyau de la fougère arborescente

dyagula – oiseau-lyre, ménure

dyagang – garçons sans père

dyabaraa – fourmis bouledogue

dyaba – filles sans père

dyaabiny – fourmi volante

duyan – gras, viande

duwambiyan – racine d'orchidées *Caladenia carnea* comestibles

duruung-gar-gar – ver luisant

durrur-buwulin – toujours

durrumbin, giima – chenille

durru-l-ga-rra – cacher

durru-l-ba-rra – éclater

durrawiyung – sarcelle australasienne

durrawan – réveilleur cendré

durrany – nuage, long et blanc

duri-mambi-rra – malade, rendre malade

duri-duri-nya – malade, être malade

dundumirinmirinmal – escargot

dumiiny – vipère de la mort

dumi-rra – porter

dumbi – rougir

dulu-dulu – grosses bûches de bois

dulbun-bun-ma-rra – ployer ou plier

dulbi-bal-ga-nha – baisser la tête

duguny-bi-rra, dugu-winy-birra – être généreux

dugu-wirra – attraper

dugin – ombre

duga-y-ili-nya – chercher pour quelqu'un d'autre

duga-nha – chercher de l'eau

dubu – grenouille ou crapaud

dubi – chrysalide, nymphe de papillon

dirriwang – plumes d'émeu

dirrinan – bulbine

dirrigdirrig – guêpier arc-en-ciel

dirrang-dirrang – ocre rouge

dirramaay – herbe comestible

dirra-dirra-wana – herbe

dinggu – chien sauvage, dingo

dinbuwurin – alouette indigène

dinawan, gawumaran, nguruwiny – émeu

dilga-nha, bunganha-ba-nha – peigner les cheveux

dilan-dilan-garra – secouer

dila-dila-bi-rra – semer la confusion

dila-birra – éparpiller, semer

diikawu – *Eremophila maculata*

digu, mumbil, munbil – acacia à bois noir

digimdhuna – figue ou figuier

digal – arête de poisson

dibiya – dendrocygne à ventre noir

dibang – clous ou pointes

dhuruwurra – se débarrasser de, mue

dhurri-rra – pondre des œufs, naître

dhurri-nya, dhurrirra – naître, être né

dhurrgang, nguruwiya – podarge gris

dhurragarra – suivre, poursuivre

dhurany – nouvelles, ou message

dhuragun, bunbun – butor d'Australie

dhungany – perruche de Barraband

dhundhu, ngiyaran, gunyig – cygne noir

dhundhal – près ou proche

dhumuny – chenilles de *Trictena atripalpis*, utilisées pour pêcher

dhumba – *Eucalyptus mannifera*

dhulubang – âme ou esprit

dhulu-ga-rra – coupable, condamné

dhulu-biny – droit, régulier, plat

dhuliiny – varan de Gould

dhulay – poisson, orphie de rivière

dhul – brun

dhugamang – écrevisse à pattes blanches

dhugaaybul – très

dhubul – creuser, eau souterraine
dhubi – larve de cigale, lépidoptère
dhirril – épervier
dhirran-bang – midi (soleil au zénith)
dhirraany, gandiyagulang – montagne
dhiraa-nha – monter comme la pâte
dhindha – balle, objet rond
dhin – noix ou baie
dhilbul – talève sultane
dharrang – bâton de message ou lettre
dharran – crique
dharrambay, gimang, dirru, galbu – rat-kangourou
dharra-barra – manger, couper avec les dents
dharra – mangé, avaler, engloutir, absorber
dhara – chasser, bannir
dhangaang, dhal, dharrabu – nourriture
dhang – graines
dhandyuri, dhandyurigan – coquilles de moule ou coquillage
dhandhaang – poisson-chat de rivière
dhamiyag, baaliyan – quenouille, joncs
dhamaliiny, dharramaliyu, bulbul – rhombe
dhalba-nha – contusionné
dhalba – pluie, rafale de pluie
dhala-y-ba-rang – frénésie, colère, excitation soudaines
dhala-wa-la – pays de forêt
dhala-rug – passereau méliphage
dhala-ba-rra – craquer, éclater, casser
dhala-ba-nha – gâcher, détruire
dhal-bi-rra – battre la mesure sur le boomerang, comme les hommes en chantant
dhaganhu ngurambang – où est ton pays ?

dhagamang – écrevisse, pinces blanchâtres et bleuâtres, différent du yingaa
dhagal – joue, mâchoire
dhadhi ? – appartenant à quel endroit ?
dhabugarra – enterrer
dhabugany – enterré
dhabudyang – vieille femme
dhabal – os
dhaan yanha – viens là
dhaalirr – martin-pêcheur
dhaagunmaa – cimetière
dhaagun – terres, terre, poussière, sol, tombe
dha, -dya, -la, -ra – sur, à, dans, près de
dha-l-mambi-rra – nourrir, un enfant ou un chien
dawin, bawa-l-ganha – hachette
darruba-nha – sauter au-dessus
darriyaldhuray – chambre
dargin – de l'autre côté
danyga-ma-rra – concourir, concurrencer pour jeter
dani – cire, gomme ou rayon de miel
dangarin – crustacé
dangar, dhandhaang – poisson-chat tandanus
dangal – revêtement ou abri
dangaay – eau de pluie, vieille eau
dang – racines comestibles
dalungal – bon gars, personne excellente
dalawang, gabu, gabudha – buis, pomme
dabu-ya-rra murun – vie, donner, donner la vie
dabu-wan – petite sangsue
daanha – tricoter, faire un filet
buyaa – loi
buya-marra – supplier

buwi-birra-ng – boomerang en écorce, un jouet
buwawabanhanha, gugabarra – bouillir
buwanha – pousser, grandir
buwaa-bang – ordonné, apprivoisé
buwa-garra – venir
buwa-gany – racine comestible
buwa-ga-nhumi-nya – avant, être avant
buwa-dharra – remplir la bouche
buurri – *Acacia pendula*, mimosa d'hiver pleureur
bururr – bois de reinette
burrindin, gulridy – gralline pie
burrbang – rite initiatique pour devenir un homme
burral, darriyal – lit
burral – lieu de naissance, l'endroit, le sol
burra-m-bin – éternel
burra-giin – cire d'abeille, sèche
burra-di-rra – couper
burra-dhaany – balle rebondissante
burra-binya – sauter
burra-ban-ha-l-bi-rra – allumer un feu
burguwiiny-mudil – forgeron
burbi-rra – battre la mesure et chanter
burba-ng – cercle, forme ronde, amas
burany – perroquet
buram-ba-bi-rra – partager
buralang – cacatoès à tête noire
buraandaan – héron, bihoreau
bura-mi-nga-nha – provoquer
bunyi-ng-ganha – respirer
bunyi-ng – respiration
bunhiya – chêne sauvage

bunhi-dyili-nya – battre
bungi-rra – balancer
bundi-nya – tomber
bundi-mambi-rra – faire tomber, laisser tomber
bundhi, nalanala – massue, terminée par une grosse poignée, arme de guerre
bundharran – pagaie
bundharraan – rame de canoë
bundarra – geler, avoir très froid
bunda-nha – dessiner
bunda-ng – cigales, papillon
bunda-l-ga-nha – pendre, être suspendu
bunbiya – sauterelle
bunba-nha – fuir, courir, s'éloigner
bunba-na-nha – courir après
bunan, bundhu – poussière, vapeur montante
bunan – porté par le vent, tempête de poussière
bun-ma-rra, ma-rra – faire ou fabriquer
bumbi – fumée
bumalgalabu wayburrbu – droite ou gauche
bumal-bumal – marteau, un bâton
bumal – marteau, pierre pour ouvrir les noix
buma-ngidyili-nya – se battre (soi-même)
buma-l-gidyal – combat ou bataille
bum-bi-rra – souffler avec la bouche
bulun – aigrette, grue blanche
bulan-bulan – perruche de Pennant
bulaguy – atriplex
bula-bi-nya – couples, être en couples
buguwiny, bugaru, gungil – herbe
bugurr – plantes grimpantes
bugu-l – ligne de pêche

bugiyunbarrul – moment, après le coucher du soleil, crépuscule
buginybuginy, manygan – perruche à bonnet bleu
bugarr – charogne
bugarnan – mauvaise odeur
bugang – collier ou perles
budyabudya – papillons de nuit et papillons
budyaan, dyibiny, dibilany – chauves-souris, oiseaux, toute créature volante
budulbudul – loin, haut, l'air bleuâtre au loin
budhi – coin
budharu – renard volant
budhar-ba-la-nha – s'embrasser
budhanbang – canard à sourcils
budhaanybudhaany – hélénie
budha – bois de santal
bubul, dula – derrière, fesses
bubu – air ou souffle
bubil – aile, plume
bubay-bunha-nha – réduire, rapetisser
bubay – petit
buba-dyang-marra, garrigaan, banhumiya – doigts de la main
biyambul – tous
biyal-gam-bi-rra – pendre (transitif)
biyal-ga-nha – pendre (intransitif)
biyaga – souvent, de nombreuses fois
birring, birrgan – poitrine d'un homme
birrinalay – fleur d'eucalyptus
birri-birri-ma-rra – rencontrer
birri – eucalyptus
birranilinya – s'enfuir avec
birrang-ga – très haut
birrang – voyage vers un autre endroit

birrang – ciel bleu, horizon

birran-dhi – de

birramal, yirrayirra – brousse, le bush

birramal-gu yakha-y-aan – parti au bush

birrabuwawanha – revenir

birrabunya – cormoran pie

birrabirra, malu – paresseux, fatigué

birrabang – dehors, en haut, au-dessus, loin

birra-nguwurr – derrière

birra-nguwur – derrière, ce qui est derrière

birra-bina-birra – bouger doucement, murmurer

birra – dos

birra – fatigué

birinya – faire une cicatrice

birgu – arbustes, fourrés

birgili, birgilibang – brûlé par le feu

birdyulang – cicatrice, une vieille cicatrice

birdany – fleur d'eucalyptus ironbark

birbarra – cuire

birbaldhaany – boulanger

biran, birrany – garçon

biralbang – érismature à barbillons

bir – tache de naissance

binydyi – estomac

binhaal – l'aîné

bindyi-l-duri-nya – couper un trou dans un arbre pour en faire sortir des opossums

binaal, wirra – large

bimirr – fin, une fin

bimbun, gumarr, mudha – arbre à thé ou niaouli

bimbul – *Eucalyptus populnea*

bimbin – échelet brun, pic

bimba-rra – feu, mettre le feu à l'herbe

bilwai – pin australien

biluwaany – perruche érythroptère

bilin-nya – aller en arrière

bili-nga-ya – en arrière, aller

bilbi, ngundawang, balbu – bilby

bilawir – houe

bilawi – pin australien

bilabang – billabong, trou d'eau, la Voie lactée

bila – fleuve

biiyirr, magalang – colonne vertébrale

biilaa, ngany – *Allocasuarina luehmannii*, pseudofilao tuberculeux

bidyuri – pituri

bidya – mâle

bidhi, babir – grand

bibidya – balbuzard

bayu, buyu – jambe

bayirgany – sangsues

baryugil – lézard à langue bleue

barru-wu-ma-nha – galoper, courir vite

barru-dang – jus d'un arbre

barru – rat ressemblant à un lapin (probablement le bilby)

barrinang – fleur d'acacia

barri-ngi-rra – laisser, laisser tomber, tant pis

barri-ma – mousquet, pistolet

barrbay, wirrang – wallaby des rochers, pétrogale

barray ! – avance vite, vite !

barrage – voler

barradam-bang – une étoile brillante

barrabarray – vite !

barra-y-ali-nya – ressusciter

barra-wi-nya – camper, chasser

barra-wi-dyany – chasseur

barra-manggari-rra – amour

barra-dyal – miro embrasé

barra-barra-ma – poignée, chose à tenir

bargu-mugu – estropié, à un seul membre

baradhaany – wallaby à cou rouge

bangal-guwal-bang – appartenir à un autre endroit

bangal – moment, ou endroit

banga-ny – cassé

banga-nha – commencer à pleuvoir

banga-ma-rra – casser

banga-l – bâtons à feu, friction

banga-di-ra – hacher, couper, fendre

banga-bil-banga-bil – instrument coupant

banga-bi-lang – cassé en morceaux

bandya-bandya-birra – causer de la douleur

bandu – taon

bandhuwang – arbres et broussailles (mallee) collés ensemble

bandhung – mallee (arbres et broussailles)

bambinya – nager

bambigi – nager

baluwulinya – être enceinte

balunhuminya – mourir avant quelqu'un d'autre

balunha – mourir maintenant

balun – mort

baluga – sombre, le feu s'est éteint

baludharra – avoir froid

balubuwulin – tout à fait mort

balubunirra – assassiner, tuer

balubalungin – presque mort
balubungabilanha – s'entretuer
balu-bunga-rra – éteindre (feu)
balmang – vide
balima – nord
bali – bébé, un très jeune bébé
balgal – son, bruit
balgagang – aride, désolé
balgabalgar – chef, un ancien
balanggarang – bourgeon, bourgeon supérieur d'une gerbe de fleurs
balang – tête
balandalabadin, gubudha – roseau commun
balan-dha – nuit des temps
baladhu nganhal – je viens de
baladhu ngaabunganha – ne faire que regarder
baladhu – je suis
balabalanirra – frapper un peu, gifler
balabalamanha – soulever doucement ou lentement, bouger
balabala-ya-li-nya – murmurer
bagurra – fleur de kurrajong
bagir-ngan – cousin ou oncle
bagaaygang – petite coquille
bagaay, galuwaa – scinque rugueux
badyar, gunhama – fourmi noire
badhawal, bargan, balgang – boomerang
badharra – mordre
badhang, buwurr – cape en peau d'opossum
badha, yiramal – rive du fleuve
babimubang – sans père
babildhaany – chanteur
babiin – père

babala – polochion criard

baaywang – grande colline

baayi – empreinte de pas

baawan, gargalany – perche argentée

baalmanha – flottant

baala – bruit de pas

baaduman – *Eucalyptus mannifera*

baabin – ortie

baabaa, ngandir, nguramba – profond

NOTE

Ce roman contient la langue du peuple wiradjuri. Avant la colonisation, il existait en Australie deux cent cinquante langues distinctes qui se subdivisaient en six cents dialectes. La langue wiradjuri appartient à la famille de langues pama-nyungan de la branche wiradhuric, et elle a été récupérée et préservée grâce aux efforts du Dr Oncle Stan Grant, Senior, membre honoraire de l'ordre d'Australie, et du linguiste Dr John Rudder. L'orthographe et la prononciation compilées par John et Oncle Stan sont utilisées dans ces pages. S'il y a des erreurs, celles-ci sont uniquement dues à mon interprétation. L'orthographe historique de la langue wiradjuri dans ce livre provient des archives de H. Withers, propriétaire terrien de Wagga Wagga (archives : 1878) ; de H. Baylis, magistrat de police de Wagga Wagga (archives : 1887) ; de J. Baylis, propriétaire terrien et arpenteur de Riverina (archives : années 1880-1927) ; et de C. Richards, linguiste et érudit (archives : 1902-1903). Une étude plus poussée et mise à jour de la langue wiradjuri est disponible dans *The New Wiradjuri Dictionary*, écrit par Oncle Stan et John.

Les expériences vécues par la famille fictive des Gondiwindi reflètent celles vécues par tous les peuples autochtones touchés par la violence, la ségrégation, les mauvais traitements et les politiques et pratiques déshumanisantes du colonialisme. Dans le cadre de ces politiques de séparation, le gouvernement et les Églises interdirent et découragèrent l'usage de la langue indigène. Pour ce faire, ils retirèrent de force les enfants à leur famille et les placèrent dans des missions et des institutions afin d'expurger la culture autochtone. Cette pratique commença en 1910 et se poursuivit jusque dans les années 1970.

Les connaissances culturelles, l'histoire communautaire, les coutumes, les modes de pensée et le rapport à la terre sont véhiculés par la langue. Ces deux cents dernières années, l'Australie a connu la plus importante et la plus rapide perte linguistique de l'histoire. Aujourd'hui, en dépit des efforts de revitalisation, les langues d'Australie font partie des plus menacées au monde.

Les descriptions des violences et des traumatismes intergénérationnels subis par les peuples autochtones affectés par les politiques de séparation ont été documentées grâce à diverses publications, dont le *Rapport de l'enquête nationale sur la séparation des enfants aborigènes et insulaires du détroit de Torres de leur famille**, en 1997. Les descriptions de la vie dans les missions du point de vue du révérend Greenleaf sont inspirées des écrits du révérend J. B. Gribble, parmi lesquels *Un plaidoyer pour les Aborigènes de Nouvelle-Galles du Sud***. Gribble fonda et dirigea la mission chrétienne des Aborigènes de Warangesda à Darlington Point, en Nouvelle-Galles du Sud. La Mission, la Station et le Foyer de Prosperous ont été inspirés par Warangesda, qui fut tour à tour une mission aborigène de 1880 à 1884, la station aborigène de Warangesda dirigée par l'Association de protection des Aborigènes entre 1884 et 1897, sous contrôle gouvernemental par l'intermédiaire de la loi de protection des Aborigènes entre 1897 et 1925, et sous contrôle privé entre 1925 et 2014.

Les foyers pour filles et garçons mentionnés dans l'histoire sont fictifs, mais proviennent des descriptions du Foyer de formation des

---

* *Bringing Them Home: Report of the National Inquiry into the Separation of Aboriginal and Torres Strait Islander Children from Their Families.*
** *A Plea For Aborigines of New South Wales.*

filles aborigènes de Cootamundra et du Foyer de formation des garçons aborigènes de Kinchela. Les expériences vécues par les enfants étaient en réalité bien plus dures, comparées à celles décrites ici. Avant l'ouverture du Foyer pour filles de Cootamundra, les enfants de tout l'État étaient envoyés à Warangesda. Dans *Les Générations volées – l'enlèvement des enfants aborigènes en Nouvelle-Galles du Sud de 1883 à 1969**, préparé à l'intention du ministère des Affaires indigènes de Nouvelle-Galles du Sud, le professeur Peter Read estime que « Trois cents filles furent envoyées au dortoir de Warangesda avant d'être placées comme domestiques avant 1916. » Dans *Le Camp de la miséricorde : un rapport historique et biographique de la mission / station aborigène de Warangesda, à Darlington Point, Nouvelle-Galles du Sud***, les auteurs Beverley Gulambali Elphick et Don Elphick notent que « hormis quelques enfants mentionnés dans les registres des minutes des comités d'aide sociale et de protection des Aborigènes et les registres d'inscription au Foyer de formation des garçons aborigènes de Kinchela, il n'y a aujourd'hui aucune trace écrite – si même des traces ont jamais existé – des autres enfants enlevés de Warangesda entre 1909 et la fermeture du Camp de miséricorde, en 1925. Une estimation prudente pour cette période serait de deux cents enfants, ce qui ferait un total de cinq cents enfants enlevés. »

Beaucoup de naissances et de mariages eurent lieu à Warangesda et il y eut également beaucoup de décès à la mission. Comme le signalent Ray Cristison et Naomi Parry dans leur *Plan de gestion de la conservation des missions et stations aborigènes de Warangesda****,

---

* *The Stolen Generations – The Removal of Aboriginal Children in NSW 1883 to 1969.*
** *The Camp of Mercy: An Historical and Biographical Record of the Warangesda Aboriginal Mission / Station, Darlington Point, New South Wales.*
*** *Conservation Management Plan Warangesda Aboriginal Mission and Station.*

« Le cimetière principal, qui contenait les dépouilles de près de deux cents anciens résidents, fait désormais partie d'un champ labouré. »

La géographie de la ville fictive de Massacre Plains est inspirée des villes du pays wiradjuri ainsi que de la réserve naturelle The Rock – Kengal Aboriginal Place. Le fictif fleuve Murrumby de ce roman est basé sur les affluents du bassin Murray-Darling. Les noms des lieux, y compris Massacre et la Crique du Point d'Eau Empoisonné, sont effectivement de vrais noms de lieux d'Australie et rappellent les atrocités infligées aux peuples indigènes durant la colonisation.

La découverte d'une grande partie des plantes et techniques de cuisson autochtones peut être approfondie par la lecture de *Dark Emu*, de Bruce Pascoe, et de *A million Wild Acres*, d'Eric Roll. Par ailleurs, Yuval Noah Harari examine dans *Sapiens : une brève histoire de l'humanité*, l'histoire et la sophistication des autochtones australiens.

J'encourage les lecteurs à explorer les histoires personnelles d'anciens résidents de missions, de colonies et de stations – appelés collectivement la Génération volée –, dont *Is That You Ruthie?* de Ruth Hegarty, *Up from the Mission: Selected Writings*, de Noel Pearson, *Follow the Rabbit-Proof Fence*, de Doris Pilkington Garimara, *If Everyone Cared*, de Margaret Tucker, *Of Ashes and Rivers that Run to the Sea*, de Marie Munkara, ainsi que les travaux de Jack Davis.

Parmi les autres ouvrages sur la culture et l'histoire indigènes, on trouve *Indigenous Australia for Dummies*, du Pr Larissa Behrendt, *One Blood: 200 Years of Aboriginal Encounter with Christianity: A Story of Hope*, de John Harris, et les travaux des historiens Henry Reynolds, Peter Read et Marcia Langton.

L'Australie est le seul pays du Commonwealth à ne pas avoir signé de traité avec ses populations autochtones.

T. J. W.

REMERCIEMENTS

Je tiens à témoigner mon profond respect envers les Aînés passés et présents pour leur contribution à la survie et au maintien de la langue wiradjuri. Merci au Dr Oncle Stan Grant, Senior, et au Dr John Rudder, pour le premier dictionnaire et les dernières mises à jour, pour leur travail opiniâtre et leur ambition. À Geoff Anderson, au Parkes Wiradjuri Language Group et au Parkes Aboriginal Education and Consultative Group. À Bruce Pascoe pour avoir écrit *Dark Emu* et pour m'avoir mise sur la bonne voie. Au Dr Naomi Parry pour son savoir-faire et son aide sur l'histoire de la vie des missionnaires de Nouvelle-Galles du Sud. Au programme Rolex de mentorat artistique et à Wole Soyinka pour leur soutien et leur patience. À Charles Sturt University et au Booranga Writers' Centre de Wagga Wagga, pour m'avoir tant de fois accueillie au cours de ces dix dernières années afin que je travaille sur ce roman.

À mes premiers lecteurs : Jenny Longrigg, Felix Riebl, Gavin Pryke, Nick Powell et Trent Everitt. À Stephen Kinnane, Gideon Haigh et Ben Ball pour avoir cru en ce livre avant qu'il soit un livre. À Meredith Curnow et Nikki Christer pour leur soutien indéfectible. À Rachel Scully et Melanie Ostell pour avoir tout coordonné, je ne vous remercierai jamais assez.

Ce livre est dédié à tout le clan Wiradjuri, avec mes remerciements, et en particulier à ma famille des deux côtés : ma chère mamie, maman, papa, mes tantes, oncles, cousins, nièces et neveux, Tania,

Andrew, John, Arnaud, et mon cœur, Lila, pour m'avoir toujours maintenue à flot et m'avoir aimée sans bornes.

Et à Poppy, dans le jardin éternel.

Et à mon frère Billy Joe, pour toujours et à jamais.

OUVRAGE RÉALISÉ
PAR L'ATELIER GRAPHIQUE ACTES SUD
REPRODUIT ET ACHEVÉ D'IMPRIMER
EN SEPTEMBRE 2020
PAR NORMANDIE ROTO IMPRESSION S.A.S.
À LONRAI

DÉPÔT LÉGAL
1re ÉDITION : OCTOBRE 2020

N° impr. : 2001196
(Imprimé en France)